REBECCA WELLS

Rebecca Wells a grandi en Louisiane, dans le sud des États-Unis. Après des études universitaires, elle obtient son diplôme de théâtre et suit des cours d'écriture avec le poète Allen Ginsberg, l'un des écrivains phares de la *beat generation*. Auteur dramatique, comédienne, elle est lauréate de nombreux prix pour ses pièces et ses interprétations. Après avoir longtemps écrit des nouvelles pour la presse, c'est en 1996 que Rebecca Wells publie *Les divins secrets des petites ya-ya*. Aux États-Unis, son succès est tel qu'il a donné naissance à un véritable phénomène de société.

Rebecca Wells vit actuellement sur une île de l'État de Washington.

D0591538

LES DIVINS SECRETS
DES PETITES YA-YA

REBECCA WELLS

LES DIVINS SECRETS DES PETITES YA-YA

BELFOND

Titre original :
DIVINE SECRETS
OF THE YA-YA SISTERHOOD
publié par HarperCollins Publishers, Inc.,
New York.
Traduit de l'américain
par Dominique Rinaudo

Ce roman est une œuvre de fiction. Toutes références à des événements historiques, à des personnes réelles, vivantes ou mortes, ou à des lieux réels ont seulement pour but de donner à cette fiction un caractère de réalité et d'authenticité. Les noms, les personnages, les lieux et les événements sont le fruit de l'imagination de l'auteur ou utilisés fictivement, et toute ressemblance avec des faits ou des personnes réels serait pure coïncidence.

ISBN : 2-266-12882-5

Ce livre est dédié à
Tom SCHWORER, mon mari, mon compagnon
d'armes, mon meilleur ami,
Mary Helen CLARKE, fidèle camarade,
qui m'a accouchée de ce livre,
Jonathan DOLGER, mon agent,
qui garde la foi,
Et aux Petites Ya-Ya, dans toutes leurs incarnations.

Nous ne naissons pas d'un seul coup, mais par petites touches. D'abord le corps, ensuite l'esprit... Nos mères sont déchirées par les douleurs de notre naissance physique, tandis que nous subissons les longues souffrances de notre croissance spitiruelle.

Mary ANTIN

Le pardon est le nom que donnent à l'amour les gens qui aiment mal. La terrible vérité est que nous aimons tous mal. Nous avons besoin de donner et de recevoir le pardon chaque jour, à chaque heure de notre vie. C'est le grand travail de l'amour au sein de la confrérie des faibles, qui n'est autre que la famille humaine.

Henry NOUWEN

Nous qui perçons tant de secrets, nous cessons de croire à l'inconnaissable. Et pourtant il attend et se lèche tranquillement les babines.

H. L. MENCKEN

PROLOGUE

Siddy se sent redevenue la petite fille qu'elle était en 1959, au cœur brûlant de la Louisiane, monde de bayous peuplé de saints catholiques et de reines vaudoues. Elle se revoit le jour de la fête du Travail : la tradition veut qu'à cette occasion son père chasse la colombe chez lui, dans sa plantation de Pecan Grove. Pendant que les hommes tirent les oiseaux dans une chaleur torride, la mère de Siddy, une femme splendide, s'est enfermée dans la maison climatisée avec sa bande d'amies : Vivi et les Ya-Ya sont plongées dans une partie de *bourrée*[1], sorte de poker à la mode de Louisiane où l'on ne fait pas de quartier à ses adversaires. Sur l'ardoise de la cuisine sont tracés ces mots empruntés à Billie Holiday : FUME, BOIS ET NE PENSE À RIEN. Lorsque ces dames marquent une pause, elles donnent aux Ya-Ya Jolis (c'est ainsi qu'elles appellent leurs enfants) d'écœurantes cerises confites à l'eau-de-vie qu'elles prennent dans le frigo du bar.

Ce soir-là, après avoir avalé un gombo de colombe (bols en porcelaine de Haviland et petits os d'oiseau flottant dans le jus), Siddy va se coucher. Quelques

---

1. Les expressions françaises en italique sont en français acadien dans le texte. *(N.d.T.)*

heures plus tard, un cauchemar la réveille en sursaut. Elle s'approche du lit de sa mère sur la pointe des pieds, mais n'arrive pas à tirer Vivi de son sommeil imbibé de bourbon.

Pieds nus, elle sort dans la nuit moite, offrant ses épaules parsemées de taches de rousseur à la clarté de la lune. Au pied d'un immense chêne vert qui se dresse à l'orée des champs de coton de son père, elle lève les yeux vers le ciel. Assise sur une branche du croissant de lune comme sur une escarpolette installée dans son jardin céleste, la Sainte Vierge, muscles d'acier et cœur de miséricorde, balance ses jambes magnifiques. De la main, elle fait signe à Siddy : on dirait qu'elle vient d'apercevoir une vieille copine.

Debout dans le clair de lune, Siddy offre sa petite tête de six ans à l'amour de la Vierge Bienheureuse. La tendresse coule de l'astre, monte de la terre. Pendant un bref instant lumineux, Siddy Walker sait qu'à aucun moment de sa vie elle n'a manqué d'amour.

1

« Une danseuse de claquettes maltraite ses enfants. »
Voilà quelle publicité le *Sunday New York Times* du
8 mars 1993 avait réservée à Vivi. Les pages « spec-
tacles » d'une édition vieille de huit jours gisaient épar-
pillées à terre, au pied du lit où Siddy se recroquevillait
sous les couvertures, son téléphone portable à côté
d'elle sur l'oreiller.

Pas une seconde elle n'avait senti venir l'attaque.
Roberta Lydell, la critique de théâtre, avait mené
l'entretien en camarade, en sœur presque, et Siddy avait
cru s'être fait une nouvelle amie. D'ailleurs, Roberta
n'avait-elle pas, dans une critique précédente, qualifié
Femmes à l'aube d'un jour nouveau, sa dernière création au Lincoln Center, de « miracle de l'actualité théâ-
trale » ? Et voilà qu'avec subtilité et finesse la
journaliste avait réussi à tisser un cocon d'intimité
autour d'elle pour mieux lui extorquer les secrets de sa
vie personnelle.

Hueylene, le cocker, vint rejoindre Siddy sur son lit
et se nicher au creux de ses genoux. Depuis une
semaine, la jeune femme refusait de voir non seulement
ses amis et ses collègues mais aussi Connor McGill, son
fiancé. Elle n'acceptait pas d'autre compagnie que celle

de sa chienne Hueylene, ainsi baptisée en mémoire de Huey Long, ancien gouverneur de Louisiane.

Elle regarda fixement son téléphone. Sa relation avec sa mère n'avait jamais été sans heurts, mais ce dernier épisode était un désastre. Pour la énième fois de la semaine, elle composa le numéro de ses parents à Pecan Grove et, là, elle laissa sonner.

En entendant la voix de sa mère, elle eut l'estomac noué.

« Maman ? C'est moi. »

Aussitôt, Vivi raccrocha.

Siddy appuya sur la touche répétition. Vivi décrocha encore, mais resta silencieuse.

« Maman, je sais que c'est toi. Ne raccroche pas, s'il te plaît. Je suis vraiment désolée. Je te demande pardon, je…

— Tu perds ton temps, dit Vivi. Pour moi, tu es morte. Tu m'as assassinée, à mon tour de te tuer. »

Siddy s'assit dans son lit en essayant de reprendre sa respiration.

« Je n'y suis pour rien, maman. La journaliste qui m'a interviewée…

— Je t'ai fait rayer de mon testament, et ne t'étonne pas si je t'attaque en diffamation. Il n'y a plus une seule photo de toi au mur. Et ne… »

Siddy imaginait le visage de sa mère, rouge de colère, veines bleuâtres et gonflées sous la peau fine.

« Je t'en prie, maman. Je n'ai pas de droit de regard sur ce qu'écrit le *New York Times*. Tu as lu tout l'article ? J'ai dit : "Ma mère, Vivi Abbott Walker, est absolument adorable."

— Une femme meurtrie, corrigea Vivi. Tu as dit : "Pour une femme meurtrie, ma mère est absolument adorable. Et aussi extrêmement dangereuse." Je l'ai ici noir sur blanc, Siddalee.

— Tu as lu le passage où je dis que je te dois ma créativité ? "Ma créativité, c'est ma mère qui me l'a transmise au berceau, à travers le tabasco qu'elle mettait dans nos biberons." Écoute, maman, ils ont bu mes paroles quand je leur ai dit que tu enfilais tes chaussures pour nous faire des numéros de claquettes tout en nous donnant à manger dans nos chaises d'enfant. Ils ont adoré ça.

— Sale baratineuse ! Ce qu'ils ont adoré, c'est quand tu as dit : "Ma mère a été formée à l'école du Sud, où rien ne valait un bon coup de ceinture sur la peau nue pour faire entrer l'éducation dans la tête d'un enfant." »

Siddy eut un haut-le-cœur.

« Ce qu'ils ont adoré, poursuivit Vivi, c'est quand ils ont lu ceci : "Siddalee Walker, génial metteur en scène de *Femmes à l'aube d'un jour nouveau*, a subi des sévices étant enfant. Battue et maltraitée par sa mère, une danseuse de claquettes, elle fait preuve dans sa création de ce rare équilibre entre investissement personnel et détachement professionnel, garant du véritable génie de la scène…" "Battue et maltraitée" ! De la merde, oui ! Du venin craché par la vipère que j'ai réchauffée dans mon sein ! »

Le souffle court, Siddy porta le pouce à sa bouche et se mordilla la peau autour de l'ongle, geste qu'elle n'avait plus fait depuis l'âge de dix ans. Elle se demanda où elle avait mis le tube de Xanax.

« Je n'ai pas voulu te blesser, maman. Ce n'est pas moi qui ai soufflé ces mots-là à cette foutue journaliste. Je te jure, je…

— Non mais quelle menteuse ! Tu ne penses qu'à toi ! Pas étonnant que tu ne sois pas fichue de garder un homme. Tu ne connais rien à l'amour. Tu es méchante ! Que Dieu préserve Connor McGill ! Il faudrait qu'il soit cinglé pour t'épouser. »

Siddy se leva, tremblant de tous ses membres. Elle s'approcha de la fenêtre de son appartement, au vingt-deuxième étage du Manhattan Plaza, en surplomb de l'Hudson. Le fleuve lui rappelait la Garnet, qui coulait comme une artère rouge au cœur de la Louisiane.

Et toi, tu n'es qu'une garce, se dit-elle. Une peau de vache hystérique et abusive. Quand elle reprit la parole, ce fut avec un calme d'airain.

« Je n'ai pas menti, maman. À moins que tu n'aies oublié la sensation de la ceinture dans ta main ? »

Siddy entendit sa mère hoqueter avant de lui répondre, d'une voix plus basse :

« Mon amour pour toi était un privilège dont tu as abusé. Je t'ôte ce privilège. Je te chasse de mon cœur. Je te bannis. Et je te souhaite d'être éternellement torturée par le remords. »

Il y eut un déclic, et Siddy sut qu'elle avait raccroché. Incapable de détacher le combiné de son oreille, elle resta figée sur place, seule au milieu des bruits de Manhattan, dans la froide lumière déclinante de mars.

Après des années passées à monter des pièces régionales qui l'avaient entraînée d'Alaska en Floride, après plusieurs productions de second ordre à New York, elle se sentait prête à assumer le succès de *Femmes à l'aube d'un jour nouveau*. Dès les premières représentations au Lincoln Center, en février, la critique avait été unanime. À quarante ans, Siddy aspirait à être enfin reconnue. Elle avait travaillé en collaboration avec l'auteur, May Sorenson, et ce dès la première lecture publique, qui avait eu lieu à Seattle, le bercail de May. Elle avait monté non seulement la première de Seattle, mais aussi les productions de San Francisco et de Washington. Connor en avait conçu les décors, et l'un de ses meilleurs amis, Wade Coenen, les costumes. Tous les quatre, ils faisaient équipe depuis plusieurs années, et Siddy se réjouissait de pouvoir souffler un peu pendant que les feux de la rampe se braquaient sur eux.

La première critique de Roberta Lydell avait encensé son travail :

> Éclairée par le dynamisme et l'humanité de Siddalee Walker, la pièce magistrale de May Sorenson sur les relations mère-fille, qui aurait pu tomber dans le comique outrancier ou la sentimentalité, devient un véritable éblouissement, touchant et drôle. Walker a su saisir dans ses nuances les plus authentiques une pièce spirituelle et complexe, à la fois triste et follement exubérante, et en faire un véritable monument. Si, au Lincoln Center, la famille – ses secrets, ses meurtres, sa pétulance miraculeuse – se porte comme un charme, elle le doit à Siddalee Walker autant qu'à May Sorenson.

Comment Siddy aurait-elle pu se douter qu'un mois plus tard Roberta Lydell allait s'insinuer dans les recoins de son âme pour lui soutirer des aveux qu'elle ne faisait d'ordinaire qu'à son psy et à ses amis intimes ?

Après la parution de l'article infamant, Vivi et Shep (le père de Siddy), ainsi que tout le reste de la famille, annulèrent les places qu'ils avaient réservées pour la représentation. Siddy dut oublier tous les projets compliqués qu'elle avait échafaudés pour les recevoir. Elle rêvait souvent que Vivi pleurait, et se réveillait en larmes. Elle n'eut aucune nouvelle de son jeune frère Little Shep, ni de sa sœur Lulu. Rien non plus du côté de son père.

Le seul à se manifester fut le petit dernier, Baylor, qui lui téléphona.

« Ma petite Siddy, dit-il, c'est l'apocalypse. Vivi a toujours voulu avoir son nom dans le *New York Times*, mais à mon avis pas de cette manière. Tu pourrais lui donner ton sang qu'elle ne te pardonnerait pas. D'ailleurs, la star, c'est toi, pas elle. Et ça, elle en crève.

— Et papa ? Pourquoi ne m'appelle-t-il pas ?

— Tu rigoles ? Maman le coince comme un vermisseau sous sa botte. Je lui ai demandé pourquoi il ne t'avait pas au moins mis un petit mot, et tu sais ce qu'il m'a répondu ? Il m'a dit : "C'est moi qui vis tous les jours avec Vivi Walker." »

Après pareille révélation, Siddy resta le téléphone collé à l'oreille, incapable de raccrocher. Elle aurait voulu qu'on la secoue par les épaules, qu'on la rassure : non, elle n'était pas orpheline. Elle écrivit :

18 avril 1993

Chère maman,

Pardonne-moi, je t'en prie. Je n'ai pas voulu te blesser. Mais il s'agit de ma vie. Il faut me laisser la liberté d'en parler.

Tu me manques. Ta voix, ton sens de l'humour un peu fou, ton amour me manquent. J'ai le cœur brisé à l'idée que tu ne veux plus entendre parler de moi. Je t'en supplie, essaie de comprendre que je ne peux pas dicter aux gens ce qu'ils doivent écrire. Sache que je t'aime. Je ne te demande pas de ne plus m'en vouloir, mais simplement de ne pas me fermer ton cœur.

Siddy

Son portrait dans le *New York Times* lui apporta une telle publicité que les ventes de billets décollèrent en flèche, accroissant le succès de la pièce. Le magazine *Time* parla d'elle dans un article sur les femmes et le théâtre. American Playhouse la chargea d'en diriger l'adaptation télévisée, et CBS contacta son agent pour un projet de feuilleton. Aux quatre coins du pays, les théâtres qui lui fermaient leurs portes depuis des années sollicitaient maintenant sa collaboration.

Entre-temps, May avait acquis les droits d'adaptation pour *Les Femmes* de Clare Boothe Luce, dont elle voulait tirer une comédie musicale. Grâce à une coquette subvention, le plus grand théâtre de Seattle, le Rep, avait embauché May, Siddy, Connor et Wade pour en préparer le filage.

À mesure qu'approchait la date du départ pour Seattle, Siddy se mit à avoir la nuque contractée. Elle se sentait tendue comme une corde de piano. De ses crampes ou de la tristesse dont elle se libérait lorsque Connor la massait, elle ignorait ce qui était le plus douloureux. Elle vivait la vie dont elle avait toujours rêvé ; metteur en scène très en vogue, elle allait épouser l'homme qu'elle adorait. Mais elle n'éprouvait plus qu'une envie : passer ses journées au lit à manger des macaronis au fromage en se cachant des alligators.

Juste avant son départ, elle tenta une approche différente :

> 30 juin 1993
>
> Chère maman,
>
> Je sais que tu es toujours furieuse contre moi, mais j'ai besoin de ton aide. Je vais mettre en scène une version musicale des *Femmes* de Clare Boothe Luce à Seattle et je ne sais absolument pas comment m'y prendre. Comme tu connais Caro, Necie et Teensy depuis plus de cinquante ans, l'amitié entre femmes n'a plus aucun secret pour toi. Tu es l'Experte – avec un grand E – ès amies intimes. Et ton sens inné de la mise en scène n'est plus à prouver. Cela m'aiderait énormément si tu pouvais m'envoyer des idées, des souvenirs, tout ce que tu voudras concernant tes relations avec les Ya-Ya. Si tu ne veux pas le faire pour moi, fais-le pour le métier. Merci d'avance.
>
> Tendrement,
>
> Siddy

Siddy et Connor partirent à la mi-juillet. En montant dans l'avion, Siddy se dit : J'ai une vie fantastique. Je dois épouser l'homme que j'aime le 18 décembre. Ma carrière démarre. J'ai du succès, et des amis qui fêtent mon succès. Tout va bien, vraiment, tout va bien.

Le 8 août 1993, alors que la lune se reflétait sur la surface vitreuse du lac Washington, Siddalee Walker s'éveilla en pleine nuit, trempée de sueur et assaillie de démangeaisons. Le souffle coupé, les yeux humides, la bouche sèche comme du sable, elle eut la certitude que Connor, l'homme de sa vie, était mort dans son sommeil à côté d'elle.

J'en suis sûre, se dit-elle. Il m'a quittée. Il est parti. Pour toujours.

Tétanisée, elle essaya de s'assurer qu'il respirait encore. Ses larmes jaillirent en flots brûlants et silencieux, les battements fous de son cœur effaçant tous les autres bruits.

Elle colla son visage à celui de son amant. Quand ses larmes coulèrent sur le menton de Connor, il s'éveilla et l'embrassa aussitôt.

« Je t'aime, Siddy, murmura-t-il, encore endormi. Je t'aime, mon pois de senteur. »

Surprise par ce signe de vie inattendu, elle sursauta.

« Qu'est-ce qu'il y a, Siddinou ? » chuchota-t-il.

Il s'assit, l'attira à lui et la prit dans ses bras.

« Tout va bien, ma Siddy, tout va bien. »

Elle s'abandonna à son étreinte tout en pensant que non, tout n'allait pas bien. Au bout d'un moment, elle se rallongea et fit semblant de dormir. Elle resta ainsi trois heures à prier. Sainte Marie, souffla-t-elle, Toi qui apaises les cœurs en peine, prie pour moi. Aide-moi.

Lorsque le soleil se leva au-dessus de la chaîne des Cascades et que l'on entendit les corbeaux se battre dans les pins de Douglas, Siddy sortit sur la terrasse avec Hueylene. La matinée d'août était froide et grise.

Rentrant dans la pièce, elle s'agenouilla et caressa sa chienne sur le ventre. Peut-être, se dit-elle, mon destin est-il de n'aimer que les chiens.

Elle passa dans la chambre et alla embrasser Connor sur le front.

Il sourit en ouvrant les yeux. Des yeux bleus, qui étaient toujours plus sombres quand il s'éveillait, pensa-t-elle.

« Il faut repousser la date du mariage, Connor. » Puis, atterrée de voir son expression douloureuse, elle ajouta :

« Connor, écoute-moi, je t'en prie. Je crains que ce ne soit au-dessus de mes forces.

— Qu'est-ce qui est au-dessus de tes forces ?

— Que tu meures et que tu me laisses toute seule.

— Ah bon, parce que je vais mourir ?

— Oui. Fatalement. Je ne sais pas quand, je ne sais pas comment. Mais ça arrivera. Et ce sera au-dessus de mes forces. Cette nuit, tu t'es arrêté de respirer. Enfin, du moins c'est ce que j'ai cru. »

Connor la dévisagea. Siddy Walker était d'une sensibilité extrême. Il en était conscient, il aimait cela.

« Mais enfin, Siddy, je suis en parfaite santé. Je n'ai pas arrêté de respirer, je dormais. Tu sais combien je dors profondément. »

Siddy se tourna vers lui.

« Je me suis réveillée persuadée que tu étais mort. »

Il lui toucha la joue. Elle se détourna et regarda ses mains, qu'elle avait croisées sur son ventre.

« Je ne supporterai pas de ressentir une deuxième fois ce que j'ai éprouvé cette nuit. Je ne veux pas qu'on me quitte.

— Qu'est-ce qui se passe, Siddy ? »

Connor rejeta les couvertures et sortit du lit. Son corps grand et mince était encore froissé de sommeil ; il sentait le coton et les rêves. À quarante-cinq ans, il était en pleine forme, agile et leste.

Hueylene battit de la queue sur le parquet. Il se pencha pour la caresser, puis s'agenouilla devant Siddy en lui prenant les mains.

« Siddy, ce n'est pas nouveau, que je vais mourir. Et toi aussi. Rien de neuf de ce côté-là, mon petit pois de senteur. »

Elle essaya de respirer un bon coup.

« Pour moi, si, dit-elle.

— Tu as la frousse, c'est ça ? »

Elle fit signe que oui.

« C'est cette histoire avec ta mère ?

— Non, dit-elle. Ça n'a absolument rien à voir avec ma mère.

— Moi aussi, il faut que je me fasse à l'idée que tu risques de passer l'arme à gauche un de ces jours. Tu comprends, tu peux mourir avant moi. C'est peut-être moi qui vais rester seul.

— Non, ce n'est pas comme ça que les choses vont se passer. »

Connor se mit debout. Il prit une robe de chambre de flanelle verte sur le rocking-chair et l'enfila. Siddy suivait des yeux tous ses mouvements.

« Tu veux tout annuler ? demanda-t-il doucement. C'est comme ça qu'on s'y prend, en Louisiane, pour faire comprendre poliment que c'est fini ? »

Elle alla le rejoindre, passa les bras autour de sa taille et appuya la tête contre sa poitrine. Le sommet de son crâne se lovait juste sous le menton de Connor.

« Non, murmura-t-elle. Ce n'est pas terminé entre nous. Je t'aime, Connor. Je t'aimerai toujours. Je suis désolée de t'imposer ça. »

22

Il appuya le menton contre sa tête. Elle sentait battre son cœur.

« Tu veux repousser de combien, Siddy ?

— Je ne sais pas. Pas longtemps. Je ne sais pas. »

Il s'écarta et s'approcha de la fenêtre.

Elle attendit, terrifiée à l'idée qu'elle était peut-être allée trop loin.

« S'il faut flotter éternellement entre deux incertitudes, ça ne m'intéresse pas, dit-il en contemplant les Cascades. Ne me fais pas souffrir, Siddy. Je ne suis pas maso. »

Dieu, faites que je ne perde pas Connor.

« Bon, reprit-il en se tournant enfin vers elle. D'accord. Ce n'est pas que ça m'amuse, mais s'il le faut… »

Ils retournèrent au lit, où Siddy se pelotonna contre lui. Ils restèrent ainsi longtemps sans parler. Il avait fallu quatre années d'amitié, quatre années de coopération au Goodman Theater de Chicago, où elle montait une pièce dont Connor réalisait les décors, pour qu'elle veuille bien reconnaître qu'elle l'avait aimé dès le premier jour. Elle avait eu envie de l'embrasser dès leur première rencontre, à cause d'un je-ne-sais-quoi dans son sourire lent, la forme de sa mâchoire, son long corps mince, son imagination. Quelque chose d'athlétique et de décontracté dans ses mouvements, son allure nonchalante.

Maintenant, blottie contre lui à quelques centimètres de Hueylene et de ses yeux pleins d'amour, Siddy soupira.

« J'ai pensé faire une petite retraite. Quand nous sommes arrivés ici, May m'a proposé le bungalow que sa famille possède au bord du lac Quinault, près des monts Olympiques.

— C'est loin de Seattle ?

— Environ trois heures de route. »

Connor scruta son visage.

« Bien », dit-il. Tendant la main pour caresser les oreilles du chien, il ajouta :

« Tu emmènes la fille du gouverneur ou tu me la laisses ?

— J'aimerais l'emmener avec moi. »

Connor posa les lèvres sur celles de Siddy et l'embrassa longtemps, lentement. Elle se sentit attirée dans un endroit chaud et fluide. Le sexe répare, se dit-elle. L'anxiété tue. Elle dut lutter pour céder à tant de plaisir, tant de confort.

Quatre mois avant la date prévue pour son mariage, Siddy sentait son bonheur bloqué dans sa poitrine par une grosse pierre noire et ses membres tendus dans une sorte de veille, de guet. Enfermée dans un interminable carême, elle attendait qu'on écarte le rocher qui obstruait l'entrée du tombeau.

2

Vivi Walker descendit chercher le courrier au bout de l'allée bordée d'arbres. Allongée sur la banquette, sous la fenêtre du bureau, elle lisait en écoutant un disque de Barbra Streisand quand elle avait entendu la voiture du facteur faire demi-tour. À soixante-sept ans, elle jouait au tennis deux fois par semaine et avait gardé une forme athlétique. Malgré les deux bons kilos qu'elle avait pris depuis qu'elle essayait d'arrêter de fumer, elle paraissait toujours beaucoup plus jeune que son âge. Ses jambes, quoiqu'un peu blanches, étaient musclées et robustes. Sur ses cheveux d'un blond cendré discret, coupés au carré, elle avait coiffé un chapeau de paille noire d'excellente qualité qu'elle possédait depuis trente-cinq ans. Elle portait un short en lin, un chemisier blanc amidonné et des chaussures de tennis. Pour tout bijou, un bracelet en or vingt-quatre carats, son alliance et une paire de petits diamants aux oreilles. Tout le monde à Cenla lui avait toujours connu cette tenue d'été.

La boîte aux lettres regorgeait de catalogues de vête-ments divers. Comme tout homme de la campagne, Shep Walker était incapable de résister aux plaisirs de la vente par correspondance. Vivi trouva ensuite une facture de chez Whalen, un commerçant de Thornton à qui elle venait d'acheter un superbe tailleur-pantalon de soie blanche.

Elle découvrit également une enveloppe grise, de belle qualité, postée à Seattle. Lorsqu'elle reconnut l'écriture de sa fille aînée, son estomac se contracta. Si, une fois de plus, Siddy lui demandait les trésors des Ya-Ya, la réponse était non. Après la façon dont elle l'avait traitée, Siddy pouvait toujours courir. Debout dans l'allée, Vivi décacheta l'enveloppe d'un coup d'ongle, prit une profonde inspiration et lut :

10 août 1993

Chère maman, cher papa,

J'ai décidé de retarder mon mariage. Je tenais à vous le dire avant que vous l'appreniez par quelqu'un d'autre. Je me doute que la rumeur va vite à Thornton.

Je ne sais pas où j'en suis. Je ne sais pas aimer.

Voilà. C'est tout.

Affectueusement,

Siddy

Merde, se dit Vivi. Merde, merde, merde.

De retour dans la cuisine, elle grimpa sur un tabouret pour prendre un paquet de cigarettes qu'elle avait caché au fond d'un placard. Elle se ravisa et redescendit prudemment, tendit la main vers l'étagère des livres de cuisine et ouvrit à la page 103 son *Recettes de la rivière* taché d'éclaboussures. Là, à côté de la recette de l'*étouffée* de langoustines de Mme Hansen Scobee, elle trouva la photo de sa fille avec Connor, que Siddy lui avait envoyée pour lui annoncer ses fiançailles. C'était la seule qu'elle n'avait pas déchirée. Elle l'examina un instant, se fourra une pastille de Nicorette dans la bouche et décrocha son téléphone.

Une demi-heure plus tard, elle éjectait le CD de Barbra Streisand du lecteur, attrapait son sac à main, grimpait dans sa Jeep Cherokee bleu marine et s'engageait en trombe dans l'allée qui reliait Pecan Grove au monde extérieur.

Necie et Caro étaient déjà arrivées quand elle se gara devant chez Teensy. Shirley, la domestique, avait préparé en hâte des sandwiches et deux Thermos de Bloody Mary. Les quatre amies montèrent dans la Saab de Teensy, un cabriolet rouge, aux places qu'elles avaient toujours occupées dans tous les cabriolets de Teensy depuis 1941 : Teensy au volant, Vivi à côté, Caro derrière elle et Necie derrière Teensy. Mais, contrairement aux fois précédentes, Caro ne posa pas les pieds sur le dossier du siège avant. Non parce qu'elle se souciait davantage des convenances, mais parce qu'elle ne se déplaçait plus sans une bonbonne d'oxygène portable qu'elle devait toujours garder à portée de main.

Teensy monta la climatisation au maximum et, chacune son tour, les Ya-Ya lurent la lettre de Siddy. Quand ce fut fait, Teensy décapota la voiture, Vivi glissa le CD de Barbra Streisand dans le lecteur, et les quatre têtes disparurent sous chapeaux, foulards et lunettes noires. Puis on partit à tombeau ouvert en direction de Spring Creek.

« Bon, dit Vivi. J'étais là, près de ma boîte aux lettres, quand j'ai composé une petite prière – un "ultra-tomate", comme disait Siddy pour "ultimatum". "Écoute, mon vieux Pad'na", ai-je dit. Pas : "Je t'en supplie, écoute-moi." Juste : "Écoute."

— Je croyais que tu ne priais plus que Marie Rédemptrice, *chère*, dit Teensy. Tu n'avais pas fichu le Vieux Schnoque aux oubliettes ?

— Arrête, Teensy, protesta Necie. Tu dis ça uniquement pour me choquer.

— Si, si, c'est exact, expliqua Vivi. J'ai laissé tomber Dieu le Père, le Vieux Pad'na, comme dit Shep, son "Pote". Mais, vu les circonstances, j'ai pensé qu'il valait mieux protéger mes arrières.

— C'est plus prudent, commenta Caro.

— Moi, ce que j'en dis, c'est que ça ne peut pas faire de mal de prier tout le monde, ajouta Necie, la seule des quatre à ne pas trouver le pape sénile. La sainte Trinité existe toujours, même si vous avez réinventé la religion catholique à votre convenance.

— Allez, Necie, dit Teensy, arrête ton prêchi-prêcha. Tu sais bien qu'*au cœur* nous sommes toutes de bonnes catholiques.

— Vous me permettrez de trouver un peu *gauche* d'appeler Dieu tout-puissant le Vieux Schnoque, c'est tout.

— *Bien, bien*, dit Teensy. Ne t'emballe pas, sainte Denise. »

Vivi ouvrit l'une des deux Thermos et versa du Bloody Mary dans un gobelet de plastique. « Caro *chère* », dit-elle en le lui tendant par-dessus le siège. Puis, se tournant vers Teensy :

« Prends donc l'ancienne route au lieu de l'Interstate, d'accord ?

— Pas de problème, *bébé* », répondit Teensy.

L'ancienne route, une voie unique, coupait à travers champs et contournait une partie du bayou Ovelier. Elle était plus tranquille que l'Interstate, plus fraîche aussi, car bordée de deux rangées d'arbres.

« Étant donné qu'il m'a enlevé son jumeau, Dieu me doit bien quelques faveurs en ce qui concerne Siddy, dit Vivi. Non ? Vous ne croyez pas que j'ai droit à un petit rabais ?

— Si, acquiesça Necie. Il devrait reporter sur Siddy tous les bienfaits qu'Il aurait accordés à son jumeau s'il avait vécu.

— Et voilà, dit Caro. Sœur Marie-Necie Vous Dit Tout Ce Que Vous Vouliez Savoir Sur Dieu.

— Dis-moi, Teensy, demanda Vivi, tu t'abstiens de picoler au volant ?

— Bon Dieu non ! s'exclama Teensy.

— Si on nous entendait, on nous trouverait bonnes à enfermer au Betty, dit Vivi, qui lui servit un verre et le lui passa en prenant soin de ne rien renverser.

— S'il n'y avait que ça pour nous faire enfermer au Betty… » rétorqua Teensy en stabilisant son volant. Depuis des années qu'elle avait baptisé le Betty Ford Center le « Betty », ce mot était resté dans le lexique ya-ya.

« Necie, proposa Vivi en levant son gobelet, une larmichette ?

— Juste une goutte.

— Dis à Babs de la mettre en sourdine, veux-tu ? suggéra Caro. Elle braille tellement que je n'entends pas ce que vous racontez. »

Teensy baissa le volume et intercepta le regard de Caro dans le rétroviseur.

« Tu sais, maintenant on en fait qui ne se remarquent même plus.

— Pour la centième fois, Teensy, je n'ai pas besoin d'appareil. »

Se retournant vers Caro, Vivi se mit à bouger les lèvres sans émettre aucun son. Necie l'imita aussitôt.

« Que vous êtes bêtes, v's aut' ! pouffa Caro. Ah, c'est malin !

— Je ne décolère toujours pas contre Siddalee Walker, dit Vivi en avalant une bonne gorgée de son cocktail. Massacrer ma réputation dans le plus grand journal du pays ! Il y a de quoi l'avoir mauvaise. Mais mon radar maternel est en train de capter des signaux.

— Il faut toujours tenir compte des signaux, observa Necie.

— C'est cette photo, reprit Vivi. Celle qu'elle m'a envoyée pour m'annoncer ses fiançailles, précisa-t-elle en sortant le cliché de son sac pour le faire circuler à l'arrière de la voiture.

— Elle est éblouissante, en effet, dit Necie, même si c'était un peu cavalier comme faire-part de fiançailles.

— Non, non. Regardez de plus près », dit Vivi.

Caro et Necie se penchèrent sur la photo, puis la passèrent à Teensy, qui claquait des doigts pour la réclamer à son tour.

Caro sifflait le *Concerto brandebourgeois n° 6* de Bach. Soudain, elle s'interrompit au milieu d'une mesure.

« C'est son sourire, dit-elle.

— *Exactement !* s'écria Vivi en se retournant sur son siège. Siddalee Walker n'a pas souri une seule fois comme ça depuis l'âge de dix ans. »

Teensy mit son clignotant et ralentit en arrivant à une vieille épicerie dont la devanture s'effondrait. Le bâtiment était envahi par le kudzu et, telles d'étranges chevelures de Méduse, les plantes grimpantes sortaient des pompes Esso désaffectées.

Teensy tourna à gauche sur une route secondaire où les frondaisons des chênes se rejoignaient et formaient une sorte de voûte enchantée. Quand toutes les quatre étaient enfants, soixante ans auparavant, ces arbres avaient déjà un âge vénérable. Elles se turent, charmées par la magie du lieu.

Elles n'auraient su dire combien de fois elles étaient passées par là pour se rendre à Spring Creek : d'abord petites filles, accompagnées de leurs parents, ensuite ensemble ou avec des garçons, après avoir volé des coupons d'essence. Plus tard, enfin, quand leurs enfants étaient petits et qu'elles s'installaient là pour les deux ou trois mois d'été, ne se maquillant que le week-end, quand leurs maris venaient les rejoindre.

« Un sourire comme elles en ont avant que leur poitrine pousse, dit Teensy.

— Un sourire comme on en fait pour soi-même, et pas pour l'objectif, dit Caro.

— Moi aussi, j'ai souri comme ça autrefois, je le sais, ajouta Vivi. Avant que je commence à faire attention à mes taches de rousseur et à rentrer mon ventre.

— Le problème, et c'est un putain de problème, observa Caro, c'est que Siddy ne pose pas. Elle ne cherche pas à se donner des airs de femme qui se fiance.

— Caro, dit Necie, ce que tu peux être remontée ! »

Caro tendit la main et serra doucement celle de Necie.

« Necie, ma petite pote, j'ai soixante-sept ans. Je suis remontée si je veux et j'emmerde tout le monde.

— Malissa dit que d'après sa psy je suis terrorisée par les gens qui s'énervent. Elle prétend que la douceur est ma drogue. Moi, je ne comprends pas en quoi le fait d'essayer de voir la vie en rose est une drogue », dit Necie.

Caro souleva la main de son amie et y déposa un baiser léger avant de se caler dans son coin.

« Il ne faut jamais écouter les thérapeutes de ses enfants, dit-elle.

— Attends un peu que leurs propres enfants aillent consulter à leur tour, dit Vivi. Ce jour-là, je savourerai ma vengeance. »

Necie souriait en regardant Caro, qui avait fermé les yeux.

Vivi se demandait si sa propre mère, Buggy, avait souri de cette manière. Elle revoyait une photo trouvée dans ses affaires après sa mort. Le cliché devait dater de 1916. Un énorme nœud dans les cheveux, sa mère fixait l'objectif avec le plus grand sérieux. Au dos, elle avait inscrit son nom. Pas « Buggy », pas « Mme Taylor C.

Abbott » non plus, les deux noms que Vivi lui connaissait, mais « Mary Katherine Bowman », son vrai nom.

« Maman souriait comme Siddy là-dessus », dit Teensy en désignant la photo qui était revenue sur les genoux de Vivi.

À quoi ressemble mon sourire, maintenant ? se demanda Vivi. Peut-on retrouver son sourire de jeune fille libre, ou est-ce comme la virginité : une fois perdu, c'est fini ?

Arrivées à la rivière, les femmes descendirent de voiture. Necie prit le panier de pique-nique, et Teensy sortit du coffre la seconde Thermos de Bloody Mary. D'autorité, Vivi aida Caro à transporter sa bonbonne d'oxygène, et celle-ci accepta sans plus de façons. Les quatre Ya-Ya empruntèrent un petit sentier et, lentement, prudemment, atteignirent le bord de l'eau, où Vivi étala une vieille couverture à carreaux roses. Elles s'assirent et écoutèrent les bruissements d'insectes.

« Ça fait du bien, un peu de fraîcheur, dit Caro. Sans ça, on cuirait à petit feu. »

Derrière les saules et les peupliers baumiers inclinés au-dessus de l'eau se dressaient des pins à encens. Le soleil avait depuis longtemps dépassé le zénith, mais il faisait encore très chaud.

Necie distribua les *muffalettos* [1] aux huîtres préparés par Shirley tandis que Teensy remplissait les verres.

« Alors, qu'est-ce qu'on fait pour Siddy et sa pièce de Clare Boothe Luce ? reprit Vivi. Elle ne manque pas de culot, cette petite garce… oser me demander les trésors des Ya-Ya. Elle plaisante, ou quoi ? Après ce

1. Gros sandwiches louisianais, généralement à base de viande, fromage ou légumes au vinaigre. *(N.d.T.)*

qu'elle m'a fait, elle peut toujours courir pour que je lui envoie ne serait-ce qu'une recette de nouilles au thon.

— Moi, à ta place, je serais flattée ! dit Necie. Mais je parle pour moi. À part des bons du Trésor, mes filles ne me réclament jamais rien.

— Et en plus, on servirait la cause du théâtre professionnel, remarqua Teensy.

— Cette petite, elle sait où s'adresser pour trouver les matériaux à la source, dit Caro.

— Nous n'avons rien à voir avec ces commères des *Femmes*. Elles se détestaient, dit Vivi. En plus, nous étions gosses quand le film est sorti.

— Nous étions des *bébés*, ajouta Teensy.

— Mais nous avons le sens de l'histoire, dit Necie. N'est-ce pas que Norma Shearer était merveilleuse dans le rôle ? Des actrices comme ça, on n'en fait plus.

— Buvons aux trésors des Ya-Ya, proposa Caro en levant son gobelet.

— Quoi ? fit Vivi.

— La vie est courte, ma pote, répondit Caro. Envoie-lui ton livre-souvenir.

— Ce n'est pas ma faute si elle a la trouille de se marier, protesta Vivi. Pas question qu'elle ait mon album.

— Je suis sa marraine, insista Caro. Envoie-lui les "Divins Secrets".

— C'est la seule chose civilisée à faire, dit Necie.

— Poste-lui les "Divins Secrets", *chère*, renchérit Teensy. Et *tout de suite*. »

Vivi considéra ses amies l'une après l'autre.

« Aux trésors des Ya-Ya », dit-elle enfin, levant son verre à son tour.

Elles trinquèrent en se regardant dans les yeux. S'il est une règle essentielle entre les Ya-Ya, c'est de se regarder dans les yeux en trinquant. Sinon, le rituel, vide de sens, n'est qu'un faux-semblant. Et il ne saurait être question de faux-semblant chez les Ya-Ya.

3

De retour à Pecan Grove ce soir-là, Vivi s'enferma dans sa chambre. Climatisation branchée, ventilateur ronronnant, fenêtres ouvertes en grand sur les bruits du bayou, elle éteignit sa lampe de chevet et alluma une bougie au pied de sa statue de la Vierge Marie.

Notre Mère pleine de compassion, implora-t-elle, entends ma prière. Tu es la Reine de la Lune et des Étoiles, et moi je ne sais plus de quoi je suis reine.

Je n'ai aucune excuse pour ce que j'ai fait à cette période de ma vie. De nos jours, quand on commence à dérailler, il y a toujours quelqu'un qui s'en aperçoit. Et on se retrouve illico dans un endroit sympathique comme le Betty avant que ça devienne trop grave. À l'époque, eh bien... à l'époque, je prenais ce foutu Dexamyl et j'allais me confesser trois fois par semaine. À l'époque, nous n'avions pas les talk-shows d'Oprah.

Ce jour-là, un dimanche après-midi, j'avais pris la ceinture de Shep, celle en cuir gravé à son nom, avec le rubis serti dans la boucle et le renfort d'argent à l'autre bout. Quand je battais mes enfants, c'était ce petit morceau de métal qui les marquait le plus.

Je revois leurs jolis corps comme si j'y étais. On m'a dit ce que j'avais fait. Leurs peaux de bébé étaient des cibles si nues, si faciles...

Tu vois cette cicatrice sur l'épaule de Siddy ? Connor McGill la voit-il quand il lui fait l'amour ? Si je pouvais passer la main sur le dos de ma fille, sur tout ce carême-là, sur toutes les saisons de son enfance, et tout effacer… Mais je n'ai pas les pouvoirs divins que je voudrais posséder. C'est peut-être la seule chose que m'ait apprise la vie.

Siddy aurait dû m'en empêcher. Mais elle encaissait les coups sans bouger. Comme moi, petite, avec Père.

Rêve-t-elle du contact du cuir sur sa cuisse, sur son épaule ?

Ensuite je suis partie. Quand je suis revenue de cet hôpital qu'on n'appelait pas un hôpital, on a dit que j'avais été fatiguée, que j'avais eu besoin de repos. Jamais une explication. Jamais un mot là-dessus.

Ce n'est pas la seule fois où je les ai frappés. Mais c'est la seule où je les ai fait saigner. Et la seule où Siddy n'a pas pu contrôler sa vessie.

J'ai obligé Caro à me raconter ça. J'ai obligé ma meilleure amie à me dire ce que j'avais fait.

Dort-elle encore les couvertures ramenées sous le menton, un deuxième oreiller serré sous un bras, l'autre bras jeté par-dessus la tête ? Est-elle toujours réveillée en sursaut, le souffle coupé par ses vieux cauchemars ? Lui ai-je fait ça ? Ne serai-je donc jamais absoute ? Quand elle était petite, je lui disais que son jumeau mort était devenu son ange gardien. Le croit-elle encore ?

Est-ce ma punition de voir mon aînée se détourner de l'amour ? Sainte Marie, Toi qui es Mère, Toi qui es Reine des Champs et des Prés, envoie-moi un signe, je t'en prie. Réconforte-moi. « Indemnise »-moi aussi, pendant que tu y es, si tu n'y vois pas d'inconvénient. Dois-je porter ma fille en moi toute ma vie ? Dois-je être responsable d'elle jusqu'au jour de ma mort ? Je ne veux pas de cette culpabilité, je ne veux pas de ce fardeau.

Marie, Mère des sans-mère, intercède en ma faveur. Fais-toi écouter de Dieu, comme toi seule sais le faire. Transmets-lui ce message :

Jésus-Christ, notre Sauveur, prête l'oreille à notre Sainte Mère qui t'implore en mon nom. Je suis toujours furieuse contre ma grande gueule de fille, mais je suis prête à conclure un marché. Voici mes conditions : Tu l'empêches de paniquer dès qu'elle rencontre l'amour, et moi j'arrête de boire. Jusqu'au jour où elle et Connor diront « oui ». Et je lui passe les trésors des Ya-Ya qu'elle m'a demandés. Je t'entends rigoler. Suffit ! Cette fois-ci, c'est sérieux.

Fais en sorte que Siddalee, comme Israël, marche dans le feu et ne se brûle pas. Si elle recommence à te baratiner dans le style « Je-suis-incapable-d'aimer », ne te laisse pas avoir.

Mais je t'avertis : il faut qu'ils soient mariés avant le 31 octobre, compris ? Après Halloween, je ne garantis plus mon abstinence. Nous sommes en août. Ça te laisse tout le temps.

Fais que mon aînée retrouve ce sourire si vrai.

Par l'intercession de Notre-Dame des Étoiles Filantes,
Amen.

Vivi se signa et alluma une cigarette. Elle n'était pas censée fumer dans la maison, ni fumer du tout d'ailleurs, mais zut, Shep n'était pas là. La présence du petit bout rouge incandescent l'aidait à penser. Dans sa chambre plongée dans l'obscurité, elle fit le signe de croix, cette fois avec sa cigarette. Cela lui donna une idée.

Elle gagna la cuisine et ouvrit le tiroir où elle rangeait les pétards du Nouvel An et du 4 Juillet ; elle en gardait toujours en réserve pour les occasions exceptionnelles. Elle prit deux bâtonnets magiques qu'elle emporta dehors.

Pecan Grove était désert. Elle descendit jusqu'à la berge du bayou, les alluma et regarda les petits croissants de lumière jaillir dans le ciel nocturne.

Puis elle se mit à les agiter en l'air et tout à coup, sans trop savoir pourquoi, à descendre et à remonter le bayou en les brandissant au-dessus de sa tête.

Si les gens me voyaient, ils se diraient : « Cette fois, ça y est, Vivi Abbott Walker a fondu les plombs. » Ce qu'ils ne savent pas, c'est que ça fait des années que j'ai fondu les plombs, simplement ça ne se voit pas trop.

Vivi courut jusqu'à perdre haleine, s'arrêta et tint les deux bâtonnets à bout de bras. Elle les regarda en pensant : C'est tout ce que j'ai. Avec ces petites lueurs qui vacillent et s'éteignent aussitôt, on est bien loin de la lanterne d'un vieux phare, énorme et puissante, qui guide les bateaux vers le port en leur évitant les rochers déchiquetés. Je voudrais pouvoir poser sur ma fille un regard comme ma mère n'en a jamais posé sur moi. Puisse-t-elle me voir, elle aussi.

De retour dans sa chambre, elle alluma une deuxième bougie qu'elle posa avec les bâtonnets calcinés devant sa statue de la Vierge Marie, elle s'essuya les pieds et se mit au lit.

Je m'endormirai en laissant cette bougie brûler toute la nuit pour ma fille, se dit-elle. Et tant pis pour les pompiers et leurs mises en garde contre le feu. Le feu, ça me connaît.

4

Debout sur le pont supérieur du ferry qui desservait Bainbridge Island, Siddy regardait s'éloigner les toits de Seattle. Les sommets enneigés des Cascades se dressaient à l'est. Au sud, le mont Rainier, gigantesque dieu protecteur, veillait sur la ville. En se tournant vers l'ouest, elle aperçut les pics acérés et les glaciers vernissés des monts Olympiques qui semblaient jaillir vers le ciel.

Les yeux fixés dans le lointain, par-dessus les eaux, elle ne sentait que vaguement la présence des touristes qui passaient près d'elle, souriants. Elle revivait un certain jour de février où le spectacle avait été très différent.

C'était un jour de semaine froid et ensoleillé. Les critiques généreuses de *Femmes à l'aube d'un jour nouveau* venaient de sortir, la brève biographie signée Roberta Lydell n'avait pas encore fait ses ravages. Avec Connor, ils avaient fait l'école buissonnière pour fêter leur succès : après avoir longuement promené Hueylene dans Central Park, ils étaient rentrés chez Siddy afin de déboucher une bouteille de champagne en plein après-midi.

Dans la lumière déclinante et le froid nocturne qui s'emparait de la ville, ils avaient fait l'amour. Elle s'était penchée pour sentir la peau de Connor « au point d'attache de ses ailes », comme aurait dit Martha Graham. Puis elle avait humé ses cheveux. Des cheveux épais et noirs, grisonnants aux tempes, si doux qu'on les aurait dits lavés sous la pluie comme le faisait grand-mère Buggy. Avec son long corps musclé, il était plus sexy qu'un garçon de vingt ans.

Elle ne comptait plus les amants qu'elle avait eus pendant de longues années d'unions éphémères qui l'avaient laissée à vif, un peu désemparée, vidée de sa douceur au petit matin. Elle avait vécu deux relations plus longues, mais seul Connor lui avait donné le sentiment d'être comprise et aimée.

Après avoir partagé une gratifiante petite mort, ce jour-là, ils étaient restés étendus côte à côte, la peau chaude, la chair réjouie. Siddy s'était abandonnée à la douceur de leur étreinte et s'y était attardée. Ensuite, ses yeux s'étaient emplis de larmes. Elle avait pleuré devant la beauté de ce qu'elle venait de trouver, pleuré de peur devant un bonheur si grand qu'elle n'aurait jamais le courage de le supporter.

Une fois ses larmes séchées, il l'avait embrassée sur les paupières. Puis il l'avait demandée en mariage.

Elle avait dit oui.

Longtemps auparavant, elle avait décidé de ne jamais, au grand jamais, s'engager dans ce dont elle avait été témoin entre ses parents.

Mais elle avait dit oui à Connor.

Il avait posé la main sur le léger renflement de son ventre qui, lorsqu'elle inhalait, montait pour épouser sa paume. D'instinct, elle aurait plutôt rentré son ventre, mais elle n'en avait plus la force. L'amour l'avait épuisée.

Plus tard, ayant enfilé des pulls et des grosses chaussettes, ils étaient sortis sur le petit balcon du vingt-deuxième étage munis du vieil appareil Rolleicord de Siddy.

Ils l'avaient fixé au trépied et s'étaient photographiés grâce au retardateur, souriants, cheveux au vent. Non pas penchés l'un vers l'autre, ce qui ne manquait jamais d'attirer les ennuis, mais côte à côte, en se tenant par la main comme sur les photos d'autrefois.

Siddy débarqua du ferry et prit la direction de la péninsule Olympique. Une heure plus tard, elle traversait de vastes forêts où les arbres avaient été abattus, les parcelles brûlées et replantées. De petites villes aux maisons tristes arboraient des écriteaux orange fluo où l'on pouvait lire : NOUS VIVONS DE L'EXPLOITATION DU BOIS. Elle passa devant des coupes franches saignées à blanc, où des souches décolorées et des branches tordues se dressaient, tels des squelettes humains.

Dans la vitrine d'une station-service, une affiche représentait trois générations de bûcherons robustes. La légende disait : ESPÈCE EN VOIE DE DISPARITION / À PROTÉGER. À un moment, elle faillit même quitter la route en croisant un grumier chargé d'arbres centenaires, sur la calandre duquel on avait accroché un petit duc maculé.

En fin d'après-midi, Siddy bifurqua sur le chemin de terre conduisant au bungalow de May. Ce vieux chalet des années trente, couvert de bardeaux blancs, se dressait au bord du lac Quinault, en lisière de la forêt pluvieuse. De la terrasse, on dominait presque tout le lac. À droite s'étendait la plaine alluviale du fleuve Quinault, avec sa verdure luxuriante qui disparaissait dans les monts Olympiques, dentelés et ourlés de neige. Sous le ciel gris, la journée était si tranquille que Siddy entendit un plongeon remonter à la surface de l'eau étale.

L'intérieur du bungalow était sombre et chaleureux, lambrissé de pin noueux qui diffusait une lueur dorée même par les jours les plus sombres. Il se composait d'une cuisine, d'une chambre spacieuse et d'un grand séjour ouvrant par des fenêtres et des baies coulissantes sur une terrasse en lattes de bois. L'un des murs accueillait des photos de May Sorenson avec sa famille. En voyant des livres, des fauteuils bien rembourrés, un puzzle de Venise sur une petite table d'angle, Siddy se sentit chez elle.

Lorsqu'elle eut sorti ses bagages de son coffre, elle se prépara une tasse de thé et se prit à regretter sa décision de se mettre au vert. Démangée par l'envie d'appeler son agent pour lui dire où la joindre, elle s'en voulut d'avoir oublié d'apporter un téléphone cellulaire : elle était trop habituée à être reliée au monde.

Quand elle eut vaincu son envie de se précipiter à la recherche d'une cabine, elle se décida à récupérer dans la voiture une drôle de boîte que Connor y avait glissée à la dernière minute. Elle la déposa au milieu de la pièce, sur un vieux tapis rose et vert fané, devant une baie ouverte qui laissait entrer la brise du lac.

Hueylene tournait autour de la boîte et la flairait avec curiosité. L'adresse du destinataire était écrite de la main de Vivi. Celle de l'expéditeur indiquait Pecan Grove. Imitant sa chienne, Siddy se mit à tourner autour de la boîte. Elle faillit se pencher pour renifler, mais n'osa pas. Ce truc émet des ondes maternelles, se dit-elle. Il était bardé d'étiquettes de Federal Express, qui s'ajoutaient à la mention « FRAGILE » portée en grosses lettres par Vivi.

Enfin, Siddy s'empara de la boîte. Elle y appuya l'oreille : ça ne faisait pas tic tac, autant de gagné. L'objet, inodore, pesait une dizaine de kilos. Elle le plaça sur la table et alla dans la cuisine boire lentement un verre d'eau. Revenue dans la pièce, elle contempla de nouveau le paquet.

Hueylene s'approcha de la porte. Oreilles dressées, queue battante, elle demandait à sortir.

Siddy enfila son maillot de bain et l'emmena, en empruntant quelques marches grossières, jusqu'au ponton sur le lac. Elle trempa un pied et le retira aussitôt. Pas question de plonger dans cette eau glacée. Pour qui venait du Sud, c'était la crise cardiaque assurée. Elle s'assit sur les lattes de bois et regarda la chienne arpenter le ponton en courant, folle de joie, avant de venir se reposer à côté d'elle.

De retour au chalet, Siddy déballa les livres qu'elle avait apportés : Tchekhov, le *Dictionnaire des symboles* de Cirlot, une biographie de Clare Boothe Luce et un ouvrage intitulé *Les Chemins du mariage : évolution de la relation amoureuse*. Elle sortit de sa valise son pantalon kaki, ses shorts et ses chemises de lin, un jogging et une immense chemise de nuit en coton blanc. Puis elle prit les talismans dont elle ne se séparait jamais : l'oreiller de plumes qu'elle gardait depuis son enfance, sa photo de fiançailles encadrée, un ours en peluche tout usé que May Sorenson lui avait offert à la première lecture publique de *Femmes à l'aube d'un jour nouveau,* un sac en plastique renfermant deux boules de coton cueillies à Pecan Grove et une petite fiole ancienne qu'elle avait dénichée chez un antiquaire de Londres.

Elle disposa ses trésors sur le manteau de la cheminée, ainsi qu'une image de saint Jude et une de Notre-Dame de Guadalupe entourée de roses, avec un cierge devant chaque fleur.

Elle rangea dans la cuisine les pâtes fraîches, les pommes, les melons cantaloups et le gouda, et mit au réfrigérateur les bouteilles de champagne. Après quoi, elle installa le panier de Hueylene.

Mais elle ne toucha pas à la boîte envoyée par sa mère. Il était encore trop tôt.

Il fallut qu'elle s'éveille en pleine nuit, incapable de se rendormir, pour admettre enfin qu'il était inutile de résister plus longtemps. Elle enfila son peignoir à pompons et à roses, création impromptue de Wade Coenen à partir d'un couvre-lit chenille des années cinquante, et dans lequel elle se sentait un peu comme Lucille Ball pendant un trip à l'acide. Il s'était mis à pleuvoir, et le temps s'était rafraîchi. Août dans le Nord-Ouest, c'était novembre en Louisiane.

Hueylene la suivit dans le séjour. Siddy resta figée sur place un moment, puis abaissa la lampe suspendue au-dessus de la table, s'assit et ouvrit la boîte.

À l'intérieur, elle trouva un grand sac-poubelle soigneusement scellé avec du ruban adhésif, où était collée une enveloppe à son nom.

Elle contenait une lettre écrite non pas sur le papier de sa mère, mais sur un bloc de la Garnet Bank and Trust Company qui traînait toujours à côté du téléphone de la cuisine. La note semblait avoir été griffonnée à la hâte puis arrachée au bloc avant que Vivi change d'avis.

> Pecan Grove Plantation
> Thornton, Louisiane
> Le 15 août 1993, 5 h 30 du matin
> Siddalee…
>
> Mais enfin, ma fille, qu'est-ce que cette histoire d'être « incapable d'aimer » ? Tu crois que tu es la seule ? Tu t'imagines que les autres savent aimer ? Tu t'imagines qu'on bougerait le petit doigt s'il fallait attendre de savoir

45

aimer ? ! Qu'on ferait des bébés, qu'on préparerait des repas, qu'on sèmerait des récoltes ou qu'on écrirait des livres, ou que sais-je encore ? Tu crois qu'on sortirait du lit le matin s'il fallait être sûr qu'on est capable d'aimer ?

Tu as passé trop de temps en analyse. Ou pas assez. Dieu seul est capable d'aimer, ma petite. Quant à nous, nous sommes de bons acteurs, c'est tout !

Oublie la façon d'aimer. Essaie plutôt les bonnes manières.

Vivi Abbott Walker

P.-S. Ai décidé de t'envoyer quelques-uns des souvenirs des Ya-Ya. Si jamais tu perds cet album ou si tu le donnes au *New York Times*, je lance un contrat sur ta tête. J'exige que tu me le rendes en excellent état.

P.-P.-S. Ne crois pas que je t'aie livré tous mes secrets pour autant. Je n'ai pas fini de t'étonner.

Siddy remit la lettre dans l'enveloppe, comme pour enrayer cette débauche de points d'exclamation et d'interrogation, et s'intéressa au contenu du sac.

Elle en sortit un gros album de cuir brun d'où s'échappaient des papiers et de menus souvenirs. Le dos se déchirait, le cuir était éraflé. Le volume semblait avoir été démonté et remonté ; on y avait ajouté des pages pour lesquelles la reliure était trop petite. Un liseré doré bordait la couverture ; dans le coin inférieur droit était gravé en lettres d'or le nom de Vivi Walker.

Siddy approcha l'album sous son nez, le serra contre sa poitrine. Sans bien savoir pourquoi, elle eut envie, besoin plutôt, d'allumer une bougie.

Elle posa les cierges sur la table, les alluma et les plaça de part et d'autre de l'album. Les yeux fixés sur les petites flammes, elle ouvrit l'ouvrage. Sur la page de garde en grossier papier brun, une main généreuse et juvénile avait inscrit : « Divins Secrets des Petites Ya-Ya. »

Le titre pompeux la fit sourire. Typiquement ya-ya. Elle effleura le cuir fendillé et se revit petite fille, connaissant l'existence du volume sans avoir le droit d'y toucher. Oui, maman le rangeait sur l'étagère supérieure du placard où elle mettait ses chapeaux d'hiver.

Doucement, pour ne rien déchirer, elle l'ouvrit au hasard et tomba sur une photo de sa mère avec les Ya-Ya et deux adolescents sur une plage. Vivi était montée sur les épaules du jeune homme brun, dont le visage s'illuminait de rire. Elle souriait avec délectation.

Siddy l'examina plus attentivement. Quel âge pouvait-elle avoir ? Quinze ans ? Seize ? Elle lui trouva les pommettes plus saillantes que dans son souvenir, la peau sans une ride, les cheveux bouclés ; mais les yeux, qui brillaient d'un éclat coquin, se reconnaissaient aisément.

Elle eut envie de dévorer l'album, de s'y glisser comme un enfant affamé et d'y glaner de quoi se rassasier : une envie brute qui lui donna le vertige, tant elle était mêlée de voyeurisme et de la curiosité propre aux dramaturges. Devant cette corne d'abondance débordant d'indices sur ce qu'avait été la vie de sa mère avant ses maternités, ses mains tremblaient presque.

C'est ridicule, se dit-elle. Du calme. Tu es une archéologue, tu fais le tri entre les vestiges authentiques et les débris sans valeur. Et n'oublie pas de respirer.

Elle alla s'installer dans un grand fauteuil de chintz aux bras assez larges pour l'accueillir en biais.

Hueylene se coucha à ses pieds, soupirant sous l'effort de sa délicieuse vie de chien. Une couverture afghane jetée sur les jambes, Siddy se plongea dans sa lecture. Tout d'abord, elle se contenta de tourner les pages sans méthode, en suivant son instinct.

Si, au début, Vivi semblait avoir voulu respecter un ordre chronologique, elle avait fini par coller ses souvenirs au hasard dès qu'elle avait commencé à manquer de place. Ainsi, une photo d'elle et des Ya-Ya enceintes jusqu'aux dents, et posant au bord du bayou, côtoyait une coupure de journal qui annonçait : « Mlle Vivi Abbott, fille de M. et Mme Taylor C. Abbott, de Thornton, revient passer les vacances scolaires chez elle. Récemment élue reine du campus, elle nous quittera dans une semaine pour retourner à Oxford, Mississippi. »

Siddy contempla quelques instants Vivi, Caro, Teensy et Necie et leurs ventres ronds dans leurs maillots de bain.

Depuis sa tendre enfance, c'était sur ces visages qu'elle apprenait à lire le monde, à savoir, parmi les vêtements, films, coupes de cheveux, restaurants ou personnes, lesquels étaient ya-ya (charmants) et lesquels pas-ya-ya (nuls). Ces mots lui étaient devenus si familiers qu'elle se surprenait à juger d'après ces critères.

Il arrivait même que l'expression franchisse ses lèvres. Elle se souvint d'un jour où, avec Connor, elle avait assisté à une soirée d'art dramatique d'un goût plus que douteux, qui l'avait mise très mal à l'aise. Sans réfléchir, Siddy avait murmuré à l'oreille de Connor : « *Très* pas-ya-ya ! » Malgré toutes les barrières qu'elle avait érigées entre elle et les quatre femmes, les Ya-Ya se faisaient parfois entendre par sa bouche.

L'album sur les genoux, elle se demanda : Qu'est-ce qui fait que je m'attarde sur ma mère et les Ya-Ya ?

C'est parce qu'elles me manquent, parce que j'ai besoin d'elles et que je les aime.

Siddy découvrit des petits bouquets à porter au corsage. Les fleurs, fanées et écrasées, tombaient en poussière. À côté, quelques mots : « Cotillon avec Jack. Robe jaune. » À la même page, un reçu d'un mont-de-piété, The Lucky Pawn. Siddy se demanda quel objet on y avait mis en gage. Elle avait du mal à imaginer sa mère dans ce genre d'endroit.

Elle trouva des places de cinéma, qui coûtaient quinze cents seulement, des capsules de Coca, une reconnaissance de dette sur laquelle on pouvait lire : « Bon pour 3 massages du dos », mais sans le nom du destinataire. Une page s'ouvrit d'elle-même sur trois monogrammes bleu et blanc du lycée de Thornton, que Vivi avait gagnés comme *cheerleader* [1] ou comme joueuse de tennis en 1941, 1943 et 1944. Il manquait 1942. Que s'était-il passé cette année-là ?

La boîte contenait d'innombrables clichés jaunis couvrant les années trente à soixante. Siddy mit quelques instants à se rendre compte qu'elle n'avait pas encore vu une seule photo de son père mais eut la bonne surprise de découvrir un petit poème qu'elle avait écrit enfant, plié dans une enveloppe adressée AUX YA-YA, DE LA PART D'UNE BOHÉMIENNE.

Une marie-louise en carton offerte par le Court of Two Sisters, restaurant de La Nouvelle-Orléans, contenait une photo de Vivi avec Teensy et Geneviève, la mère de Teensy, resplendissante et juvénile, un peu à la manière de Jennifer Jones.

Suivaient des bristols imprimés ou gravés invitant à des matinées dansantes, des déjeuners, des bals, des thés.

Siddy aimait particulièrement ceux rédigés ainsi :

M. et Mme Newton Whitman
seront chez eux
le mardi vingt-neuf juin mil neuf cent quarante-trois
de vingt heures à vingt-trois heures.

---

1. Jeune fille menant les supporters d'une équipe sportive, et dont elle suscite les encouragements et les cris pendant les matches. (*N.d.T.*)

Sur cette invitation, Vivi avait griffonné « Porté le tulle abricot ».

Elle aperçut une photo d'un jeune homme atrocement beau, en uniforme de l'armée de l'air de la Seconde Guerre mondiale. Parmi les nombreuses photos d'hommes en uniforme, celle-ci capta l'attention de Siddy et l'obligea à s'y attarder, se demandant s'il s'agissait du frère de Teensy.

Elle découvrit des carnets de bal remplis de noms masculins. Plusieurs lui étaient familiers, elle avait même connu certains de ces cavaliers lorsqu'elle était enfant. Il y avait aussi quelques feuillets au stencil distribués autrefois à un cours intitulé « Comment être Intelligente et Charmante », des images pieuses, une rosette d'ancien combattant et une coupure du *Thornton Town Monitor* remerciant saint Jude « pour faveurs accordées ».

L'imagination stimulée par ces trouvailles, Siddy se sentit émue par toute la vie que contenaient les petits trésors de sa mère. Envahie de gratitude, elle eut presque honte d'être la dépositaire d'un tel débordement de richesses. Elle faillit pleurer à l'idée, insupportable, que ce volume si fragile avait traversé le pays, livré aux avions et aux camions.

Maman s'est départie de ses Divins Secrets pour moi, parce que je le lui ai demandé, se dit-elle. Et ce qui me touche tant, ce n'est pas seulement la fragilité de son album, c'est aussi le fait – et peut-être l'ignore-t-elle – qu'elle s'est elle-même fragilisée à mes yeux en me l'envoyant.

Siddy revint au cliché des Ya-Ya enceintes au bord de la rivière et l'examina de près : les quatre femmes riaient. Plus elle le regardait, plus il lui semblait entendre leurs rires bien distincts. Elle détailla chacune d'entre elles, scruta leur pose, leur maillot, leurs mains, leurs cheveux, leur chapeau. Elle ferma les yeux. Si

Dieu se cache dans des détails, pourquoi pas nous ?
pensa-t-elle, inspirant profondément par le nez, expi-
rant lentement par la bouche. Si elle ne rouvrait pas les
yeux, ce n'était pas parce qu'elle s'était endormie.

5

Siddy sortit le carnet de bord dans lequel elle avait eu l'intention de noter quelques idées préparatoires pour *Les Femmes* et se retrouva en train d'écrire sur les Ya-Ya. Sa main courait sur la page. Elle ne prit pas le temps de se corriger ni d'analyser ce qui la guidait. Assise à la table, elle obéissait à son cœur et jetait de temps en temps des coups d'œil sur la photo.

C'est fou ce que maman et les Ya-Ya savaient rire ! Je les entendais du bord de l'eau où je jouais avec mes frères et ma sœur Lulu, et tous les autres Ya-Ya Jolis. Nous plongions et, dès que nous refaisions surface, nous les entendions. Le gloussement de Caro ressemblait à un sourire qui danse la polka. Le petit rire de Teensy avait une saveur de bayou, on aurait dit qu'on saupoudrait du tabasco dessus. Necie poussait des sortes de hennissements ; quant à maman, quand elle riait en public à gorge déployée, tête renversée, les gens se retournaient.

Ensemble, les Ya-Ya riaient beaucoup. Il leur arrivait de démarrer sans pouvoir s'arrêter. De grosses larmes rondes leur roulaient sur les joues. Il y en avait toujours une qui finissait par accuser les autres de lui faire faire pipi dans sa culotte. Je ne sais pas ce qui provoquait ce rire, mais je sais que c'était beau à voir et à entendre, et que j'aimerais pouvoir les imiter plus souvent. Moi qui me vante de me débrouiller mieux que ma mère dans beaucoup de domaines, elle m'a toujours battue quand il s'est agi de rigoler avec ses copines.

Ça, c'étaient les Ya-Ya des étés de mon enfance, des jours passés au bord de la rivière. Elles s'enduisaient d'un mélange de lait pour bébé et de teinture d'iode qu'elles mettaient dans des flacons de lait Johnson. Elles agitaient leur mixture couleur brun-roux, presque rouge sang, avant de s'en tartiner le visage, les bras et les jambes, et de se l'étaler mutuellement sur le dos.

Ma mère s'allongeait par terre, les mains sous le menton ; sa tête roulait sur le côté, et elle poussait un long soupir en disant que la vie était merveilleuse. J'adorais la voir aussi détendue.

À cette époque-là, on ne se souciait pas du cancer de la peau, on ne voyait le soleil que comme un bienfait pour la santé. C'était avant qu'on ait troué l'ozone, sentinelle dressée entre lui et nous.

Maman et Caro portaient généralement des maillots une-pièce rayés qui rappelaient leur tenue de maître nageur, du temps où elles travaillaient à la colo de Minnie Madern pour jeunes filles du Sud, avant leur mariage et leurs maternités.

Ma mère nageait très bien, en particulier le crawl australien. La regarder nager, c'était comme observer une valseuse accomplie, à cette différence près que son cavalier était l'eau de la rivière. Elle avait un jeu de jambes solide, une attaque douce, et quand elle dégageait la tête de côté pour respirer on voyait à peine sa bouche s'ouvrir. « Il est tout aussi inexcusable de nager n'importe comment que de manger salement », nous disait-elle. Elle jugeait les gens à leur façon de nager et à leur capacité à la faire rire.

Spring Creek n'offrait ni la largeur de la Garnet, ni l'immensité du golfe du Mexique, ni même la longueur de certains lacs. C'était un petit cours d'eau un peu boueux qui convenait bien à des mères accompagnées de leur progéniture. Il avait beau être parfaitement sûr, elles nous mettaient en garde contre les endroits qu'elles ne voyaient pas, après le méandre, là où l'eau devenait profonde : au-delà des vieux troncs, il existait un autre espace obscur, habité par des alligators qui mangeaient tout crus les petits enfants désobéissants, des cocodrils qui rampaient dans vos rêves et pouvaient venir vous dévorer, vous et votre mère, en une seule bouchée.

« Même moi, je ne pourrai rien pour vous si vous vous laissez attraper par un alligator, disait-elle. Alors ne prenez pas de risque. »

Quand elle faisait ses longueurs – dix fois la circonférence du bassin –, elle semblait élargir la rivière. Je l'admirais d'accomplir toute seule ce qu'elle appelait son « tour du monde à la nage », et j'attendais avec impatience de savoir nager assez vite pour la suivre. Elle terminait son entraînement à l'endroit où la plage s'enfonçait sous l'eau en pente douce, puis elle émergeait, secouant la tête, sautant sur un pied et sur l'autre, pour se déboucher les oreilles. Je m'émerveillais de sa beauté froide et humide, de ses cheveux plaqués en arrière, de ses yeux brillants ; j'étais fière de sa force.

Tous les jours, maman et les Ya-Ya apportaient avec elles une énorme glacière de fer-blanc, comme on en faisait autrefois, avec le couvercle qui se ferme comme un bocal. À l'intérieur, elles disposaient des morceaux de glace arrachés à des pains que l'on achetait à l'épicerie locale – où il y avait aussi une piste de patins à roulettes – de l'autre côté de la route.

Cela permettait de conserver les bières et les Coca au frais. Posés sur les bouteilles, nous trouvions nos sandwiches emballés dans du papier sulfurisé. Pour nous quatre, les gosses Walker, la croûte avait été coupée, condition *sine qua non* pour que nous daignions toucher au pain. Sur le dessus, des serviettes en papier dégageaient, quand on soulevait le couvercle, une fraîcheur poudreuse que nous nous empressions d'appliquer sur nos joues afin de savourer la froideur obscure de la glacière.

À l'époque, maman buvait encore de la bière. Ce n'est qu'à mon adolescence qu'elle a complètement arrêté, prétextant que ça la faisait grossir. Mais, même quand nous étions enfants, elle la remplaçait volontiers par une vodka-pamplemousse. Elle mettait cette boisson, qu'elle décrivait comme son « cocktail et boisson-régime, tout en un », dans une petite Thermos turquoise et blanc sur laquelle elle avait écrit au marqueur : TONIQUE RE-VIVI-FIANT.

Elle et les Ya-Ya faisaient sans arrêt des jeux de mots sur son nom. Si Teensy allait à une fête qui manquait d'ambiance, elle déclarait : « Pas très Vivi-fiant, comme soirée. » Parfois, elles se lançaient dans des « projets de Re-Vivi-fication », comme la fois où maman et Necie avaient entrepris de redessiner les uniformes de ma compagnie de girl-scouts.

Petite, je m'imaginais ma mère mondialement célèbre, au point que notre langue avait inventé des mots uniquement à son intention. J'ouvrais le *Webster* à la mince section de la lettre V et j'étudiais tous les mots la concernant. Il y avait « vivifier », qui voulait dire « être le principe de vie, donner de la vitalité » ; « vivifiant » : « stimulant ». Il y avait aussi « vivace », « vivacité », « vivant », « vivarium », « vivat » et « vivipare ». Maman était la source de tous ces mots. C'était aussi à cause d'elle qu'on disait *« Vive le roi »*, qu'elle traduisait par « Longue vie à la reine Vivi ! ». Toutes ces définitions avaient un rapport avec la vie, comme elle.

Mais le mot « vivisection » me laissait perplexe : « Opération pratiquée à titre d'expérience sur les animaux vivants. » Ça, c'était la peau de banane. Rien qu'à l'entendre, ce mot, j'avais la chair de poule. Je n'arrêtais pas de lui demander ce que ça voulait dire, mais n'obtenais jamais de réponse satisfaisante.

Constamment à la recherche de mots s'inspirant de moi, je feuilletais tous les dictionnaires qui me tombaient sous la main. Il y en avait forcément un qui me concernait, moi. Il devait bien exister au moins « siddifier », sur le modèle de « vivifier ». Mais je n'ai jamais rien trouvé de plus approchant que « sidérer ».

J'ai dû attendre l'âge de sept ou huit ans pour que ma copine de classe M'laine Chauvin m'apprenne que ma mère n'avait rien à voir avec les mots du dictionnaire. Nous nous sommes battues, et sœur Henry Ruth a dû intervenir. La religieuse a confirmé les affirmations de M'laine, et ça m'a brisé le cœur. Voilà qui changeait toute ma perception de la réalité, qui remettait en question mon idée que le monde tournait autour de ma mère. Pourtant, même si je refusais de l'admettre à l'époque, ma déception s'accompagnait d'un profond soulagement.

J'avais si longtemps pris ma mère pour une étoile que, le jour où j'ai découvert mon erreur, j'en suis restée stupéfiée. Avait-elle effectivement été une étoile, et s'était-elle éteinte ? Peut-être à cause de nous, ses enfants ? Ou bien m'étais-je totalement trompée ? Ma culpabilité pointait le nez dès que je croyais éclipser ma mère un tant soit peu. Ne m'autorisant pas à briller, sous peine de l'occulter, je me tracassais dès que je gagnais ne serait-ce qu'une partie de jeu de baccalauréat.

Je ne comprenais pas que ma mère se sentait confinée dans un univers qui ne pouvait ou ne voulait reconnaître le rayonnement qu'elle exerçait sur terre – du moins pas dans la mesure où elle l'espérait – et avait créé son propre système solaire avec les autres Ya-Ya, où elle vivait comme satellisée, prenant la vie à bras-le-corps.

Sur cette orbite, mon père n'avait pas vraiment sa place. Les maris des Ya-Ya appartenaient à un monde distinct de celui de leurs femmes et de leurs enfants. Dans l'univers estival qui nous réunissait à Spring Creek, nous complotions contre les hommes, nous nous moquions d'eux, nous écoutions nos mères les imiter autour du feu de camp. Elles traitaient nos pères comme des patrons, comme des imbéciles, parfois encore comme des fiancés, mais jamais comme des amis.

Ma mère, peut-être plus que Necie, Caro ou Teensy, recherchait auprès de ses amies ce que son mariage ne pouvait lui apporter. Malgré tous leurs problèmes, je ne doute pas qu'à sa manière elle aimait mon père ; ni que, à sa manière, mon père l'aimait. Simplement, la façon dont ils s'aimaient me terrifiait.

Au bord de la rivière, les Ya-Ya passaient une bonne partie de leur temps à bavarder, à somnoler, à s'enduire de leur mixture bronzante tout en nous surveillant du coin de l'œil, rôle qui leur incombait tour à tour. Pendant ce temps, les enfants plongeaient, s'éclaboussaient, nageaient sous l'eau, se fichaient des coups de pied, faisaient la planche et se bagarraient dans l'eau. La Ya-Ya de garde ne participait qu'à moitié à la conversation parce qu'elle passait son temps à compter nos têtes. En tout, nous étions seize Ya-Ya Jolis. Necie avait sept enfants, Caro trois (trois garçons), Teensy un garçon et une fille ; quant à nous, nous étions quatre.

Toutes les demi-heures, la responsable se levait, jetait un coup d'œil sur l'eau et soufflait dans un sifflet attaché à un vieux collier fantaisie qu'elle s'était passé autour du cou. À ce moment précis, nous devions cesser toute activité et nous compter à voix haute.

Chaque Ya-Ya Joli avait son numéro et devait l'annoncer son tour venu. Quand tout le monde s'était fait connaître, nous pouvions reprendre nos jeux. Une fois sa tâche accomplie, l'adulte allait se rasseoir sur la couverture pour une demi-heure de répit. Même si ce service commandé n'a jamais empêché ces dames de continuer de boire, il faut reconnaître qu'il n'y a jamais eu d'accident. Et pourtant nous en avons passé, des journées, à Spring Creek.

Au moins deux fois par saison, maman demandait à l'un ou l'autre d'entre nous de faire semblant de se noyer pour lui permettre de pratiquer les manœuvres de sauvetage qu'elle avait apprises jeune fille. Elle renouvelait son agrément auprès de la Croix-Rouge tous les trois ans, mais estimait de son devoir de se tester tous les étés. Nous nous bagarrions : c'était à qui crierait le plus fort pour jouer le rôle de la victime, car celle-ci devenait l'objet de toutes les attentions.

Le principe consistait à se rendre jusqu'à un endroit où l'on n'avait plus pied et à feindre la panique : il fallait sortir la tête de l'eau en agitant les bras et en hurlant comme un noyé dans ses derniers instants.

Le scénario voulait que maman attende sur la plage, habillée d'un short et d'une chemise enfilés sur son maillot. Dès qu'elle entendait les cris, elle mettait ses mains en visière et inspectait l'horizon, telle une princesse indienne, jusqu'à ce qu'elle ait repéré l'accidenté. Entre-temps, elle arrachait ses vêtements et, d'un coup de pied, se débarrassait de ses tennis. Ensuite elle se jetait à l'eau, exécutant un de ses célèbres plats. À ce moment, nous nous calmions un peu, et nous la regardions nager vers nous, rapide et sûre d'elle.

En arrivant, elle nous criait :

« Agite les bras, chérie, plus fort ! » Et on remuait en hurlant de plus belle. Puis elle nous accrochait le menton d'une main ferme, nous appuyait la tête contre sa poitrine et nous ramenait vers la berge par petits à-coups, propulsée par son puissant rétropédalage.

Une fois sur la rive, elle appuyait l'oreille sur notre poitrine. Ensuite, elle nous enfonçait un doigt dans la bouche pour vérifier que nous ne risquions pas de nous étrangler avec notre langue. C'est alors que commençait la partie la plus spectaculaire du sauvetage : la réanimation. Le Baiser de Vie, que nous appelions le « bouche-à-bouche re-Vivi-fiant ». À cet instant crucial se jouait la bataille entre la vie et la mort. Elle nous pinçait les narines, nous posait une main sur la poitrine et nous insufflait de l'air. Respirer, appuyer main à plat. Respirer, appuyer… Quand elle était satisfaite, elle se relevait, les mains sur les hanches, les cheveux plaqués sur le crâne, telle une sirène, et annonçait en souriant de fierté :

« Eh bien, chérie, tu n'es pas passée loin, mais c'est bon, tu vas t'en tirer ! »

Il arrivait que l'opération effraie les plus petits, qui ne comprenaient pas que ce manège n'était qu'un jeu. Maman les incitait donc à se pencher sur la victime pour sentir son souffle. Une fois les gosses rassurés, les applaudissements éclataient. Alors maman sautait sur un pied pour se déboucher les oreilles, en disant :

« Je savais bien que je n'avais pas perdu la main. »

Pendant des jours, les rescapés d'une noyade se rejouaient la scène, tout excités de l'avoir échappé belle. On se souvenait de l'assurance avec laquelle elle nous avait sauvés des eaux, on sentait encore le goût de sa bouche, l'odeur de son haleine. Pendant des jours, on n'osait plus s'aventurer au loin tant la mascarade avait laissé un souvenir vivace. Vivi vivace. On se mettait à avoir peur des alligators même dans les endroits sûrs. On se disait : qu'arriverait-il si jamais je me noyais et que maman ne soit pas là pour me sauver ? Si jamais elle était partie ? Comme ce jour de pluie torrentielle où, enfant, alors que je relevais d'une bronchite, j'étais allée à la fenêtre des milliers de fois, afin de voir si elle revenait. J'avais été méchante, elle m'avait battue, et elle était partie.

Maman n'était pas la seule bonne nageuse. Caro, teint olivâtre et cheveux châtains aux reflets roux coupés en un carré élégant, avait elle aussi été maître nageur et avait conservé des mouvements plus énergiques encore. Elle avait passé toute son enfance au bord du golfe et pouvait nager des heures durant. Comparées à ses expéditions dans l'océan, ses trempettes dans la rivière étaient des aventures étriquées. Maman disait toujours : « Caro est indiscutablement la meilleure nageuse d'endurance de tous les temps. »

Caro mettait en valeur l'intrépidité de ma mère. Avec son mètre soixante-huit, elle était terriblement grande à une époque friande de femmes menues. Elle avait de longues jambes et un corps fait pour porter les tailleurs de Hattie Carnegie que je lui ai toujours connus dans mon enfance, et qui dataient déjà de plusieurs années à l'époque.

Sur sa poitrine plate et ses épaules carrées, les vêtements avaient une allure folle ; mais, des quatre Ya-Ya, c'était celle qui s'en souciait le moins. Elle possédait une seule robe de soirée, une robe-bustier noire fendue dans le dos qui découvrait ses mollets lorsqu'elle dansait. Quand j'étais petite, elle la mettait à toutes les fêtes ya-ya, avec un boa que ma sœur Lulu et moi poursuivions comme un animal vivant. Lors d'un anniversaire de ma mère, elle l'avait portée avec des bottes et un chapeau de cow-boy : on aurait dit un croisement entre Marlene Dietrich et Annie Oakley.

Caro est ma marraine ; on m'a raconté comment, à la fin de mon baptême, elle s'est mise à siffler *When You Wish Upon a Star*. Elle appelait tout le monde mon pote, ou ma pote. « Hé, les potes, qu'est-ce que vous mijotez ? » Ça faisait très chauffeur de taxi new-yorkais ou gangster des années trente, mais, quand Caro vous appelait « ma pote », ça voulait dire que vous aviez votre place dans sa vie de bohème.

C'est à cause d'elle que je suis devenue bohémienne dès l'âge de huit ans. Refusant de m'habiller autrement qu'en justaucorps et en collants de danse noirs assortis d'une paire de lunettes de soleil qu'une invitée avait oubliée à la maison, j'avais décrété que mon nouveau nom était Madame Voilanska. Quand les gens m'appelaient Siddy, je ne répondais pas. Les religieuses de l'école s'en étaient plaintes auprès de maman, qui leur avait répondu que si j'en avais décidé ainsi, elles avaient intérêt à m'appeler Madame Voilanska. Dès que je rentrais de l'école, j'enfilais ma tenue noire, que j'agrémentais d'une cigarette. Je rassemblais mes cheveux en queue de cheval et m'asseyais pendant des heures face aux baies coulissantes du patio pour regarder mon reflet dans les vitres. Je ne faisais pas semblant de fumer (à la différence de Lulu). La cigarette me servait simplement à accompagner mes gestes. Je la prenais entre le pouce et l'index, et donnais de petits coups dans l'air comme pour souligner un argument irréfutable, argument que j'exprimais dans ma poésie.

Ma mère a gardé l'un de ces poèmes dans son album. J'y reconnais l'écriture que j'avais héritée de la méthode Palmer. Il est daté de 1961. J'ai eu un choc en le retrouvant et j'en ai été touchée. Ma mère n'a pas fini de me surprendre.

LIBERTÉ
par Madame Voilanska

26 fois j'ai fait le tour de la maison !
J'ai tapé des mains, j'ai chanté !
Puis mes cheveux se sont dressés sur ma tête !
Et je ne suis plus jamais rentrée !

J'adorais les « battes et leurs balles » depuis que je les avais découvertes avec les sœurs, et je n'arrivais pas à comprendre pourquoi on m'interdisait de terminer une phrase sur deux par un point d'exclamation. Sœur Rodney Marie les entourait d'affreuses marques rouges et inscrivait dans la marge : « Utilisez le point, pas le point d'exclamation. » À l'école, j'ai dû m'obliger à me limiter à un seul par paragraphe. Mais, dans mes poèmes, j'en mettais partout. Plus tard, au lycée, je devais découvrir que le magnifique Walt Whitman les adorait autant que moi. C'est à cause de ça, à cause aussi de son questionnement et de son exaltation, et de sa tendresse envers les soldats agonisants, qu'il est devenu l'un de mes héros.

Je savais que pour être une vraie bohémienne il fallait porter des lunettes de soleil. C'était le signe distinctif qui avait fait de Caro le chef de file (et l'unique représentante) des bohémiens de Thornton. À l'époque, elle était obligée d'en porter en permanence. Il est vrai que lorsqu'elles souffraient de la gueule de bois les quatre Ya-Ya y avaient recours sans même faire d'exception pour la messe dominicale. Mais, pendant un moment, Caro avait eu une maladie qui lui rendait insupportable toute lumière directe et avait dû se protéger les yeux y compris la nuit. Même par les temps les plus gris, elle faisait ses courses en lunettes noires. Les Thorntoniens commençaient à se dire qu'elle était un brin originale. Ne sachant pas qu'elle était malade, beaucoup croyaient qu'elle les snobait et jouait les stars de cinéma. « Pour qui se prend-elle ? » disaient-ils. Les plus odieux – « des hommes adultes », affirmait Caro – venaient se planter devant elle et lui disaient des trucs du genre : « Enlevez ça, qu'on voie vos yeux », comme si elle avait enfreint une loi réglementant le port des lunettes.

Moi, je trouvais les lunettes de Caro tout simplement du tonnerre. Voulant l'imiter, je me promenais la nuit à Pecan Grove avec les miennes et me cognais aux meubles.

Teensy avait des cheveux d'un noir de jais et des yeux presque aussi sombres. Elle mesurait à peine un mètre cinquante, avait le teint mat et des pieds minuscules, presque des pieds d'enfant. Elle et ma mère s'étaient rencontrées chez le médecin à l'âge de quatre ans, à l'occasion d'une mésaventure bientôt devenue légendaire à Thornton : Teensy s'était fourré une grosse noix de pécan dans le nez « pour voir si ça entrait ». La noix était entrée, en effet, et il avait fallu toute l'adresse du Dr Mott pour l'en déloger. Elle est maintenant encadrée sous verre chez ledit docteur, dans une vitrine intitulée : « Corps étrangers provenant de corps d'enfants ». En dessous, une étiquette indique : « Noix prélevée dans la narine gauche de Teensy Whitman. 18 juin 1930. » Quand j'étais gosse, Teensy avait encore sa petite réputation dans le monde des salles de classe.

Teensy avait un corps parfait, que nous connaissions tous très bien. L'une de ses excentricités (il fallait que la petite bande soit en forme, que le bourbon coule à flots, que le moment semble opportun et qu'elle se sente inspirée) était un petit numéro de strip-tease sexy et très drôle, qu'elle savait faire durer de façon astucieuse. Nous l'avions vue l'exécuter à de nombreuses fêtes ya-ya, nous avions entendu parler du jour où, pour le cinquième anniversaire de mariage de Caro et de Blaine, elle s'était produite au Theodore Hotel. Quant à nous, les Ya-Ya Jolis, on nous avait appris à en parler comme du *déshabillage* de Teensy.

Elle portait toujours des Bikini minuscules. Les Ya-Ya l'avaient surnommée la Reine du Bikini rikiki, et ses tenues osées alimentaient les conversations de tout le comté, la « paroisse », comme on dit en Louisiane. J'ai toujours pensé qu'elle se les faisait envoyer directement de Paris par la poste.

Dans son Bikini pas très catholique, elle ne nageait que sur le dos. De temps en temps, un battement furieux du bout de ses jolis petits orteils faisait gicler dans l'air une gerbe d'écume. Ce coup d'envoi la propulsait un moment, après quoi elle restait immobile et étendait les bras, les agitant d'un geste gracieux, tel un chef d'orchestre dirigeant le mouvement *legato* d'une symphonie aquatique. Quand elle en avait assez, elle se retournait sur le ventre et plongeait sans éclaboussures, les pointes des pieds dressées comme des flèches. Ensuite, elle nageait sous l'eau pendant un temps incroyablement long, et nous prenions les paris sur l'endroit où elle allait réapparaître. Quand sa petite tête de phoque émergeait enfin, on se disait : « Mais comment fait Teensy pour emmagasiner tout cet air dans ses poumons ? »

Jamais à court d'argent, elle en distribuait à ceux d'entre nous qui en avaient besoin. À sa mort, son père avait laissé un gros paquet d'actions Coca-Cola. Son mari, Chick, avait fait un héritage lui aussi, et s'il allait encore au bureau, c'était pour pouvoir fréquenter avec ses collègues le River Street Café. Teensy avait aidé Lulu à créer son affaire de décoration d'intérieur. C'est encore elle qui, sans poser de questions, a viré dix mille dollars sur mon compte quand je l'ai appelée à la fin de ma première année à New York, fauchée et affolée de ne pas avoir d'emploi en perspective. C'est elle, enfin, qui a proposé – elle était sérieusement éméchée ce jour-là – de payer une psychothérapie à chacun des Ya-Ya Jolis. Elle avait lancé l'idée à la soirée que j'avais donnée avec son fils Jacques, et Turner, celui de Caro, pour fêter la fin de nos études secondaires.

Aucun de nous ne l'a prise au mot, chose que j'ai beaucoup regrettée depuis lors, car ça m'aurait permis de m'acheter un petit pays quelque part à l'autre bout de la planète. Sa fille Genny, mon amie d'enfance, avait déjà passé plus de temps en analyse que nous ne l'aurions cru possible. À l'époque de cette soirée, elle effectuait même son deuxième séjour en psychiatrie dans une clinique privée. Mais cela est une autre histoire. Sa folie raffinée et fragile, frisant un état visionnaire, me rappelait ce que j'avais entendu dire de Geneviève, la mère de Teensy. Cette famille a vraiment du malheur à revendre.

Avec nos existences entremêlées, indissociables, nous qui avons grandi ya-ya dans cet État reculé de troisième catégorie dont nos familles formaient le *haut monde*, avec leurs péchés charmants et dissimulés, chacun de nous a une histoire à intégrer dans le folklore ya-ya.

Quand les Ya-Ya Jolis – moins les rejetons Walker – ont fait tous ensemble leur apparition à *Femmes à l'aube d'un jour nouveau*, j'ai eu l'impression que mon statut d'orpheline bénéficiait d'une rémission partielle. Même si la fureur de ma mère avait empêché les Ya-Ya de venir voir la pièce, leurs enfants s'étaient déplacés. Ils avaient même réussi à faire sortir Genny de McClean, la clinique de Boston où elle était hospitalisée, pour qu'elle soit du voyage.

L'album de maman regorge non seulement de témoignages sur sa vie et celle des Ya-Ya, mais il déborde aussi sur la génération suivante. Nous étions une tribu, nous formions un petit village matriarcal primitif, surtout pendant les étés à Spring Creek, période durant laquelle les hommes passaient la semaine à travailler en ville et ne nous rejoignaient que le week-end.

De toutes les Ya-Ya, Necie était celle qui avait le plus l'allure d'une mère. Mais elle aussi avait ses particularités. Tout d'abord, elle était la seule femme de mon enfance à porter les cheveux longs. Rien qu'à ça, on devinait qu'elle était une Ya-Ya. Dans les années cinquante et au début des années soixante, les femmes mariées, avec ou sans enfants, n'avaient pas de belles chevelures comme la sienne. Pas à Thornton en tout cas.

Les cheveux de Necie étaient épais et d'un brun lumineux. Laissés libres, ils la couronnaient de splendeur. Les matins d'été à Spring Creek, quand elle venait de se réveiller et prenait son café sur la terrasse avec les autres, ils lui tombaient en cascade sur les épaules et captaient les rayons du soleil. Elle me laissait jouer avec ses cheveux pendant des heures, sans même faire attention à moi. Assise derrière elle, bercée par les voix des Ya-Ya, je les touchais, lourds et propres, qui sentaient bon le shampooing Breck. J'adorais les soulever et y enfouir mon nez, juste pour les humer. Je prenais un plaisir doux à cet acte simple et sensuel de femme à femme, un plaisir qui, avec l'âge, a malheureusement disparu de ma vie.

J'adorais voir les Ya-Ya sortir de l'eau, cheveux mouillés. Lignes pures, élégantes et belles, on aurait dit des animaux marins exotiques, des sirènes cachant une vie secrète au fond de la lagune.

En ce temps de baignades, maman ne se souciait guère de ses cheveux, qu'elle portait courts et méchés, style qu'elle avait baptisé « ma coupe quatre-gosses ». Ils étaient naturellement blonds, comme ses cils et ses sourcils lorsqu'elle ne se maquillait pas. Des années plus tard, quand Mia Farrow se les est fait couper elle aussi, les Ya-Ya ont prétendu qu'elle avait imité ma mère.

Elle avait des yeux d'un brun-roux sombre, qui conféraient à son visage une puissance, un contre-équilibre, qu'il n'aurait pas eus sans eux. Si sa peau et ses cheveux clairs pouvaient donner au premier abord une impression de fragilité, ses yeux exprimaient une forte détermination.

En sortant de l'eau, elle se tamponnait la tête à l'aide d'une serviette, se fardait les lèvres et coiffait son grand chapeau blanc : ainsi qu'elle nous l'avait appris, les vraies blondes peuvent rester au soleil à condition de porter un chapeau à très large bord. Ma mère adorait les très larges bords.

À l'époque, je connaissais son corps jusqu'au bout des ongles de ses orteils, qu'elle recouvrait de son vernis préféré « Rouge riche », mais aussi jusqu'aux petites taches cannelle qui piquaient son teint de blonde sur le haut des bras et les joues, et sous lesquelles une blancheur laiteuse s'étalait comme une fine couche de crème. Parfois, dans une certaine lumière, on voyait à travers sa peau les veines couleur lavande ou pervenche, et cela me terrifiait.

En bonne joueuse de tennis qu'elle était, elle avait un joli jeu de jambes, jambes mises en valeur par des shorts qu'elle portait sans complexe en toute circonstance avec des chemisiers de coton amidonné ou de lin ancien, des chaussettes de sport blanches et des Keds blanches à bout rond. Elle appelait ça sa tenue d'été. Blanche des pieds à la tête, comme une tenue de tennis.

Ma mère était une grande femme dans un petit corps de femme : hors grossesses, elle n'a jamais pesé plus de cinquante-deux kilos pour un mètre soixante pieds nus. Elle s'enorgueillissait de son poids et se donnait beaucoup de mal pour le conserver. Ses membres possédaient une sorte de souplesse tendue par un ressort. On aurait dit cette vie contenue dans son corps trop explosive, trop farouche pour sa peau claire. J'ai une sensibilité à fleur de peau, disait-elle, et j'entendais l'expression littéralement.

Elle ne ressemblait pas aux mères que je rencontrais dans mes lectures ou au cinéma. À part ses seins, étonnamment gros pour son gabarit, elle n'était ni ronde ni même potelée, mais plutôt musclée et un peu anguleuse. Dès que, avec l'âge, elle s'est mise à prendre des rondeurs, elle s'est appliquée à les perdre par l'exercice et le régime. Un jour où Necie lui demandait : « Pourquoi tiens-tu absolument à rester si mince, Vivi ? Nous n'avons plus vingt ans », ma mère lui a répondu comme si cela allait de soi : « Je veux n'avoir qu'un minimum de bagages à emporter le jour où je déciderai de passer de l'autre côté. »

En fermant les yeux, je vois son corps exactement tel qu'il était dans mon enfance. J'entends sa voix, mélange de Scarlett O'Hara, de Katharine Hepburn et de Tallulah, avec toutes ses intonations pleines et enrouées.

J'ignore à quoi elle ressemble aujourd'hui. Il paraîtrait qu'elle se soit légèrement « remplumée », mais je ne l'ai pas constaté par moi-même. Je ne l'ai pas vue nue depuis plus de vingt ans. Si on m'interdisait de voir son visage et d'entendre sa voix, je ne sais même pas si je reconnaîtrais son corps, et cela me remplit de tristesse.

Quand je pense aujourd'hui à la Vivi de mon enfance, je reste confondue. Elle a mis au monde quatre enfants – cinq en comptant mon jumeau – en trois ans et neuf mois. Ce qui veut dire qu'une fois mariée elle n'a jamais pu se remettre des bouleversements hormonaux liés à la grossesse. Ce qui veut dire aussi qu'elle a été privée de sommeil pendant cinq ou six années d'affilée. Et Dieu sait combien dormir est important pour elle (comme pour moi). Je me rappelle qu'elle affirmait pouvoir sentir le goût du sommeil, qu'elle comparait à un délicieux sandwich bacon-tomate-laitue sur baguette fraîche.

Même enfant, on sentait qu'elle n'était pas le genre de femme faite pour avoir quatre enfants coup sur coup. Quand on tirait sur sa manche en la suppliant : « Regarde-moi, maman ! Regarde comment je fais ! Regarde ! », on était parfaitement conscient, déjà, d'exiger trop d'elle.

Mais, pendant les étés de Spring Creek, au milieu de ses amies, ma mère était une déesse de la rivière. Certains jours, je me prosternais à ses pieds pour l'adorer. Certains jours aussi, je l'aurais étripée pour qu'elle m'accorde l'attention dont elle gratifiait les Ya-Ya. J'étais tellement jalouse que je souhaitais la mort de Caro, de Necie et de Teensy. D'autres jours, en revanche, ces quatre femmes installées sur leur couverture de pique-nique devenaient des cariatides soutenant la voûte céleste.

Aujourd'hui, séparée de la Louisiane par deux mille cinq cents kilomètres et de mon enfance par de longues années, il suffit que je me concentre en fermant les yeux pour sentir l'odeur de ma mère et des Ya-Ya. On dirait que j'ai mis leurs parfums à mijoter à feu doux dans un coin, et qu'aux moments les plus inattendus leurs arômes montent et se mêlent aux fragrances de ma vie actuelle en un bouquet ancien et nouveau à la fois. Les doux effluves du coton usé dans un placard à linge ; l'odeur tenace du tabac sur un pull angora ; la crème Jergen pour les mains ; les poivrons et les oignons sautés ; la senteur de noisette du beurre de cacahuète et de la banane ; le parfum de chêne d'un bon bourbon ; un mélange de muguet, de cèdre, de vanille et, quelque part, une trace de rose fanée. Ces odeurs ont précédé la pensée. Maman, Teensy, Necie et Caro, chacune avait la sienne bien à elle. Mais ce mélange-là, c'est le gombo de leurs senteurs. Le gombo ya-ya. La fiole de parfum que j'emporte dans ma chair partout où je vais.

Leurs odeurs étaient en parfaite harmonie, comme leurs corps.

Grâce à cela, il leur était plus facile d'oublier, de se pardonner mutuellement, de ne pas devoir « travailler » les choses, comme nous le faisons aujourd'hui. Je n'ai jamais connu pareille relation avec d'autres femmes. Et pourtant je l'ai observée. Je l'ai sentie.

Le parfum de ma mère a été créé pour elle par Claude Hovet, le *parfumeur* du Quartier français, quand elle avait seize ans. Cadeau de Geneviève Whitman, il est doucement dérangeant et profondément émouvant. Il m'agace les sens et m'enchante. Il sent la poire mûre, le vétiver, avec une pointe de violette et quelque chose en plus – quelque chose d'épicé, d'exotique, de mordant, presque.

Un jour, je l'ai reconnu dans la rue, en plein Manhattan. Je me suis arrêtée net en regardant autour de moi. D'où venait-il ? D'une boutique ? Des arbres ? D'une passante ? Impossible de le savoir. Mais il m'a fait pleurer. Les gens marchaient à côté de moi en m'effleurant, et je me suis soudain sentie jeune et très disponible, comme en attente. J'habite un océan d'odeurs, et cet océan est ma mère.

6

Après avoir apposé le point final, Siddy eut envie de dormir. Laissant sa tête retomber sur la table, elle somnola. L'album glissa de ses genoux et, échappée d'entre les pages vieillies, une petite clef tomba à terre.

Ce fut la première chose qu'elle vit en s'éveillant. À peu près de la taille d'une noix de pécan, l'objet terni pendait à une chaîne. Quelle serrure ouvrait-il ? Celle d'un coffret à bijoux ? D'une petite valise ? D'un journal intime ? Siddy s'approcha à pas feutrés de la porte coulissante et fit sortir le chien. L'aube naissait, mais le brouillard épais empêchait de voir la rive opposée du lac.

Au creux de sa main, la clef semblait gravée de minuscules lettres maintenant effacées. En sortant sur la terrasse pour appeler Hueylene, Siddy la serra entre ses paumes et souffla dans ses mains. Puis elle eut un geste étrange, un geste d'enfant. Elle sentit la clef et la lécha : elle avait un goût métallique qui lui donna un léger frisson, comme lorsqu'elle lisait les polars de Nancy Drew.

Elle passa le reste de la journée à marcher et à grignoter entre deux petits sommes, inexplicablement épuisée. Enfin, vers quatre heures, elle se rendit à l'épicerie centrale de Quinault, où se trouvait un téléphone public.

Elle se signa discrètement et composa le numéro de ses parents.

Quand le portable sonna à Pecan Grove, il était déjà l'heure de l'apéritif. Assise au bord du potager dans un fauteuil de bois à grosses lattes, Vivi Walker regardait son mari cueillir des légumes pour le dîner.

« Allô, dit-elle.

— Maman ? C'est Siddy. »

Vivi avala une gorgée de son bourbon additionné d'eau plate. Aussitôt, elle eut des remords d'avoir rompu si vite son vœu d'abstinence. Elle inspira un bon coup et répondit : « Siddalee Walker ? La Siddalee Walker dont on parle tant dans le *New York Times* ? »

Siddy avala sa salive. « Elle-même. Je t'appelle pour te remercier. »

Shep leva les yeux de son rang de poivrons verts. En entendant Vivi prononcer le nom de Siddalee, il se rapprocha des haricots grimpants, ce qui l'éloigna de sa femme. C'était lui qui, depuis l'article du *Times*, devait supporter Vivi au quotidien. Elle lui avait fait tellement peur qu'il l'avait emmenée passer quelque temps à Hilton Head, en songeant que cela valait mieux que le voyage sur ordonnance médicale vers lequel elle semblait se diriger à grands pas.

Shep Walker n'avait jamais compris sa femme. Elle était pour lui un pays étranger qui nécessitait un passeport, et il avait abandonné tout espoir de savoir un jour ce qui l'avait fait disjoncter. Elle était plus capricieuse qu'une récolte de coton, et Dieu sait que le coton réclamait des attentions constantes. Pourtant, après quarante-deux ans de mariage, elle se montrait encore capable de le surprendre et de le faire rire, ce dont peu de gens pouvaient se vanter. Lorsqu'elle l'accompagnait pendant ses tournées dans les champs, assise à côté de lui dans le pick-up, elle l'écoutait attentivement parler de son riz, de son coton, de ses écrevisses ou de son soja. De temps en temps, quand elle se tournait vers lui en penchant la tête pour lui poser une question, Shep se sentait redevenu jeune homme. Il y avait eu autrefois entre eux une forte attirance sexuelle, qui s'était émoussée, non pas au fil des ans, mais par épuisement de devoir se survivre mutuellement.

« Je t'appelais pour te dire que je... que je suis bouleversée que tu m'aies envoyé ton album, poursuivit Siddy. C'est très généreux de ta part.

— C'était le moins que je puisse faire pour ton travail, dit Vivi. Mais n'oublie pas que Clare Boothe Luce était beaucoup, beaucoup plus vieille que les Ya-Ya. Et que les Ya-Ya s'aiment, contrairement à ses personnages, qui sont de vraies mégères.

— Je suis très touchée que tu te sois séparée des "Divins Secrets", maman.

— Après la manière dont tu as assassiné ma réputation à travers tout le pays, je pense en effet que c'était bien de ma part.

— Pas seulement bien, maman. Grandiose. »

Il y eut un bref silence, pendant lequel Vivi attendit des excuses.

« Je suis désolée pour ce qui s'est passé, maman. Je n'ai pas voulu te blesser.

— N'en parlons plus, dit Vivi. Bon, et ton mariage ?

— N'en parlons plus.

— Mais c'est que je suis assaillie de questions, moi. Tu comprends, depuis une vingtaine d'années que je fais des milliers de cadeaux de mariage à toutes tes amies de classe, et jusqu'à trois fois pour la même personne, les gens veulent savoir où adresser les leurs.

— Ton album de souvenirs est le seul dont j'aie besoin pour le moment, maman.

— Je m'étais toujours dit que j'allais puiser dedans pour écrire mes Mémoires. Mais quand trouver le temps ? Je les vis, moi, mes Mémoires.

— Ce serait merveilleux si tu pouvais mettre tous ces souvenirs par écrit. J'ai un tas de questions à te poser. Parce qu'il y a plein de trésors dans l'album, mais il reste aussi beaucoup de choses, beaucoup d'histoires que j'ignore. Par exemple, j'ai trouvé une petite clef. Elle est tombée du livre, et je meurs d'envie de savoir ce qu'elle ouvre. Elle est attachée à une chaîne.

— Ah bon ? dit Vivi.

— Tu n'aurais pas une idée ?

— Aucune.

— Écoute, ça m'aiderait énormément que tu écrives quelques pages sur ta vie. Sur ce qui t'a formée, ce qui a créé cette amitié que tu partages avec Caro, Teensy et Necie depuis l'enfance. Sur tes sentiments, tes secrets, tes rêves. Tout ce qui se cache derrière les trésors des Ya-Ya.

— Je croyais t'avoir demandé de ne pas m'appeler. Rien ne m'oblige à disserter sur ma vie pour te faire plaisir. Surtout quand tu te crois obligée de répandre des mensonges à mon propos sur toutes les ondes du monde libre.

— Mais enfin, maman, je n'avais aucun droit de regard sur cet article. Ne nous disputons pas, s'il te plaît. »

Vivi avala une gorgée.

À deux mille kilomètres de là, Siddy entendit les glaçons s'entrechoquer dans le verre. Si jamais un jour on réalisait un film sur son enfance, cela ferait la bande-son idéale. Elle consulta sa montre. Comment avait-elle pu oublier que c'était l'heure de l'apéritif en Louisiane ?

« Laisse tomber, maman.

— Non, laisse tomber toi-même. Si tu as besoin de te retrouver, vas-y, fais-le. Mais tu n'as pas à exiger la même chose de moi. Je t'ai envoyé les "Divins Secrets" ; pour l'amour du ciel, qu'est-ce que tu veux de plus ? Tu cherches la bagarre ?

— Je suis désolée. Je ne voudrais pas te paraître ingrate, mais…

— Tu te souviens comme tu as été horrifiée le jour où tu as découvert le mot "vivisection" dans le dictionnaire ? Comme tu es venue me trouver en larmes ? Eh bien, je ne suis pas une grenouille, Siddy. Tu ne peux pas chercher à tout savoir sur moi. Moi non plus, d'ailleurs. C'est la vie, Siddy. On ne peut pas tout savoir. On se contente d'enfourcher la bête, et en avant, c'est parti !

— Je prendrai grand soin de l'album et je te le rendrai comme tu me l'as demandé.

— Il me le faut pour mon anniversaire, tu m'entends ?

— D'accord.

— Et sois gentille, veux-tu ? Ne m'appelle plus, si c'est pour me donner l'impression que tu effectues des recherches pour "Votre vie mise à nu". Je me passe très bien de ce genre de publicité. »

En fin de soirée, après avoir parcouru sept kilomètres au pas de course sur une longue route plate menant à la vallée, Siddy s'assit sur la terrasse et contempla le ciel : toujours couvert, il ne laissait filtrer aucune étoile. Elle grignota du pain et du fromage en sirotant un mimosa, et se demanda ce que faisait Connor. Son corps lui manquait. Elle repensa à la fois où, dans son petit bureau du Seattle Opera, pendant qu'elle regardait des croquis debout près de sa table à dessin, il avait passé la main dans la ceinture de son pantalon. Il l'avait caressée, en souriant, et elle avait gémi en disant : « Magnifiques, ces dessins. » Il lui manquait, elle avait besoin de lui. Elle s'en voulait de se sentir l'entrejambe humide et la poitrine oppressée chaque fois qu'elle songeait à lui.

Elle se retourna pour regarder à l'intérieur du bungalow. L'album de Vivi était sur la table. Elle s'approcha et appuya la tête contre la porte garnie d'une moustiquaire, en un geste enfantin. Elle leva son verre et porta un petit toast à l'album qui l'attirait comme un aimant.

Elle rentra, se pencha et l'ouvrit à l'une des premières pages. Elle y trouva un carton portant le numéro 39. À côté, sur une feuille de papier, une main enfantine avait écrit sous forme d'un titre d'article :

LA TRÈS IMPORTANTE LETTRE DE VIVI
NUMÉRO 1
SAMEDI 8 DÉCEMBRE 1934
DES FILLETTES DISQUALIFIÉES
POUR AVOIR PÉTÉ
PAR VIVIANE ABBOTT, 8 ANS

Siddy sourit et retourna la feuille, mais le verso était vierge. Cherchant dans les pages voisines, elle n'y trouva rien non plus sur la « très importante » lettre de Vivi. Quant aux fillettes, leur identité ne faisait aucun doute. 1934 : la grande dépression. Huey Long était gouverneur de Louisiane – ou dictateur, selon les opinions ou les clochers. Siddy savait que la pièce d'Eugene O'Neill *Jours sans fin* venait de sortir, et que Pirandello avait reçu le prix Nobel de littérature. Mais elle n'avait aucune idée de ce pour quoi sa mère s'était fait disqualifier, ni par qui.

Elle caressa Hueylene distraitement en secouant la tête. Si seulement cet album pouvait parler, se dit-elle. Notre-Dame des Papotages-Baragouinages, si seulement cet album pouvait parler.

7

Vivi Abbott Walker savait fort bien qu'elle n'avait pas le droit de boire ni de fumer. C'est pourquoi, après avoir débarrassé la table et souhaité bonne nuit à Shep, ce ne fut pas sans une pointe d'excitation qu'elle sortit dans le patio à l'arrière de la maison avec un flacon de Courvoisier et une cigarette. Elle s'assit à la table de fer forgé où elle avait installé son plateau de médium. Ensuite, elle alluma les bougies du candélabre d'argent – l'un des nombreux cadeaux de mariage de la mère de Teensy – et entra dans une petite transe.

Elle ne se servit pas du plateau pour obtenir des réponses à ses questions mais se contenta de rester assise à la lumière des bougies, bercée par le son des cigales et par l'idée séduisante qu'elle était un peu médium.

Une main légère posée sur le pointeur, Vivi sourit en le sentant glisser pour égrener les chiffres « 1 », puis « 9 », puis « 3 » et « 4 ».

Ah, oui, pensa-t-elle. Ma première rencontre avec Hollywood.

Vivi, 1934

Il faut avoir cinquante-six anglaises, pas une de plus et pas une de moins, pour espérer gagner le concours des Sosies de Shirley Temple. Moi et mes meilleures copines, Caro, Teensy et Necie, on a passé toute la matinée chez le coiffeur à se faire friser pour être parfaites.

Chez Mlle Berverly, il y avait tellement de monde qu'on se serait crues dans un salon de beauté new-yorkais. C'est la maman de Teensy, Geneviève, qui nous y avait amenées : elle nous a aidées à préparer nos coiffures et nos costumes pour le concours. Hier matin, elle nous avait enroulé la tête dans de vieilles serviettes qu'on devait garder toute la journée et toute la nuit.

Mais Caro s'est arraché les siennes en dormant. Elle est arrivée chez la coiffeuse les cheveux raides comme des baguettes de tambour et plaqués sur le crâne, en râlant : « Quelle horreur, ces chiffons ! Ça me grattait la tête et ça me tirait les yeux en arrière comme un Chinois : je les ai arrachés et jetés à la poubelle. »

Je vois très bien ce qu'elle veut dire. Je sens encore des tiraillements au niveau de mes tempes. J'espère qu'ils disparaîtront quand je serai grande.

« Je vais mettre le casque d'aviateur de Lowell », a dit Caro. Et elle a piqué le casque de son frère, elle se l'est enfilé sur la tête en cachant tous ses cheveux dessous.

« Quelle bonne idée ! a approuvé Geneviève. *Très original !* » Elle dit toujours des choses comme ça parce qu'elle a été élevée dans les bayous, près de Marksville. Elle se fait appeler par son prénom par tout le monde, même les gosses. Quand on est toutes ensemble, elle s'écrie : « Gombo ya-ya ! » Ça veut dire « Tout le monde parle en même temps », et c'est exactement ce qui se passe.

Geneviève ne serait même pas là si elle n'avait pas épousé M. Whitman, qui possède la caisse d'épargne de Garnet. Elle l'a rencontré à La Nouvelle-Orléans, où un riche ami de son père l'avait envoyée apprendre les bonnes manières chez les sœurs ursulines. Oh, mais Dieu merci, elle est venue habiter Thornton ! On l'adore. Elle a les cheveux et les yeux très noirs, la peau douce, et elle sait danser toutes les danses. En plus du two-step acadien, elle nous a appris le jitterbug, la Prière à Allah et le Coup de Pied à la Mule.

Geneviève est l'adulte la plus rigolote que je connaisse – sauf quand elle a son *attaque de nerfs* et doit rester au lit volets fermés. Je veux être comme elle quand je serai grande.

Quand Mlle Berverly a enlevé les serviettes de ma tête et qu'elle a déroulé mes boucles avec ses doigts, j'ai fait bien attention de les compter une à une. Pas question qu'elle fasse des bêtises et que je me retrouve avec trente-huit anglaises au lieu de cinquante-six. À ce moment-là, Jack, le frère de Teensy, a déboulé dans le salon, là où les garçons ne viennent jamais.

« Hé, v's aut' ! Je vous ai apporté des beignets de chez M. Campo. Ils sortent du four. Vivi, je t'en ai pris un au chocolat, comme tu les aimes. »

Ce Jack, il est vraiment gentil. Pas efféminé, juste gentil. Au base-ball, c'est le meilleur lanceur de la ville. Et il faut le voir frapper ! Les gens l'appellent P'tit Babe, parce qu'il est aussi fort que Babe Ruth. Il joue aussi du violon acadien, mais jamais chez lui : son papa le lui interdit. M. Whitman ne veut même pas qu'on l'appelle par son vrai nom, Jacques. Il interdit à Geneviève de parler le français d'Acadie en sa présence. Il dit : « Parle anglais, Geneviève ! Pour l'amour du ciel, parle l'anglais du roi ! »

« V's êtes bien plus jolies que Shirley Temple, a dit Jack. Comparée à vous, elle a l'air d'un petit putois. *Mais oui*, vous allez voir, vous allez détrôner son nom à l'affiche. »

C'est Caro qui, la première, avait entendu parler du concours des Sosies de Shirley Temple, parce que son père est propriétaire du Bob, l'un des deux cinémas de Thornton. M. Bob possède aussi le Bob de Royalton et celui de Rayville, deux petites villes situées pas très loin de Thornton. Son plus grand cinéma est celui de La Nouvelle-Orléans : le Robert. C'est le plus fantastique de tous les Bob du monde.

Il y a un mois, le Bob s'est officiellement annoncé comme sponsor du concours, pour lequel un juge se déplace de Hollywood. La gagnante doit se rendre en train à La Nouvelle-Orléans pour y représenter notre ville au niveau de l'État de Louisiane. Elle descendra au Pontchartrain Hotel, et on la traitera comme une princesse.

Les filles sont sorties comme des cafards de derrière un lambris. Il y a même eu des petites Noires qui ont essayé de s'inscrire, et pourtant le règlement précisait bien que seules les Blanches étaient autorisées à concourir. L'inscription coûte dix cents, mais M. Bob laisse l'accès gratuit à certaines filles. Aujourd'hui, il y a des gens qui sont venus au Bob et qui l'ont payé en œufs et en pommes de terre. Les huit gosses Nugent entrent aux matinées du Club Betty Boop en le dédommageant avec un boisseau de chou frisé.

Geneviève a fait faire nos costumes par sa couturière Cécile. Le mien, c'est une robe écossaise bleu et blanc absolument adorable, avec une petite cravate rouge qui me va très bien. Par-dessus, je vais mettre un petit manteau bleu assorti et un chapeau noir, exactement comme le costume que portait Shirley pour chanter *On the Good Ship Lollipop*. Je l'ai essayé devant papa hier soir, et quand il m'a vue il m'a dit : « Viens ici donner un bisou à papa. » J'étais surprise parce que d'habitude il n'aime pas les bisous. Je suis allée vers lui, je lui ai passé les bras autour du cou, et il m'a donné un billet de deux dollars.

Le déguisement de Caro est vraiment épatant ! C'est un petit blouson de cuir marron qu'elle a emprunté à son frère et qu'elle porte sur une salopette un peu bouffante, avec un casque d'aviateur. Shirley tout craché quand elle va accueillir l'avion de Loop dans *Bright Eyes*. Ce que Caro peut être belle ! Toutes mes amies sont belles.

Necie portera un manteau jaune vif et un béret blanc à pompon. Et cette sacrée Teensy sera en tutu rose comme celui que Shirley se fait offrir pour son anniversaire dans le film.

Franchement, je trouve que c'est moi qui ressemble le plus à Shirley Temple. Après tout, je suis la seule blonde. Mais je n'oserai jamais le dire.

Quand Geneviève nous a amenées au théâtre cet après-midi, on a dû se présenter à l'accueil, où une dame nous a donné un carton à se pendre sur la poitrine. Dessus, il y avait notre numéro officiel de participante. Moi, j'étais le 39, Caro le 40, Teensy le 41, et ils ont dû se tromper quelque part parce que Necie a eu le numéro 61. Je déteste me promener avec ce truc autour du cou. Ça cache les boutons dorés de mon manteau.

Le juge passe toute sa vie dans des trains à parcourir le pays de long en large pour choisir, entre toutes les candidates, celles qui ressemblent le plus à Shirley Temple. Il s'appelle M. Lance Lacey, mais Caro l'appelle M. Hollywood. Il est arrivé hier, et elle est allée l'attendre à la gare avec ses parents. Ils l'ont ramené chez eux pour qu'il puisse se changer : il a enfilé une chemise bleu pastel et un pantalon large à pinces qui ressemblait à un pyjama (c'est Caro qui l'a dit). Pendant le dîner, il a reçu trois coups de fil longue distance. Chez nous, on n'en reçoit pas trois par mois ! Caro et ses parents, et Lowell et Bobby, ses frères, ont dû attendre qu'il ait raccroché pour pouvoir terminer leur repas. Eh bien, ce matin, on l'a encore appelé avant le petit déjeuner !

Moi qui ai toujours voulu monter sur la scène du Bob, maintenant c'est fait ! Oh, je suis née pour être une star ! Debout sous les feux de la rampe, le public à mes pieds. Des lumières, des lumières, encore des lumières ! C'est mieux qu'à Noël. On ne voit pas très bien la salle, mais je peux dire exactement où est assis mon frère Pete, parce qu'il a hurlé : « Salut, la Punaise ! »

J'ai envie de m'avancer devant toutes ces petites têtes pleines de bouclettes et de me mettre à danser pour que tout le monde me regarde moi et moi seule ! Mais il faut rester en rang. On n'a pas le droit de bouger, on doit rester debout en essayant de ressembler à Shirley Temple. Je déteste ça, parce que j'ai plein d'autres talents ! Je sais chanter, danser, épeler « prestidigitation », réciter *La Ballade du vieux marin*, siffler et jouer des saynètes que j'ai inventées. Ils ne savent pas ce qu'ils perdent.

La voix de M. Hollywood coule du micro, douce comme du velours : « Shirley Temple représente ce que l'Amérique a de meilleur. Son innocence et son sourire sont le rayon de soleil qui éclaire les quarante-huit États de notre pays. Et, dans les périodes difficiles, quand l'homme de la rue a du mal à se payer un café, la vue de ses fossettes remonte le moral de toutes les victimes de la grande dépression, jusqu'au plus malheureux des clochards. "Mademoiselle Soleil" a gagné le cœur de millions de personnes et imprimé sur notre pays sa marque de douceur. »

Il nous regarde une seconde, puis nous désigne d'un geste. « Maintenant, je vais avoir le plaisir de juger les petites filles de votre jolie ville, de choisir parmi elles celle qui fait le mieux revivre le charme et l'ingénuité naturels de Shirley Temple. Voyons, laquelle d'entre elles est assez adorable pour faire reprendre courage à notre grande nation, à l'instar de celle que l'on a surnommée l'Ange de l'Amérique ? »

Oh, si seulement je pouvais montrer mon véritable talent, je lui ferais reprendre courage, moi, à l'Amérique ! Je raconterais mon histoire de la Fille-Alligator, qui a la tête et les épaules d'une fille et le reste du corps d'un alligator. Comme une sorte de sirène, mais méchante. Dans le monde entier, il n'y a pas meilleure conteuse d'histoires de monstres que moi !

Si on me laissait faire mon petit numéro, je gagnerais non seulement ce concours mais aussi celui de La Nouvelle-Orléans. J'aurais mon wagon pour moi toute seule avec ma baignoire et des rideaux de velours, et j'inviterais Caro, Teensy et Necie à m'accompagner dans mon tour d'Amérique. On irait à Washington, où le Président Roosevelt et sa femme nous attendraient et me proposeraient des sandwiches sans croûte à la tomate. Je leur répondrais que cette dépression dure depuis trop longtemps et je leur donnerais mes idées pour aider les pauvres qui vivent dans des caravanes au camping d'Ollie Trott parce qu'ils ont perdu leurs vraies maisons. Oh, je vais leur faire un signe, et ils vont oublier que Shirley Temple a existé !

M. Hollywood se tourne vers nous, il porte les mains à sa bouche et se tire sur les coins des lèvres. Il s'est fait mal aux lèvres ? Ah, non, il veut nous dire de sourire plus grand. Il donne le signal au pianiste, qui entame *On the Good Ship Lollipop*. Ensuite, il tourne autour de nous et s'arrête devant une fille qui porte un manteau de fourrure blanche mousseuse. Il la fait marcher en cercle et note quelque chose sur son calepin. Sans un mot, il l'examine comme un cheval.

Je murmure à l'oreille de Teensy : « Je commence à avoir mal à la bouche, à force de sourire. » À ce moment-là, je ne sais pas quelle mouche la pique, mais elle prend son élan et m'écrabouille un orteil. Alors je fais pareil, en appuyant bien.

Elle braille : « Aïe ! » Elle adore les trucs comme ça. Ça la fait rire. Elle se tourne vers une autre fille et lui tire la langue. Et voilà que l'autre se met à pleurer. Non, mais quelle mauviette !

« Oh, le bébé ! Oh, le bébé Cadum à sa maman ! » lui murmure Teensy. Et puis tout d'un coup, comme ça, Teensy lâche un pet ! Un énorme pet ! On se demande comment un vent aussi gros a pu sortir d'une aussi petite fille. Elle a l'air choquée. Elle regarde derrière elle, comme si elle n'arrivait pas à croire qu'elle a pu faire ça. Quand ça arrive à notre chien, il se fait peur tout seul.

Toutes les autres filles ont entendu. Elles s'écartent de nous. On dirait qu'elles se méfient d'un truc vivant qui va les faire tomber et les écraser. Teensy et moi on se met à rire et on ne peut plus s'arrêter. Je ne connais rien de plus drôle que quelqu'un qui pète.

M. Hollywood ne sait pas ce qui se passe, il est à l'autre bout de la scène, il n'a pas fini d'inspecter les candidates. Mais quand il nous entend rire, il regarde de notre côté, et je lis sur ses lèvres qu'il dit : « Taisez-vous. »

Ça nous fait rire encore plus fort, et Caro et Necie craquent elles aussi.

« Chuuuut ! » ordonne M. Hollywood, le doigt devant la bouche. Puis, du même doigt, il s'écarte les lèvres pour qu'on l'imite. Quand on le voit comme ça, alors là, c'est fini. On hurle de rire, tellement fort que si ça se passait chez nous nos mères nous enverraient dans le jardin.

Tout d'un coup, M. Hollywood vire sur ses chaussures à talons hauts et vient vers nous. De toute façon, c'est trop tard : rien ne peut plus nous arrêter.

Il se plante devant nous et dit : « Un peu de calme ! Taisez-vous immédiatement ! »

Il a les yeux qui lui sortent de la tête et la bouche grande ouverte, et on voit qu'il a trois dents gâtées toutes noires ! Celles de devant sont blanches et brillantes, mais celles du fond sont pourries ! Là, on est carrément déchaînées ! Quand il voit qu'on n'arrive pas à se calmer, il jette son calepin, bing, bang, par terre et s'avance vers nous, et pendant une seconde je suis sûre qu'il va nous frapper, mais il change d'avis.

M. Dents-Pourries fait signe au pianiste de jouer un peu en sourdine. Il s'approche du micro et annonce : « Certaines de nos candidates semblent trouver tout cela très drôle. Les numéros 39, 40, 41 et 61 sont priés de venir me voir. »

On s'approche, et Pete crie dans la salle : « Mais c'est la Punaise ! » J'envoie un baiser au public.

M. Hollywood-Dents-Pourries nous examine en souriant de son gros sourire d'hypocrite. « Eh bien, mesdemoiselles, puisque vous vous amusez tant, faites-nous en profiter. »

On se regarde toutes les quatre. Alors Caro prend le micro et enlève son casque d'aviateur. Ses cheveux sont raides comme des baguettes. Elle demande à la salle : « Vous voulez vraiment savoir ce qui nous fait rire ? »

Toujours dans le micro, M. Hollywood répond :

« Bien sûr, numéro 40, dites un peu.

— Très bien », dit Caro en regardant le public. Elle ouvre la bouche et déclare, haut et clair : « Teensy a pété. »

C'est parti, toute la salle se tient les côtes ! Devant, il y a une bande de spectateurs (menée par mon frère, je parie) qui se mettent à faire des bruits en soufflant dans leurs mains. Bientôt, tout le monde les imite, si bien qu'on a l'impression d'être dans un théâtre plein de péteurs ! Les rares qui ne suivent pas hurlent : « Vive Teensy ! »

Les autres candidates se sont réfugiées au fond de la scène. Je ris tellement que je n'arrive plus à respirer.

M. Hollywood agite son calepin sous le nez de Caro et hurle dans le micro : « Donnez-moi vos noms, mesdemoiselles ! Les numéros 39, 40, 41 et 61, donnez-moi vos noms immédiatement ! »

On le regarde, bouche bée. C'est vraiment marrant de voir une grande personne se mettre en colère comme ça.

« J'ai dit : vos noms ! »

Moi, je meurs toujours d'envie d'avoir le micro toute seule, alors je m'avance. Je respire un bon coup, je fais un grand sourire, et j'annonce : « Mon nom est Péti Pétou. »

Dans le public, c'est un tonnerre d'applaudissements ! Pour moi ! Des vagues d'applaudissements viennent s'abattre sur la scène et se briser sur mes chaussures neuves. Je le savais bien, qu'ils allaient m'adorer si seulement on me laissait ma chance !

Le vieux Hollypourri me pousse pour prendre ma place : « Vous êtes disqualifiées toutes les quatre ! Vous m'entendez ? Disqualifiées ! »

Ses mains tremblent tellement qu'il a du mal à tenir son calepin. Il a les lèvres pincées, les veines du front sur le point d'éclater ! Et tout ça à cause de moi !

Dans le théâtre, c'est le délire. Du pop-corn vole dans tous les sens, des JuJuBes atterrissent sur la scène, et un groupe de garçons, debout, hurle : « Al-lez, Pétou ! » Les ouvreuses courent dans les allées pour essayer d'empêcher les gosses de jeter leurs gobelets de Coca en l'air. Tout le monde scande : « On veut Pétou ! On veut Pétou ! » en grimpant sur les sièges et en tapant des pieds ! C'est magnifique !

Les autres filles appellent leur mère en criant. Les mères se précipitent sur la scène. Elles nous lancent : « Vous devriez avoir honte ! »

Mais je n'ai pas honte du tout. La salle entière est en folie, et c'est à cause de moi, de moi ! !

« Rideau ! » crie M. Hollypourri.

À ce moment, M. Bob s'empare du micro à son tour : « Allez, allez, maintenant tout le monde se calme. Je sais que vous êtes tous un peu énervés mais j'ai une surprise pour vous. Écoutez-moi. Qui veut voir un épisode de *Flash Gordon* ? Si vous retournez à vos places, je vous projette l'épisode de la semaine prochaine, *Flash Gordon et la Planète Mongo*. » Il fait un signe au pianiste, qui se met à jouer quelque chose d'apaisant. Le pop-corn arrête de voler, et les gosses retournent s'asseoir. Par ici, quand on prononce le nom de *Planète Mongo*, on est sûr d'obtenir le silence.

Ensuite, il annonce : « Les mamans sont priées de venir chercher leurs filles. Et les petites filles dont les mamans ne sont pas dans la salle vont retourner au vestiaire avec moi. Tout va bien, tout va très bien. »

Teensy, Caro, Necie et moi, on commence à quitter la scène, mais tout d'un coup Teensy n'y tient plus. Elle retourne se planter au milieu de la scène, se déculotte devant tout le monde et agite son derrière dans tous les sens.

M. Lance Dents-Pourries-Lacey se rue sur elle et l'attrape par le bras, tellement fort qu'il manque le lui arracher. Il la retourne sur ses genoux, il lève la main, il va lui donner la fessée !

Mais M. Bob l'arrête :

« Surveillez vos manières, mon vieux. C'est pas votre enfant.

— Je m'en fiche éperdument, répond M. Dents-Pourries. Elle a gâché le concours des Sosies de Shirley Temple ! On ne m'avait jamais fait ça ! »

Il a changé, M. Hollywood. Il a perdu sa voix de velours, il ne ressemble plus du tout à une star de cinéma mais à un de ces types qui débarquent en ville avec les cirques ambulants et qui crachent du coin de la bouche.

« C'est bien possible, mon vieux, lui dit M. Bob, mais vous ne lèverez pas la main sur nos filles. Le père de cette enfant s'en chargera s'il le juge nécessaire. »

M. Hollywood remet son foulard en place et tire sur ses manchettes. « Eh bien, je vous la laisse volontiers, votre place de directeur de cinéma de ploucs dans une ville de ploucs où les gamines sont des garces avant l'âge. Moi, je monte dans le premier train en partance. »

Et il tourne les talons, mais M. Bob a le temps de lui lancer : « Comptez sur moi pour appeler vos amis de la 20th Century Fox et leur annoncer votre retour. Quand ils me demanderont qui a gagné le concours, je leur dirai que nos enfants étaient toutes tellement jolies que vous avez été incapable de choisir. »

Dans les coulisses, Geneviève a nos manteaux sur le bras. Ce qu'elle a l'air en colère ! « *Que méchante*, Teensy ! Tu n'étais pas obligée d'en rajouter, tu sais ! *Que faiseuse d'embarras !* »

Elle pousse la porte, et nous sortons dans l'air frais. Jack nous attend, il tape des pieds et souffle sur ses doigts en riant.

« Allez, les Pétous, dit-il. C'est vous les meilleures ! »

Moi, je réponds : « On est le Temple du Saint-Esprit. » Et ça y est, on est reparties.

« Ça suffit, dit Geneviève. On rentre. Jack, sois gentil d'aller dire à M. et Mme Bob que nous les rejoindrons chez eux plus tard.

— Oui, maman », dit Jack, et il tourne les talons. Mais, avant de partir, il me fait un clin d'œil et me tend une boîte de JuJuBes, mes bonbons préférés. Oh, il me plaît, ce Jack !

Fini les frisettes. Fini les anglaises.

Geneviève nous a brossé les cheveux. Et fort.

Une fois chez Caro, nous attendons toutes les quatre dans le salon. M. Bob est dans son fauteuil, Mme Bob dans son rocking-chair.

« Bob, dit Geneviève, je compte sur vous pour punir les filles. »

Pour la première fois, j'ai peur.

« Mes enfants, dit M. Bob, j'ai bien réfléchi. Vous vous êtes conduites d'une manière honteuse. Vous avez gâché la fête de toutes ces petites filles, et aussi de leurs mères. Je n'ai pas fini d'en entendre parler. D'ailleurs, mon téléphone n'arrête pas de sonner. »

Geneviève dit : « Pensez aux *petites pauvres*. Vous leur avez volé tout leur plaisir, v's autres, à ces petites qui ne mangent que des oignons et des navets depuis des mois. Dans certaines familles, il y a déjà deux ou trois ans que les *pères* sont sans travail. Ces *enfants* de journaliers viennent en ville une fois par semaine voir *Flash Gordon*, et ils n'ont pas envie que vous leur montriez votre derrière, mes *filles. Comprenez-vous ?* Vous devez faire preuve de respect envers ces pauvres petites. »

Je la regarde : Geneviève m'oblige toujours à penser à des choses que je préférerais ne pas voir.

« Geneviève a raison, renchérit M. Bob. Même si les quatre petites princesses que vous êtes ne s'en rendent pas compte, notre pays est en pleine dépression.

— Il est temps que vous vous comportiez en demoi-selles, dit Mme Bob. Vous n'êtes plus des bébés. Vous êtes de jeunes dames. Il y a des choses qui se font, et d'autres qui ne se font pas. Aujourd'hui, vous avez dépassé les bornes. Vous ne voulez pas qu'on dise que vous êtes de méchantes filles, n'est-ce pas ? »

C'est plus fort que moi, je rétorque :

« Mais, madame Bob, c'est tellement amusant d'être une méchante fille !

— Vivi, me dit-elle, tu veux que j'appelle ton père et ta mère pour qu'ils te parlent ? »

Non, je ne veux pas qu'elle appelle ma mère, et encore moins mon père, parce qu'il ne parle pas. Il enlève sa ceinture et la laisse parler à sa place.

« Non, mame.

— Il faut que vous vous conduisiez en petites filles bien élevées si vous voulez vous faire des amis, reprend Mme Bob. Comment te faire rentrer ça dans la tête, Caro ?

— Mais, maman, répond Caro, ce n'est pas notre faute si Teensy a pété.

— Je sais, je sais, dit Mme Bob. C'est la nature. Ce n'était pourtant pas la peine d'en rajouter. »

Je baisse la tête, mais en secret je me dis que le nom de Péti Pétou est vraiment original.

« J'ai bien cru que j'allais être obligé de demander de l'aide, dit M. Bob. C'est la première fois de ma vie que j'ai autant de mal à calmer une salle. Vous n'allez pas vous en tirer à si bon compte. Pendant tout le mois, c'est-à-dire quatre samedis de suite, les vilaines filles que vous êtes viendront nettoyer le Bob après la séance en matinée. V's autres allez m'enlever tous les débris de pop-corn et ramasser tous les papiers de bonbon par terre. Et vous n'aurez pas le droit d'y mettre les pieds pour autre chose que pour faire le ménage. Vous êtes privées de film pendant toute la période de punition. Et je vais dire à M. Hyde, du Paramount, de passer la consigne à ses vendeurs de billets et à ses ouvreuses : l'entrée de sa salle vous sera interdite pendant un mois. »

De retour dans ma chambre, je m'assieds et je repense à tout ce qui s'est passé. Et plus j'y pense plus ça me rend folle. C'est trop injuste ! Je suis tellement en colère que mon cerveau se presse comme un citron et qu'il en jaillit la plus géniale idée de toute ma vie ! Je vais commencer mon propre journal, où je pourrai imprimer TOUTE LA VÉRITÉ, RIEN QUE LA VÉRITÉ ! Le nom du journal me vient d'un seul coup : je l'appellerai *La Très Importante Lettre de Vivi* ! La T.I.L.V. Prononcer « Tilvi. » J'aiguise un crayon, je sors mon bloc Big Chief et je m'y mets. Il faut absolument que je dénonce cette terrible injustice.

8

Malgré la bruine, Siddy mourait d'envie d'allumer un feu au bord du lac. Cela ne lui était pas arrivé depuis son dernier camp de guides, à l'âge de neuf ans, l'année où Vivi et Necie avaient été cheftaines de la Troupe 55 et avaient reculé dans le drapeau avec le break de Necie.

Elle tripota les brindilles et le papier journal, brûla huit allumettes et souffla jusqu'à en avoir le vertige. Elle finit par abandonner et resta accroupie, emplie d'un sentiment d'inutilité. Elle avait simplement voulu voir brûler un feu de camp. Il ne faisait pas froid : ce n'était pas pour la chaleur. Ce n'était pas non plus pour cuire quelque chose. Son incompétence lui donna le sentiment de ne pas être adaptée aux grands espaces du Nord-Ouest. Le confort tapageur de Manhattan lui manquait.

Si sa mère avait été là, elle aurait allumé une flambée du tonnerre. Elle ou Caro. Le soir, à Spring Creek, elles grillaient les hot dogs ou les viandes au feu de bois et faisaient parfois partir un pétard ou deux. Elles chantaient, se racontaient des histoires de fantômes, s'amusaient à de petites démonstrations de talents de société et à des concours de limbo, où l'on plaçait le balai si bas qu'il touchait presque les aiguilles de pin. Ensuite, la peau enduite de lotion 6-12, les enfants s'adossaient contre leur mère et regardaient les flammes, les chandelles à la citronnelle et les spirales à moustiques qui se consumaient en fumant.

« Tout le secret d'un feu qui démarre bien est dans la résine de pin, disait Vivi. À moins d'avoir de l'essence, bien entendu. »

Jusqu'à cet instant, Siddy avait oublié ce conseil.

« Si tu peux trouver du pin à encens, prélève du bois au cœur d'une souche, Siddy, et tu seras sûre de ton coup. »

Mais, maman, il n'y a pas de pins à encens par ici.

Elle se leva et jeta un coup d'œil autour d'elle ; il n'y avait que des mélèzes de Sitka, du cèdre rouge et des tsugas, qu'elle ne savait guère reconnaître. Jusqu'à présent, elle ne s'était jamais beaucoup intéressée aux arbres, sauf au vieux chêne vert de Pecan Grove, qui étendait ses branches sur quarante mètres de rayon et était capable d'arracher des larmes de nostalgie à n'importe quel membre de la famille. Quand Siddy était petite, elle s'était mis dans la tête que si elle se mariait un jour, ce serait sous cet arbre.

De la résine, se dit-elle. Je cherche de la résine pure.

À défaut de résine pure, elle aperçut une souche à moitié pourrie à moins de deux mètres d'elle. Elle l'observa au cœur et trouva effectivement la sève résineuse, la dernière partie de l'arbre à se décomposer. Elle en arracha plusieurs morceaux et renouvela ses tentatives.

« Sépare bien tes bouts de bois, Siddalee, expliquait sa mère (ou Caro). Commence par construire un tipi de brindilles par-dessus des copeaux. Bien. Maintenant, mets des morceaux un peu plus gros, et continue comme ça à mesure que le feu prend. »

Siddy suivit à la lettre les conseils de sa mère, mais le bois, trop mouillé, refusa de s'enflammer. Dans l'obscurité et sous le ciel toujours couvert, on ne distinguait que les lumières de l'autre côté du lac. Et dire qu'on était à la saison des météores ! D'après May, la péninsule Olympique était connue pour son ciel plein d'étoiles filantes en fin d'été. C'était bien sa chance d'y être venue la seule année où les nuages refusaient de se dissiper. Toute cette humidité silencieuse avait un côté spirituel… et déprimant.

De retour au bungalow, Siddy enfila un jogging sec et alluma un feu dans la cheminée. Elle glissa dans le lecteur un CD de Rickie Lee Jones, chantant des chansons des années quarante, et se servit un verre de cognac. Puis elle s'assit et ouvrit un livre inspiré de la théorie de Jung, qui traitait du mariage. Au bout de trois pages, elle le referma.

Elle s'allongea devant le feu et caressa Hueylene. Les bûches d'aulne embaumaient la pièce. Derrière les baies coulissantes, tout n'était que grisaille et pluie. C'est sympa d'être au chaud, pensa Siddy, mais si c'est comme ça en août, j'ose à peine imaginer à quoi ressemble le mois de décembre.

Elle tira le panier du chien devant la cheminée, contempla les flammes un moment et tendit la main vers les « Divins Secrets ». L'album s'ouvrit de lui-même sur une carte de fleuriste où l'on pouvait lire : « Joyeux anniversaire aux Ya-Ya, de la part de leurs époux. » Ahurissant, mais vrai, tous les ans, les Ya-Ya célébraient leur amitié, et leurs maris leur offraient des cadeaux. Siddy avait davantage de souvenirs de ces fêtes que des anniversaires de mariage.

Un prospectus pour l'inauguration solennelle du Southgate Shopping Center de Thornton était intercalé à côté d'une recette manuscrite de soufflé au fromage. La recette avait été barrée, et l'on avait ajouté en marge : « Au diable ! Rien ne vaut un bon petit verre et un hamburger. »

Siddy trouva ensuite une photo de Caro jeune, tenant un nourrisson dans les bras. Un béret crânement posé sur la tête, elle faisait le signe de la victoire devant ce qui devait être une statue. Qui était le bébé ?

En tournant la page, elle fit tomber les débris d'une coque de noix. Siddy imagina sa mère, des années en arrière, en train de grignoter des noix tout en collant ses souvenirs dans son album. Sur le point de jeter les déchets, elle se ravisa, les ramassa par terre et les remit dans le livre où ils étaient depuis Dieu sait quand.

Elle pensa aux noix, nourriture et semence à la fois. Trésors magiques, concentré de fertilité. Son esprit vagabonda vers les symboles riches de sens, mais elle ne put pénétrer dans l'enchantement que renfermaient ces quelques fragments de coques.

Aux parfums de l'aspérule odorante, des bûches d'aulne et de l'étendue lacustre qui l'enveloppaient peu à peu se mêla bientôt l'essence des histoires racontées par sa mère. Pas comme elle l'aurait voulu, mais à la manière des choses cachées qui révèlent mystérieusement des univers insoupçonnés et désirés.

Vivi, 1937

Mère refuse de me laisser jouer avec Caro dans le nouveau hamac tant qu'on n'aura pas nettoyé la statue de la Vierge que père lui a rapportée de Cuba.

« Ça pue, cette essence de térébenthine, dit Caro. Je suis pas d'accord pour faire ça.

— Frotte fort, et après maman nous laissera essayer le hamac. »

La statue est sur la terrasse, à l'endroit précis où elle a été livrée dans une caisse en même temps que les bagages de mon père, qui revient de voyage. Il est allé participer à un concours de *walking-horses* du Tennessee avec ses amis riches. Il logeait dans une grande hacienda avec serviteurs. Il dit que Cuba est un paradis, avec des plages blanches et des orangers en fleur partout, des perroquets sauvages et tous les gens qui sont heureux. Ce sont ses amis qui dirigent l'île, et il m'a promis de m'y emmener la prochaine fois. Il dit qu'il ne peut pas y aller avec maman parce qu'elle s'habille comme une femme de ménage. Mais moi, je sais que si elle ôtait son foulard de sa tête et ses chiffons à poussière de ses poches elle serait belle.

C'est pour elle que père a acheté la Vierge cubaine. Elle était splendide, cette statue, avec sa peau noire, avec ses boucles d'oreilles et son collier, et des couleurs vives telles que je n'en avais jamais vu sur aucune Vierge Marie, et puis des grosses lèvres rouges et des paupières violettes, comme pour aller au bal ! Mère l'a trouvée horrible.

Dès que père est parti au bureau ce matin, elle a commencé à dévisser les créoles dorées et à enlever tous les jolis colliers jaunes et rouges, qu'elle a jetés en tas à côté de la jardinière de joubarbe. Pendant tout ce temps, elle n'arrêtait pas de hocher la tête comme si la statue avait fait quelque chose de mal.

Elle a dit : « La Vierge Marie n'est pas une négresse. Ça ne m'étonne pas des étrangers qu'ils essayent de faire d'elle une vulgaire garce. Ce qu'il lui faut, c'est un bon récurage ! Imaginez ce que dirait le père Coughlin s'il la voyait. »

Elle écoute les sermons du père Coughlin à la radio. Tout ce qui sort de sa bouche, c'est comme si Moïse l'avait entendu sur la montagne.

« Tu as plus d'égards pour lui que pour ton propre mari », lui dit père.

Elle lui répond : « Si ton âme n'était pas possédée par le démon du rhum, je t'écouterais davantage. »

Elle se plaint qu'il passe trop de temps avec ses amis et avec les chevaux, et qu'il ait tourné le dos au bon Dieu. Elle refuse de l'accompagner aux concours hippiques, alors j'y vais à sa place. J'adore les dames en jodhpurs et en bottes, et les pique-niques avec des mignonnettes de vodka pour les adultes et de la limonade rose pour moi, et tous ces gens bien habillés. Les *walking-horses* de père, Passing Fancy et Rabelais's Dream, raflent des prix à droite et à gauche. Chaque fois que les passionnés de chevaux se rassemblent, c'est la fête.

« Faites-moi disparaître toute la couleur des joues de la Vierge. Frottez avec les doigts », ordonne mère.

Je verse un peu d'essence de térébenthine sur mon chiffon et je frotte en petits cercles pour bien enlever tout le rouge.

Quand maman retourne enfin dans la maison, nous pouvons parler de nos projets secrets. C'est cette nuit qu'aura lieu notre Divine Cérémonie Rituelle, que nous préparons toutes les quatre depuis longtemps.

Je demande à Caro :

« Tu crois que Necie va se dégonfler ?

— Elle a peur qu'on se fasse kidnapper, comme le bébé des Lindbergh, dit Caro. Elle ne veut pas aller dans les bois la nuit.

— Moi, j'y vais tout le temps, et toute seule !

— C'est pas vrai !

— Si, c'est vrai. J'y vais tout le temps. Je suis aussi courageuse qu'Amelia Earhart. Et même, quelquefois, je dors toute seule dans les bois.

— Oh, la menteuse, oh, la menteuse ! »

Je souris.

Mère vient inspecter notre travail.

« Ah, maintenant, au moins, elle ressemble un peu plus à Marie Immaculée. C'est bien, les filles, la Vierge Marie est fière de vous.

— Elle était noire, et on en a fait une Blanche », dit Caro en l'examinant.

Ma mère sourit :

« La Vierge Marie n'est pas une Noire. Elle est la mère de Dieu. Elle est au-dessus de tout le monde, même des Blancs.

— Alors pourquoi est-ce qu'il a fallu lui enlever sa peau noire ? » demande Caro, qui ne prend pas pour du pain bénit ce que lui disent les grandes personnes. Elle a ses idées à elle.

« Les petites filles ne doivent pas poser tant de questions, Caroline, dit ma mère.

— Bonjour ! » s'écrie Teensy, qui s'avance vers nous dans l'allée. Elle porte une petite robe bain de soleil que la cousine de Geneviève, qui habite au bord du bayou, lui a coupée dans des torchons. Necie l'accompagne, elles se tiennent par la main, elles viennent jouer.

« Salut, les potes ! leur crie Caro.

— Bonjour, mes petites », dit ma mère quand elles arrivent à la terrasse. Elle tend la main pour caresser les boucles noires de Teensy, mais Teensy s'écarte. Le jour de mon sixième anniversaire, elle a dansé et chanté toute nue, et ma mère lui a donné la fessée. Depuis, elle ne l'aime pas.

« Oohh, qui est-ce ? demande-t-elle en pointant un doigt sur la statue.

— C'est la Vierge, que ces deux gentilles petites filles de Marie ont rendue toute belle. Quand elle est arrivée, c'était une Cubaine noire mal fagotée et maquillée comme une harpie, mais on a fait ce qu'il fallait, n'est-ce pas, mes chéries ?

— Oui, mame. »

J'ajoute :

« Avant, c'était une très jolie dame noire.

— Eh bien maintenant, elle flanquerait plutôt la chair de poule, rétorque Teensy. Comment vous avez fait pour lui nettoyer la bouche, v's aut' ?

— À ton avis, Denise ? lui répond ma mère.

— Avec une gomme ? » dit Necie.

Ma mère rit.

« Non, ma chérie. Nous avons commencé à l'eau de Javel et terminé à l'essence de térébenthine.

— Maman, on peut aller jouer dans le hamac, maintenant ?

— Oui, acquiesce ma mère. Mais avant, venez faire une génuflexion devant notre Sainte Mère. »

Nous allons saluer la statue : on jurerait qu'elle a aperçu quelque chose qui lui a fichu la frousse et ôté ses couleurs. À ce moment-là, Teensy avise les bijoux. Elle les dérobe à toute vitesse, si prestement que ma mère ne voit rien. Cette Teensy, ce qu'elle a les mains agiles ! Et en plus elle adore les bijoux.

Caro, Teensy, Necie et moi, nous tournons à l'angle de la maison. Harrison, qui travaille pour nous, vient de suspendre le grand hamac au plafond bleu de la véranda, juste devant la fenêtre du bureau de mon père.

« V's aut', vous avez pas un hamac cubain, euh, na, na, na ! » Je grimpe dedans et m'allonge face à la rue.

Caro dit :

« Ça y est, t'es prête ? J'arrive.

— D'accord. » Et elle me rejoint.

« Bon, maintenant, Necie, à toi. »

Necie fait mine de monter. Elle tient sa robe pour qu'on ne voie pas sa culotte.

« Mais enfin, Necie, qui est-ce qui va aller regarder sous ta robe ? dit Teensy.

— Je ne sais pas », réplique Necie en levant les yeux au ciel.

Alors Teensy nous tourne le dos et remonte sa robe pour montrer ses dessous. Elle secoue son derrière en direction de la rue ; elle se fiche complètement que les gens voient ses fesses.

Elle chantonne : « Des cu-cul, des culottes ! Des cu-cul, des culottes ! » Necie rougit. On adore la faire rougir.

Elle est coincée entre Caro et moi, la tête de mon côté. Je lui donne un petit baiser sur la joue.

« Bien, Necie, tu as trouvé ta place.

— Maintenant, Teensy, tu nous rejoins et tu te mets comme tu peux. »

Teensy grimpe dans le hamac et s'installe en nous prenant pour une rangée de coussins.

Je hurle :

« Eh, pousse-toi ! Tu m'écrases !

— Tu m'as dit de me mettre comme je pouvais. » Elle rit, je la pousse, elle me pousse. Teensy répond toujours quand on la pousse. Si on fait pareil à Necie, elle dit pardon. Elle est beaucoup plus reposante que nous.

« Arrêtez, v's autres ! ordonne Necie.

— Teensy, dit Caro, installe-toi ici, dans le creux de mon bras, et laisse pendre tes jambes au-dehors. »

Teensy lui obéit, elle se fait sa place, et nous sommes tassées comme des sardines. Entre les mailles du hamac, on aperçoit le sol de la véranda et, entre les lattes, le soleil qui dessine des barres par terre. Je tire sur la corde que Harrison a installée pour que nous puissions nous balancer sans nous lever.

« Oh, c'est épatant ! » s'exclame Caro.

Et c'est vrai, on a l'impression d'être toutes ensemble dans un grand berceau.

« J'en veux un comme ça, dit Teensy.

— Eh bien demande à ton père d'aller à Cuba t'en chercher un.

— Oh, ça oui. Dès ce soir. Avec une Vierge cubaine. Et crois-moi, je ne la débarbouillerai pas. Je lui collerai les faux cils de maman. »

Il est environ dix heures du matin, et il fait déjà chaud. Le parfum citronné de l'herbe roussie par le soleil monte jusqu'à nous. Où que je sois, je renverse toujours la tête en arrière afin de sentir les choses. Pour moi, les odeurs sont comme une personne invisible dont les gens oublient la présence. Je préférerais être aveugle plutôt que de perdre l'odorat.

« Vivement qu'on ait nos noms indiens, dit Teensy.

— C'est pour ce soir, affirme Caro, et elle ferme les yeux en se renversant dans le hamac.

— Oooh, s'inquiète Necie, j'espère qu'il ne fait pas trop noir dans les bois.

— Mais bien sûr que si », répond Teensy.

Et moi, j'ajoute : « Il fait noir comme du velours. »

Les yeux de Necie s'agrandissent. Caro tend la main et, tout d'un coup, lui agrippe le bras d'un coup sec, tel un monstre. Necie pousse un hurlement.

De là où je suis dans le hamac, je sens toutes les fleurs de maman et j'entends tout ce qui se passe. On bat un tapis à quelques maisons de là, des dizaines et des dizaines d'oiseaux chantent, une mouche bourdonne, et le camion de M. Barnage passe dans un grand bruit de ferraille. Je reconnais au bruit toutes les autos et tous les camions du quartier.

L'odeur du chèvrefeuille de maman se mêle à celle de ses gardénias et de son arbre aux orchidées ; leur parfum doux embaume toute la véranda. La rose de montagne grimpante qu'elle a palissée le long du toit dégouline de grappes fleuries. Au moment de la taille, ma mère garde ce que d'autres jetteraient ; elle en fait des boutures qu'elle met dans de vieilles boîtes à café, et bientôt véranda et jardin sont envahis de jeunes pousses en bouton. Elle sait cultiver toutes les plantes du monde, elle connaît leur nom. Elle a beaucoup de camélias, sa fierté et sa joie. Et aussi des tas de roses et de pervenches blanches et violettes, et un kumquat en pot qu'elle rentre l'hiver pour qu'il ne gèle pas. S'il y a une chose qu'elle adore, c'est jardiner. Mon père et ma grand-mère Delia se moquent d'elle. Ils l'appellent l'« ouvrier agricole ». La mère de Necie lui demande régulièrement de faire partie du club de jardinage mais elle refuse. Elle dit que son club, c'est l'Association de l'autel fleuri. Et en effet, au lieu d'embellir la maison, la plupart de ses bouquets finissent sur l'autel de l'église de la Divine Compassion.

Au printemps et en automne, je vis au milieu des fleurs. Dès qu'il commence à faire chaud, mère et Ginger, la bonne de Delia, installent deux lits au bout de la véranda, sous une moustiquaire pendue au plafond, avec une table de nuit et une lampe de salon ; nous venons y dormir à tour de rôle. Quand j'invite mes amies, maman donne les chambres à Pete et à ses copains, et nous laisse passer la nuit dehors. Je ne dors jamais aussi bien, sans faire de cauchemars, que quand j'ai mes amies auprès de moi.

Je ne connais rien de mieux au monde. On s'endort avec les stridulations des criquets et on se réveille avec le chant des oiseaux. Quand on somnole, on dirait un bruit de chute d'eau. Si j'avais Huey Long lui-même comme invité, c'est là que je le coucherais. Ici, à Thornton, nous n'avons pas de servantes pour nous éventer, même si quelquefois nous essayons de demander à Ginger d'agiter au-dessus de nous les éventails en vétiver de Delia. Mais elle nous répond : « Allez vous tremper la tête dans l'eau, ça vous rafraîchira. »

Le soir arrive. Après le dîner, nous jouons aux cartes avec Pete et maman. Papa est dehors pour affaires, il n'est pas rentré.

Mon frère n'arrête pas de nous mettre en boîte. Il nous invente des noms. Il appelle Teensy Titine et moi la Punaise. Caro devient Pique, Cœur ou Trèfle, et Necie Nessie, comme le monstre du loch Ness. Pete a deux ans de plus que nous, il est grand et fort, et il a attaché des queues de renard sur sa bicyclette ; elles volent quand il roule.

Après quatre parties de huit magique, maman annonce qu'il est l'heure d'aller se coucher. Nous nous souhaitons bonne nuit et nous déshabillons ; maman vient s'assurer que la moustiquaire est bien fermée, elle nous dépose un petit *pissoir* pour qu'on n'ait pas besoin de monter faire pipi à l'étage.

Nous sommes si sages et si tranquilles qu'elle se dit qu'elle a des saintes dans sa maison.

« Alors, v's autres, vous avez remercié la Sainte Vierge d'avoir veillé sur vous, aujourd'hui ?

— Oui, mame ! »

Debout, à l'extérieur de la moustiquaire, elle commence à égrener son chapelet du soir.

« Eh bien, dans ce cas, dites bonne nuit à vos anges gardiens.

— Bonne nuit, les anges.

— Bonne nuit, mes petites filles. »

Allongées dans nos lits sans piper mot, nous la regardons s'éloigner vers la maison.

Quand elle a disparu, Caro dit :

« On n'est pas des petites filles, on est les Vierges Royales Indiennes.

— Peut-être qu'au lieu de remercier la Sainte Vierge, vous feriez mieux de lui demander pardon de l'avoir débarbouillée », lance Teensy.

Ça nous fait rigoler.

« Dire que v's aut', *imbéciles*, vous lui avez enlevé son rouge à lèvres et passé les joues à la térébenthine, poursuit-elle. Je parie que les Cubains ne l'auraient jamais vendue à ton père s'ils avaient su que vous alliez l'amocher comme ça.

— Chuuut ! Maman est peut-être en train d'écouter dans le séjour. Si on se tait, elle va nous croire endormies et monter tout de suite se coucher. »

Nous attendons en silence, notre équipement fourré sous les lits.

Necie murmure : « Alors, on y va ? »

Je réponds :

« Non, il faut attendre que toute la maison dorme.

— On va le savoir comment ?

— Je le saurai, moi. Les maisons, ça dort comme les gens. Je le sens. »

Au bout d'un moment, je sors de mon lit pour vérifier. « La voie est libre ! »

Nous tirons nos affaires de sous les lits, nous soulevons nos chemises et nous nous frottons tout le corps avec un oignon cru pour ne pas nous faire dévorer par les maringouins. Coup de chance, jusqu'à présent l'été est sec, sinon nous n'aurions jamais pu aller la nuit dans les bois sans nous faire piquer à mort.

Nous descendons les quelques marches et nous nous glissons dans la cour, derrière la maison.

« Pas un bruit ! » avertit Caro.

Après avoir traversé l'allée des Munsen et parcouru quelques centaines de mètres, nous respirons un bon coup et nous enfonçons dans les bois.

Une demi-lune nous éclaire, complétée par la lampe torche que nous avons empruntée à Pete. Dans la poche de ma robe de chambre, je tripote le morceau de papier sur lequel j'ai écrit l'histoire de notre tribu. Ce soir, je suis la Maîtresse de Légende.

« Et si jamais on tombait sur un campement de vagabonds ? » dit Necie.

Caro, la plus grande de nous quatre, porte la lampe, et
aussi un sac à dos plein de morceaux de bois. Ce soir,
elle est la Maîtresse du Feu.

« Les *hobos* restent près de la voie ferrée,
répond-elle.

— Papa dit que ses amis du commissariat de police
ont chassé tous les vagabonds de Thornton, renchérit
Teensy. *Maman* et lui se sont drôlement disputés à
cause de ça.

— Ma mère leur a donné à manger il y a quelques
jours, sur la terrasse de la cuisine, dit Necie. Moi, je n'ai
pas le droit de leur parler, je peux seulement leur
apporter de la nourriture.

— S'ils sont toujours à rôder près de chez vous,
c'est parce qu'elle refuse d'effacer la marque qu'ils
laissent sur le mur, et pourtant le maire en a donné
l'ordre à tout le monde. Moi, ma mère les nourrit une
fois par semaine seulement, parce que sinon, avec tout
ce que mange Pete, elle dit qu'elle finira comme eux. »

Necie est la seule de nous quatre qui sache faire la
cuisine ; elle a apporté du *fudge* dans un sac en papier.
Elle est la Maîtresse des Rafraîchissements. Teensy,
Maîtresse de la Danse, a sur elle quatre boîtes de
flocons d'avoine vides qui serviront de tambours. Et
nous n'avons pas oublié l'aiguille.

Parvenues au petit bayou qui coule derrière chez
Teensy, nous aidons Caro à allumer un feu. Caro est
formidable pour les feux : un vrai garçon. C'est M. Bob
qui lui a appris, et à moi aussi.

Quand le bois prend, nous nous asseyons autour du
feu.

Les yeux sur les flammes, je commence mon histoire
de la Divine Tribu des Ya-Ya de Louisiane.

L'HISTOIRE SECRÈTE DES YA-YA
DE LOUISIANE

Bien avant l'arrivée de l'Homme Blanc, notre Puissante Tribu des Ya-Ya, un groupe de femmes fortes, fidèles et belles, rôdait dans l'État de Louisiane. Les léopards dormaient avec nous, et les ours nous donnaient du miel avec leurs pattes, et les poissons sautaient dans nos mains parce qu'ils désiraient nous servir de nourriture. Les arbres étaient si épais qu'on pouvait voyager de La Nouvelle-Orléans jusqu'à Shreveport en marchant dessus ; des centaines d'Indiennes ya-ya marchaient sur les arbres.

Notre mère était une guenon nommée Lola, qui nous avait trouvées dans une grotte à la nuit des temps et élevées comme ses propres enfants. Nous l'adorions. Les gens ne cherchaient jamais noise aux sœurs de la tribu des Ya-Ya.

Mais un jour est venue la Colonne Zandra, le plus grand ouragan connu des hommes, qui a arraché tous les arbres et grossi tous les cours d'eau et tué tout le monde, y compris notre mère, Lola. Seules quatre d'entre nous ont survécu. Partout, il y avait de méchants cocodrils qui voulaient nous manger. Nous n'avions nulle part où nous cacher, parce qu'ils pouvaient ramper et nager, et faire des ravages sur la terre comme dans l'eau. Nous étions si affamées que nous n'avions plus que la peau sur les os ; nous n'avions pas dormi depuis quarante jours. Finalement, à bout de forces, nous avons « lâché la patate ».

Les alligators étaient bien contents de notre découragement : ils ont rampé jusqu'à nous et sont venus si près que nous avons vu la lune se refléter dans leurs yeux affreux. Nous avons tout essayé, mais nos forces nous avaient abandonnées. De derrière la lune est alors apparue une femme superbe. Nous la voyions depuis nos lits de mort où nous étions étendues sans défense. Elle a compris que nous étions suspendues par un cil au-dessus du canyon de la désolation. Avec ses yeux, la Dame de la Lune a décoché des rayons d'argent si chauds et si puissants qu'ils ont grillé sur place les cocodrils tout gluants ! Les vilains monstres ont rôti comme du bacon à la poêle : on entendait la graisse crépiter.

Et la Dame de la Lune a dit : « Vous êtes mes filles, et je suis très satisfaite de vous. Je vous protégerai toujours de mon Œil Divin. »

Nous, les Ya-Ya, avions perdu notre maison dans la jungle, et aujourd'hui la ville où nous vivons ne sait pas que nous sommes de lignée royale ; mais, au fond de nous-mêmes, nous connaissons notre passé et, malades ou en bonne santé, nous serons éternellement loyales envers notre tribu. Et il en sera ainsi pour les siècles des siècles. Fin.

Ensuite, je regarde mes amies dans les yeux et je déclare :

« C'est officiel : désormais, nous serons connues sous le nom de Ya-Ya ! » On m'applaudit.

« Tu n'aurais pas pris des trucs dans la Bible, par hasard ? dit Necie.

— On ne remet pas en cause la Maîtresse de Légende.

— Parfaitement, m'appuie Teensy. La Bible n'est pas propriétaire des mots.

— Aucune importance, réplique Necie. Vous voulez du *fudge*, v's autres ?

— Merci, Maîtresse des Rafraîchissements », dis-je.

Et nous mordons dans de gros carrés de *fudge* à la noix de pécan.

« Je les déteste, ces vieux alligators, dit Caro qui regarde en direction du bayou.

— Eh, interroge Necie, vous ne croyez quand même pas qu'il y en a dans ce bayou, si ?

— *Maman* a mis un *gri-gri* derrière la maison, dit Teensy. Ne vous en faites pas. C'est elle qui nous a donné notre nom ! C'est elle qui dit toujours : "Gombo ya-ya, gombo ya-ya !"

— C'est nous, ça, dit Necie.

— *Exactement !* continue Teensy. À partir de maintenant et jusqu'à la fin des temps, on sera connues comme les Ya-Ya ! Personne ne peut nous débaptiser ! »

Elle sort les boîtes de flocons d'avoine de son sac en papier, et nous tambourinons dessus en criant dans la nuit notre nouveau nom pour que les bois et le feu nous entendent. Alors Necie, la Maîtresse des Noms, nous attribue à chacune le nom indien que nous nous sommes choisi. Le mien, c'est Reine Ruisseau-qui-Danse, Caro est la Duchesse Aigle-qui-Vole et Necie est la Comtesse Nuage-qui-Chante. Pour nous baptiser, Necie nous asperge d'eau avec une vieille bouteille de Coca-Cola au bouchon percé, dont maman se sert pour humecter le linge à repasser.

Il y a des semaines que Teensy nous cache son nom indien. Quand vient son tour, elle prend des airs secrets et tend une enveloppe à Necie. Necie ouvre l'enveloppe ; quand elle lit ce qu'il y a écrit dedans, les yeux lui sortent de la tête, comme ceux de Popeye, et elle rougit jusqu'à la racine des cheveux. Pendant une minute, elle ne dit rien. On entend un engoulevent boispourri dans le lointain et le crépitement du feu de Caro.

Puis elle se tourne vers Teensy, qui sourit encore plus que d'habitude, et lui dit :

« Je te nomme Princesse Nue-comme-un-Ver. »

La princesse se déchaîne, elle hurle : « Cha-cha du chat chaud du pacha ! » et se met à tourner en cercle sur elle-même. Elle arrache sa chemise de nuit et nous oblige à l'imiter. Necie essaie de se défiler, mais Teensy et moi la déshabillons de force.

« C'est un péché mortel, v's aut' ! »

Je réponds :

« Oui. Un Péché Mortel Ro-ya-yal !

— Tout le monde est prêt pour la peinture cérémonielle ? demande Teensy, qui a pris l'air mauvais dont elle a le secret.

— Quoi ? » Ce n'est pas dans le programme, mais la tribu des Ya-Ya ne craint pas d'improviser.

Teensy plonge la main dans son sac. Elle en sort tout un tas de tubes et de pots de couleur de chez Max Factor, et des crayons et des rouges à lèvres, et plein de trucs fantastiques que ma mère trouve vulgaires.

Elle me tend un pot de fard à joues. À Caro elle donne du fond de teint ocré, à Necie le rouge à lèvres, et elle garde les crayons pour elle. Chacune à son tour, nous nous traçons des dessins sur la figure, comme de vrais Indiens : des traits rouges et marron sur le front et des étoiles noires sur les joues. C'est alors que Teensy a une idée : on va se tatouer le ventre et la poitrine. Je me sépare le corps en deux par une ligne noire verticale et me barbouille tout un côté en rouge. Teensy se trace des cercles au rouge à lèvres autour des nénés !

« Necie, dit-elle, enlève les mains de tes lolos. On les a toutes vus, on sait à quoi ils ressemblent. »

Et, pour couronner le tout, elle sort les colliers et les boucles d'oreilles que maman nous a fait enlever à la Vierge cubaine.

Je crie : « Ah ! Voici les Bijoux Secrets des Ya-Ya disparus pendant des siècles et redécouverts récemment par Princesse Nue-comme-un-Ver, archéologue de renommée mondiale ! »

Nous nous bousculons un peu pour enfiler les bijoux, et bientôt, Teensy en tête, nous nous mettons à courir en nous tapant les cuisses et en faisant le signe de l'épée, comme Zorro.

Ensuite, nous devons nous piquer le pouce avec l'aiguille à coudre. La Maîtresse du Feu la passe à la flamme et, une à une, nous lui présentons notre pouce pour qu'elle fasse perler une petite goutte de sang.

Mains levées au-dessus de nos têtes, nous nous touchons par les pouces et prononçons notre serment : « Je suis membre de la tribu royale et loyale des Ya-Ya dont je n'ai pas le droit de me séparer et que personne n'a le droit de diviser parce que nous sommes de même sang. Je jure solennellement d'être fidèle à mes sœurs ya-ya, de les chérir et de les protéger, de ne jamais les abandonner dans le malheur et cela jusqu'à l'heure de ma mort, où Dieu reconnaîtra les siens. »

Évidemment, au lieu de dire « siens », il a fallu que Teensy dise « seins » : « Dieu reconnaîtra les seins », à voix bien haute, exprès.

J'ai le cœur qui bat si fort qu'on le voit cogner contre ma poitrine. Caro et Teensy sont pareilles. Nos yeux brillent.

« Maintenant, dit Teensy, tout le monde se lèche le pouce. »

Je la regarde : ce n'était pas prévu.

Mais comme elle s'exécute la première, je l'imite. Je passe la langue rapidement sur mon pouce. Et sans que j'aie le temps de réfléchir, je laisse échapper :

« Maintenant, on avale ! »

Nous buvons le sang les unes des autres : quelques gouttes. Comme dans la Sainte Communion, sauf que c'est notre sang, pas celui de Jésus-Christ.

Quand j'aurai des bébés, ils auront le sang de Caro, Teensy et Necie ! Comme ça, nous serons tous de la même famille. Et quand je serai vieille et que je mourrai, tant qu'il y aura d'autres Ya-Ya en vie je serai vivante !

Alors Necie dit, tout doucement : « Je peux faire ma Divine Cérémonie des Noix ? »

J'avais complètement oublié qu'elle nous réservait une surprise pour la fin.

Nous la suivons jusqu'au bayou. De son sac, elle sort quatre coques de noix ; elle nous les distribue, ainsi que des bouts de chandelle qu'elle nous demande d'allumer.

« Faites couler un peu de cire dans la coque et collez votre bougie dedans », nous dit-elle.

Ça, c'est une surprise. Chaque fois que je crois connaître mes amies, voilà qu'elles m'étonnent. Elles sont pleines de secrets.

On entend le frottement des allumettes contre la boîte et le petit « pouf » quand elles s'enflamment. Nous allumons nos bougies en regardant Necie. Elle se penche et pose doucement sa coque sur l'eau. D'un petit coup, elle la pousse sur la surface noire du bayou.

Nous l'imitons, et bientôt les quatre minuscules lumières flottent, tels des bateaux féeriques. C'est tellement beau que j'en pleurerais. Nous nous tenons par la main, nous les hautes et puissantes Ya-Ya, princesses d'un sang royal qui se transmettra sur plusieurs générations.

À la maison, la Vierge cubaine nous attend sur la véranda, illuminée par la lumière extérieure ; les hannetons volettent alentour avec de petits crissements. Nous pilons devant elle comme un seul homme et tombons à genoux. Teensy nous passe des trucs qu'elle extirpe de son sac. Elle, Caro et moi, prenons le fard Beauté Brune, le même que celui de Carole Lombard et de Norma Shearer, et l'étalons sur le visage, les mains et les pieds de la Vierge récurée à la térébenthine. C'est cireux au toucher et ça sent comme dans la poudreuse de Geneviève. Sous mes doigts, le bois poli de la statue est doux.

Une fois qu'elle a retrouvé sa peau brune, nous lui appliquons du rose sur les joues, du bleu sur les paupières et dans les plis de sa robe, et nous lui passons les lèvres au rouge « Rubis du Harem » (c'est écrit sur le fond du tube). Enfin, nos royales personnes lui rendent tous ses bijoux.

Puis nous reculons en silence pour admirer notre travail. Necie, qui n'a toujours pas mis la main à la pâte, s'avance et s'agenouille à son tour, et nous croyons qu'elle va se mettre à prier. Mais elle prend le tube de rouge à lèvres des mains de Teensy et, à la dernière minute, elle pose des touches de rouge sur les orteils de Marie, qui dépassent de sa robe. Elle lui vernit les ongles ! Même les Cubains n'y avaient pas pensé.

Je l'embrasse sur une joue, Caro sur l'autre, et Teensy lui dépose un gros baiser en plein sur les lèvres.

Dans le lit, le corps de Caro est allongé à côté du mien. J'entends sa respiration, son cœur bat contre le mien. Elle sent le riz qui cuit et le foin fraîchement coupé.

Nous sommes baignées de clarté lunaire. Le parfum de l'olivier flotte dans l'air, telle une haleine. Je regarde mes trois amies dormir, le visage encore marbré de traces de maquillage, même si nous avons essayé de nous débarbouiller dans les draps pour que maman ne voie rien. Je suis la Reine Ruisseau-qui-Danse, vaillante guerrière de la tribu royale des Ya-Ya, ma vraie famille. Aucun homme blanc ne pourra jamais me conquérir. La Dame de la Lune est ma mère.

Le lendemain matin, nous défaisons les lits avant que ma mère vienne nous réveiller. Nous nous sommes levées avec le soleil, dès que le jour a repris ses couleurs. C'est notre première journée de vraies Ya-Ya.

« Ce n'était pas la peine de défaire les lits, v's autres, dit ma mère. Ce n'est pas à vous de laver les draps. Donnez-les-moi. Je ne voudrais pas que vos mères croient que je vous fais faire la lessive quand vous venez passer la nuit chez Vivi. »

Nous essayons de les cacher.

« Madame Abbott, dit Necie, tout sourires, je vous en prie, laissez-moi les emporter chez moi pour les laver. Ce sera ma pénitence. »

Quelle sainte-nitouche, cette Necie, quand elle s'y met !

« Tu es merveilleuse, Denise, lui dit ma mère. Si seulement Viviane pouvait suivre ton exemple ! La Vierge Marie doit être très contente de toi ce matin. »

Necie sourit en battant des cils comme une vraie fille de Marie : elle fait honneur à la tribu.

« Bon, venez prendre le petit déjeuner, dit ma mère. J'ai des pêches de Ruston que M. Barnage nous a apportées. »

Nous la suivons dans la véranda, une galerie qui fait le tour de la maison. « Une minute, mes enfants. Je vais voir si mon gardénia m'a donné de nouvelles fleurs. »

Elle tourne à l'angle et tombe nez à nez avec la statue.

« Jésus, Marie, Joseph ! » Nous marchons sur ses talons. Une main sur la bouche, elle se signe. Dans sa robe-tablier, elle tremble de tous ses membres.

Elle crie : « Mais qui a bien pu faire ça ? Qui ? »

Teensy s'avance et la regarde droit dans les yeux : « C'est peut-être un miracle, madame Abbott ?

— Un miracle », murmure ma mère, comme si la statue avait des larmes dans les yeux ou du sang sur les paumes.

Un instant, elle reste clouée sur place, puis elle commence à cueillir du chèvrefeuille, des roses de montagne, des rameaux d'olivier, tout ce qui lui tombe sous la main, et les dispose autour de la Vierge cubaine. Elle court dans le jardin arracher des tubéreuses, des branches de magnolia et d'hibiscus, qu'elle jette dans son tablier. Je ne l'ai jamais vue se démener comme ça, elle est possédée. Elle se précipite dans la galerie et déverse ses fleurs sur les pieds peinturlurés de la Vierge, agite la branche de roses de montagne pour lâcher une pluie de pétales sur sa tête. Jamais la véranda n'a été aussi fleurie. Ma mère en a fait un autel à la gloire de la merveilleuse Vierge Noire.

« Sainte Mère de Dieu ! À genoux, mes petites. À genoux, prions. »

Toutes les quatre, nous tombons à genoux avec ma mère, qui a déjà sorti son chapelet et prie :

Je vous salue, brillante Étoile de tous les océans,
Je vous salue, Mère des Fleurs,
Faites pleuvoir sur nous le doux parfum
De Votre amour et de Votre compassion,
Vous qui avez porté en Votre sein
Celui qui est plus grand que les cieux !

Par la grâce, mes amies et moi avons été sauvées des démons alligators et des tempêtes. Nous seules avons été épargnées. La Haute et Puissante et Presque Perdue mais Miraculeusement Retrouvée Tribu des Ya-Ya est protégée par des miracles.

9

Le lendemain, il bruinait lorsque Siddy et Hueylene prirent le chemin de la poste de Quinault. Ce n'était ni une pluie franche ni une averse, mais plutôt une série de gouttelettes en suspension dans l'air. Si Siddy avait connu un mot plus approprié que « bruine » pour dénoter cette sensation de molle agressivité, elle l'aurait employé. Pour la première fois, elle comprenait ce que May Sorenson avait voulu dire en prétendant que le climat du Nord-Ouest avait le don de faire pourrir l'âme.

Elle appela son agent de la cabine devant la poste. Il la rassura : non, elle n'était pas en train de jeter sa carrière aux orties en prenant des vacances, et le monde ne s'était pas arrêté de tourner.

Une carte de Connor l'attendait : une ancienne aquarelle qu'il avait peinte pour un décor de théâtre, et au dos de laquelle il avait écrit :

Chère Siddy,

Toi partie, le lit est trop grand. Quand tu me laisses plus de 1/16e du matelas, je suis incapable de dormir. Terminé les croquis pour l'acte II ; l'équipe de Seattle est bonne. Le jasmin de Virginie vient de donner au moins un millier de fleurs. As-tu trouvé la boîte que j'ai mise dans la voiture ? Une caresse sur le ventre pour la fille du gouverneur.

Je t'aime,

Connor

De retour au bungalow, Siddy sécha les longues oreilles frisées de la chienne, se prépara une tasse de thé et enfila des chaussettes sèches. Elle tria les CD qu'elle avait apportés, choisit une fois de plus Rickie Lee Jones interprétant les airs à succès du temps de Vivi ; elle s'approcha de la baie vitrée en fredonnant *Spring Can Really Hang You Up the Most*.

Elle prit une carte postale représentant une glycimère, à laquelle elle dessina une paire d'ailes, transformant le gigantesque mollusque en un pénis prêt à s'envoler. Au dos, elle écrivit en réponse :

Mon petit chou,

N'exagère pas. Je te laisse toujours au moins un quart du matelas. Tu me manques. Oui, la boîte de maman est entre mes mains. Enfin, pas exactement… disons qu'elle est là. Ici et là. Et partout. Je t'en parlerai plus tard. Je t'aime.

Siddy

Après avoir affranchi son courrier, elle rouvrit l'album et découvrit quatre lanières de cuir retenues ensemble par un bout de ficelle. Chacune était garnie d'une pièce de un cent de 1941 glissée dans une fente. La tête renversée en arrière, les yeux au plafond, elle étouffa un rire. Des dessus de mocassins ! Elle imagina sa mère et les trois autres Ya-Ya absorbées dans leur petite besogne, découpant le cuir de leurs mocassins usés. Était-ce une mode de ce temps-là, ou une particularité bien à elles ?

À la même page, une photo montrait les quatre amies vers la même époque, sur la véranda des Abbott, dans Compton Street. Elle y jeta un coup d'œil puis reposa l'album et gagna la cuisine. Après avoir inspecté le contenu des tiroirs, elle réintégra la pièce ; dans le deuxième tiroir d'une commode de pin contenant des jeux de cartes, un Monopoly et une collection de coquillages, elle trouva ce qu'elle cherchait.

Elle souffla sur la loupe, l'essuya avec son sweat-shirt, se pencha sur la photo pour l'examiner de plus près. Une rose de montagne courait le long d'une galerie à colonnade, si chargée de fleurs que la lumière en devenait rosée. Sur un énorme canapé de rotin aux grands bras incurvés et aux coussins de chintz, Vivi, Caro, Teensy et Necie étaient allongées deux par deux, tête-bêche, pieds et jambes emmêlés. Vivi, en short et débardeur rayé, s'était relevé les cheveux en une queue de cheval d'où s'échappaient des mèches collées sur sa peau par l'humidité. D'un côté du canapé, sur une table de fer forgé, un ventilateur noir tournait. Quatre grands verres de thé glacé étaient posés par terre, une cuiller à orangeade plongée dans le liquide.

Siddy étudia le cliché en détail. Qui l'avait pris ? Que se passait-il en dehors du cadre ? Que s'était-il passé l'instant précédent ?

Elle reposa la loupe et regarda dans le vague en songeant : c'est un après-midi d'oisiveté où elles n'ont rien à faire que de boire du thé glacé, affalées sur la terrasse à l'ombre des chênes. Les Allemands vont entrer dans Stalingrad, les chambres à gaz commencent à tourner, mais les Ya-Ya, lycéennes, n'ont pas encore quitté le confort, la paresse et la joie de la véranda. Il suffit de les regarder. Elles ne portent pas de montre. Ces heures qu'elles vivent là ne sont pas programmées, ni inscrites dans un agenda professionnel.

Elles n'ont même pas prévu de se vautrer sur ce canapé ; c'est comme si le poids de leurs corps les avait entraînées sur les coussins. Elles ne savent pas non plus quand elles vont se relever, elles n'ont aucun projet. Elles savent seulement que leurs corps se touchent alors qu'elles essaient de ne pas avoir trop chaud ; le seul endroit un peu frais est juste devant le ventilateur.

J'ai envie de me vautrer comme elles, de flotter sans projets, sans ambition, sans angoisse. J'ai envie d'habiter ma vie comme on habite une véranda.

À l'époque, les vérandas et leur mode de vie allaient de soi. Tout le monde possédait ces pièces de transition entre le monde extérieur et le monde domestique. Quand la galerie entourait la maison, comme chez les Abbott, chaque façade accueillait un univers différent. Sur le côté, là où avait été prise la photo, on était à l'abri des regards. C'était là que l'on s'installait lorsqu'on avait des rouleaux sur la tête ou quand on en avait simplement assez de saluer les passants. C'était le lieu des soupirs et des rêves. On y restait des heures à se regarder le nombril, à chasser les mouches en dégoulinant de sueur ou en somnolant, à échanger des secrets dans la chaleur moite. Et le soir, quand le soleil déclinait, les lucioles brillaient près des camélias, et leur nuage lumineux plongeait les Ya-Ya au plus profond de rêveries qui persisteraient jusqu'à l'âge adulte.

Lorsque, des années plus tard, elles se promèneraient un bébé sur la hanche ou, plus tard encore, lorsque leurs mains trembleraient d'une tristesse profonde et sans nom, elles seraient entourées d'une sorte de halo, impalpable mais témoin des lagunes qu'elles partageaient : codes, traditions et langages secrets remontant à ces temps liquides, avant l'ère de la climatisation, avant que ne soit desséchée la pleine et lourde humidité qui imprégnait les vérandas de Louisiane, détrempait les chemises de coton, chatouillait la peau en y déposant des myriades de gouttelettes de sueur, ralentissait les gens pour permettre au monde de les pénétrer sans hâte. Cette vie à l'étouffée sourdait dans le sang et faisait mijoter des pensées excentriques et langoureuses qui s'envoleraient définitivement le jour où les galeries seraient fermées, le climat maîtrisé, les fenêtres calfeutrées, les bruits du voisinage assourdis par ceux des téléviseurs.

Quand Siddy était petite, les Ya-Ya appelaient leurs rassemblements impromptus des « v'sites ». Vivi entassait ses quatre gosses dans la Thunderbird, et on partait en trombe chez l'une ou chez l'autre. On débouchait dans l'allée en klaxonnant furieusement et en criant : « Vous avez intérêt à être là, v's autres ! » Puis apparaissaient des verres de Bloody Mary, des crackers et des achards, quatre litres de limonade et des biscuits Oreos pour les enfants ; Sarah Vaughan chantait sur la chaîne stéréo, la fête commençait. Pas de préparatifs, pas d'invitations.

Pour ces occasions, Siddy revêtait parfois un peignoir emprunté au trousseau d'une Ya-Ya, et Vivi lui apprenait à danser sur un thème, à la manière un peu folle et délicieuse d'Isadora Duncan. Agitant une baguette magique surmontée d'une étoile en papier alu, Siddy virevoltait sans fin dans la véranda. Quand Vivi la baignait de sa lumière, c'était le paradis. L'après-midi cédait la place à la soirée, puis à la nuit, et tout d'un coup la journée était finie ; Vivi et ses gamins reprenaient le chemin de Pecan Grove, vitres baissées pour avoir un peu de fraîcheur.

« N'est-ce pas qu'on s'est bien amusés, mes bambins chéris ? »

Et ils répondaient en chœur : « Oh, oui, maman ! »

Siddy reprit la loupe et examina les yeux de sa mère sur la photo. Quand les choses avaient-elles mal tourné ? Comment était né ce personnage paradoxal d'une Vivi mi-lumière, mi-colère ?

Chacune de ces scènes magiques avait son pendant, une autre scène, terrifiante, d'un apéritif pendant lequel Vivi, imbibée de bourbon, s'éloignait de ses enfants sans même quitter la maison.

Ces soirs-là, elle sortait de sa chambre pour remplir son verre et lançait : « Fichez le camp, je ne supporte pas de vous voir ! »

Siddy avait dû apprendre à jongler, à marcher sur la corde raide. Elle était passée maître dans l'art de deviner, dès l'instant où elle mettait le pied dans une pièce, l'humeur, les besoins et les désirs de chaque personne présente. Elle avait développé sa capacité à prendre la température d'une scène, d'un personnage, d'une conversation, d'un simple geste, et à évaluer la mesure de sa contribution. Dans ses valses avec les anges et dans ses démêlés avec les démons, Vivi passait d'un extrême à l'autre : de ces fluctuations, sa fille apprit la chorégraphie ; elle apprit le subtil et fragile langage sentimental indispensable à un bon metteur en scène.

Mais elle était fatiguée de rester sur ses gardes, vigilante, en état d'alerte. Elle aurait tout donné pour une amitié de véranda, pour la sensation poisseuse et chaude de jambes féminines contre les siennes, pour cette insouciance de petite fille, cette paresse improvisée. Elle avait envie de gommer les mots « gestion du temps » de son lexique. De passer la main, de céder, de se laisser flotter dans le beau marais fertile et musqué, territoire inexploré de la vie, habitat de la créativité, de l'érotisme et de l'intelligence profonde.

Comme Siddy refermait l'album, quelque chose accrocha son œil. Un aigle adulte et un jeune s'envolèrent de la plus haute branche du cèdre. Le battement des ailes de l'adulte était si fort qu'il semblait amplifié. Siddy l'écouta, tête inclinée sur l'épaule. Les aigles, comme les anges, ne distinguent pas le jeu du travail. Pour eux, c'est une seule et même chose.

10

En sortant du bungalow, Siddy prit le sentier qui longeait le lac et s'enfonça dans la forêt, où les frondaisons étaient si touffues qu'elles la protégeaient de la pluie. L'obscurité et le silence la réconfortaient et l'effrayaient à la fois. Elle se sentait enfant dans une cathédrale muette et feutrée.

À la poste, elle tomba sur une guichetière qui regardait un feuilleton sur une minitélévision et qui la vit entrer du coin de l'œil.

« C'est pour la poste restante ? demanda-t-elle.

— Oui. Au nom de Siddalee Walker. Il y a quelque chose ? »

En essayant de ne pas quitter son écran des yeux, la femme prit un paquet sur une étagère.

« Ça vient de Louisiane. En recommandé.

— Chic, chic, dit Siddy, qui se sentit aussitôt gênée.

— La météo annonce du soleil pour cette semaine, dit la femme en lui tendant le paquet.

— On ne va pas s'en plaindre, n'est-ce pas ?

— Dans la forêt pluvieuse, s'il y a une chose qu'on ne regrette jamais, c'est bien la pluie.

— Oh, vous savez, dit Siddy en se tournant vers la porte, ça donne une jolie peau.

— C'est ce que je dis toujours à mes amies », rétorqua la femme.

Frappée par cette remarque, Siddy se retourna pour la scruter une dernière fois avant de sortir. Mes amies.

Elle avait dit ces mots si naturellement que Siddy en éprouva une pointe d'envie.

Debout sous le porche de la poste, elle examina le paquet, expédié par Mme George E. Ogden, qu'elle connaissait mieux sous le nom de Necie. Elle résista à son envie de déchirer l'emballage et décida d'attendre son retour au bungalow. Elle le fourra sous sa parka en Gore-Tex et se remit en chemin.

Elle l'ouvrit dès qu'elle se fut débarrassée de son vêtement mouillé. Elle n'imaginait pas recevoir de nouvelles des Ya-Ya, car aucune n'avait pris contact avec elle depuis la parution de l'article du *New York Times*.

Sur le papier bordé d'un filet bleu et or, gravé au monogramme de Necie, elle lut :

16 août 1993

Chère Siddalee,

Je t'envoie tous mes vœux de bonheur pour ton mariage à venir. Prends ton temps, chérie. La seule chose que je regrette, c'est que vous ne vous passiez pas la bague au doigt ici ; je ne pourrai pas rencontrer ton cher et tendre, ni voir ta robe et tout.

Félicitations pour ton grand succès théâtral ! Désolée de n'avoir pas pu venir avec George. Frank et sa femme et les autres Ya-Ya Jolis ont été emballés… et ravis de te revoir. Même si je n'ai pas pu me déplacer, je veux que tu saches qu'on m'a tout raconté. Je suis très fière de toi, Siddy. J'ai toujours su que tu ferais de grandes choses.

Chérie, je trouve merveilleux que tu t'intéresses à la vie des Ya-Ya. Je l'ai dit à Liza, Joannie et Rose, et elles ont trouvé ça original. Mes filles s'intéressent peu au passé, mais elles n'ont pas fait de carrière dans le théâtre non plus. Elles t'embrassent. Malissa m'a redit combien elle a été contente de te voir l'an dernier à New York, en accompagnant Stephen à son congrès. Stephen est vraiment l'un des meilleurs maris qu'elle ait jamais eus.

J'espère que les trésors des Ya-Ya envoyés par ta mère te sont utiles.

L'affaire du *New York Times* l'a épouvantablement ébranlée. Je suis sûre que tu le sais. Les journaux ont toujours exagéré, mais ce n'est pas une excuse.

Vivi m'ayant donné la permission de t'envoyer tout ce que je jugerais intéressant, je joins quelques-unes des lettres que j'ai conservées.

J'ai commencé une neuvaine pour saint Francis Patrizi, saint patron de la réconciliation, à votre intention à toutes les deux. Nous t'aimons tous, chérie, nous prions pour toi.

Je t'embrasse comme je t'aime,

Necie

P.-S. J'ai juré à ta mère que je te ferais promettre de lui retourner ces lettres en même temps que l'album. Je sais que tu en prendras grand soin.

Necie les avait mises dans un sac en plastique scellé, que Siddy ouvrit en priant pour que ses intentions soient loyales. Pures non, c'eût été trop demander.

Elle reconnut l'écriture enfantine de Vivi sur des feuilles de papier à lettres.

12 décembre 1939
11 h 15 du matin
Dans le Southern Crescent qui m'emmène à Atlanta
Chère Necie,

Mon Dieu, ma petite Necie en sucre, tu ne peux pas savoir combien tu me manques ! Je ne plaisante pas. Sans toi, les Ya-Ya ne sont plus les mêmes. Tu m'as demandé de tout te raconter, et je vais le faire. Je garderai tous mes souvenirs, et nous pourrons les coller dans mon album des « Divins Secrets » quand je rentrerai. Je vais te faire vivre tout ce que nous vivons et oublier que ta maman n'a pas voulu te confier à Ginger. Nous lui en voulons beaucoup, tu sais. Nous avons treize ans, tout de même ! Juliette

Capulet n'en avait que quatorze. Et Ginger a beau être une domestique, c'est un vrai chaperon.

Oh, j'adore voyager en train ! Quand nous sommes parties de Thornton, j'étais très triste de te laisser sur le quai.

Mais, une fois que le Southern Crescent a démarré, ç'a été merveilleux ! On a l'impression qu'il peut nous emmener n'importe où, que Thornton n'est plus la seule ville au monde mais qu'il y en a plein d'autres. C'est la première fois que je prends le train sans maman ou papa, et je regarde tout : l'arrière des maisons, les villages que nous traversons. On se demande toujours ce que font les gens dans ces endroits-là. J'aimerais pouvoir descendre du train, marcher dans la ville et me faire passer pour quelqu'un d'autre, changer complètement de vie. On pourrait se refaire un personnage, et personne ne le saurait jamais.

Nous avons quatre sièges face à face pour nous toutes seules. Tu es vraiment très gentille de nous avoir fait ces petits gâteaux. Ginger nous a aussi préparé deux boîtes à chaussures pleines de poulet frit et de biscuits. Elle est dans le wagon spécial réservé aux gens de couleur. Elle se faisait un souci terrible d'avoir à se séparer de nous. Elle a même essayé de persuader l'employé des wagons-lits de nous laisser ensemble parce qu'elle est responsable de nous, mais il lui a répondu : « Je voudrais bien, mais c'est contre le règlement. Si le patron l'apprenait, il me ferait la peau. » Ginger lui a dit : « Oui, mais moi, c'est mam'zelle Delia qui me fera la peau si jamais il arrive quelque chose à ces p'tites ! »

Comme je n'ai jamais pris le train avec des Noirs, je ne savais pas qu'ils devaient aller dans un wagon à part. Bref, nous sommes toutes seules et nous avons l'impression de voyager sans chaperon !

Tu devrais voir comment les gens regardent Ginger. Ils n'ont jamais vu de Noire rousse, c'est exactement comme à Thornton.

Crois-moi si tu veux, petit popotin, mais nous avons un compartiment de luxe, avec deux couchettes rabattables, ce qui fait en tout quatre lits. C'est justement ça qui nous brise le cœur, Comtesse Nuage-qui-Chante : il y a une place pour toi, qui va rester vide. Ce soir, avant de nous coucher, nous allons ouvrir le lit et faire comme si tu étais là.

Teensy a apporté le dernier numéro de *Modern Screen*, dans lequel il y a tous les détails sur le film *Autant en emporte le vent*. La photo de Mlle Vivien Leigh est partout, et ça nous fait mal au cœur : Nous ne leur avons pas pardonné d'avoir choisi quelqu'un d'autre que Tallulah pour le rôle. Non seulement Vivien Leigh n'est pas du Sud, mais elle n'est même pas américaine !

Si tu voyais tous ces chapeaux ! Toutes les photos des costumes et des chapeaux de Scarlett ! On mouillerait sa culotte tellement on est pressées de les voir en vrai au cinéma. Nous avons une de ces chances, tout de même, d'aller à cette première !

L'oncle et la tante de Teensy, qui nous logent à Atlanta, sont tellement riches que c'en est une honte. L'oncle James était un ami de Hoover, et il est quasiment propriétaire de la société qui fabrique les bouteilles de Coca-Cola. Il a la ville d'Atlanta à ses pieds. Le père de Teensy lui a demandé de nous héberger.

Mon vœu le plus cher est de rencontrer Margaret Mitchell. Ne le répète à personne, mais j'ai l'intention de lui demander un autographe pendant le bal. Je m'arrangerai pour aller la trouver et je lui dirai que j'adore son livre. Qu'est-ce que tu en penses ?

Comtesse, il faut que je te quitte parce que la Duchesse et la Princesse m'attendent pour faire une partie de cartes. Elles t'envoient mille baisers, on t'aime très très très fort, et tu nous manques à chaque instant.

Je t'écrirai tout à l'heure.

X X X X X

Viviane

Tout excitée, Siddy posa la lettre. Elle prit l'album et se mit à le feuilleter, sûre d'y avoir aperçu quelque chose sur Atlanta parmi les souvenirs de sa mère. Elle finit par trouver ce qu'elle cherchait. C'était une coupure de l'*Atlanta Journal* en date du 15 décembre 1939, qui titrait : « Bal de la Junior League : le plus éclatant de l'histoire d'Atlanta ».

Suivait l'article :

> Manifestation sans précédent, le bal costumé donné mardi soir à l'Auditorium de la ville par la Junior League, sur le thème d'*Autant en emporte le vent*, a marqué la tradition romantique d'Atlanta d'un beau succès. L'élégance du cadre, la qualité du programme et l'importance des invités ont atteint de nouveaux sommets. Ce fut à plusieurs égards un « événement historique » inégalé.
>
> Clark Gable, Vivien Leigh, Olivia de Havilland, Claudette Colbert, Carole Lombard et des dizaines de gouverneurs, de hauts responsables et de personnalités venus des quatre coins du pays, de magnats dont le génie est à l'origine de notre puissante industrie cinématographique, d'hommes d'État, d'écrivains et d'acteurs, tous magnifiquement costumés, ont entendu des negro spirituals interprétés par les chanteurs de l'église baptiste Ebenezer habillés en costume des plantations. Cinquante membres de la Junior League ont ensuite défilé sur scène ; chacune de ces dames avait revêtu une robe de soirée comme en portait Scarlett O'Hara.

L'article continuait, mais Siddy eut l'œil attiré par un paragraphe entouré d'un cercle et pointé d'une flèche. Dans la marge, on avait inscrit : « Devine qui ! »

> Les demoiselles ont pu se rendre compte, au milieu d'environ trois mille personnes, que les robes à cerceaux avaient tendance à remonter dans

le dos ou sur le côté. En se levant pour aller danser, l'une des jeunes filles, qui portait un corsage de faille bleu marine et une jupe de taffetas vert, a voulu passer trop près d'un couple ; quelle ne fut pas sa confusion de voir sa robe recouvrir entièrement la tête de la personne assise devant elle !

Siddy rit tout haut, puis se remit à dévorer les lettres de sa mère.

> Toujours le 12 décembre 1939,
> 11 heures du soir
> Dans nos couchettes !

Necie-nou,

Je t'écris de la couchette supérieure, que je partage avec Caro et Teensy. Les rideaux sont ouverts et nous voyons défiler les champs éclairés par la lune. Nous sommes en chemise de nuit, en train de manger tes gâteaux. Comme promis, nous avons ouvert ton lit en faisant semblant de croire que tu allais poser ta petite tête sur l'oreiller. Oh, Necie, quel dommage que tu ne sois pas là ! C'est trop injuste !

Tu ne croiras jamais ce qui s'est passé il y a une demi-heure ! Nous étions en train de chanter, un peu fort mais pas plus que d'habitude, et tout d'un coup voilà qu'on frappe à la porte ! Qui était-ce ? Aucune idée. Comme nous étions déjà déshabillées, ça nous a donné envie de rire. Caro a dit tout bas : « C'est Clark Gable. » Alors nous nous sommes roulées sur nos couchettes en embrassant nos oreillers et en gémissant : « Rhett, oh, Rhett ! » On a frappé encore une fois ; encore un peu, on faisait pipi dans notre culotte. Caro a sauté de sa couchette ; elle a été ouvrir en disant : « Qu'est-ce que c'est ? » Moi et Teensy, en se penchant, on a vu que c'était le préposé aux wagons-lits. J'ai cru qu'il allait nous prier de faire moins de bruit, mais il a dit : « Je venais voir si tout allait bien. Votre père m'a demandé de veiller sur vous. » On l'a rassuré, et Teensy lui a dit tout d'un coup : « Est-ce qu'il serait possible d'avoir du lait froid pour boire avec nos gâteaux ? » Tu connais Teensy, elle est capable de demander n'importe quoi n'importe où. Le monsieur nous a répondu qu'il allait voir.

Caro est remontée dans la couchette en déclarant que, puisqu'elle était allée ouvrir la porte, en échange il fallait que je fasse Rhett. « Embrasse-moi, Rhett. » Je l'ai embrassée, et elle a dit : « Rhett, oh, Rhett », et moi j'ai mis mon doigt en travers de ma lèvre comme si j'avais les moustaches de Clark Gable. Juste à ce moment, on a encore frappé !

Croyant que c'était le même monsieur, je suis allée ouvrir. C'était un employé noir qui nous apportait trois verres de lait sur un plateau. Je l'ai remercié, et il nous a demandé si nous voulions qu'on nous cire nos chaussures. Nous avons dit toutes les trois : « Oh, oui, merci monsieur », et je lui ai donné nos chaussures. À ce moment-là, il m'a glissé tout bas : « Ginger m'envoie m'assurer que tout va bien. Si v's avez un problème, v's aut', elle est deux wagons plus loin. » Nous étions surprises qu'il connaisse Ginger, mais tu sais comment elle est, elle se lie facilement. Je l'ai remercié, et il a ajouté : « Je m'appelle Mobley, au cas où. »

Mobley, donc, vient de partir avec nos chaussures. Pourvu qu'il nous les rapporte, sinon, demain matin, on sera obligées d'aller au wagon-restaurant en chaussettes !

J'adore le train. J'ai décidé que c'est là que je veux vivre. Oh, tu devrais voir comment c'est quand on roule : le monde est tout différent. Je ne sais pas exactement où nous sommes. Quelque part dans la campagne, en route pour la porte du Sud.

Bonne nuit, Necie, dors bien et fais de beaux rêves.

X X X X X

                                             Vivi

Ma chère petite Necie à croquer,

Nous sommes arrivées en gare d'Atlanta à 9 h 17 ce matin. Une gare immense. On en mettrait trois comme celle de Thornton, et il resterait encore la place de danser.

Tante Louise nous y attendait avec James Junior, le cousin de Teensy. Elle portait un gros manteau de fourrure avec une toque et un manchon assortis. Elle nous a dit bonjour poliment, mais moi j'ai tout de suite vu que c'était une snob. Quant à son fils, lui aussi il est snob mais il n'a même pas la décence d'essayer de s'en cacher. Nous n'avions pas quitté la gare qu'il critiquait déjà mes bagages. En voyant Ginger, il a eu l'air de trouver inadmissible qu'elle ne soit pas en tenue de domestique. Teensy lui a dit qu'à Thornton toutes les domestiques n'étaient pas en uniforme : il l'a regardée comme si elle avait des poux dans la tête. Sa propre cousine ! Vois-tu, Necie, comme nous sommes leurs invitées, j'ai décidé de ne pas faire attention à leurs manières.

Tu peux me croire, la ville entière est en effervescence ! L'air en est électrisé. Il y a des extraits du film dans toutes les vitrines, et Atlanta ressemble à une gigantesque publicité.

Il paraît que Mlle Mitchell ne sort plus de chez elle depuis octobre, parce qu'elle ne supporte pas ce tourbillon. Il faut qu'elle se repose et qu'elle prenne de l'aspirine toutes les demi-heures. J'imagine ce qu'elle ressent ; tu te rends compte de tout ce qu'elle a dû endurer pour écrire le meilleur livre au monde, et maintenant, avec la présentation du film ? Oh, comme je voudrais faire sa connaissance ! Je donnerais n'importe quoi. J'ai l'impression de la connaître déjà, mais pas assez.

En arrivant chez oncle James et tante Louise, nous sommes restées bouche bée si longtemps que nous aurions pu gober dix mouches. Ils habitent un manoir. Il paraît que Geneviève l'appelle le Palais Coca-Cola. À Thornton, il n'y a pas une seule maison comme ça. Une grande allée circulaire s'arrête devant une galerie si bien tenue qu'on se croirait dans une salle à manger. Et l'intérieur, oh, Necie, à l'intérieur on se croirait dans un film ! Ils sont tellement riches que tous leurs serviteurs noirs portent des uniformes impeccables et ont des manières d'Anglais. Rien à voir avec nous, qui jouons aux cartes à la cuisine avec Ginger ou Shirley.

Nous avions à peine mis les pieds dans la maison que tante Louise disait à une de ses domestiques, en parlant de Ginger : « Habillez-moi tout de suite cette fille comme il faut. »

Comme si elle ne connaissait pas son nom ! Et pourtant j'avais fait les présentations en descendant du train. Elle regardait ses vêtements comme s'ils étaient pleins de puces ou de punaises, tu vois ? Tu sais bien que c'est impossible, c'est une chose que Delia ne tolérerait pas.

Quand nous avons revu Ginger, elle portait un uniforme noir amidonné avec un petit tablier blanc à volant, dans lequel elle ne semblait pas très à l'aise. Elle avait même un petit serre-tête de servante ! Je lui ai dit pour la taquiner : « Ginger, je vais te prendre en photo pour montrer à la maison comme tu es bien habillée. » Et elle a fait comme si elle ne me connaissait pas, c'était vraiment bizarre. Si Delia la voyait dans cet uniforme à la française, elle se tordrait de rire.

On nous a donné une chambre superbe avec une immense salle de bains, une cheminée et une fenêtre en saillie qui ouvre sur le jardin, derrière la maison. Nos robes à cerceaux d'avant la guerre de Sécession nous attendaient, déjà pendues dans l'armoire. Ce que je suis pressée de mettre mon corsage de faille bleu marine ! Ici, ce n'est pas du tout comme chez nous, Necie. C'est bien plus beau que chez Teensy. Dans la salle de bains, il y a des savonnettes en forme de raquettes de tennis dans une coupelle en argent, tu imagines comme ils sont riches !

Caro et moi dormons dans le grand lit, et Teensy va prendre le divan qui est recouvert d'un édredon de satin vert jade. Le valet de chambre (je crois que c'est comme ça qu'on l'appelle) a monté nos bagages, et je t'écris de la chambre, où je note tout pour que tu aies l'impression d'être avec nous. J'aime bien être obligée de tout écrire parce que comme ça je suis sûre de ne rien oublier. Il y a tant à voir et à faire et à découvrir que j'en ai la tête qui tourne !

Puisque nous sommes à Rome, vivons comme les Romains.

À plus tard.

X X X X X

Vivi

Même jour, 10 h 30 du soir

Necie,

Nous venons d'assister à un grand dîner assis, avec rince-doigts et ronds de serviette en argent chiffrés, le fin du fin, au cours duquel nous avons fait la connaissance d'oncle James. L'horrible James Junior n'a pas arrêté de se payer ma tête. Je ne comprends pas comment il peut être le cousin de Teensy et de Jack.

Teensy est toute nue, tu devrais la voir : elle est allongée sur le lit, jambes croisées, tête renversée sur les oreillers, et elle dit : « Pèle-moi du raisin, Beulah. » Tu la connais. Dès qu'on est remontées dans la chambre, elle nous a obligées à grimper toutes ensemble dans la grande baignoire à pattes de lion. Elle a versé toute la bouteille de sels de bain dans l'eau. Toute la bouteille ! Des sels qui venaient de France ! On est restées des heures à faire trempette. Je sais que je ne devrais pas te raconter tout ça parce que tu dois être rouge comme une tomate, Necie, mon petit ours. Tu es tellement plus pudique que nous ! (Mais on t'aime.)

Bisous,

Vivi

P.-S. On a trouvé nos lits préparés pour la nuit ; ça m'a fait penser à maman. Elle me manque. Quand elle vient me dire bonsoir, elle retourne toujours mon oreiller du côté frais.

P.-P.-S. Oh, là, là ! J'ai failli oublier ! Dans l'*Atlanta Constitution* de ce soir, ils décrivaient la robe que Mlle Mitchell va porter à la première : « Plusieurs épaisseurs de tulle rose sur du crêpe rose, avec un bustier à encolure pigeonnante. » Je ne peux pas t'envoyer l'article parce que tante Louise le garde pour l'album qu'elle fait sur le film, mais j'ai tout recopié avant de le lui rendre : « Des camélias roses, si évocateurs du Sud, orneront ses cheveux tandis que de minuscules chaussons d'argent pointeront sous les plis de sa jupe bouffante. » Comme j'ai l'intention de rencontrer Mlle Mitchell en chair et en os, je te décrirai sa robe plus en détail quand je l'aurai vue !

14 décembre – non ! 15 décembre 1939
2 heures du matin

Chère Necie,

Si tu savais, si tu savais ! Nous venons de rentrer. J'ai passé la journée la plus merveilleuse de ma vie ! Ginger nous attendait, affolée de ne pas avoir pu nous suivre et en larmes parce qu'elle croit qu'elle fait mal son travail de chaperon. Depuis que nous sommes au Palais Coca-Cola, nous l'avons à peine aperçue. Elle est sûre qu'à notre retour Delia va la tuer. Je lui ai dit : « Ginger, ne parle pas de rentrer ! Veux-tu descendre me faire du café au lait ? Il faut que je reste éveillée pour écrire à Mlle Necie. »

Je t'écris donc du grand lit où Caro dort à poings fermés. Teensy ronfle, comme d'habitude. Où que je sois, je suis toujours la dernière à m'endormir. Mais il faut que je te raconte tout depuis le début.

Tout d'abord, ce matin, en descendant prendre le petit déjeuner, qu'est-ce qu'on voit ? Tante Louise déjà prête, dans une superbe robe d'avant-guerre ! Et ce petit putois de James Junior portait un vieil uniforme de la guerre de Sécession que sa mère lui avait dégoté je ne sais où. Oncle James était déjà parti chez Coca-Cola, je ne l'ai donc pas vu habillé. Mais tante Louise, elle, nous a assuré que sa robe était dans le film ! Elle a plein d'amies de la Junior League qui ont fait de la figuration dans la scène du bazar (tu te souviens du livre ?). Tu te rends compte ?

Cet idiot de James Junior est parti avec ses idiots de copains (ils ont douze ans) ; quant à tante Louise, elle a annoncé qu'elle aussi passait la journée avec ses amies : elles comptaient assister aux diverses manifestations avant d'aller préparer la salle de l'Auditorium, où aurait lieu le bal. Autrement dit, ce serait une de ses bonnes qui nous accompagnerait en ville, avec Ginger, et William, le chauffeur.

Les rues d'Atlanta étaient déjà pleines de gens en costume de la guerre et en robe d'avant-guerre. On avait mis la radio dans la voiture : Roosevelt lui-même serait venu en visite officielle qu'il n'y aurait pas eu plus de reportages en direct. Des vedettes de cinéma comme Claudette Colbert arrivaient par wagons entiers, mais nous avons manqué plusieurs informations parce qu'à 10 h 15 nous étions à l'angle de Whitehall et d'Alabama pour la grande cérémonie d'allumage du réverbère. J'ai appris à ce moment-là que ce réverbère avait été épargné lors du siège d'Atlanta par Sherman. On le rallume pour montrer que l'esprit des Confédérés n'est pas mort. Ce que nous avons pu pleurer toutes les trois, en pensant à la Confédération ! Ensuite, le gouverneur a déclaré la journée fériée.

William nous a conduites à Peachtree Street ; il a trouvé une bonne place pour se garer et nous sommes montées sur le toit de la voiture pour regarder la parade. Il y avait un monde fou : les gens se pressaient sur huit ou dix rangs. On apercevait bien cinquante ou soixante voitures. Assis à l'arrière de leurs décapotables, les acteurs prenaient des airs de prince. Clark Gable en personne était là ! Vrai de vrai. Je l'ai vu de mes propres yeux. Il est aussi beau que je l'imaginais. Carole Lombard l'accompagnait ; ils nous ont adressé un signe de la main en souriant, et je te jure, Necie, qu'il m'a regardée. Teensy et Caro font semblant de n'avoir rien remarqué, mais elles sont jalouses. Je te dis la vérité : Clark Gable m'a regardée, et il m'a souri.

Mais revenons à la parade. Je n'aurais jamais cru qu'il existait autant de voitures de luxe si je n'avais pas vu toutes ces vedettes dedans. Devant pareil spectacle, on a peine à croire à la grande dépression. Après la parade, William a emprunté des petites rues pour nous amener au Georgian Terrace Hotel. Me croiras-tu si je te dis que cinq gouverneurs d'États du Sud se sont succédé pour faire des discours ? Il a fallu attendre qu'ils aient fini, et ensuite Clark Gable a pris le micro ! Tout le monde criait, hurlait, applaudissait en poussant le cri des rebelles. Nous n'étions pas de reste (le cri des rebelles, tu sais que ça nous connaît). Moi, j'ai sifflé. Tu te serais évanouie en entendant toutes ces acclamations.

Nous sommes rentrées complètement épuisées ; nous avons mangé du cake et bu du Coca dans notre chambre, et fait la sieste, comme les belles du Sud aux Douze Chênes. Nous avons même dit à Ginger : « Ginger, tu ne pourrais pas trouver un éventail et nous éventer comme aux Douze Chênes ? »

Et elle a répondu : « On est en décembre, v's aut'. Pas besoin. Taisez-vous et dormez. »

Teensy a chuchoté : « Delia lui passe tout ! »

Mais Ginger l'a entendue (elle entendrait un chat marcher sur la pointe des pieds) et elle a dit : « Mam'zelle Teensy, vous feriez mieux de dormir, sinon c'est moi qui vais vous passer un savon. »

Nous n'avons pas pu nous reposer longtemps parce que la bonne de tante Louise est venue nous réveiller pour le bal. La couturière était là, et il a fallu essayer nos robes : tante Louise voulait s'assurer qu'on n'aurait pas besoin de retouches. Ma faille marine avec le taffetas vert est vraiment épatante, tu le sais. Mais crois-moi, les jupes à cerceaux, ce n'est pas commode. Rien qu'en me retournant, j'ai renversé un affreux bibelot qui était sur une table pleine de chichis. Heureusement, il ne s'est pas cassé.

Une fois tout le monde habillé sur son trente et un, William nous a fait monter dans la Packard ; une autre voiture a emmené tante Louise et oncle James à l'Auditorium pour le bal costumé, la plus grande réception de tout le Dixieland. Cette sale fouine de James Junior a fait le trajet avec nous et il n'a pas arrêté de nous embêter. Il n'a qu'un ou deux ans de moins que nous, mais il se comporte comme un gros bébé rose. J'ai commencé la première à lui faire des grimaces, avant lui. Il a dit à Teensy qu'elle avait l'air bête dans ses frous-frous de taffetas blanc, alors elle a fait semblant d'essuyer une crotte de nez sur son costume de Confédéré, qui est d'un ridicule achevé. On a ri si fort que j'ai craqué des agrafes dans le dos de ma robe. Je me demande comment Scarlett faisait pour rigoler dans des robes pareilles.

Mais, en arrivant au bal, j'ai oublié nos petites misères.

Des milliers de personnes faisaient la queue dans un parc devant l'Auditorium. Oncle James nous a expliqué qu'ils n'avaient pas de billet et qu'ils n'auraient pas dû venir parce que le maire, M. Hartsfield, leur avait demandé de rester chez eux. Mais ils attendaient là, dans le froid ; avec leurs dents gâtées, et tout, ils avaient un peu les mêmes têtes que les gens qui habitent dans des caravanes au camping d'Ollie Trott, chez nous. Quand la police leur a ordonné de reculer, ils ont obéi. On est passées juste devant eux. Tante Louise a essayé de nous presser, mais avec les cerceaux on avait du mal à marcher. On a peut-être l'air de belles dames dans ces trucs-là, mais je peux te dire qu'on n'avance pas vite.

À l'intérieur, tout était décoré dans la tradition du Sud. Les vedettes de cinéma étaient dans leur loge, à part. Le roi Gable à côté de Vivien Leigh en robe de velours noir avec trente-six mille queues d'hermine sur les manches. Carole Lombard s'était ramassé les cheveux dans une résille noire. Olivia de Havilland est arrivée en retard, et il a fallu la soulever pour la mettre dans sa loge ! Teensy, Caro et moi, on se battait pour avoir les jumelles.

Tous les acteurs étaient là, sauf Prissy, Pork et Big Sam, et même Mammy, qui n'ont pas pu venir en Géorgie parce qu'ils sont noirs.

Tante Louise nous a expliqué en quels tissus étaient faits les costumes, et aussi s'ils avaient été créés par le costumier du film ou non. *Autant en emporte le vent* n'a plus de secrets pour elle : depuis deux ans, elle ne vit que pour ça. Elle est même devenue amie avec l'actrice qui joue India Wilkes, et qui habite Atlanta. Elle trouve qu'elle ne joue pas très bien, mais qu'au moins elle représente le Sud.

J'ai fini par lui demander si elle savait où était Mlle Mitchell. Et tu sais ce qu'elle m'a répondu, la vieille sorcière ? Elle m'a regardée droit dans les yeux et elle m'a dit : « Ne te tracasse pas pour cette ingrate d'écrivassière, Vivi. Elle n'est pas venue. »

J'ai crié : « Quoi ? Comment ça, Mlle Mitchell n'est pas venue ? C'est elle qu'on fête aujourd'hui. Elle est aussi importante que Vivien Leigh ! »

Pendant tout le chemin du retour, et en enlevant ma robe une fois à la maison, je n'ai pensé qu'à elle. (En effet, j'ai arraché les agrafes. J'ai déchiré ma robe sous les bras et j'ai beaucoup transpiré. Quand on porte ces costumes, on ne peut ni bouger ni même respirer.) J'ai demandé à Caro et à Teensy : « Pourquoi, mais pourquoi n'est-elle pas venue ? Qu'est-ce qui l'en a empêchée ? » Teensy m'a répondu : « Peut-être qu'elle était malade ? »

Mais moi, je crois qu'il y a autre chose. Un grand écrivain comme Mlle Mitchell ne fait pas les choses au hasard. Je veux savoir coûte que coûte ce qui lui est arrivé.

Voilà, Comtesse Nuage-qui-Chante, tu sais tout sur notre journée. Il n'y a pas un seul mot de faux. À notre retour, nous te jouerons des scènes, par exemple, Lombard et Gable marchant bras dessus bras dessous en bavardant ; ou nous imiterons l'acteur qui joue le père de Scarlett et qui danse un peu comme ton oncle Collie. Mais pour l'instant, dodo.

Scarlettement,

ta Viviane

Chère Denisette,

Ce matin, Caro et Teensy m'ont demandé ce que je t'écrivais. Je leur ai répondu que je notais tous nos Divins Secrets pour le jour où il sera temps d'écrire nos Mémoires.

Parce que, Necie, je suis persuadée que tout ce que nous faisons, toutes les quatre, est important. Je suis sûre que dans plusieurs années les gens seront curieux de nous.

Bien. Nous nous sommes levées tard, surtout moi, complètement dans le cirage après avoir passé la nuit à t'écrire. Quand je me suis réveillée, tante Louise était déjà revenue d'un déjeuner au Press Club et elle était drôlement en pétard. En descendant, nous l'avons trouvée en train de passer des centaines de coups de fil. Nous avons essayé de ne pas écouter, mais je t'assure qu'il était impossible de faire autrement. Nous étions bien obligées de rester près du téléphone, parce qu'il faisait froid dans la maison et que la bouche de chauffage la plus efficace était là, et aussi parce que Caro avait perdu un bouton dans ce coin-là. (Ha ! Je te fais marcher. Il fallait absolument que j'écoute, au cas où elle parlerait de Mlle Mitchell.) Tante Louise n'arrêtait pas de nous faire les gros yeux, mais nous regardions ailleurs. À un moment, sentant qu'elle allait raccrocher, nous avons couru dans la cuisine voir s'il y avait quelque chose à manger dans la glacière.

La bonne nous avait laissé des sandwiches au rosbif, un plateau de fromage et des fruits ; quand tante Louise est entrée, nous débouchions des Coca.

Elle a dit : « Bon, je suppose que je n'ai pas besoin de vous apprendre pourquoi je suis si fâchée. »

Nous avons joué les innocentes, comme si nous ne l'avions pas entendue rouspéter au téléphone.

Teensy a joué la fille inquiète : « Qu'est-ce qu'il y a, tante Lou ? Un problème ? »

Tante Louise a ouvert le garde-manger. Dans le fond, elle a déplacé une boîte de crackers pour attraper une bouteille de cognac.

Elle s'en est versé un verre en disant : « Je t'interdis de m'appeler Lou. Mon nom est Louise. Je pense te l'avoir déjà dit, Aimée. »

Et Teensy, avec un grand sourire, lui a répondu : « Je ne m'appelle pas Aimée, mais Teensy. »

Cette Teensy, quelle sournoise !

Tante Louise n'a pas bronché ; elle s'est assise à la table de la cuisine et nous a dit qu'à son avis, en ne se montrant pas au bal costumé, Mlle Mitchell avait voulu donner une leçon à la Junior League, qui l'avait organisé. Après tout ce qu'ils avaient fait pour elle et pour son livre ! Et tout ça parce que dans les années trente, alors que Mlle Mitchell était débutante, elle avait exécuté à un bal de charité une danse apache très folle et très osée qui avait si horriblement choqué ces dames de la Junior League d'Atlanta que, pour la punir, elles ne lui avaient jamais proposé d'entrer dans leur association. Mlle Mitchell venait de se venger en leur posant un lapin le jour où elle était leur invitée d'honneur.

J'ai demandé : « C'est quoi, une danse apache ? » Il fallait que je sache : je suis ici en reportage, moi. Il ne doit pas y avoir de secrets pour moi.

Elle : « Les détails sensationnels ne vous regardent pas. » Ça m'a rendue encore plus curieuse, tu penses.

« Elle était nue comme une sauvage ? a demandé Teensy.

— Non, pas exactement, a répondu tante Louise en se tripotant les cheveux.

— Eh bien alors, a dit Caro, pourquoi en faire toute une histoire ?

— Tout ce que je peux vous dire, c'est que Mlle Margaret Mitchell a exécuté une danse qu'elle a appelée plus tard "danse d'accouplement indienne". Un acte totalement inacceptable de la part d'une dame. Sa famille a beau être très ancienne ici, elle n'a pu éviter les conséquences. La Junior League a sa morale ; j'espère que vous ne l'oublierez jamais.

— Oh, non, jamais », a dit Caro, et elle s'est retournée en faisant semblant de vomir.

Ça nous a donné le fou rire, et tante Louise nous a renvoyées dans notre chambre.

Moi, Necie, je trouve merveilleux que Mlle Mitchell leur ait fait un pied de nez. Pas toi ? N'empêche, ça me rend malade de ne pas l'avoir vue hier soir, et je vais faire l'impossible pour l'apercevoir à la première.

Il faut que je te quitte : nous partons toutes les trois faire un tour dans le quartier pour voir les décorations de Noël. Ensuite, il faudra se préparer pour la projection.

X X X X

V. A.

Même jour,
10 h 45 du soir

Chère Comtesse Nuage-qui-Chante,

Comment trouver les mots pour tout te raconter ? Je vais essayer. Nous revenons à l'instant. Nous venons de voir le plus grand film jamais réalisé. Je retire tout ce que j'ai dit sur Vivien Leigh. Je l'aime, je l'adore. Elle est Scarlett jusqu'au bout des ongles. En entrant dans la salle, je me disais que je ne l'aimerais jamais, que je ne leur pardonnerais jamais de ne pas avoir attribué le meilleur rôle de tous les temps à notre Tallulah. Mais c'est fini. Dès l'instant où j'ai vu Mlle Leigh sur les marches du perron de Tara avec les jumeaux Tarleton, dès l'instant où elle a ouvert la bouche pour dire : « Melanie Hamilton, cette petite godiche », ç'a été fini, j'étais fichue. Oh, là, là, je ne sais pas comment te parler du film. Il faut que tu le voies pour te rendre compte. Je ne savais pas que ça pouvait être aussi romantique. Oh, ce baiser ! Et quand elle fait semblant de ne pas savoir comment mettre le chapeau ! Et quand il la prend dans ses bras pour monter l'escalier (dans cette scène, il est bien mieux que dans le livre) ! Et quand elle a l'idée de se couper une robe dans les rideaux ! Vivien Leigh hausse le sourcil droit, et pof ! on a l'impression que ses pensées lui fusent de la tête ! Et toutes les fois que nous avons dit « taratata » à notre manière à nous ! Dire que nous étions malades de savoir qu'une Anglaise allait le prononcer à l'écran : eh bien nous avions tort, Necie. Tort et archi-tort, et je n'ai pas honte de l'avouer.

Je veux vivre dans ce film, Necie ! Je suis née pour ce genre de drame.

Il faut que je te dise le maximum de choses. Je suis encore terriblement excitée et fatiguée d'avoir tant pleuré et applaudi. Mais ne t'inquiète pas, tout vaut la peine d'être couché sur papier.

J'ai oublié de te parler du théâtre ! Les gens de Hollywood avaient maquillé la façade du Loew pour qu'elle ressemble exactement à celle de Tara. Et ils avaient fait pousser une pelouse sur Peachtree Street. M. Gable est très chevaleresque. Je n'aurais rien pu rêver de mieux que ce qu'il a dit. Il a annoncé que ce n'était pas lui le héros de la soirée, mais Mlle Mitchell. Là, j'ai vraiment vu quel genre d'homme c'est ; je suis tombée tellement amoureuse de lui que je ne m'en remettrai jamais.

Ce qu'il peut être beau, tu n'imagines pas. Il avait un manteau noir avec une écharpe blanche autour du cou, et Mlle Lombard une robe en lamé or éblouissante.

Alors s'est produit l'instant que j'attendais depuis toujours. Une limousine longue comme un pâté de maisons s'est arrêtée devant l'entrée, et Mlle Mitchell en est descendue. Oh, Necie, elle est microscopique ! À côté d'elle, Teensy a l'air d'une géante. Elle a prononcé un petit discours pour remercier tout le monde et elle a disparu dans le théâtre. À vrai dire, je crois qu'elle était nerveuse. J'ai eu envie de courir vers elle pour lui demander un autographe, mais ce n'était pas vraiment le moment, même si je n'avais pas été gênée par la foule. Rien que de la voir, c'était déjà fantastique.

La salle était bondée. Les hommes sentaient la lotion capillaire, les femmes le parfum, les robes bruissaient. Toutes les trois, nous nous tenions par la main. Je suppose que j'oubliais de respirer, parce que, quand les rideaux se sont écartés, j'ai bien cru que j'allais exploser.

Des titres immenses se sont mis à défiler sur l'écran, comme soufflés par le vent : le générique n'était pas terminé que la musique me faisait déjà pleurer. Après, je n'ai pas dû respirer une seule fois jusqu'au moment où Scarlett est dans le champ, son navet à la main, et jure devant Dieu qu'elle n'aura plus jamais faim. La musique s'est amplifiée, les lumières se sont allumées, et le public a applaudi très fort, mais on n'en était qu'à la moitié ! Pendant l'entracte, nous sommes restées dans le vestibule en nous tenant par la main, incapables d'articuler un mot. Nous avions du mal à avaler les rafraîchissements que nous avait offerts oncle James, parce que nous étions encore à Tara. Comment boire du punch quand Scarlett mourait de faim ?

Et puis c'est triste ! Oh, Necie, ce film m'a brisé le cœur en mille morceaux. J'ai pleuré tant et plus, comme Caro et Teensy. Tous nos mouchoirs y sont passés, et je n'ai pas pu m'empêcher de me comparer à Scarlett, qui n'en a jamais quand elle en a besoin. Pourquoi fallait-il qu'elle soit si méchante avec Rhett ? Pourquoi ? Il l'aimait. Était-ce donc si difficile à voir ? Pourquoi ne s'en rendait-elle pas compte ? Jamais, tu m'entends, jamais il ne m'arrivera quelque chose comme ça. Le jour où je rencontrerai mon Rhett à moi, je l'aimerai en retour, quoi qu'il arrive.

Oh, Necie, je ne peux plus tenir ma plume. Je suis épuisée, et je me remets à pleurer dès que je repense à tout ça. Je vais enfin dormir, après le plus beau jour de ma vie. (Moi qui croyais que c'était hier, je m'étais trompée. Je ne vois pas comment cette journée pourrait être détrônée dans ma vie.)

Taratata, bisou.

Vivian

(J'ai décidé de laisser tomber le « e » muet de mon nom pour qu'il ressemble à celui de qui tu sais.)

Necie,

Cette maison est trop grande, il y a de drôles de bruits.
J'ai fait un cauchemar. Je crois que j'étais avec Scarlett. Je
courais dans le brouillard avec elle. Je me suis réveillée en
sueur. Au début, je ne savais pas où j'étais. Comme tout
le monde dormait, je me suis levée et je suis allée chercher Ginger. Si j'avais réussi à la réveiller, je lui aurais
demandé de jouer aux cartes avec moi comme chez Delia.

J'ai mis un temps fou à trouver sa chambre – enfin, ce
n'est pas sa chambre à elle, elle la partage avec une autre
domestique. J'ai frappé. Comme on ne répondait pas, j'ai
poussé la porte. Elle était là, couchée sur une petite
paillasse.

Tu sais quoi, Necie ? Tu ne devineras jamais : elle
pleurait ! Ginger pleurait.

Je crois que je n'ai jamais vu un Noir ou une Noire
pleurer.

En me voyant, elle a sursauté et elle m'a dit :

« Mam'zelle Vivi, qu'est-c' vous voulez ?

— Je ne peux pas dormir, Ginger. » Et je me suis
assise par terre près d'elle.

Ce n'était pas la Ginger que nous connaissons dans la
journée. Elle avait mis une vieille chemise de flanelle de
Delia, comme celles dans lesquelles maman fait des
torchons.

« Pourquoi pleures-tu, Ginger ?

— Je pleure parce que la famille me manque.

— Delia te manque ? »

Elle m'a regardée comme si je l'avais frappée.

« Vot' grand-mère, c'est pas ma famille. Moi j'ai mon
mari et mes deux filles. Y a beaucoup de choses que vous
ne savez pas, mam'zelle Vivi. »

Et elle s'est remise à pleurer.

« Arrête de pleurer, Ginger. » Ça me faisait trop peur
de la voir comme ça, Necie. Elle est là pour nous chaperonner, pas pour pleurer. Elle pleurait comme si elle

s'étouffait, comme si on l'étranglait. C'était horrible à voir.

« Ginger, on part demain. On sera de retour à Thornton avant même que tu aies le temps de dire ouf. »

Elle n'a rien répondu. Elle pleurait toujours, emmitouflée dans ses couvertures.

« Lève-toi, Ginger. Viens faire une partie de cartes avec moi, comme à la maison. Allez, viens jouer. »

Alors elle s'est tue et elle est restée là sans bouger.

« J'ai envie d'un chocolat chaud, Ginger. Tu veux bien m'en faire un ? Tu t'en feras un pour toi aussi. Un bon chocolat comme à la maison. »

Eh bien, Necie, elle m'a regardée comme jamais aucune personne de couleur ne m'avait regardée, et elle m'a dit : « Allez vous le faire vous-même. »

Et elle s'est remise à pleurer en s'essuyant les yeux sur les draps.

Je me suis levée et je suis retournée dans ma chambre. Mais tout le monde dort et j'ai peur, Necie. J'ai peur et je ne sais pas pourquoi.

Ta Vivi

16 décembre
8 heures du soir,
dans le train du retour

Chère Necie,

Nous voici de nouveau dans le train ; je tombe de fatigue. Les choses ont bien changé. Malgré ce qu'il m'en coûte, j'ai juré de tout te raconter et je vais te dire comment notre séjour s'est terminé.

Ce matin, dès notre réveil, nous avons bouclé nos bagages et nous sommes descendues. J'ai mal à l'arrière des yeux, comme quand nous passons toute la nuit chez toi à bavarder. Le petit déjeuner était servi dans la salle à manger ; nous y avons trouvé tante Louise, qui lisait l'*Atlanta Constitution* en poussant des « oh ! » et des

« ah ! » devant chaque photo, et ce grand bêta de James Junior.

Teensy a dit : « Merci beaucoup de nous avoir reçues et permis d'assister à toutes les manifestations, tante Louise. Nous allons faire des jaloux à la maison ! »

Moi, j'ai renchéri : « Nous sommes impatientes de rentrer tout raconter à notre bonne amie Necie. »

Et Caro y est allée de ses politesses elle aussi.

J'ai voulu ajouter quelque chose, et voilà que ce petit vermisseau de James Junior s'est mis à répéter tout ce que je disais !

Je lui ai dit : « Excuse-moi, James, mais à quoi joues-tu ? »

Et il m'a répondu : « Je profite de ce que vous êtes encore là pour apprendre à parler comme les péquenots. »

J'ai jeté un coup d'œil à tante Louise pour voir si elle allait le rabrouer, mais elle n'a pas bronché. Elle mordillait son biscuit sans rien dire.

J'ai voulu continuer à parler, mais James Junior ne s'arrêtait plus. Il répétait tout comme un perroquet.

À un moment, Ginger est entrée ; elle venait de la cuisine. Ça m'a surprise, parce que depuis notre arrivée je ne l'avais pas vue une seule fois dans la salle à manger. Elle apportait une tasse de chocolat chaud sur un plateau, Necie. Elle l'avait fait rien que pour moi. Elle s'avançait vers la place où j'étais assise ; j'allais la remercier quand James Junior a ouvert sa gargoulette.

« Eh, la négresse, qui t'a permis d'amener ton cul noir de ta Louisiane de ploucs dans notre salle à manger ? Dehors ! »

Ginger est restée pétrifiée, au beau milieu du tapis persan. Elle ne bougeait plus, elle regardait droit devant elle comme si elle était seule dans la pièce. J'ai lorgné du côté de tante Louise pour voir si elle allait flanquer une calotte à son fils, mais elle continuait de tourner tranquillement son café.

Dans les mains de Ginger, j'entendais la tasse de chocolat qui tremblait sur la soucoupe. Tout s'est passé en un clin d'œil. Sans réfléchir, j'ai attrapé mon assiette et je

146

l'ai lancée à la tête de James Junior. La belle assiette en porcelaine de Limoges avec mes œufs au bacon et mes galettes de maïs et mes biscuits et mes figues en conserve, tout a valsé à travers la pièce et est allé s'écraser sur cette minable petite fouine à deux pattes.

J'ai crié : « Ferme ton sale clapet de petit snob, espèce de fifils-à-sa-maman gros-bébé crotte-de-nez ! Ta mère ne t'a donc pas appris les bonnes manières ? »

Une fraction de seconde, j'ai cru voir Ginger me faire un clin d'œil, mais je ne sais pas si c'est arrivé en vrai ou si j'ai rêvé.

Tout le monde était atterré. Tante Louise hurlait, l'autre bonne est accourue, et James Junior s'est mis à pleurer. Il pleurait pour de bon, et pourtant l'assiette ne l'avait même pas coupé, tu comprends, il ne saignait pas ni rien.

Alors la tante m'a arrachée à ma chaise et elle s'est mise à me secouer si fort que j'ai cru que mes dents allaient tomber et s'éparpiller par terre comme des quilles. Et tu vois, Necie, à la façon dont elle m'asticotait, j'ai compris que ça la démangeait depuis longtemps, depuis le moment où elle m'avait vue, tiens. Si elle s'était retenue jusque-là, c'est parce qu'elle appartient à la Junior League.

Au bout d'un moment, elle a repris ses esprits et elle m'a lâchée en me disant : « Ne remettez plus jamais les pieds dans cette maison, Viviane Abbott ! Ni chez aucune de mes amies d'Atlanta ! Après tout ce que j'ai fait pour vous ! Je me suis mise en quatre pour essayer de vous montrer comment vivent les gens civilisés, parce que mon frère me l'avait demandé. Parce que Teensy est devenue une handicapée culturelle, à force d'être élevée par une mère qui n'a aucun goût ! J'ai fait l'impossible pour que les petites rustaudes que vous êtes ne soient pas la risée d'Atlanta. Maintenant, je m'en lave les mains ! Retournez dans votre cambrousse grandir sans manières et sans éducation parmi les malotrus. Toutes autant que vous êtes, vous êtes insortables ! Aimée, je câble à ton père que je vous renvoie chez vous, toi et ta petite bande de barbares mal éduquées.

— Nous ne sommes pas des mal éduquées, tante Lou, nous sommes des Ya-Ya », a dit Teensy d'un ton tellement aigre que Caro a applaudi.

Tante Louise a fait semblant de ne pas entendre ; elle a simplement répondu : « Je m'appelle Louise. »

Moi, j'ai pensé : Tu t'appelles connasse, oui, mais je ne l'ai pas dit parce que je n'étais pas chez moi.

Tante Louise a demandé à William de nous conduire à la gare bien avant l'heure pour ne plus nous avoir chez elle. Ce que j'ai pu pleurer, Necie ! J'étais désolée. Caro et Teensy me prenaient dans leurs bras à tour de rôle. Quand le train a quitté Atlanta, nous étions tellement tristes qu'en regardant la ville nous ne pouvions qu'imaginer les soldats confédérés en train de mourir par terre, étalés sur des kilomètres, et je pensais à Scarlett, qui était épuisée, qui avait faim et qui voulait revoir sa mère. J'ai pleuré et pleuré, et puis tout d'un coup j'ai eu une idée : je suis comme Mlle Mitchell qui s'est fait exclure de la Junior League à cause de sa danse indienne. Et je me suis dit : Tiens, peut-être qu'elle savait ce qu'elle faisait. Peut-être qu'elle voulait justement se faire rayer du club pour être libre d'écrire le plus grand livre de tous les temps.

Oui, j'ai décidé que je suis comme Scarlett, et comme Mlle Mitchell. Nous n'aimons pas les petites gourdes mielleuses et timorées, et si ça ne plaît pas aux dames de la Junior League, eh bien, tant pis !

Tendrement,

Vivian (n'oublie pas : plus de « e »)

Même jour
12 h 7

Necie,

Nous traversons l'État de l'Alabama. Je viens d'aller dans le wagon des Noirs voir ce que faisait Ginger et lui apporter un Coca. Eh bien, tu ne devineras jamais comment je l'ai trouvée : elle s'amusait comme une petite folle. Elle jouait aux cartes avec quatre ou cinq autres Noirs, et elle fumait et mâchait du chewing-gum en buvant à même une bouteille qu'ils faisaient circuler. Ah, elle s'en donnait à cœur joie ; quand elle m'a vue, elle m'a souri en me disant : « On rent' à la maison, mon p'tit, c'est pas une bonne nouvelle ça ? »

J'ai dit : « Une très bonne nouvelle. » Et je lui ai tendu le Coca.

Elle : « Merci, bébé », et elle en a bu une gorgée, suivie d'une gorgée de sa bouteille.

Moi : « Ginger, tu sais que quand on est une dame on ne fume pas, on ne boit pas et on ne mâche pas du chewing-gum avec des inconnus. »

Elle a regardé les autres et ils ont éclaté de rire ; on aurait dit une bande de vieux copains.

Elle m'a répondu : « Mam'zelle Vivi, pour la vieille Ginger, c'est pas la question d'êt' une dame ou pas. Ça, c'est vot' problème, bébé, c'est vot' problème. »

Necie, j'en ai assez de voyager. Je suis trop impatiente d'être à la maison. Je t'aime. Nous t'aimons toutes. Tu nous manques. Ce soir, Caro a dit que tu étais un peu comme Melanie. Moi je ne trouve pas, mais tout ce que je peux dire, c'est que je t'aime comme Scarlett s'est rendu compte qu'elle aimait Melanie en la voyant étendue sur son lit de mort. N'oublie pas que nous sommes sœurs de sang, et que les sœurs de sang ne peuvent jamais se séparer, même si les sifflements des trains ont l'air solitaires dans la nuit.

À toi pour toujours,

Vivi

11

Siddy replia les lettres avec soin et les remit dans leur sac en plastique. Aussi désorientée que si elle sortait d'un cinéma au milieu d'une journée ensoleillée, elle se leva de son fauteuil et regarda autour d'elle : le bungalow, avec ses meubles confortables, ses petites touches régionales, ses photos sur les murs, lui sembla tout à coup étranger. Soudain envahie par le mal du pays, elle se pencha sur le canapé pour caresser le ventre de Hueylene, et la chienne se roula sur le dos en gémissant. Siddy lui répondit par de petits bruits et lui caressa les oreilles. Comment faisait ce cocker pour être perpétuellement de bonne humeur, prêt à donner et à recevoir de l'amour ?

« Allez, ma vieille. On sort. »

Elles allèrent marcher dans l'antique forêt très dense. À seulement quatre heures de l'après-midi, le ciel était si sombre qu'on se serait cru à la tombée de la nuit. Siddy s'émerveilla de voir le sol jonché de troncs d'arbres tombés plusieurs siècles auparavant.

Elle s'arrêta devant l'un des panneaux apposés par le Service des parcs nationaux, sur lequel on pouvait lire :

Dans la forêt pluvieuse tempérée, très peu de lumière filtre jusqu'au sol. Pour les jeunes pousses n'ayant pas encore atteint la hauteur des frondaisons, la seule chance de survie est de se nourrir des troncs en décomposition, appelés « troncs nourriciers ».

Certaines personnes sont des troncs nourriciers, se dit-elle. Les gens accomplis, généreux et soucieux des autres.

Sa promenade terminée, Siddy entra au Quinault Mercantile, l'épicerie générale qui desservait la région. Elle fut surprise d'y trouver la vidéo d'*Autant en emporte le vent* disponible en location.

Elle sortait l'argent de sa poche quand le commerçant lui dit : « On ne peut pas ouvrir un vidéo-club sans avoir ce film au catalogue. Même les Japonais veulent voir Scarlett et Rhett. »

De retour au bungalow, elle prépara un feu dans la cheminée. Dehors, il pleuvait. Elle posa un bol de pop-corn et un Coca light sur la table basse, s'assit sur le canapé et, télécommande en main, fit défiler la bande.

Revenant plusieurs fois sur certaines scènes, elle alla en chercher d'autres en avance rapide, arrêtant la bande pour analyser les dialogues, l'éclairage, le rythme, les décors. Puis elle rembobina le tout pour étudier la construction de l'ensemble, en insistant sur des détails qu'elle avait peur d'avoir manqués. Elle coupa même le son à différents endroits afin d'observer les images plus à son aise.

Quand elle eut terminé, il s'était écoulé près de six heures. Sa main, trop longtemps crispée sur la télécommande, était bloquée par une crampe. Siddy éteignit la télé, s'étira et fit sortir Hueylene. Elle jeta un coup d'œil à sa montre et s'étonna qu'il fût si tard ; elle pensa à Connor et se le représenta endormi. Se retourne-t-il dans son sommeil, se demanda-t-elle, comme moi quand mon corps cherche à s'emboîter dans le sien ?

Elle déposa Hueylene sur le canapé à côté d'elle, et elles contemplèrent ensemble les dernières lueurs du feu. C'était la première fois depuis des années qu'elle revoyait *Autant en emporte le vent*, et pourtant elle avait l'impression de l'avoir visionné chaque jour de sa vie dans une salle secrète.

Elle se souvint comment, adolescente, elle se posait constamment la question de savoir si son amoureux du moment était un Rhett ou un Ashley. Si c'était un Ashley, elle voulait un Rhett, et vice versa. Elle jaugeait toutes les filles qu'elle rencontrait selon qu'elles ressemblaient à Scarlett ou à Melanie. Si la balance penchait vers Melanie, la fille était à plaindre. Dans le cas contraire, mieux valait se méfier d'elle.

Quelle différence entre son premier contact avec le film et l'expérience de sa mère ! Elle-même avait découvert la grande saga lors de sa reprise en 1967. À l'époque, elle sortait avec un garçon dont le nom lui échappait à présent. Siddy se souvint qu'il lui avait tenu la main, et que le contact de sa paume moite l'avait dérangée. Elle s'était dégagée pendant les scènes les plus intenses, pour pouvoir se consacrer entièrement au film.

Elle imagina Vivi enfant, tenant ses amies par la main dans les profondeurs sécurisantes et maternelles du théâtre Loew, écarquillant ses yeux brun-fauve en voyant les images en Technicolor jaillir sur l'écran, accompagnées de ces mots : « C'est en ces lieux que l'on vit pour la dernière fois les Chevaliers servir leurs Nobles Dames. » Elle eut la chair de poule, comme sa mère, sans doute, au moment où Big Sam ouvre le film en réprimandant les autres esclaves : « C'est moi le chanvrier, c'est moi qui sais quand la journée est finie à Tara. »

Siddy caressa Hueylene sous le menton. Vivien Leigh et Victor Fleming, David Selznick et Clark Gable ont subjugué maman, se dit-elle ; ils l'ont saisie et ne l'ont pas lâchée pendant trois heures quarante-huit minutes, à l'exception de l'entracte, où elle était trop éblouie pour pouvoir avaler un rafraîchissement. Elle avait treize ans, et elle ignorait que son trouble était en partie dû au fait que trois ou quatre metteurs en scène différents, tous des hommes, s'étaient approprié le roman de Margaret Mitchell. Elle ne savait pas à quel point la trame affective du roman était proche de la vie de la romancière, ni que l'on était en train de lui donner en pâture une régurgitation du Sud mythique.

Maman ne pensait pas, elle sentait. La sueur de ses paumes se mêlait à celle de ses amies. Ses yeux s'emplissaient de larmes, son cœur battait fort, ses yeux scrutaient Vivien Leigh. Inconsciemment, elle commençait à hausser le sourcil droit et à croire que tous les hommes du monde l'adoraient. Sans le savoir, elle chaussait déjà les minuscules bottines de Scarlett O'Hara. Et, toute sa vie, elle allait faire l'impossible pour que le spectacle continue.

Je veux vivre dans ce film, Necie ! Je suis née pour ce genre de drame.

Devant les lèvres charnues de Gable, maman ne pouvait faire ni arrêt sur image, ni retour arrière, ni avance rapide. Elle était à la merci du mythe.

Mais pas entièrement : elle s'est tout de même fichue en rogne, et elle a balancé son assiette à la figure de James Junior, cet enfant gâté, mal élevé, pourri par la société blanche et raciste.

Oh, maman, pensa Siddy, tu es la star de ton propre film. Assise à l'arrière de ta décapotable, tu agites la main ; mais, même si j'en meurs d'envie, je ne peux pas diriger cette scène.

Siddy pensa à Ginger et aux fêtes que Buggy donnait pour son anniversaire, tradition inaugurée par Delia. Du vivant de Delia, tout le monde adorait ces fêtes. Après sa mort, Buggy avait pris le relais, rassemblant chez elle Vivi et Jack, et tous les cousins, oncles et tantes. Ginger était toujours la seule Noire présente.

Siddy se souvenait d'elle comme d'une femme déterminée qui adorait Vivi mais – ainsi que Delia, d'ailleurs – n'aimait guère Buggy. Aux anniversaires, tout en fumant avec Vivi, elle lui faisait des récits abracadabrants de voyages où elle avait accompagné Delia, devenue veuve, à travers tout le pays.

Siddy n'avait pas oublié la désapprobation dont Buggy entourait l'amitié de Vivi et de Ginger, qui corsaient leur cocktail d'une rasade de gin et échangeaient clins d'œil et grands sourires rien que pour la faire enrager.

« Mam'zelle Vivi a hérité du caractère heureux de mam'zelle Delia, disait Ginger à Siddy. Ça a sauté une génération, et c'est allé directement à vot' maman. »

Siddy s'extirpa du canapé. Y avait-il une photo de Ginger dans l'album ?

Elle le passa au peigne fin sans rien trouver mais tomba sur une photo d'elle-même nourrisson. Elle se reconnut grâce à l'inscription : « Siddy bébé avec Melinda. » Melinda, une grosse Noire portant l'uniforme amidonné des bonnes d'enfant, la tenait dans ses bras. Sans l'ombre d'un sourire, elle fixait sur l'objectif un œil de chien de garde.

Les femmes noires, pensa Siddy. Elles ont changé mes couches, m'ont nourrie, baignée, habillée, appris à marcher à quatre pattes, à marcher tout court, à parler.

Elles ont veillé à ce qu'il ne m'arrive aucun mal, même quand le danger venait de ma mère. Elles ont lavé ma lingerie à la main, et en échange elles ont hérité de mes vieilles robes pour leurs filles. Elles avaient fait la même chose pour maman, et continuent maintenant pour mes nièces.

Siddy pensa à Willetta, qui l'avait élevée pendant presque toute son enfance. Willetta et son bon mètre quatre-vingts, son visage mâtiné de Choctaw, son sourire qui laissait voir des dents de travers et un cœur d'or.

Willetta, ce dimanche-là tu as risqué ta place et le toit qui t'abritait quand tu es accourue dans la grande maison pour nous protéger des coups de maman. C'est toi qui as mis du baume cicatrisant sur mes plaies quand elle ne se contrôlait plus. Est-ce qu'en secret elle nous haïssait tous les quatre ?

À près de quatre-vingts ans, Willetta faisait encore le ménage chez Vivi et Shep. Siddy et elle s'écrivaient. La jalousie de Vivi ne les empêchait pas de s'aimer.

La jalousie se transmet-elle génétiquement, comme les cheveux blonds ou les yeux marron ?

Siddy ne peut penser à sa mère sans penser à Willetta. Sa relation avec sa mère blanche est déjà difficile à comprendre ; que dire, alors, de celle avec sa mère noire ?

Quelles forces s'affrontent donc dans ma propre guerre de Sécession ? Est-ce la peur de rester dans la chaleur du cocon familial contre celle d'avoir à courir dans le brouillard à la recherche de l'amour ? Les deux situations comportent leurs propres terreurs, exigent leur tribut de chair et de sang.

La chair et le sang. Nous y voilà. La question est de savoir si je suis capable d'aimer Connor, qui va mourir un jour, n'importe quel jour, et alors l'odeur de ses épaules ne sera plus qu'un souvenir. De savoir si je peux m'autoriser à aimer, en toute connaissance des souffrances que cela comporte. Thomas Merton a dit que l'amour le plus cher à notre cœur nous apportera nécessairement de la douleur. Parce que éprouver cet amour-là, c'est comme réduire des fractures multiples.

Mais justement, je veux porter au théâtre la réduction de ces fractures. Je veux les mettre en scène moi-même.

Siddy repartit s'allonger sur le canapé en invitant Hueylene à se pelotonner près d'elle. Sombrant dans le sommeil, elle imagina les Ya-Ya dans le Palais Coca-Cola. Teensy ordonne de grimper dans l'immense baignoire aux pattes de lion remplie d'eau chaude. Dans un geste extravagant, elle vide tout le flacon de sels que la riche tante Louise (« Je t'interdis de m'appeler Lou ») a mis à la disposition de ses invités. Leurs corps sont jeunes et souples, leurs seins pointent à peine, leurs pubis s'ombrent discrètement. Leurs jambes, qu'elles n'épilent pas, ne disparaissent pas encore dans les fourreaux de Nylon que l'industrie déverse sur le marché depuis quelques mois seulement. L'une d'elles est adossée contre la baignoire, une autre se cale entre ses jambes, la troisième s'emboîte en elle, et ainsi de suite elles flottent dans un bain de nations neutres pendant que Hitler envahit des contrées appartenant à un monde lointain. Elles s'immergent dans leur pays récemment tiré de sa dépression par une Europe en guerre, qui lui a commandé des fusils, des tanks, des armes dont les Petites Ya-Ya n'ont pas encore entendu parler. Le conflit qui les préoccupe a eu lieu quatre-vingts ans plus tôt. Et elles sont tout à fait d'accord avec Scarlett pour dire que toutes ces conversations sur la guerre ont de quoi gâcher une soirée.

Voici donc ma mère dans son bain avec ses amies-sœurs. L'eau chaude lui a rougi la peau et frisé les cheveux autour du visage. C'était bien avant que son corps ait abrité le mien. À l'époque où les os de son bassin saillaient et où son ventre était creux. Avant que, recherchant l'apaisement, elle découvre le bourbon, le réconfort qu'il apporte, et aussi la prison dans laquelle il enferme.

Siddy veut partager cette innocence des Ya-Ya. Elle veut des amies qui lui tiennent la main.

À quatre heures du matin, elle s'éveilla sur le canapé. Elle se rappela comment, tout au long de son enfance, elle avait entendu Vivi tourner en dérision le terme de « Junior League ». Jusqu'à l'âge de huit ans, elle l'avait vu écrit en un seul mot, « junialig », qui signifiait « idiot » ou « écœurant ».

Il avait fallu une soirée chez son amie M'lain Chauvin pour dissiper ce malentendu. Au dîner, un jeune frère de M'lain avait sorti une petite couleuvre de la poche de sa chemise et semé la panique dans la salle à manger. Au comble de la répulsion, Siddy s'était écriée : « Oh, c'est vraiment junialig ! »

La bonne avait fait disparaître l'animal, et Mme Chauvin avait regardé Siddy en fronçant les sourcils.

« Qu'est-ce que tu as dit que c'était, Siddalee ?

— Junialig, avait expliqué Siddy. Ça veut dire quelque chose d'épouvantable. »

Mme Chauvin avait haussé un sourcil en dardant un œil sur son mari.

Plus tard, quand Siddy commença à avoir de la poitrine, que les garçons fleurirent sa robe d'orchidées et que les toilettes à porter au prochain cotillon devinrent une question de première importance, elle se rendit compte du pouvoir qu'exerçait la Junior League sur la vie sociale de Thornton, et de la place qu'y tenait Mme Abby Chauvin, née Barbour.

Mais ce soir, dans un bungalow à trois mille kilomètres de là, elle décida d'adhérer à sa première définition du terme.

Junialig : vocable par lequel les Ya-Ya désignaient tout ce qui est factice. Syn. *bidon* (adj.), *frime* (n.). Orig. 1939.

Siddy se leva, se brossa les dents et alla se coucher.

Il faut que je dorme, se dit-elle. Il faut que je grimpe dans ma couchette et que je fasse de beaux rêves pendant que le train roule. Anges du Southern Crescent, retapez mes oreillers, s'il vous plaît. Que la lune brille sur moi. Je suis une Ya-Ya de la deuxième génération et je pars pour un long, long voyage.

12

Le lendemain, Siddy fut réveillée vers midi par des voix qui chantaient très fort et très faux. Sur la terrasse, Wade Coenen et May Sorenson beuglaient de vieux tubes disco à pleins poumons pour qu'elle vienne leur ouvrir.

« *I love the night life ! I got to boogie !* » hurlaient-ils tandis qu'elle les dévisageait d'un œil ensommeillé. Sur la tête de May, les cheveux très courts se dressaient en petites touffes, tandis que de longues nattes blondes retombaient sur le débardeur de Wade. May portait un petit short bouffant hawaïen et un T-shirt sur lequel une femme, l'air horrifié, disait : « Oh non ! J'ai oublié d'avoir des enfants ! »

Ils avaient les bras chargés de provisions.

« Salut, ma petite, lui lança Wade. Tu as interdit à Connor de venir, mais pour nous tu n'as pas donné de consigne. »

Siddy les embrassa.

« C'est incroyable, vous m'avez apporté le soleil ! Il y a plusieurs jours qu'on ne sort qu'en Gore-Tex.

— Nous sommes les spécialistes du contrôle télépathique de la météo, dit May.

— Entrez. »

Wade passa le premier et déclara :

« Très inspiré de l'esprit folklorique du coin !

— Et comment ! approuva May. C'est le fief des Sorenson.

— C'est un endroit magnifique, May, répondit Siddy en jetant un coup d'œil à l'intérieur du sac. Miam, plein de bonnes choses !

— J'espère qu'on n'interrompt pas une profonde méditation existentielle, dit Wade, qui gagna la cuisine.

— De la part de Connor, coupa May en sortant du sac une enveloppe et deux bouteilles de Veuve-Clicquot. Il nous a dit de te laisser en paix, parce que tu ne voulais communiquer que par courrier, mais quand il a vu qu'on refusait de lui obéir il nous a donné ça. »

Siddy examina l'enveloppe, que Connor avait calligraphiée et décorée de petites fleurs. En voyant son écriture, elle réprima un frisson d'excitation et mit la lettre de côté ; elle la lirait au calme.

« Merci, dit-elle. Tenez, je vais mettre les bulles au frais.

— Oh, Madame Voilanska, s'écria Wade, vous êtes d'une grossièreté sans bornes ! Votre bon ami vous envoie l'élixir des dieux et vous osez le cacher dans la froide obscurité du Frigidaire ? Au contraire ! Buvons tout de suite. Le champagne s'abîme très vite à proximité d'une forêt pluvieuse. N'est-ce pas, Déesse du Printemps ?

— Absolument, dit May.

— On croirait entendre ma mère, observa Siddy en hochant la tête.

— Ta mère ? dit May. Je ne savais pas qu'elle était si…

— Si alcoolique ? demanda Siddy.

— Non ! protesta Wade. Si ensorcelée par les bulles ! »

Et il se lança dans une version outrée de *Bewitched, Bothered and Bewildered* de Billie Holiday.

« Hueylene, dit Siddy, la tranquillité de notre retraite ascétique est rompue.

— Oh, mon Dieu, soupira May en se dirigeant vers la terrasse, où la chienne était allongée au soleil, j'ai oublié de dire bonjour à Huella. »

Elle sortit un os de sa poche et le lui présenta.

Ils préparèrent un pichet de champagne-orange et une assiette de jambon de pays et de melon, puis allèrent s'installer dehors. Siddy appuya les pieds sur la rambarde, dans le soleil.

« Alors comme ça, dit Wade, la bacchanale matrimoniale est remise ? » Il baissa la tête et regarda Siddy en haussant un sourcil.

« Wade, lui répondit-elle, à t'entendre on croirait que c'est toi que je devais épouser.

— Mais parfaitement, chérissime. Tu devais te marier avec moi, avec May et Louise, et avec ton professeur d'art dramatique, cette éternellement indomptable Maurine aux quatre-vingt-dix printemps. Et avec Gervais et Lindsay, et même Jason s'il est en état ; avec les Bailey et leur marmaille de monstres sans cou et leur nurse à moustache. Avec Alain, qui devait venir exprès d'Angleterre si toutefois il est toujours libre ; avec Ruthie et Stephan, même s'ils ne se parlent plus. Sans parler de tous les acteurs, de l'équipe technique de *L'Aube d'un jour nouveau*, d'au moins trois directeurs de théâtres régionaux, qui devaient prendre l'avion en prétextant un déplacement professionnel à New York. Sans parler non plus des innombrables amis qui t'adorent et qui sont maintenant désolés de cette affligeante nouvelle. »

Wade reprit son souffle avant de siroter son cocktail.

« Les préparatifs d'un mariage, reprit-il, concernent des monceaux de gens, Siddy. Peux-tu nous dire ce qui se passe ? »

Si elle n'avait été assurée de la profonde amitié de Wade, Siddy aurait jugé sa tirade indiscrète. Mais il y avait presque quinze ans qu'ils se connaissaient. Elle l'avait aidé à soigner un amant mourant, et il l'avait sauvée de dizaines de noyades personnelles et professionnelles.

Elle alla s'agenouiller près de sa chaise et s'inclina devant lui.

« Pardonne-moi, Baba Wade, pardonne-moi, car je ne sais point ce que je fais.

— Oh, que si ! Tu sais parfaitement ce que tu fais. Relève-toi. Tu sais bien que ces simagrées-là, ça ne me branche pas quand ça vient des nanas. »

Siddy se mit debout et s'épousseta les genoux.

« May, dit-elle, quand cessera-t-il de nous appeler des nanas ?

— Il y a longtemps que j'ai baissé les bras, reconnut May.

— Et toi, mon cœur ? dit Wade à Siddy. Aurais-tu fait la même chose vis-à-vis de l'amour, baisser les bras ?

— Non. Ce n'est pas ça. Pas du tout.

— Qu'est-ce que c'est, alors ?

— Wade, fiche-lui la paix, dit May. Elle n'a peut-être pas envie d'en parler avec nous.

— Merci, May, répondit Siddy.

— Notre dramaturge Mme Sorenson est visiblement sensible à ces problèmes, dit Wade, mais moi, modeste costumier qui m'abaisse à créer pour Las Vegas entre deux mises en scène professionnelles, je te demande : As-tu perdu la tête ?

— Je me suis posé la question, avoua Siddy.

— Tu vois, dit May à Wade, je t'avais prévenu.

— Parce que, poursuivit Wade, mon faible esprit ne peut expliquer autrement que par une folie passagère le fait que tu repousses – et qu'y a-t-il derrière ce

162

terme ? – ton mariage avec Connor McGill. Au cas où tu l'aurais oublié, mon petit chou, il s'agit d'un homme qui est en tout point ton égal : psychologiquement, professionnellement, spirituellement et – si mes souvenirs sont bons – sexuellement. Je n'ai pas oublié la manière dont tu as tremblé pendant six bons mois en sa présence avant d'admettre qu'il te plaisait. Mais le vieil oncle Wade ne s'y est pas trompé. Et tu sais pourquoi ? Parce que tonton Wade te connaît depuis longtemps et a vu défiler dans tes bras suffisamment de mecs pour composer non pas une, mais deux équipes de rugby. Parce qu'il a tordu tes mouchoirs comme on tord des serpillières quand tu as émergé en larmes de tes relations avec un bon tiers d'entre ces messieurs, à qui je pourrais reprocher peut-être pas d'être de complets Neandertal, mais en tout cas de manquer de courtoisie. Qu'ils ne t'aient pas traitée avec le dixième du respect et de l'amour que te porte Connor est une évidence qui crève les yeux. »

Siddy se frappa le front. « Mais où avais-je la tête, révérend docteur Coenen ? J'avais complètement oublié qu'en plus de costumier tu étais pasteur-thérapeute ambulant. »

Wade posa son verre.

May se racla la gorge.

Siddy les considéra l'un après l'autre.

« Vous êtes en mission commandée ou quoi ?

— Non », fit May sereinement. Elle réfléchit un instant, puis reprit : « Tu sais comment c'est avec certaines personnes, qui nous donnent l'impression de reprendre espoir ? Qui nous font dire : Le monde n'est pas aussi cinglé qu'il en a l'air ?

— Comme quand on regarde un couple de bons valseurs, ajouta Wade. À la fin du morceau, on a envie d'aller les féliciter. »

May effleura les cheveux de Siddy.

« Nous attendons tous ton mariage avec impatience. Tu comprends, depuis le temps que nous travaillons ensemble, nous vous avons vus tomber amoureux l'un de l'autre.

— C'est vrai, renchérit Wade. On a l'impression que tu viens de rompre avec nous. »

Siddy posa sa main sur celle de May.

« Je suis vraiment désolée, je n'avais pas pensé à vous. Mais je n'ai rompu avec personne. Je demande juste un peu de temps. Le mariage, c'est traître. » Elle se leva et s'approcha du bord de la terrasse. « Après tout, vous n'êtes mariés ni l'un ni l'autre que je sache. »

Wade vint lui passer les bras autour des épaules ; May l'imita. Un étranger passant par là aurait pu les prendre pour des frère et sœurs, ou encore pour un ménage à trois.

« Ah, là, là, soupira Wade. Il faut croire que Gertrude Stein, notre mère à tous, a raison : "Rien n'est vraiment effrayant quand tout est véritablement dangereux." »

Tout le reste de l'après-midi, les trois amis évitèrent le sujet. Ils gonflèrent trois canots qu'ils mirent à l'eau. Sous un ciel bleu étincelant d'où avait disparu toute trace de grisaille, la journée fut chaude. Ils rirent et bavardèrent en se dorant au soleil, et revinrent de temps en temps au ponton où les attendaient leurs glacières garnies de boissons et de sandwiches. À part la température de l'eau, la scène aurait pu se dérouler trente ans plus tôt au bord d'une rivière du Sud.

Vers la fin de l'après-midi, ils firent griller du saumon sur la terrasse. Au soleil couchant, ils se jetèrent avec appétit sur les pâtes au saumon accompagnées de pain au levain. May leur raconta des anecdotes des étés de son enfance, qu'elle passait au bord du lac Quinault avec ses quatre frères. Siddy sourit. Elle aimait bien cette femme. Alors que sa vie professionnelle l'avait séparée de la plupart de ses amies, elle retrouvait en May une égale, une sœur, et elle lui en était reconnaissante.

Un peu plus tard, elle leur apporta l'album de sa mère.

« "Divins Secrets des Petites Ya-Ya !" s'écria May. Que ne donnerais-je pas pour avoir trouvé un titre pareil ! Quel âge avait Vivi Chère quand elle a inventé ce truc-là ?

— Elle était jeune. Elle a toujours eu de l'imagination.

— C'est tout simplement fabuleux, Siddy ! s'exclama Wade en tournant les pages. Bon sang, ça ferait presque pardonner la *fatwa* qu'elle a lancée sur toi. »

Tous les amis de Siddy disaient, comme elle, « Vivi Chère », parce qu'elle appelait ainsi sa mère quand elle leur racontait des anecdotes du Sud. À la fois fière et un peu jalouse de l'album, Siddy annonça : « Vous avez le droit de regarder chacun un trésor. »

Elle rougit aussitôt, consciente du ton enfantin sur lequel elle avait parlé.

« Et en quelle classe es-tu maintenant, ma grande ? lui demanda Wade.

— Au cours élémentaire, ou moyen, peut-être ? » répliqua Siddy.

May ouvrit l'album sur une photo de Vivi assise sur une couverture, entourée de ses enfants, dans le jardin de Pecan Grove au début des années soixante. Siddy regardait par-dessus son épaule.

« Je me demande qui a pris cette photo, observa May après l'avoir examinée en silence.

— Aucun souvenir, répondit Siddy.

— J'aimerais bien trouver une paire de lunettes de soleil comme celle que porte ta mère, dit Wade.

« — Tu étais une gamine assez vive, non ? demanda May.

— Il paraît. »

Wade tourna soigneusement les pages et s'arrêta au hasard, s'emparant d'une coupure du *Thornton Town Monitor* qui titrait : « Des adultes pénètrent en force à un cotillon. »

Wade lut en diagonale et éclata d'un rire sonore.

« Je rêve ! dit-il en retournant l'article. C'est un vrai titre de journal ?

— Je te demande pardon, dit Siddy en lui prenant l'article, mais le *Thornton Town Monitor* raconte tout sur les habitants de Cenla depuis plus de cent ans. Je jure devant Dieu que quand j'étais au lycée les Ya-Ya et leurs quatre maris ont fichu la pagaille à mon bal de fin de première. Ils s'étaient tellement mal conduits pendant plusieurs années qu'ils avaient été interdits de séjour cette année-là. »

Elle marqua une pause.

« Je vous ennuie, v's autres ? Ma mère m'a envoyé cet album, et il se trouve que ça m'intéresse énormément, mais…

— Mais enfin, Siddy, un titre comme ça ! dit May. Bien sûr que ça nous intéresse !

— Bon, expliqua Siddy. Une des règles du cotillon interdisait qu'on serve de l'alcool. Naturellement, tout le monde venait avec sa petite flasque et allait trafiquer son jus de fruits dans les toilettes. Quand c'était au tour des Ya-Ya de chaperonner le bal, la fête prenait un tour particulier. Non seulement elles refusaient de cacher les bouteilles d'alcool qu'elles apportaient, mais elles en donnaient aux gosses : un verre, deux verres et même jusqu'à cinq. Elles ont fait ça deux ans de suite. La deuxième année, la fête a dégénéré. Les garçons nous avaient hissées sur leurs épaules pour qu'on fasse éclater les *piñatas* en papier mâché mais, une fois là-haut, on s'est dit que ce serait marrant d'entamer une bataille rangée contre les autres. Quelle pagaille ! Il fallait voir l'état de nos robes de soirée : le sol était jonché de mètres et de mètres de tulle et de taffetas déchirés. Femmes fatales par terre, dents ébréchées… vous imaginez le tableau.

« Après quoi, le Comité pour le cotillon annuel a évité de leur confier l'organisation du bal : ils les ont mises en quarantaine, en quelque sorte. D'accord, il y avait des règles à respecter, mais ces bonnes femmes du comité étaient hypercoincées. On les appelait les Miss Cunégonde Cul-Bouché. En ya-ya, ça désigne les gens zélés et moralisateurs.

— Pas besoin de dessin, mon chou, dit Wade. Elles avaient une antenne chez moi, à Kansas City. Mais il existait aussi l'équivalent masculin : la Confrérie internationale Jérémie J'ai-Raison.

— Arrête donc de nous tenir en haleine, Siddy Walker. Qu'est-ce qui s'est passé ? demanda May.

— De la part des gens de Thornton, ce n'était pas très malin d'interdire quoi que ce soit aux Ya-Ya. L'année suivante, elles ont débarqué dans la salle de bal du Theodore Hotel en robe de soirée, escortées de leurs maris en smoking ; ils sont passés droit devant le comité d'accueil officiel, qui était tellement éberlué que personne n'a fait un geste pour les empêcher d'entrer. Une fois à l'intérieur, ils ont accaparé une grande table où ils ont installé leur bar et, bien entendu, ils sont devenus l'attraction de la soirée. J'étais horrifiée.

— Il y a eu du grabuge ? s'enquit Wade.

— Tout s'est bien passé jusqu'à la descente de police ; à ce moment-là, ils ont été escortés vers la sortie sous les flashes des journalistes. C'était en 1969. Fidèle à l'esprit de l'époque, maman a baptisé sa petite troupe Les Huit du Cotillon.

— Tu inventes, dit May.

— Je pourrais t'en raconter des centaines comme ça », répliqua Siddy.

Sans lui laisser le temps de refermer l'album, Wade se pencha sur une autre photo.

« Tiens, Vivi Chère adolescente, dit-il. C'est ton père, avec elle ? »

Avec stupeur, Siddy découvrit sur le cliché un beau jeune homme en pantalon de sport et chemise blanche aux manches roulées, et qui jouait du violon adossé à un arbre. Mince et gracieux, avec de grands yeux noirs et des lèvres d'une sensualité rare chez un homme, il avait l'air à la fois concentré et heureux. À sa gauche partait une branche basse comme on en voit sur les vieux chênes verts du Sud. Vivi, qui devait avoir seize ans, y était assise. Elle portait une blouse paysanne blanche, une jupe froncée et des sandales. Au lieu de regarder le violoniste, elle penchait la tête de côté. Les yeux fermés, elle souriait, absorbée par la musique. Le photographe avait saisi un moment d'intimité tel que Siddy eut le sentiment qu'elle aurait dû demander la permission avant de regarder la photo.

« Non, ce n'est pas mon père, dit-elle. C'est Jack Whitman. Mon père n'a jamais joué du violon.

— Tu ne trouves pas qu'il ressemble un peu à… ? demanda Wade.

— Je ne sais pas qui a pris la photo, l'interrompit May, mais on sent que c'était quelqu'un qui aimait ses sujets. »

Siddy leva les yeux sur son amie, les baissa de nouveau. Elle aurait voulu pouvoir remonter le temps, planer, invisible, auprès de la jeune fille de la photo, entendre la musique, être le témoin direct et immédiat de la joie toute neuve de sa mère.

Refusant l'invitation de Siddy à passer la nuit au bungalow, Wade et May partirent après le dîner en disant qu'ils avaient déjà réservé à Kalaloch Resort, sur la côte. Siddy les accompagna à la Mustang décapotable de May ; les deux femmes s'étreignirent.

« Prends bien soin de toi en République tchèque, dit Siddy.

— Et en Grèce, et en Turquie, et partout où elle décidera de se poser, ajouta Wade.

— Ta mère ne peut pas enrager à perpète, Sid, dit May. Si seulement elle pouvait voir la pièce ! Ne lui ferme pas ta porte : tant que vous êtes toutes les deux en vie, tout peut encore s'arranger.

— Merci, May.

— Faxe toutes les idées qui te viendront sur *Les Femmes* – tiens, on n'en a pas parlé du tout ! – à Jeremy. Il sait où me joindre. »

Wade prit Siddy dans ses bras.

« Désolé de t'avoir bousculée. Simplement, je veux voir tous mes enfants heureux. Et Connor McGill est un mec tellement mignon… Aïe ! Un dessinateur tellement génial…

— Je t'adore, Wadey.

— Je t'adore, Siddou. »

Siddy fut surprise de la tristesse qu'elle éprouva à les voir partir. La compagnie de Hueylene la consola. Pour la première fois depuis son arrivée, il faisait assez chaud pour qu'elle puisse dormir en T-shirt, fenêtres ouvertes. Elle se mit au lit et remonta le drap, pressée d'ouvrir l'enveloppe envoyée par Connor.

Il avait très joliment écrit son nom, dont les lettres – détail qu'elle n'avait pas remarqué tout d'abord – étaient entrelacées de fleurs. De sa plume exquise, il avait dessiné des pois de senteur pour en former les

« d ». Une âme d'un autre âge. À l'intérieur, elle trouva le catalogue d'un grainetier de l'Essex qui se disait « spécialiste en pois de senteur ». Ouvrant à une page cornée, Siddy y trouva une rubrique entourée au crayon :

« Plaisir d'Amour. Une des meilleures variétés récentes de pois de senteur, d'une robustesse inégalée. Très vigoureuse et résistante ; remarquable par sa couleur rose saumon rehaussée d'une note orangée qui lui confère éclat et pureté, supporte l'exposition aux soleils les plus chauds. Parfaite pour le jardin comme pour les concours horticoles, elle donne des fleurs bien équilibrées sur de longues tiges gracieuses. Odoriférante. »

Entre les pages du catalogue, Connor avait glissé une feuille de papier à dessin avec ces mots : « C'est tout toi. »

Siddy ferma les yeux et se renversa sur l'oreiller, tout étonnée de se sentir si excitée. Connor savait exactement ce qui pouvait la toucher. Elle revit l'incroyable jardin qu'il faisait pousser sur le toit de son loft à Tribeca. Elle se souvint de sa première visite chez lui, un samedi matin de février 1987. Un poêle à bois allumé, une couverture artisanale exposée sur un mur de briques nues. Un déjeuner d'huîtres et de bière fraîche. Le déclic dans son corps, quand elle avait reconnu qu'elle ne s'était jamais sentie aussi à l'aise à Manhattan.

Elle éteignit la lampe et glissa le catalogue sous son oreiller. Peut-être une tige géante poussera-t-elle cette nuit, et sortirai-je enfin de mon indécision. Il faut, il faut absolument que je comprenne ce que je fais.

Mais ses anges vinrent atterrir à ses pieds. D'abord, lui murmurèrent-ils, aime ta couleur rose saumon rehaussée d'une note orangée, laisse-la briller de son éclat pur. Ainsi toucha-t-elle sa fleur en bouton et la fit-elle bourgeonner et éclore. Puis elle s'endormit.

13

May ne s'était pas trompée : la personne qui avait photographié Vivi et Jack sous le chêne en 1941 aimait ses sujets. Geneviève Saint Clair Whitman avait su capturer l'instant sans déranger les deux adolescents. Pris sur le vif, le cliché était criant de vérité ; Geneviève avait fait une prière silencieuse pour eux. Depuis le jour, fin 1938, où elle les avait surpris sur une balançoire se tenant par la main et se laissant bercer doucement sans rien dire, elle n'avait plus douté qu'ils étaient faits l'un pour l'autre. Elle savait son fils né avec des trésors de tendresse, qui étaient considérés comme une malédiction dans le monde où évoluait son mari. Pour recevoir cette douceur, Geneviève ne pouvait imaginer de fille plus forte, plus débordante de vie que Vivi. N'étant pas femme à revenir sur ses intuitions, elle acceptait le couple qu'ils formaient et les laissait en paix.

Il fallait bien garder l'œil sur eux de temps en temps. Avec Vivi constamment à la maison, et aussi proche de Teensy qu'une sœur, Geneviève était devenue un chaperon bienveillant qui leur faisait confiance tout en leur accordant quelques folies. Ils étaient si occupés tous les deux – Jack avec le basket et la course à pied, Vivi avec le tennis, les *cheerleaders* et le journal de l'école – qu'elle ne s'inquiétait pas trop. Dans ses prières, elle remerciait la Vierge d'avoir permis à son fils de connaître l'amour si jeune.

Siddy ne pouvait pas le deviner. Le lendemain soir, elle réexamina la photo, pétrifiée par l'expression de sa mère. Ignorant ce qu'avait été cet après-midi d'automne au début des années quarante sur le bayou Saint-Jacques, le pays de Geneviève, elle ne pouvait connaître ni l'odeur relevée du *cochon de lait* qui rôtissait à feu doux, ni les énormes baquets d'eau qui bouillaient pour le maïs. Ni la joie débordante et crue des *cousins, cousines, oncles* et *tantes* de Geneviève, Jack et Teensy, et de tous les autres Acadiens réunis ce samedi-là, il y avait plus d'un demi-siècle. Le mordant de l'air d'automne, les plaisanteries qui fusaient. Les petites filles dansant avec leurs grands-pères, les plus grandes, brunes comme Geneviève et Teensy, en jupe ample et blouse paysanne. La présence du bayou, la sensation de la terre aquatique de Louisiane, la langue de ces gens qui improvisaient un *fais dodo* en apprenant la visite de Geneviève et de ses deux enfants.

Quand elle accompagnait les Whitman dans les bayous, Vivi avait l'impression d'une échappée dans un autre monde. Et elle craignait que, si on la devinait, sa joie ne lui soit arrachée.

Ce jour-là, en valsant sur *Little Black Eyes*, elle pencha la tête en arrière quand Jack lui déposa un baiser léger dans le cou.

« Je t'aimerai toujours, Vivi, dit-il. Quoi que tu fasses, rien ne m'empêchera jamais de t'aimer. »

Ses mots transpercèrent la jeune fille jusque dans ses os, son sang, sa chair ; son corps se détendit et, désormais, quand ses pieds touchèrent le sol, ce fut comme si elle avait trouvé des racines profondes qui l'ancraient à quelque chose de tendre et d'intact.

Ce jour de 1941, pour la première fois, elle se dit : En moi, le bon l'emporte sur le mauvais. Jack m'aime et m'aimera toujours. À voir Vivi Abbott tournoyer en souriant, personne n'aurait pu se douter qu'elle venait d'accepter l'amour et le rocher salvateur dont elle avait besoin pour reprendre pied.

Dans l'amour de Jack, Vivi trouvait une compensation à ce qui lui avait été refusé. Pour toutes les images d'elle que les yeux de sa mère n'avaient pas reflétées, toutes les questions que son père n'avait pas posées, tous les contacts de la ceinture sur sa peau de blonde. Ce jour-là, ces promesses n'habitaient pas ses pensées mais son corps, où elles se lovaient et s'attachaient.

À la voir, il était difficile de sentir le glissement tectonique qui s'opérait en elle, et qui allait la rendre un peu trop vulnérable, créer des failles infimes mais assez profondes, peut-être, pour se transmettre à ses enfants, comme les yeux marron ou la bosse des maths.

Reposant l'album, Siddalee prit une feuille de papier et écrivit un mot à Connor :

> Connor, toi l'incomparable…
>
> Tu sais que je ne suis pas douée pour le jardinage. Pourtant, le parfum de ces pois de senteur a flotté dans mes rêves : je préparais de la terre (je n'y connais rien, tu le sais) et j'y découvrais un tas de grosses racines entremêlées. Bien que n'aimant pas (et ça ne te surprendra pas) me salir les mains, je me retrouve courbée en deux, en train de démêler les racines et de les débarrasser de leur terre. Cela aurait dû être une corvée mais ça m'était plutôt agréable parce que, pendant toute l'opération, je respirais l'odeur des pois de senteur.
>
> Comment fais-tu pour savoir exactement ce qui me ravit ?

Wade et May m'ont fait rire. Ils m'ont aussi obligée à m'interroger sur mon masochisme.

X X

Siddy

P.-S. Dis donc, ceux qui ont la main verte ont aussi la plume romantique quand il s'agit de parler des fleurs, à ce que je vois.

14

La page froissée avait probablement été arrachée à un cahier à spirale. On pouvait y lire :

MISS CUNÉGONDE BOUCHER
ACADÉMIE DE CHARME ET DE BEAUTÉ
L'ART D'ÊTRE INTELLIGENTE ET BELLE
SESSION D'HIVER 1940
LEÇON N° 4 : NE PAS PLEURER

Les larmes ne vous valent rien. Personne n'aime voir des yeux sombres et vides, sans éclat ni pétillement, au milieu d'un visage bouffi. Les messieurs préfèrent les yeux vifs, brillants, profonds, des yeux sans marques de chagrin ou de mauvaise humeur. Si vous ne pouvez pas retenir vos larmes, faites un bain d'acide borique immédiatement après, et déposez sur vos paupières des tampons d'ouate imbibée d'eau chaude et d'essence de pétales de rose. Ensuite, faites pénétrer par petites touches un peu de crème vitaminée lubrifiante enrichie sur le contour des yeux. Prenez un bain chaud et dormez quelques instants en appliquant un mélange à cinquante pour cent d'hamamélis et d'eau glacée. Respectez vingt minutes de pose, et n'oubliez pas qu'il est essentiel de dormir beaucoup, et capital de NE JAMAIS PLEURER. Les jeunes filles ont déjà suffisamment de handicaps dans la course à l'amour sans avoir besoin d'y ajouter les larmes.

Siddy ne sut s'il fallait rire ou pleurer. Allongée sur le canapé face au lac, sous les pales du ventilateur, elle grignotait des pommes et des morceaux de stilton, dans une assiette posée sur son ventre. Toute sa vie, elle avait cru que sa mère avait inventé de toutes pièces le nom de Cunégonde Cul-Bouché. Elle en découvrait aujourd'hui l'origine.

Session d'hiver 1940. Maman avait quatorze ans. C'était juste après la première d'*Autant en emporte le vent*. Intéressant.

Les larmes ne vous valent rien.

Même si Siddy n'était pas du genre à citer la Bible à tout bout de champ, il lui revint un passage de Luc qu'elle avait toujours aimé : « Heureux vous qui pleurez maintenant, car vous serez dans la joie ! » Elle l'avait toujours trouvé joli et d'une légèreté impressionnante. Luc ne promettait ni prospérité ni rachat. Il promettait simplement que celui qui pleurait maintenant se réjouirait tôt ou tard.

Elle remit la leçon de miss Cunégonde dans l'album et laissa vagabonder son esprit. Dans ce bungalow au bord du lac, où elle était venue prendre une décision sur son avenir, elle se mit à penser aux larmes.

Elle revit la première fois où Lizzie Mitchell était entrée dans sa vie. C'était un après-midi de l'automne 1961. Vivi n'avait pas quitté sa chambre depuis près de quinze jours. Siddy était soulagée de la savoir à la maison, car sa mère revenait d'une longue absence inexpliquée qui les avait tous laissés désorientés.

La lumière dorée de l'été indien baignait les champs où Chaney, Shep et leur équipe travaillaient à la récolte du coton dans l'air à la fois frais et tiède. En temps normal, Siddy aurait été en train de jouer derrière la maison, de ramasser des noix de pécan, de chanter pour le chien, de rêver qu'elle devenait missionnaire en Afrique ou actrice sur les scènes londoniennes. Mais, ce jour-là, elle restait assise par terre devant la porte de Vivi et lisait un livre de Nancy Drew, l'oreille dressée, guettant les sons ou les appels qui risquaient de venir de la chambre. Il y avait des semaines que cela durait ; c'était devenu son rôle, en quelque sorte.

Lizzie Mitchell s'engagea dans l'allée de Pecan Grove au volant d'une Ford noire de 1949 dont la vitre du passager avant était fendue. Quand elle entendit la sonnette de la porte d'entrée, Siddy sauta sur ses pieds et courut voir. Vivi refusait les visites, et Siddy montait la garde. Seules les Ya-Ya avaient le droit d'accéder à sa chambre, et encore, parfois Vivi refusait de les recevoir.

Siddy ouvrit la porte sur une femme en robe chemisier bleue, et qui portait un pull gris drapé sur les épaules. Sa maigreur pitoyable et ses yeux bleus d'une tristesse profonde lui donnaient une beauté fragile. Son visage, tout son corps, criait la fatigue. Elle avait à peine vingt-cinq ans et, si sa peau était belle, ses dents étaient déjà gâtées. Siddy elle-même remarqua que la nuance de son rouge à lèvres ne lui allait pas. Comme la femme portait une valise, elle crut avoir affaire à une voyageuse qui s'arrêtait pour demander son chemin.

En voyant Siddy, elle eut un petit sourire forcé :

« La maîtresse de maison est-elle là ? » demanda-t-elle.

Siddy la dévisageait. Elle finit par répondre :

« Oui, ma mère est là. Mais elle est occupée.

— Pouvez-vous la prévenir qu'une représentante des cosmétiques les plus révolutionnaires au monde désire la voir, s'il vous plaît ?

— Un instant », dit Siddy, qui la laissa sur le seuil et alla frapper à la porte de sa mère.

« Maman ? demanda-t-elle à voix basse. Tu dors ? »

N'obtenant pas de réponse, elle entra. Vivi était pelotonnée dans son lit. La barre de Snickers, le sandwich et le Coca que Siddy lui avait apportés étaient restés intacts sur la table de la télé.

« Il y a une dame qui te demande, maman.

— Je ne veux voir personne, dit Vivi sans bouger. Qui est-ce ?

— Une représentante des cosmétiques les plus révolutionnaires au monde.

— Quoi ?

— C'est ce qu'elle a dit. Elle a une valise. »

Vivi se redressa lentement dans son lit et roula son oreiller en boule derrière sa tête.

« Elle doit vouloir me vendre quelque chose. Tu ne pourrais pas la mettre à la porte ? »

Siddy regarda sa mère. Depuis son retour, elle était pâle et ne quittait pratiquement jamais sa chemise de nuit. Ne sortant plus, elle ne portait même plus ses fabuleux chapeaux.

« Non, maman, je ne peux pas.

— Et pourquoi ? »

Siddy réfléchit un instant, baissa les yeux sur la couverture de son livre.

« Parce que son rouge à lèvres n'est pas de la bonne couleur, dit-elle enfin.

— Elle vend des produits de beauté et elle ne sait pas choisir son rouge à lèvres ?

— Vraiment, maman, je crois qu'il faut que tu lui parles.

179

« — Bon, d'accord, dit Vivi. Fais-la entrer deux minutes. »

Quand Vivi gagna la cuisine, elle trouva Lizzie Mitchell installée à la table avec Siddy. Aussitôt, Lizzie sauta de son tabouret.

« Bonjour, dit-elle. Vous êtes la maîtresse de maison ? »

Pieds nus, Vivi avait passé son peignoir de soie à rayures vertes sur sa chemise de nuit. Elle s'appuya d'une main sur le plan de travail comme pour garder l'équilibre.

« Que puis-je pour vous ? » répondit-elle.

Les yeux soudain vides de toute expression, Lizzie plongea la main dans la poche de sa robe et en sortit de petits bouts de papier sur lesquels étaient griffonnées quelques notes. Elle commença son laïus en essayant de cacher qu'elle lisait.

« Je suis ici, dit-elle d'une voix brisée par le trac, pour vous offrir l'occasion dorée de découvrir les plus bons cosmétiques jamais créés pour la peau féminine. La ligne Beautière est une gamme de produits d'exception conçus pour la femme exigeante et soucieuse de sa beauté.

— Les meilleurs cosmétiques, reprit Vivi.

— Ouais, répéta Lizzie, les mains tremblantes. C'est les plus bons, c'est vrai.

— On dit "meilleurs", expliqua Vivi sans réfléchir.

— Pardon ? » demanda Lizzie, la voix chevrotante. Elle lâcha ses petits bouts de papier, qui voletèrent jusqu'au sol. Gênée, elle se baissa pour les ramasser. Siddy remarqua qu'elle se relevait difficilement. Quand elle y parvint enfin, elle était en larmes.

Siddy eut envie de la gifler. Il ne manquait plus que cette bonne femme pour venir enquiquiner sa mère !

Quelques jours plus tôt, Vivi s'était évanouie en faisant ses courses au supermarché, et elle avait dû appeler Caro à la rescousse. Aujourd'hui, Vivi se déplaçait encore comme une convalescente émergeant d'une grippe, épuisée et hésitante, retenant son énergie au lieu de la jeter à la figure des gens comme elle l'avait toujours fait. Son père et sa grand-mère avaient confié à Siddy, l'aînée, le soin de veiller à ce que rien ne la contrarie.

À sa grande surprise, elle vit sa mère poser la main sur le bras de la femme.

« Désolée, dit Vivi. Excusez ma brusquerie. Je me présente : Vivi Abbott Walker, et voici ma fille aînée, Siddalee. Asseyez-vous donc. »

Incapable de soutenir le regard de Vivi, la femme se rassit.

« Voulez-vous une tasse de café ? Moi-même, je n'en prends jamais après dix heures du matin. Je vais me préparer un petit cocktail. Je vous en propose un ? Quelque chose de léger ? »

Lizzie, qui pleurait toujours, répondit :

« Je veux bien du café, si ça ne vous dérange pas.

— Pas du tout », dit Vivi. Elle prit des glaçons dans le freezer.

« Siddy chérie, tu veux bien faire du café ?

— Tout de suite », répondit Siddy, soulagée d'avoir de quoi s'occuper.

Vivi remplit le seau à glace en cristal et y prit deux glaçons. Elle les fit tomber dans un verre et y ajouta du jus d'orange et une demi-mesure de vodka.

Siddy mit de l'eau à bouillir et déposa un mélange de chicorée et de brun torréfié dans la cafetière Chemex. Elle essayait de ne pas regarder les pieds nus de sa mère, sur lesquels le vernis à ongles s'écaillait. En temps normal, Vivi ne se serait jamais laissée aller ainsi.

« Excusez-moi, fit Vivi, je n'ai pas retenu votre nom.

— Oh, non ! Je suis vraiment désolée, s'écria Lizzie en portant les mains à son visage. C'est la première chose qu'on doit faire : se présenter à la cliente.

— Eh bien, allez-y », dit Vivi en remuant son cocktail. Siddy remarqua que ses mains étaient encore mal assurées ; elle prit dans la poche de son peignoir une énorme tablette de vitamine B12 qu'elle avala.

La femme se dégagea le visage et dit doucement :

« Permettez-moi de me présenter. Je m'appelle Lizzie Mitchell et je suis votre conseillère Beautière.

— Ravie de faire votre connaissance, madame Mitchell, dit Vivi en s'asseyant à côté d'elle.

— Ravie de vous rencontrer, madame Walker, dit Lizzie. Et vous aussi, Siddalee.

— De la crème ? du sucre ? demanda celle-ci.

— Ouais, merci, si ça ne vous dérange pas. »

Siddy sortait les mazagrans bleus quand Vivi lui dit : « Chérie, prends donc le service en porcelaine, veux-tu ? »

Siddy servit la visiteuse dans une tasse qu'elle posa devant elle avec le sucre, la crème et une cuiller. Puis elle fit chauffer du lait dans une casserole et se versa un bol de café au lait. Elle monta sur un tabouret pour aller chercher dans un placard le paquet d'Oreos qu'elle cachait à ses frères et à sa sœur, et disposa les biscuits sur une assiette avant d'aller rejoindre les deux femmes.

« Dites-moi, madame Mitchell, lança Vivi, comment avez-vous été amenée à vendre des produits de beauté ? »

Lizzie Mitchell portait la tasse à sa bouche. Elle la reposa sur la soucoupe, voulut parler et se remit à pleurer.

« Excusez-moi, dit-elle, la respiration saccadée. Je viens juste de commencer chez Beautière. Sam – c'est mon mari –, Sam est mort il y a eu quatre mois la semaine dernière. Dans un accident chez Tullos, la compagnie d'abattage. J'ai mes deux petits garçons à élever, et pas d'assurance vie. »

Elle regarda son café et cligna les paupières, comme abasourdie d'avoir fait cette confidence intime à une étrangère. S'efforçant de reprendre son rôle de vendeuse, elle jeta un coup d'œil à ses notes et se lança de nouveau dans le boniment qu'elle avait appris par cœur.

« Je suis fière de représenter la ligne Beautière. Si je ne croyais pas cent pour cent à mes produits, je ne les vendrais pas. Maintenant, si...

— Mon Dieu, l'interrompit Vivi, par quelles épreuves vous êtes passée ! Quel âge ont vos enfants ?

— Sam Junior a quatre ans et mon petit Jed va sur ses trois ans. »

Siddy regarda les doigts de sa mère sur le verre et fut gênée de lui voir des ongles si négligés. Autrefois, elle prenait grand soin de ses mains, de ses ongles, de toute sa personne. Que lui était-il donc arrivé ?

« Tu veux un biscuit, maman ? lui demanda-t-elle.

— Non, chérie. Merci. » Posant les yeux sur Lizzie, Vivi demanda :

« Et où sont-ils, vos garçons ? Qui s'en occupe ?

— Ils sont chez ma belle-sœur Bobbie. C'est Lurleen, l'amie à Bobbie, qui m'a fait connaître Beautière. Elle a un compte épargne à son nom et elle a fait des ventes tellement bonnes qu'elle a gagné la Chrysler Rose.

— L'amie de Bobbie », corrigea Siddy.

Vivi la fixa en faisant non de la tête.

« Ben ouais, dit Lizzie. Lurleen, c'est l'amie à Bobbie.

— Je vois, fit Vivi.

— Ça existe, les Chrysler roses ? demanda Siddy.

— Chez Beautière, ils achètent les voitures et ils les font repeindre en rose pour les meilleures vendeuses. Beautière est la gamme de produits de beauté la plus scientifique à votre service. »

Lizzie avala une gorgée de café.

« Scientifique, répéta Vivi, qui but à son tour.

— Et comment, dit Lizzie. Dans le monde d'aujourd'hui, c'est important d'être scientifique. »

Ragaillardie par le café, elle sembla rassembler ses esprits. Siddy voyait les petits papiers fourrés dans la manche de son pull-over. D'un air qu'elle tenta de rendre le plus naturel possible, Lizzie reprit son laïus.

« La gamme Beautière est beaucoup moins coûteuse que les produits Avon, et pourtant, par sa qualité, elle a su séduire des milliers de femmes au Mississippi, dans l'Arkansas, et maintenant en Louisiane », poursuivit le petit automate tremblant.

Vivi alluma une cigarette. Siddy descendit de son tabouret pour aller lui chercher un cendrier, puis se rassit en observant les deux femmes tour à tour. Il y avait longtemps que sa mère ne s'était pas autant intéressée à quelqu'un.

« Madame, dit Lizzie, si vous pouvez m'accorder une minute de votre temps précieux pour que je vous montre les produits de beauté les plus modernes et les plus scientifiques disponibles sur le marché actuel, je vous promets que vous ne le regretterez pas. »

Elle attendit une fraction de seconde, puis attrapa sa mallette de démonstration. On aurait dit une valise ordinaire, à ce détail près que le dessus s'ornait d'un blason représentant deux têtes de femme face à face. Lizzie repoussa sa tasse ; elle posa sa mallette sur la table, en fit sauter les serrures et l'ouvrit. Puis, comme devant un spectacle horrible qu'elle eût été seule à voir, elle baissa la tête et se remit à sangloter. Ses maigres épaules étaient secouées de spasmes ; elle jappait comme un petit chien.

Lentement, Vivi posa sa cigarette dans le cendrier. Elle se pencha sur Lizzie Mitchell et lui releva le menton dans une main.

« Ma pauvre chérie, dit-elle. Ça va aller ? »

Lizzie leva les yeux sur elle. « C'est mon aîné, Sam, expliqua-t-elle dans un souffle. Sam Junior. Il vit ça très mal. Il ne me quitte pas. Il ne supporte pas que je m'en aille. »

Siddy vit sa mère fermer les yeux pour écouter.

« Aujourd'hui, quand je l'ai laissé chez Bobbie, il s'est mis à pleurer, à hurler, il s'est enroulé autour de mes jambes, il ne me lâchait pas. J'ai fait tout le trajet jusqu'à la porte avec lui pendu à mes jambes. Moi et Bobbie, il a fallu qu'on le détache pour que je puisse partir faire ma tournée. »

Instinctivement, elle attrapa ses notes et les froissa afin de ne plus les voir.

« Il croit que vous allez partir et ne plus jamais revenir, comme son papa », dit Vivi à voix basse.

Lizzie hocha la tête. « C'est exactement ça. Sam est un enfant délicat. »

Puis elle prit une inspiration si profonde que tout son corps en fut secoué.

« Je sais ce que c'est », murmura Vivi, qui pleurait à présent elle aussi.

Siddy les imita bientôt, mais ce n'était pas seulement le sort du petit Sam qui l'émouvait.

Vivi s'essuya les yeux avec le poing et dit : « Siddy, mon trésor, tu veux bien aller nous chercher des Kleenex ? »

En revenant dans la cuisine, Siddy trouva sa mère les mains appuyées contre ses joues, comme pour empêcher son visage de tomber en miettes. Elle présenta la boîte de Kleenex à Lizzie Mitchell qui, le visage baigné de larmes, n'en attrapa qu'un seul, par politesse.

« Vous pouvez en prendre autant que vous voulez, proposa Siddy. On en a plein.

— Merci. » Lizzie se servit plus copieusement et se tamponna les yeux.

Puis Siddy se tourna vers sa mère, qui en saisit une pleine poignée.

Son maquillage avait coulé. Même si elle se laissait aller depuis son retour chez elle, elle ne manquait jamais de se souligner le contour des yeux au mascara et les sourcils au crayon brun. Sans cet artifice, ses cils étaient si clairs qu'ils lui donnaient un regard d'albinos.

Vivi fronça les sourcils en voyant ses Kleenex maculés de taches brunes. Elle jeta un coup d'œil au mouchoir de Lizzie Mitchell, et les brandit en disant : « Regardez-moi ça, non mais regardez-moi ça ! »

Lizzie et Siddy contemplaient les Kleenex accusateurs.

« De tout le mascara que je me suis mis ce matin, il ne reste plus un gramme sur mes paupières. Tout est parti dans ce Kleenex. Quelle qualité infecte ! J'ai dépensé une fortune pour avoir l'air d'un chien galeux ! Et ce n'est pas la première fois que ça m'arrive, vous pouvez me croire. »

Elle leur fit voir ses yeux, et en effet ses cils et ses sourcils avaient presque disparu.

« Ça devrait être interdit de vendre du maquillage qui fiche le camp à la première occasion. »

Elle marqua une pause et sortit une Lucky Strike du paquet, la tapota plusieurs fois sur la table, prit son temps pour l'allumer, tout en examinant son briquet d'argent comme si elle le voyait pour la première fois.

« Vous n'auriez pas du mascara, chez Beautière, par hasard ? » demanda-t-elle.

Lizzie inspecta son Kleenex, réduit à l'état de boule détrempée mais indemne de traces de maquillage. Elle sortit de son sac un petit poudrier bon marché dans lequel elle se regarda.

Quand elle leva les yeux, Siddy y aperçut comme une porte qui s'ouvrait. Elle pencha légèrement la tête de côté, entrouvrit les lèvres et pensa : Ma mère est quelqu'un de bien.

Lizzie referma son poudrier, inspira profondément et rouvrit sa mallette de démonstration. Elle approcha son tabouret de celui de Vivi. Quand elle prit la parole, sa voix était celle d'une femme revenue à la vie.

« Mais si, madame, bien sûr. La ligne mascara de chez Beautière s'appelle Clair Regard. C'est avec grand plaisir que je vais vous la présenter. En prenant le coffret cadeau, elle vous revient à un prix défiant toute concurrence. »

Peu après la première visite de Lizzie Mitchell, Vivi recommença à s'habiller le matin. Au bout d'une semaine, bien qu'encore faible, elle accepta d'aller dîner chez Teensy. Quand les enfants rentraient de l'école, ils la trouvaient non plus enfermée dans sa chambre mais au téléphone avec des amies et des connaissances à qui elle recommandait la gamme de cosmétiques Beautière, et en particulier Clair Regard. Dans sa bouche, le nom du produit prenait des consonances de nom de femme : Claire Regard.

Ces après-midi d'automne où Siddy continuait d'observer sa mère de près, elle s'asseyait dans la cuisine et écoutait ses conversations.

« Il faut absolument que tu reçoives Lizzie Mitchell. Sa ligne Beautière est miraculeuse, crois-moi, disait Vivi. Avec ce mascara, tu peux prendre une douche, te baigner, aller voir un film triste, pleurer toutes les larmes de ton corps, et jamais, tu m'entends, jamais il ne coule. »

On avait l'impression qu'en répétant cela Vivi se faisait du bien, qu'elle avait découvert un remède à une maladie.

Sur l'invitation de Vivi, Lizzie prit l'habitude de venir deux ou trois après-midi par semaine avec ses enfants. Pendant que les petits garçons pêchaient l'écrevisse ou montaient des poneys Shetland avec Little Shep et Baylor, Vivi donnait à Lizzie des conseils sur sa manière de se présenter.

« Lizzie, *chère*, disait-elle, si vous voulez pouvoir nourrir vos garçons, il faut arrêter de dire "ouais". »

Elle l'aida à trouver un argumentaire de vente accrocheur, qui lui vienne assez naturellement pour qu'elle n'ait pas l'air de le débiter par cœur.

« Vous êtes une femme formidable, lui disait-elle. Vos clientes vont être ravies de vous ouvrir leur porte. »

Les noms des autres produits de Lizzie faisaient craquer Siddy et Lulu. Éclat du Jour se vantait d'être bourré d'œstrogènes. Peau Sublime était conditionné dans un flacon en forme de bouche. Magie Capillaire sentait un peu comme Soir de Paris. Toutes les Ya-Ya achetèrent le coffret cadeau – elles n'auraient jamais osé refuser. Mais le milieu où Vivi ratissa le plus de clientes fut à la campagne, parmi les femmes des planteurs de coton qui fréquentaient les mêmes bars que Shep.

Siddy et Lulu rebaptisèrent la crème de soins la « Crème à Lizzie ». Entendant cela, Vivi les gronda.

« Je vous défends de vous moquer de cette jeune femme qui se bat pour s'en sortir », leur dit-elle.

À chaque visite de Lizzie, Vivi semblait recouvrer ses forces. Dès la mi-novembre, Caro put la persuader de disputer une partie de tennis au country club. Siddy n'aurait su l'exprimer clairement, mais elle avait l'impression que les produits Beautière n'étaient pas seulement une ligne de cosmétiques mais aussi une ligne de conduite. Pour Lizzie Mitchell, bien sûr, et également pour sa mère.

Un jour, en rentrant de l'école, elle vit la voiture de Lizzie garée dans l'allée. Elle s'attendait à trouver les deux femmes attablées dans la cuisine, comme d'habitude, mais ce jour-là la maison était si silencieuse qu'elle les crut sorties. Elle mit un moment à les débusquer dans le bureau. Au premier regard qu'elle jeta dans la pièce, elle fut emplie de terreur.

Allongée sous des draps dans le fauteuil Relax de Shep, sa mère, parfaitement immobile, les mains croisées sur la poitrine, les yeux cachés sous des disques de coton, offrait son cou aux mains de Lizzie. Dans un silence total, elles étaient toutes les deux tellement concentrées qu'elles ne remarquèrent pas la présence de Siddy. Horrifiée, la petite fille crut que sa mère était morte.

Elle retint son souffle et s'approcha, l'estomac noué, le cœur battant. Il fallut qu'elle voie bouger la main de Vivi pour pouvoir respirer de nouveau. Puis elle s'aperçut que Lizzie lui massait doucement le cou avec une sorte de pâte rose. Par petits tapotements et frictions circulaires, elle étalait la mixture en remontant le long du cou, puis autour des tempes, avec soin.

Siddy n'avait jamais vu quelqu'un poser sur sa mère des mains aussi tendres.

À mesure que la liste des clientes de Lizzie s'allongeait et que Vivi reprenait sa vie sociale, leurs rencontres s'espacèrent. Deux ans plus tard, en rentrant de l'école, Siddy découvrit une Chrysler rose vif quasiment neuve garée dans l'allée de Pecan Grove.

Lizzie portait un petit tailleur et était coiffée à la Jackie Kennedy.

« Regardez-moi ça, les enfants ! annonça Vivi. Lizzie a gagné la Chrysler Rose ! »

Lizzie écarta les bras d'un geste large, comme une femme dans une publicité télévisée, et déclara :

« Je fais partie des dix meilleures vendeuses de chez Beautière ! Et je n'y serais jamais, mais absolument jamais arrivée sans votre mère.

— Allez, en route pour une petite balade », dit Vivi en prenant place sur le siège.

Lizzie fit reculer l'énorme voiture. Plantée devant la maison, Siddy regarda les deux femmes s'éloigner dans la longue allée en direction de la ville, leurs têtes se découpant sur les champs verts de son père. Un instant, elle trouva qu'elles se ressemblaient comme deux sœurs.

Siddy avala une bouchée de fromage, se leva du canapé et sortit s'étirer sur la terrasse. Tout en tournant la tête pour se détendre le cou, elle se souvint d'un jour où, plusieurs années après l'épisode Lizzie Mitchell, elle était retournée passer des vacances universitaires à Pecan Grove. Cherchant de quoi emballer des cadeaux, elle était montée au grenier. Dans un coin, elle avait trouvé un grand carton qui contenait des boîtes en bon état. « Parfait, c'est exactement ce qu'il me faut. »

Mais les boîtes n'étaient pas vides. Elle en prit une et l'examina. Il lui fallut un moment pour reconnaître l'emballage gris et rose, les deux profils féminins face à face. Quand elle l'ouvrit, tout lui revint.

Il y avait là peut-être une trentaine de coffrets Beautière, tous intacts. Siddy jeta un coup d'œil dans un autre carton et y découvrit d'autres coffrets cadeaux.

Chère Lizzie Mitchell, pensa Siddy. Tu es entrée dans la vie de ma mère un après-midi où elle se terrait dans sa chambre pour couver la tristesse qui sape sa vivacité comme une rivière souterraine. Elle t'a vue, toi qui pleurais un mari, toi qui te battais pour nourrir tes enfants en vendant des produits bon marché à des femmes exigeant toujours davantage de perfection, et tes larmes disgracieuses ont nourri les siennes.

Grâce à Clair Regard, le mascara scientifique qui permet de pleurer sans se noircir les joues, elle m'a appris quelque chose sur la féminité.

Sur la féminité, elle m'a aussi donné d'autres leçons bien différentes, dont certaines m'ont laissé des marques qu'aucun cosmétique n'effacera. Ma mère a pris le menton de Lizzie Mitchell dans sa main et lui a dit : « Ma pauvre chérie, ça va aller ? » Elle m'a giflée, et quelquefois ma joue me picote encore. Mais aussi, par amour, elle a pris mon visage d'enfant dans sa main adoucie par la crème Beautière.

Je monte au grenier la découvrir. Ma mère est un coffret cadeau.

15

On était vendredi après-midi ; Siddy longeait le sentier du bord du lac au pas de course quand elle aperçut un groupe de petites filles sur la plage devant l'hôtel. Comme tous les jours pendant une heure et demie, le volume de son Walkman monté au maximum, elle suivait sans fléchir le rythme de métronome qu'imposait son « Cours avancé de marche sportive ». À New York, elle marchait dans Central Park ; à Seattle, le long du lac Washington. Seul un blizzard pouvait la forcer à rester cloîtrée chez elle.

Elle passa deux fois devant les fillettes avant de s'arrêter. Elle rabattit sa casquette de base-ball sur ses yeux pour cacher son regard et les observa tout en faisant quelques exercices d'étirement. Les cinq enfants, qui s'étageaient de cinq à huit ans, couraient et jouaient ensemble. Deux étaient en short, sans haut, une autre en maillot de bain à jupette. La quatrième, aux cheveux ramassés en couettes, portait une petite robe complètement trempée, et la plus âgée, un jean aux jambes remontées et un haut de Bikini.

Un peu plus loin, assise sur une couverture à l'ombre d'un parasol, une femme de l'âge de Siddy, adossée à une glacière de pique-nique, peignait une aquarelle sur un grand carnet à lavis. De temps en temps, elle levait les yeux sur les enfants.

« Regardez ! cria l'une d'elles. Le voilà ! »

Sur ce, elles se précipitèrent comme un seul homme dans le lac d'où elles sortirent un gros morceau de bois. Elles unirent leurs forces pour le tirer sur la plage et le hisser sur un rocher. Cela leur prit un bout de temps ; elles se distribuaient directives et encouragements. Quand le morceau de bois fut enfin en place, elles reculèrent, admirant leur travail.

« Une balançoire ! cria celle aux couettes.

— Une balançoire pour le bal d'un soir ! » renchérit l'une des deux qui étaient torse nu.

Puis une autre fillette fila vers l'adulte en annonçant :

« On a construit une balançoire !

— C'est merveilleux, dit la femme. Magnifique ! »

La petite courut retrouver les autres et, tout d'un coup, elles abandonnèrent leur création et se précipitèrent dans le lac en poussant des cris.

Peu après, Siddy entendit crier : « Coucou tout le monde ! »

Elle vit un groupe de deux femmes et trois hommes qui descendaient le sentier menant à la plage. L'une des femmes se mit à rassembler les enfants en leur montrant un couple plus âgé qui, debout sur la pelouse un peu plus haut, leur adressait un signe de la main.

Tout le monde se dirigea vers la femme au parasol, et aussitôt la scène changea. En un clin d'œil, la couverture, la glacière, les sandales, les serviettes, l'huile solaire, tout fut ramassé, et le groupe quitta la plage.

Comme ils s'éloignaient, Siddy entendit l'une des femmes dire : « Alors, la fine équipe, qui veut des biscuits aux flocons d'avoine ? »

Elle plongea la main dans un sac et distribua des gâteaux. Quand ils montèrent l'escalier menant à l'hôtel, le couple qui les attendait serra chacune des petites filles dans ses bras, et tout le monde disparut en direction de l'un des bungalows.

Siddy resta sur place, comme si elle attendait de les voir réapparaître, puis elle alla s'asseoir près de la balançoire et croisa les bras autour de la poitrine.

Les eaux chaudes du Sud de son enfance lui manquaient. Et la pagaille braillarde des étés à Spring Creek, et les gosses et les mères, et les pyjamas dont on interchangeait les hauts et les bas, et le Noxema qu'elle se mettait sur le nez la nuit. Elle avait envie d'appartenir à un groupe comme celui qu'elle venait de voir. Pourquoi, à quarante ans, n'avait-elle pas fondé sa propre famille ?

Subitement, sa vie lui apparut ridicule. Sa carrière, son appartement, les mondes qu'elle créait sur scène, tout était à côté de la plaque. Pourquoi avait-elle passé les vingt dernières années à faire vivre des personnages fictifs plutôt que des enfants en chair et en os qui crient et courent sur le sable et viennent faire un câlin quand on leur donne des biscuits aux flocons d'avoine ? Pourquoi se retrouvait-elle seule au bord d'un continent alors qu'autour d'elle des femmes sont mères de famille et entourées d'amies comme elles ? Qu'est-ce qui clochait donc chez elle ?

Siddy se sentit seule sur une île et eut honte. Elle avait envie d'exubérance, des folies d'une petite bande comme celle dans laquelle elle avait été élevée. Ses questionnements et ses remises en cause perpétuels la rendaient malade.

Je devrais peut-être finir la mise en scène de la nouvelle pièce de May, quitter New York, venir m'installer à Seattle et mettre un bébé en route.

L'idée l'ébranla tellement qu'elle enleva son Walkman, son short et son T-shirt. En maillot, elle s'avança au bout du ponton et plongea directement dans les eaux glacées du lac, dont le contact l'engourdit. Elle refit surface pleine non seulement d'énergie mais aussi d'une vitalité douloureuse. Étendue sur le dos, les yeux sur le bleu profond du ciel et le vert infini des arbres autour du lac, elle se mit à battre des pieds en écartant les bras. Le bruit des gerbes d'eau n'arrivait pas à couvrir le rire des fillettes.

Elle plongea en fermant les yeux et nagea vers le fond. Ce monde liquide et glacé la purifiait. Si seulement ces eaux saines pouvaient me laver de toutes mes hésitations, de tous mes doutes, de tous mes péchés…

Siddy resta sous l'eau le plus longtemps possible puis remonta pour reprendre son souffle. Elle se mit alors à nager le crawl, tournant la tête de côté, dégageant à peine la bouche, enfonçant les mains dans l'eau avec un angle parfait. Elle nagea comme sa mère le lui avait appris.

Je suis au clair avec tout ça, se dit-elle. Je n'ai jamais désiré d'enfants, ni petite fille, ni jeune femme, ni maintenant. Ce n'est pas un problème pour Connor, on en a parlé dès le début. Alors pourquoi les petites familles comme celle que je viens de voir m'agacent-elles ? Pourquoi ai-je envie de kidnapper ces gosses ne serait-ce que le temps d'un week-end ?

Les vendredis après-midi avaient toujours déprimé Siddy. Si quelque chose pouvait lui faire désirer des enfants, c'était bien cette période de la semaine. Un désir qui l'avait toujours choquée et qui l'attaquait régulièrement par surprise. Ce sentiment que « l'école est finie », que le week-end s'ouvre devant soi. Même à Manhattan, le spectacle des mères de l'Upper West Side ramenant leurs enfants de l'école Montessori la frappait comme une gifle en plein visage.

Aujourd'hui encore, elle regrettait les innombrables vendredis après-midi passés à Pecan Grove, le paradis des gamins. Trois cent cinquante hectares, toute la place possible et imaginable pour hurler, courir, monter à dos de poney et pêcher l'écrevisse dans le bayou, jouer avec les chiots dans l'immense grange et escalader le vieux chêne vert. Derrière la maison, un jardin où, perché sur les balançoires pendues dans les arbres, on pouvait voltiger au-dessus du bayou. Un vieux Caddie électrique de golf que son père leur avait donné pour se promener dans la plantation quand ils n'avaient pas envie de monter à cheval. Une grande maison pleine de jouets, d'instruments de musique, et de tonnes de nourriture que Vivi rapportait chaque vendredi du supermarché.

Et Vivi elle-même, qui, les bons week-ends, les accueillait à bras ouverts, excitée à la perspective de les avoir autour d'elle, Vivi qui préparait du *fudge*, des soirées cinéma et des jeux de cartes au cours desquels elle – et même une ou deux autres Ya-Ya – jouait un peu d'argent avec les garçons pour le plaisir de leur prendre leurs piécettes.

Il était courant que cinq ou six copains débarquent à Pecan Grove pour le week-end. La maison était ouverte, et les amies de Siddy s'y laissaient inviter avec joie. Au dîner, on servait à volonté des crevettes frites et du Coca ; en hiver, on passait des heures au coin du feu, dans le bureau, à jouer avec le plateau de médium de Vivi, qui sirotait son bourbon. Les gosses venaient sans même un sac de couchage, car ils savaient que chez Vivi Chère il y avait toujours tout ce qu'il fallait.

« J'ai trente-six mille pyjamas de rechange et brosses à dents d'invités, disait-elle. Tout ce que je vous demande, c'est de ne pas m'apporter de poux. »

Comment ne pas penser à sa famille un vendredi après-midi ?

Tout en nageant, Siddy calculait les âges et les étapes dans l'hypothèse où elle mettrait un bébé en route le jour même. Quand mes gosses commenceront à vouloir aller dormir chez les copains, j'aurai quarante-sept ans. Bon. À l'âge des premiers flirts, j'en aurai cinquante-cinq. Charmant. À leur entrée en fac, j'approcherai de la soixantaine. Et quand ils feront des enfants, je serai gâteuse depuis longtemps.

Elle se mit à nager la brasse et se concentra sur son mouvement de jambes, tout en se disant : Tout ça, ce ne sont que les derniers soubresauts d'un besoin biologique tout à fait normal et incontournable. J'ai déjà traversé ce genre de turbulence, ça finit toujours par se tasser. Ma vie n'est pas une colossale erreur. Anges du ciel vespéral, je sens que quelque chose en moi demande à naître, même si je ne sais pas quoi.

De retour au bungalow, Siddy dîna debout en écoutant un CD de Bonnie Raitt. Elle contemplait une photo qu'elle avait aperçue quand May et Wade étaient là et sur laquelle on voyait Vivi dans le jardin avec les quatre enfants. Avait-elle été prise un vendredi ? Non. Un vendredi, il y aurait eu deux fois plus de gosses, car chacun des quatre Walker aurait invité un copain ou une copine à dormir. Ce devait être un jour de semaine.

Fin septembre 1962. Sa mère est assise sur la couverture de pique-nique à carreaux roses, sur la pelouse qui descend vers le bayou derrière la maison. Siddy est en CM1, Little Shep en CE2, Lulu en CE1 et Baylor en CP. Si Vivi est sur la couverture, c'est qu'elle est de bonne humeur. Quand elle reste enfermée dans sa chambre, il faut la laisser tranquille, à moins d'avoir la chance de trouver les mots qui dissiperont son humeur sombre. On ne sait jamais ce qui va marcher. Les choses qui font et défont les humeurs de Vivi tiennent de la magie.

« Alors, v's autres, qu'est-ce que vous avez fait à la Divine Compassion aujourd'hui ? demande Vivi, qui semble toujours attendre une grande nouvelle. Posez vos cartables et venez ici. »

Les quatre petits Walker se laissent tomber à côté d'elle sur la couverture.

« Notre-Dame de la Malnutrition ! Vous avez l'air affamés ! »

« Affamé » est l'un des mots favoris de Vivi ; Siddy aime le rouler dans sa bouche comme un bonbon.

« C'est vrai ? Vous mourez de faim ? reprend Vivi. Qu'est-ce qu'il y avait aujourd'hui à la cantine ? Tout de même pas ces affreux gros pois vert vif, si ? Oh, de toute façon ça ne devait pas être bien bon. Je me demande ce que les religieuses font de tout l'argent qu'on leur donne.

« Tiens, Little Shep, dit-elle en distribuant des sandwiches. Voilà pour mon petit amateur de beurre de cacahuète. Et pour Siddy, plein de gelée à la fraise. Lulu, toi qui n'en as jamais assez, celui-ci, c'est pour toi, mais tu n'en auras qu'un seul, d'accord ? Passez-moi ces tasses, mes chéris. Baylor, mon trésor, j'ai coupé le tien en quatre. Pas de panique, mes petits esclavagistes, j'ai enlevé toute la croûte. Lulu, on ne se jette pas sur la nourriture ! Il y en a pour tout le monde. »

Vivi sert de la limonade qu'elle prend dans la glacière. Les enfants ont posé leur sandwich sur de petites serviettes dorées où l'on peut lire : « Heureux dixième anniversaire, Vivi et Shep ! » Vivi se ressert dans une Thermos à part, celle dans laquelle elle met son « sirop pour la toux ».

Siddy s'étend sur la couverture et mange ses tartines. Elle a attendu ce moment toute la journée. Le goût de la confiture et du pain blanc frais la comble. Elle regarde Vivi se rallonger sur une pile d'oreillers et fumer en observant le ciel : c'est une des petites joies de sa vie, avec les matinées au cinéma, les hamburgers, Spring Creek, la lecture d'un bon livre au lit, les robes habillées et les soirées où l'on s'amuse.

Siddy aime les mains de sa mère. Et ses ongles. De jolis ongles ronds qu'elle polit tout en téléphonant.

Dès qu'elle a terminé son goûter, Siddy roule sur le ventre. Vivi tend la main pour lui chatouiller le dos sous sa blouse d'écolière. Elle a des ongles parfaits pour ça. Personne d'autre qu'elle ne peut lui procurer une aussi agréable sensation.

Siddy posa la photo, referma l'album et gagna la chambre. Elle se déshabilla, s'allongea sur le lit et regarda son ventre. Même après son repas, il était plat. Les os de son bassin saillaient. Dieu savait le mal qu'elle se donnait pour rester en forme. Elle passa la main dessus. Pour la première fois de sa vie d'adulte, la vue de ce ventre creux lui était désagréable. Elle se sentait seule, inutile, semblable à ces femmes qui prennent davantage de plaisir aux préparatifs d'un voyage qu'au voyage lui-même.

Elle repensa à la photo, prise à l'époque où sa mère avait envoyé Baylor en classe avec l'une de ses jarretières pour la leçon de choses du jour, après quoi l'institutrice l'avait convoquée. Naturellement, elle s'était disputée avec la religieuse ; en repartant, elle avait renversé la statue de l'Enfant Jésus de Prague qui se dressait à côté du parking de l'église.

Siddy se souvint que la journée s'était terminée chez Caro. Vivi était encore bouleversée, mais Caro s'était montrée généreuse en bourbon et leur avait servi de grands bols de chili au coin du feu. À mesure qu'elle racontait sa mésaventure, Vivi était passée des larmes au rire sous le regard bienveillant de son amie. Pour terminer la soirée, les deux femmes avaient mis un disque et donné une leçon de cha-cha-cha aux enfants. Siddy se revit essoufflée dans le living-room moderne de Caro, avec sa table basse en forme de haricot et sa cheminée qui ressemblait à un entonnoir tout noir.

« Écoutez, les gosses, avait dit Vivi. Aujourd'hui, j'ai fait tomber par terre la statue de l'Enfant Jésus. Il ne faut le dire à personne. C'est un secret. »

Un-deux-trois, cha-cha-cha. S'il n'y avait que ça comme secret, avait pensé Siddy. On pourrait nous soudoyer, nous torturer que nous ne dirions rien, maman. Il y a des choses qu'on ne raconte pas.

16

Les deux coupures du *Thornton Town Monitor* étaient agrafées ensemble et agrémentées d'une kyrielle de flèches et de points d'exclamation dans la marge. Éberluée, Siddy hocha la tête. Dommage que Wade et May soient partis. Ça aurait été sympa d'apprendre avec eux comment sa mère était entrée dans la criminalité.

Sur la première coupure, on pouvait lire :

JEUDI 3 AOÛT 1942
QUATRE FILLES DE PERSONNALITÉS DE THORNTON
ARRÊTÉES POUR MAUVAISE CONDUITE

Viviane Jeanne Abbott, 15 ans, fille de M. et Mme Taylor C. Abbott, Caroline Eliza Bennett, 16 ans, fille de M. et Mme Robert L. « Bob » Bennett, Aimée Malissa Whitman, 15 ans, fille de M. et Mme Newton S. Whitman III, et Denise Rose Kelleher, 15 ans, fille de M. et Mme Francis P. Kelleher, ont été arrêtées hier soir et emprisonnées pour conduite scandaleuse sur la voie publique. Accusées d'avoir violé l'arrêté municipal 106 qui concerne la dégradation des monuments publics et le port d'une tenue indécente, les jeunes filles n'ont pu fournir aucune explication à leur acte.

Siddy avait toujours entendu raconter que les Ya-Ya s'étaient fait arrêter alors qu'elles étaient lycéennes mais n'avait jamais su pour quel motif. Elle aurait tout donné pour pouvoir voyager dans le temps et devenir petite souris un demi-siècle plus tôt.

La deuxième coupure titrait :

MARDI 8 AOÛT 1942
PAPOTAGES
LE CARNET MONDAIN D'ALICE ANNE SIBLEY

On nous rapporte que Mme Newton L. Whitman III (née Geneviève Aimée Saint Clair, fille de M. et Mme Étienne Saint Clair, de Marksville) a donné pour sa fille « Teensy » une garden-party improvisée à son domicile de Willow Street samedi dernier, de 16 heures à 19 heures. Parmi les invités, présence remarquée des amies proches de Teensy, Vivi Abbott, Caro Bennett et Necie Kelleher, connues dans la région comme les « Ya-Ya ». Dernièrement, ces demoiselles ont défrayé la chronique avec une escapade jugée osée selon leurs propres critères.

On a également pu noter la présence de Mary Gray Benjamin, Daisy Farrar et Sally Soniat. Côté garçons, citons Dicky Wheeler, John Pritchard et Wyatt Bell, ainsi que Lane Parker, de Saint Petersburg, Floride. M. Parker est actuellement en visite chez son oncle et sa tante, M. et Mme Charles Simcoe.

Au menu, crevettes glacées, maïs nature, tomates aux oignons parfumés à l'aneth et pain français. Jack Whitman, champion de basket, a joué au violon des airs traditionnels de la Louisiane française.

Mme Whitman dit avoir improvisé cette fête à l'occasion de sa récente acquisition d'une fontaine pour son patio : deux adorables sirènes cracheront bientôt de l'eau à côté des roses American Beauty qui lui ont déjà valu une récompense horticole.

M. Whitman, lui, avait quitté Thornton dès jeudi pour sa résidence de Dolphin Island, dans l'Alabama. On ne peut que s'étonner de son absence à une telle soirée.

C'était trop alléchant. Encore, pensa Siddy en salivant. Et quelle frustration de ne pas connaître toute l'histoire ! Cela la démangeait. Elle regretta – ce n'était pas la première fois – de ne pas faire partie d'une bande de filles défrayant la chronique locale.

La nuit du 3 août 1942, moins de cinq heures après que Jack Whitman eut annoncé qu'il s'engageait dans l'armée de l'air, un policier fort gêné bouclait les Ya-Ya dans une cellule de la prison de Thornton.

Un mois plus tôt, les bombardiers lance-torpilles américains s'étaient abattus sur Midway, et les jeunes soldats s'étaient fait tuer par des tirs antiaériens, sacrifiés tels des kamikazes. Sur les côtes atlantique et pacifique, mais aussi à l'intérieur des terres, les villes respectaient le couvre-feu. La Louisiane centrale était loin du Pacifique : les gens ne savaient pas prononcer les étranges noms de ces îles. Mais les nazis avaient débarqué des espions sur les rivages de Floride et, même si à Washington on se refusait à l'admettre, à Thornton d'innombrables histoires circulaient sur des sous-marins allemands croisant dans le golfe du Mexique.

Vivi rêvait de Roosevelt, de Rommel et de Robert Taylor. Sur le court de tennis, quand elle lobait, c'étaient des bombes pour Hitler qu'elle envoyait par-dessus le filet. Dans son lit, la nuit, quand elle revenait les cuisses humides de ses longues promenades avec Jack, elle priait la Reine de la Paix pour tous les jeunes gens morts de peur, cachés dans des trous à l'autre bout du monde, ou sillonnant le pays dans des convois. Elle mangeait peu de beurre, encore moins de bœuf, pas de bacon et, lorsqu'elle sortait, elle se peignait sur les mollets une ligne imitant la couture des bas. Elle donnait son sang tous les vendredis, collectait les vieux journaux le samedi, la ferraille le mercredi.

Elle écoutait les informations chaque jour. Entre deux nouvelles désastreuses, les magazines de mode annonçaient que les nouveaux uniformes des bataillons de femmes, qui incluaient gaine et soutien-gorge, allaient redonner du prestige à la bonneterie. *Common-weal*, journal catholique, s'opposait à l'incorporation des femmes. Buggy fit lire à Vivi un article déclarant qu'« en arrachant les femmes à leur foyer », on en ferait des « déesses païennes lubriques et stériles ».

Vivi croyait aux emprunts de guerre et aux potagers de fortune. Elle voyait dans les nazis et les Japonais des incarnations du mal et voulait défendre la démocratie à tout prix. Mais elle avait faim de tendresse et de passion, et n'était pas d'accord pour que Jack Whitman parte en guerre.

Au début de cette chaude et humide soirée d'août, la température ne se décidait pas encore à baisser. On approchait de la pleine lune ; de partout montaient des odeurs d'herbe, de rivière, d'été, des odeurs du Sud profond. Dans le Pacifique sud, les marines allaient bientôt débarquer à Guadalcanal ; en Europe, les bombardiers préparaient le premier raid entièrement américain.

À Thornton, Vivi et Jack étaient assis dans la Buick bleu-vert 1940 de Jack, au Hamburger drive-in de LeMoyne. Les pieds sur les genoux de Jack, Vivi était adossée à la portière. Elle tenait une bouteille de Dr Pepper dans une main tremblante.

Quand il lui apprit qu'il s'engageait, sa première réaction fut :

« Pourquoi me quittes-tu ?

— Je me sens responsable, répondit-il. Et d'ailleurs, j'ai envie de devenir pilote.

— Menteur ! Je ne t'ai jamais entendu parler de piloter. »

Elle se releva sur son siège et lui décocha un coup de poing magistral. Reprenant son souffle, elle essaya de retenir ses larmes. « Ce ne sont pas les avions qui t'attirent. Tu fais ça pour impressionner ton père. »

Jack ne répondit pas tout de suite. Puis, incapable de la regarder en face, il dit : « *Mais oui.* »

Vivi et lui se connaissaient depuis qu'elle avait quatre ans et lui sept. Il y avait déjà huit ans qu'elle passait au moins deux nuits par semaine chez ses parents. Même s'il l'avait voulu, il n'aurait pu lui cacher grand-chose de sa famille. Lui aussi la connaissait bien : il connaissait les cicatrices secrètes que le silence réprobateur et jaloux de sa mère avait laissées en elle, surtout après la naissance de sa petite sœur Jezie. Et aussi les marques plus visibles que la ceinture de son père avait laissées sur sa peau.

Il la regarda, espérant la convaincre. « Il faut que je fasse au moins une chose pour lui, tu comprends ? »

Vivi comprenait, mais n'acceptait pas. Elle n'avait jamais eu de sympathie pour le père de Jack, un homme arrogant qui se moquait de l'accent de Geneviève et interdisait qu'on parle le « français des bayous » à la maison. Il interdisait même à Jack de se faire appeler par son nom français, et *a fortiori* de jouer du violon acadien. Vivi n'avait pas oublié la condescendance avec laquelle M. Whitman, après leur retour d'Atlanta, avait imposé aux Ya-Ya des après-midi de torture chez miss Cunégonde Boucher, à qui avait été confiée la mission de faire d'elles des jeunes filles séduisantes et bien élevées.

« Moi, je connais une chose que tu pourrais faire, Jack, murmura-t-elle. Reste à la maison et aime-moi. »

Elle trouvait la nuque de Jack magnifique. Elle qui avait flirté avec des centaines de garçons et se vantait d'en avoir eu autant que le lui permettait sa santé, elle était malade à la simple idée de le perdre.

« Désolé, *bébé*, lui dit-il. Je me suis déjà engagé. »

Vivi ferma les yeux. Quand elle les rouvrit, tout chancelait autour d'elle. Le tableau de bord ondulait légèrement, les objets dansaient. On aurait dit que le mince fléau sur lequel reposait son équilibre interne venait de se tordre imperceptiblement. C'était une sensation plus ou moins familière. Elle ferma de nouveau les yeux et eut la tête secouée de petits mouvements rapides et saccadés.

« Vivi ? dit Jack en lui prenant le pied et en le ramenant sur ses genoux. Ça va ? »

Elle lui lança un regard chargé de haine et se détourna.

Il se mit à lui masser le pied lentement, doucement. Sans le voir, elle imaginait le mouvement de ses mains, ses longs doigts effilés, ses ongles carrés, coupés court. De grandes mains gracieuses qui savaient manier le ballon de basket et le violon, et éveiller son corps avec une douceur et une assurance tranquilles.

« Tu reviendras ?

— Tu plaisantes ? Tu crois que je pourrais me passer de toi ? Évidemment que je reviendrai. »

Il tendit la main pour lui toucher la joue, mais elle ne réagit pas. « Je te le promets, Vivi », ajouta-t-il.

Un instant, elle resta muette, immobile, les yeux fixés droit devant elle. Quand elle se tourna vers lui, elle souriait de toutes ses dents.

« Il ne me reste plus qu'à apprendre à aimer un homme en uniforme, dit-elle en lui faisant un clin d'œil qu'elle essaya de rendre aguichant. Ça doit être faisable. » Mais, dans son regard, se devinait comme une absence ; on aurait dit que, pendant les quelques minutes où elle s'était détournée, elle avait eu une vision qu'elle n'arrivait plus à chasser de son esprit.

Il se baissa et lui embrassa le bout des orteils. Ses cheveux retombèrent sur son front ; quand il releva la tête, il avait des larmes dans les yeux. Il se tourna de manière à étendre ses jambes sur le siège et la prit sur ses genoux. Ils restèrent ainsi sans parler. La voix de Ginny Swimms qui chantait *Deep Purple* leur parvint d'une autre voiture. Un camion qui transportait du coton passa dans la rue. L'odeur des hamburgers et de la sauce barbecue flottait dans l'air moite.

« Quand tu reviendras, tout sera de nouveau fabuleux ? demanda Vivi.

— *Mon petit chou*, pendant quelque temps encore, c'est l'Oncle Sam qui commande, mais quand je reviendrai ce sera toi le chef.

— D'ici là, peut-être que je serai journaliste, Jack.

— On pourrait vivre à New York, qu'est-ce que tu en dis ?

— Ça me plairait, oui. Ou pourquoi pas à Paris, quand la guerre sera finie ? Et si je devenais joueuse de tennis ? On habiterait Rio de Janeiro.

— Il y aurait des photos de toi dans tous les journaux, remarqua Jack.

— Je pourrais aussi aller en fac, étudier je ne sais quoi.

— À La Nouvelle-Orléans. Toi à Newcomb et moi à Tulane. On louerait un appartement dans le Quartier français. On irait passer les week-ends au bord des bayous, ça te dirait ?

— Si seulement je savais combien de temps cette guerre va durer…

— Quand elle sera finie, dit Jack en lui caressant le visage, tu voudras de moi comme mari, Vivi ? »

Cette question ne la surprit pas. Elle y répondit tout naturellement, et avec assurance.

« Tu es le seul homme au monde avec qui je me vois mariée. Et si je ne peux pas t'épouser, j'épouserai les Ya-Ya. »

Jack rit et la regarda dans les yeux.

« Tu peux faire ce que tu veux de ta vie, Vivi Abbott, tout ce que tu veux. Tu peux devenir qui tu veux.

— On aura des enfants ? De beaux enfants qui feront plein de bruit ?

— Si tu en veux, on en aura. Sinon, on n'en aura pas. Comme dit *maman*, il n'est écrit nulle part dans la Bible que toutes les catholiques doivent en avoir une *ripopée*.

— Une *ripopée* ? Qu'est-ce que c'est ?

— Une bande d'enfants odieux et bruyants », expliqua Jack.

Vivi se mit à rire.

« Je peux en avoir autant que je veux ? C'est bien ça ? Ou pas du tout ?

— Reçu cinq sur cinq.

— Vous m'en mettrez une douzaine.

— D'accord, c'est moins cher à la douzaine.

— On les embarquera dans des pirogues et on ira se balader sur les bayous, on leur apprendra le violon et le bandonéon…

— Maman en fera de vrais enfants gâtés. On pourrait donner son nom à l'une de nos filles.

— Pas une ! Deux ! Teensy et moi, on sera de vraies sœurs. On aura une maison à trois étages et on élèvera des colleys. Et un tennis ? Je peux avoir un tennis ? »

208

Jack la fit taire d'un baiser.

Mon père, pensait-il. Mon père verra de quelle trempe je suis et il sera très, très fier de moi.

« Parce que, déclara Teensy en versant du rhum dans un gobelet déjà rempli de Coca qu'elle tendit à Vivi, Jack m'avait fait jurer de ne rien dire tant qu'il ne te l'avait pas annoncé lui-même. »

Ayant quitté leurs flirts respectifs, les Ya-Ya étaient rentrées chez les Whitman. Assises en culotte sur le balcon, elles bavardaient tout en fumant.

« Il n'y a pas un souffle d'air dans tout l'État de Louisiane, dit Caro, effondrée dans les coussins d'un fauteuil en rotin, les pieds sur la moustiquaire.

— Même à nous, il n'avait rien dit avant ce matin, poursuivit Teensy. Ce soir, papa est rentré de la banque avec une bouteille de champagne français. Vous vous rendez compte : du champagne français ?

— Ça ne m'étonne pas de ton père, qu'il ait pu mettre la main sur un truc comme ça en pleine guerre, dit Caro.

— Je ne l'ai jamais vu faire autant cas de Jack. Pas même quand il a été élu délégué de classe ou capitaine de l'équipe de basket. Il dit qu'il va organiser une soirée de collecte de ferraille en l'honneur de son engagement ; on est tous censés prendre des airs importants.

— Et Geneviève, qu'est-ce qu'elle a dit ? » demanda Vivi. Elle était assise à côté de Necie sur la balancelle et appuyait son verre contre sa tempe.

« *Maman* a demandé s'il était trop tard pour changer d'avis ! répondit Teensy. Papa lui a reproché son manque de patriotisme : "Mais enfin, tout de même ! Il s'agit de la France, il s'agit du monde libre !" Tu sais comment il est. Il a fait un petit discours et porté un toast à Jack. *Maman* n'a pas touché à son champagne, et

209

vous savez toutes combien elle aime ça. Elle est montée dans sa chambre. Au bout de quelques minutes, Jack est allé voir ce qui se passait. »

Vautrée sur un lit, Teensy s'éventait avec un éventail en racine de vétiver appartenant à Geneviève. « C'est vraiment épatant, v's autres, dit-elle. Il est le premier de notre entourage à s'engager. »

Aucune des trois ne répondit.

« Vous ne trouvez pas ? insista Teensy. Ce n'est pas merveilleux ?

— Oh si, c'est merveilleux, formidable, sensationnel, dit Vivi. Ça veut dire qu'il va être parti loin et longtemps. Qu'il va se balader suspendu dans les airs à des kilomètres au-dessus de la terre dans un petit cigare métallique pendant que les Allemands vont essayer de lui trouer la peau.

— Mon Dieu ! s'écria Necie. Je n'avais pas vu les choses comme ça.

— Ça ne m'étonne pas de toi, ma pote, dit Caro. Miss Petite Fleur de Pommier.

— Jack est allé à Spring Creek après m'avoir déposée ici, dit Vivi.

— Papa lui a donné tout un carnet de coupons d'essence.

— Dis donc, ton père dirige le marché noir ou quoi ? demanda Caro. Il trouve tout ce qu'il veut, lui.

— Je ne sais pas, reconnut Teensy. Je ne pose pas de questions.

— Il est parti avec toute une bande, dit Vivi en tirant une bouffée de sa Lucky Strike. Ils doivent vouloir fêter ça entre hommes. Ils vont passer la nuit là-bas.

— Ils auraient pu nous emmener, tout de même, remarqua Teensy. Il fait toujours frais à Spring Creek. Cette humidité me tue. J'ai l'impression d'être à tordre !

— Il aurait au moins pu emmener Vivi », s'étonna Caro, qui se leva et se mit à arpenter le balcon. On entendait le tapotement de ses pieds nus sur le sol. En revenant, elle attrapa un coussin et se mit à éventer Vivi.

« À quand le départ ? Pour où ? Quels sont les derniers potins ?

— Moi, je trouve l'uniforme de l'armée de l'air vraiment mignon, pas vous ? demanda Necie.

— Mon frère n'a pas besoin d'uniforme pour être beau, objecta Teensy.

— Redonne-moi un coup de gnôle », dit Vivi en tendant son verre.

Teensy la resservit. La pleine lune miroitait dans le ciel de Louisiane, astre impressionnant devant lequel la révérence s'imposait. Une grosse lune lourde, mystérieuse et belle, qui forçait le respect, que l'on avait envie de servir sur un plateau d'argent. Le crissement des criquets et des cigales, le tintement des glaçons dans les verres se mêlaient aux voix et aux soupirs des Ya-Ya. De là où elles étaient, elles voyaient un paradis d'étoiles qui rivalisaient avec la lune.

À tour de rôle, elles vinrent se planter près du ventilateur en tenant une serviette mouillée devant elles. Une fois couchées, elles trouvèrent les draps moites. En désespoir de cause, Teensy se mit à gémir :

« Allez, v's autres, dit-elle. Tout le monde hurle à la lune, et on se sentira mieux, je vous le garantis, *mes chères* ! »

Elles se mirent donc à gémir en chœur, et un chien leur répondit, cherchant peut-être à communiquer avec la horde.

« Vous croyez que Tallulah serait restée là à mijoter dans son jus ? demanda Teensy.

« — Écoute, ma pote, dit Caro, dans un cas pareil Eleanor Roosevelt elle-même ne languirait pas sur place, et pourtant elle est coriace. »

Vêtues de simples hauts de pyjama appartenant à leurs pères, qu'elles avaient enfilés sur leur culotte, les quatre filles poussèrent le cabriolet de Geneviève jusqu'au bout de l'allée, puis Vivi prit place au volant et démarra. Comme le réservoir était presque vide, elles ne pouvaient pas aller loin.

« Ce n'est pas bien, dit Necie quand elles furent lancées sur la route. On aurait pu au moins mettre des bas de pyjama.

— Ce n'est pas un péché mortel, tu sais, Necie, plaisanta Teensy.

— Je ne me rappelle pas avoir vu ça sur la liste, au catéchisme, dit Vivi.

— Quand Moïse est descendu de la montagne, il n'a pas dit un seul mot sur les bas de pyjama, ajouta Caro.

— Remarquez, nous sommes aussi bien couvertes qu'en maillot de bain », reconnut Necie.

Les Ya-Ya avaient l'impression que non seulement leurs corps transpiraient mais aussi la terre et le ciel. L'air avait une consistance liquide. Le clair de lune se répandait sur la voiture, les épaules, les genoux, les crânes des quatre amies, dont les cheveux semblaient renvoyer des étincelles. À la radio, Billie Holiday chantait *Bewitched, Bothered and Bewildered*. Vivi ne savait pas où elle allait, mais elle était sûre que ses amies l'accompagneraient partout.

Arrivée au parc municipal, elle gara la voiture sous un bosquet d'arbres, à proximité du château d'eau qui alimentait la ville. Elle coupa le moteur, baissa les lumières et se tourna vers les autres :

« Qui veut grimper au ciel ?

— Superidée, dit Caro, qui sauta par-dessus la portière.

— Ooooh, oui ! s'exclama Teensy.

— C'est interdit de monter là-haut, dit Necie.

— C'est bien pour ça qu'on va le faire, Duchesse, dit Caro.

— Il n'y a que les employés des parcs qui ont le droit d'y aller, v's autres, poursuivit Necie.

— Necie, ma poupée, dit Vivi en descendant de voiture, ferme-la, *s'il te plaît*.

— Écoutez, v's autres, insista Necie. On ne peut pas monter. C'est contraire au règlement.

— On sait, dit Teensy. C'est interdit. »

Necie regarda les trois autres un instant, puis elle ouvrit sa portière et les rejoignit.

« Je ne veux même pas penser à ce qui risque de nous arriver, dit-elle.

— Eh bien, n'y pense pas, ma mignonne, lui conseilla Caro en la prenant par la taille.

— Je vais imaginer plein de choses en bleu et rose », dit Necie.

Elles se dirigèrent vers l'arrière de la plate-forme, où une échelle grossière s'arrêtait un bon mètre cinquante au-dessus du sol. Elles s'aidèrent mutuellement à grimper, et Caro, la plus grande, passa la dernière. Vivi effectua l'ascension le cœur battant, la nuque trempée de sueur. Au cas où la chaleur étouffante, le rhum et l'heure tardive n'auraient pas suffi à la mettre en transe, le magistral clair de lune y serait parvenu tout seul.

Parvenue au sommet, elle posa le pied sur une étroite plate-forme qui faisait le tour du réservoir, vieille citerne de bois autrefois utilisée par les chemins de fer et maintenant reconvertie au service de la ville, dont la base aérienne anglaise et Camp Livingstone, tout proches, avaient grossi la population. Perchée six ou sept mètres au-dessus du sol, Vivi observa la ville.

Elle pensa à ses parents, à Pete, à la petite Jezie, à la vie qu'ils essayaient de mener, cahin-caha. À la manière dont Buggy se raidissait à l'approche de son mari et disait : « Monsieur est servi », les lèvres minces et serrées. Elle vit son père se moquant des robes-tabliers de sa mère, de ses ongles salis par le jardinage, des cierges qu'elle allumait à tout bout de champ. Elle pensa à son haleine, dont la potion antiseptique du Dr Tichenor n'arrivait pas à camoufler l'odeur de whisky. Au cliquetis de la boucle de sa ceinture.

Elle portait les insatisfactions de sa mère enfouies au plus profond de son corps. Depuis la naissance de la petite dernière, Jezie, Buggy dormait sur un divan installé dans la pouponnière. Même si Vivi était incapable de nommer ce qu'elle ressentait, elle était épuisée d'avoir constamment à réprimer sa propre vitalité pour épargner sa mère. À quinze ans, elle était passée maître dans l'art de réfréner ses instincts tout en conservant son exubérance extérieure.

Vivi ne savait pas que cette contrainte lui était néfaste, et n'imaginait même pas les refoulements que sa mère s'était imposés dès l'enfance. Il y avait beaucoup de choses qu'elle ignorait à propos de sa mère.

Elle ne savait pas que Buggy était hantée par un cauchemar dans lequel elle revivait un épisode survenu quand elle avait douze ans. À l'époque, Buggy tenait un journal où elle consignait ses pensées intimes et de petits poèmes sentimentaux en vers. Elle y exprimait sa colère contre sa sœur Virginia et sa mère, Delia. Aux fées peuplant ses poèmes de petite fille romantique se mêlaient la Vierge Marie, l'amour en général et son amour des chevaux (qu'elle craignait trop pour pouvoir les monter).

Le cauchemar reproduisait à l'identique ce qui s'était passé un jour de 1912 où Delia, ayant découvert le journal, s'était mise dans une colère noire en le lisant.

Elle avait forcé Buggy à la suivre, ainsi que Virginia, dans la cour. Là, elle avait arraché une à une toutes les pages du cahier et les avait passées à Virginia, qui les brûlait à mesure.

« Tu n'as aucun talent, Buggy, lui avait dit Delia. Rien, dans ta petite vie étriquée, ne mérite des pages et des pages d'écriture. Si quelqu'un est écrivain dans cette maison, c'est Virginia. »

En regardant ses secrets partir en fumée, Buggy avait juré de se venger de sa sœur. Et elle l'avait fait. À dix-neuf ans, grâce à de laborieux calculs, elle avait réussi à lui voler Taylor Abbott et à le persuader de l'épouser, elle, Buggy. Il lui avait dit qu'elle était la plus adorable créature de toute la paroisse et qu'il voulait qu'elle soit sa petite chérie à jamais.

Mais la victoire de Buggy fut à double tranchant : tout au long de son mariage, son mari courut le jupon.

En haut du château d'eau, Vivi ressentit un grand soulagement. Quelles délices que ces plaisirs de petite ville ! C'était un peu comme de regarder un défilé du haut d'un immeuble. Elle voyait la mousse espagnole suspendue aux chênes du parc, les buissons de camélias, d'azalées, de sauges ; elle sentait la fragrance nocturne du jasmin. Fermant les yeux, elle imagina qu'elle regardait à l'intérieur de sa maison, dans sa chambre. Elle voyait tout : le lit à baldaquin, tendu d'une soie que Delia lui avait rapportée de La Nouvelle-Orléans ; la nouvelle coiffeuse que son père lui avait offerte pour ses quinze ans et sur laquelle trônait une photo de Jack en tenue de basket, son violon à la main ; la grande armoire bourrée de mocassins et de pulls assortis ; le ventilateur de plafond ; la raquette de tennis appuyée contre la table de chevet ; les trophées ; un nombre incalculable de photos des Ya-Ya, et une de Jimmy Stewart.

Elle sortit de sa chambre, se représenta le pâté de maisons, puis tout le quartier. Elle rassembla tous les gens qu'elle connaissait et les rares qu'elle ne connaissait pas. Elle les vit se tourner et se retourner dans leur lit, incapables de trouver le sommeil à cause de la chaleur. Elle vit des lampes allumées sur les perrons, des rais de lumière dans les portes entrouvertes des glacières, quelqu'un debout, tendant la main vers une bouteille de lait, simple prétexte pour profiter du frais. Elle vit des veilleuses dans les chambres des bébés qui faisaient de doux rêves de mousseline, assommés et béats de chaleur, leurs petits corps roses pelotonnés sur le coton usé, sans se soucier de Hitler, leurs petits cœurs battant à l'unisson des arbres, des ruisseaux et des bayous.

Dans l'église de la Divine Compassion, Vivi aperçut les flammes vacillantes des cierges qui brûlaient pour l'âme des morts ; elle repéra les bouts incandescents des cigarettes accrochées aux lèvres des gens qui, incapables de dormir, cherchaient un peu de fraîcheur dans les jardins ; elle distingua la lueur des radios laissées allumées dans l'attente d'une alerte, au cas où les nazis ou les Japs envahiraient le pays par cette nuit enfiévrée et se livreraient aux horreurs présentes à tout instant dans les esprits, alors même que les banques ouvraient leurs portes, que le laitier faisait sa tournée, que l'hostie devenait le corps du Christ.

D'un battement d'ailes, Vivi s'éleva si haut qu'elle perdit de vue les arbres, les boulevards et les visages extatiques ou soucieux. Elle survola les choses oubliées qui flottaient dans l'espace entre les habitants. Elle monta si haut qu'elle vit Bunkie et Natchitoches, et la forme de la Cane River, qui ressemblait plutôt à un lac, et le confluent de la Garnet et du Mississippi ; elle grimpa en flèche au-dessus de Spring Creek, de ses ombres fraîches et de ses sentiers couverts d'aiguilles de pin qui menaient à la cabane où Jack dormait ce soir. Elle survola les iris d'Allemagne et leurs feuilles d'un gris vert pâle, les eaux boueuses des bayous bordés de cyprès silencieux ; les marais, les champs de coton, les maisons aux pièces en enfilade qui abritaient les Noirs penchés toute la journée sur le coton ; le riz et la canne à sucre ; les plants de piment royal, les millions d'estuaires minuscules ; les écrevisses tapies dans la boue.

Délaissant tout cela, elle monta encore plus haut, dans des nuages d'une fraîcheur parfaite qui la rapprochèrent des cieux d'où elle domina la petite planète Terre, bleu et blanc, qui tournait comme une toupie dans un espace magnifique et terrifiant. Pas de gens, seulement des cœurs, des cœurs battants, des cœurs en nombre infini, et des bruits de souffle.

Ainsi rêvait Vivi Abbott, qui, à quinze ans, était changeante dans tous les sens du terme et pouvait voyager dès qu'une porte s'ouvrait en elle, libérant son esprit. Une souplesse aussi sacrée, aussi terrible est rarement sûre, et jamais sans sacrifices.

Un instant, Vivi cessa de se sentir un corps en trois dimensions. Puis ce fut la chute libre, le choc, un sursaut de panique quand elle prit conscience du caractère éphémère de sa propre vie. Refusant de redescendre sur terre, elle voulut s'agripper aux nuages, au panorama.

Une fois de retour sur la plate-forme du château d'eau, au cœur de l'État de Louisiane, elle se dit : Avec Jack Whitman, ma vie sera différente. Tu peux faire ce que tu veux de ta vie, Vivi. Absolument ce que tu veux.

Et juste après : Si Jack disparaît dans le ciel, je mourrai comme une plante qui sèche sur pied.

Caro trouva comment ouvrir le couvercle du réservoir. Ce n'était pas facile, cela demanda des efforts, mais les Ya-Ya ne manquaient ni d'astuce ni de tempérament.

Même Necie, la plus prudente, fut captivée par le reflet de la lune dans l'eau. Les hauts de pyjama furent enlevés prestement et volèrent tout en bas, sur l'herbe jaunie. Les culottes suivirent. Les Ya-Ya oublièrent la collecte de ferraille. N'étant pas d'humeur à bavarder ou à réfléchir, elles s'abandonnèrent à la caresse fraîche et pure de l'eau de la citerne.

Dans une sorte de béatitude hardie, elles laissèrent leur tête reposer sur l'eau, cheveux éparpillés autour des épaules, et levèrent les yeux sur un ciel en paix. Elles comptèrent les étoiles, pensèrent avoir trouvé Pégase, jurèrent avoir reconnu Vénus. Elles joignirent leurs orteils et battirent des jambes à la manière d'Esther Williams.

Vivi s'abandonna au bonheur de l'eau. La pierre noire qui bloquait sa poitrine lui laissa quelque répit ; elle inspira profondément et souffla comme sur une bougie. Son ventre s'assouplit, ses épaules se relâchèrent, son vertige s'apaisa. C'est alors qu'elle se mit à pleurer.

Peu après, Teensy se joignit à elle, puis Necie ; Caro, enfin, versa quelques larmes qui vinrent se mêler aux eaux de la ville. Elles pleuraient parce que l'engagement de Jack avait ouvert leur univers clos aux souffrances du monde. Parce que, au plus profond d'elles-mêmes, elles savaient qu'elles ne seraient plus jamais comme avant.

À travers ses larmes, Vivi contempla la lune et lui adressa une prière silencieuse.

Clair de lune dans ce ciel d'été, veille sur Jack, mon amour. Éclaire-le maintenant qu'il est en sécurité, et quand il volera dans un ciel ennemi. Que ses voyages au-dessus de la terre le rapprochent de toi et lui apportent la sécurité loin de moi. Dis-lui que je l'aime, que je l'attends, que je l'attendrai toujours. Ton éclat laiteux peut le protéger de tous ses ennemis. Il est tendre, ne permets pas qu'il souffre. Clair de lune qui baignes la seule ville que je connaisse, ramène mon amour à la maison pour que nous puissions vivre et connaître le bonheur.

Lorsqu'elle tourna la tête vers ses trois amies, elle les découvrit telles qu'elle ne les avait jamais vues : si radieuses qu'on les aurait crues éclairées de l'intérieur. Elles lui parurent très vieilles et très jeunes à la fois. Invincibles et extrêmement fragiles. Grâce à elles, elle se sentit lestée, ancrée, plus réelle. Elle les aima dans un élan de gratitude.

L'agent Roscoe Jenkins ne sut quelles déductions tirer des quatre vestes de pyjama qu'il trouva par terre. Pendant sa ronde, il avait remarqué le cabriolet sur le bord du chemin et aussitôt pensé à une panne d'essence. La nuit était si claire que sa lampe torche ne lui fut pas très utile ; néanmoins, quand il la braqua sur les vêtements et découvrit les monogrammes, sa perplexité augmenta. À la vue des culottes, il s'inquiéta carrément. Les pyjamas dans la main, il regarda autour de lui mais ne vit rien d'anormal. Ce fut alors qu'il entendit un clapotis. Quand il dirigea sa lampe vers le château d'eau, il crut apercevoir une femme nue.

Dès qu'il eut persuadé les Ya-Ya de descendre de leur perchoir, il se conduisit en parfait gentleman. Détournant les yeux, il leur tendit à chacune une veste avant de monter lui-même vérifier qu'elles avaient bien refermé le couvercle. Il connaissait ces jeunes filles. La petite Whitman surtout, depuis que, toute gosse, elle s'était fourré une noix de pécan dans le nez. S'il hochait la tête, c'était davantage en signe de gêne que de colère. Et s'il les autorisa à le suivre en cabriolet jusqu'au poste de police, au lieu de les embarquer dans son fourgon, ce n'était pas parce qu'il leur faisait confiance, mais parce que la perspective de les transporter toutes les quatre dans son véhicule le mettait mal à l'aise.

Dans la voiture de Geneviève, il y eut des discussions pour savoir si on obéissait aux ordres ou si on prenait la tangente.

Teensy finit par emporter l'adhésion générale : « Je n'ai encore jamais été enfermée dans une cellule ! » dit-elle.

Quand leurs pères arrivèrent au commissariat, vexés et furieux, ils discutèrent entre eux.

« Dommage qu'on ne puisse pas canaliser leur énergie vers les forces alliées, dit le père de Caro.

— C'est leur manque de respect envers les apparences qui me stupéfie, dit celui de Teensy. Mon fils vient de se distinguer par un acte de civisme, et voilà que ma fille tourne à la délinquante. Depuis qu'elles ont humilié ma sœur et sa famille à Atlanta, ces quatre-là ne nous causent que des ennuis.

— Je me demande comment on va faire pour purifier l'eau, maintenant, ajouta le père de Necie.

— Il n'y a qu'à leur rafraîchir les idées pendant une nuit, suggéra M. Abbott. Ça leur apprendra à vivre.

— Vous voulez que je les boucle ? demanda Roscoe, incrédule.

— Oui, bouclez-les », dirent les pères. Et ils tournèrent les talons.

« Bouclez-les ! s'écria Teensy en agrippant les barreaux de la cellule d'un geste théâtral. Quels mots merveilleux !

— On est en taule ! s'écria Caro.

— Incarcérées pour nos opinions ! s'exclama Vivi.

— Oh, là, là », souffla Necie.

Dans tout Thornton, on n'aurait pu rêver pour passer la nuit endroit plus frais que la cellule vers laquelle on les escorta. Située en sous-sol, pourvue de deux fenêtres se faisant face et d'une porte maintenue ouverte, la pièce était d'autant plus agréable que Roscoe avait placé le ventilateur de son bureau sur une table de jeu juste derrière les barreaux. Les cheveux encore mouillés et la peau rafraîchie, les Ya-Ya burent les sodas glacés que leur apporta le policier, après l'avoir remercié poliment.

« Roscoe, lui dit Vivi, quand j'écrirai mes Mémoires, vous serez bien plus qu'un personnage secondaire. »

Quand elles eurent terminé leur boisson, elles s'allongèrent sur les paillasses.

« Mon *père* n'a pas une once, mais pas *une* once d'humanité, dit Teensy. Jack a de la chance de partir loin.

— Nous ne sommes pas des criminelles de droit commun, dit Caro.

— Nous n'avons rien de commun, d'ailleurs », renchérit Necie.

Vivi contemplait le plafond bas de la cellule en songeant qu'il fallait parfois savoir obéir à des lois primant celles de Thornton. Trop de gens se terrent chez eux par les nuits de pleine lune, où la lumière se réfléchit sur l'astre et parvient jusqu'à nous, que nous le voulions ou non.

Les Ya-Ya dormirent à la prison de Thornton sous une lune qui les aimait non pour leur beauté, ni pour leur perfection ou pour leur vitalité, mais parce qu'elles étaient ses filles chéries.

17

Si Siddalee Walker avait pu voir Vivi et les Ya-Ya dans l'intimité de leurs corps, leurs seins lumineux au clair de lune, elle aurait su qu'elle était d'ascendance divine. Elle aurait reconnu chez sa mère l'existence d'une force primitive et douce qui coulait comme une rivière souterraine et se déversait en elle. Malgré toutes les blessures que Vivi avait pu lui infliger par ses volte-face entre son souffle créatif et ses instincts dévorants, elle lui avait aussi transmis une belle propension au ravissement.

En descendant les marches menant au lac, Siddy fut assaillie par un sentiment d'anxiété. Malgré les efforts de séduction déployés par la lune qui s'enflait en un globe superbe, elle s'absorbait dans son désarroi, dans sa détermination à aller au fond des choses. Mais la lune, impatiente, attira enfin son attention. Siddy leva les yeux vers le ciel et prit une profonde inspiration. En vidant ses poumons, elle se sentit pleine d'un nouveau sentiment de grandeur.

Émerveillée par la beauté crayeuse de l'astre, elle pensa : « Notre-Dame de Cœur ! C'est pour une lune pareille que le mot "seyant" a été inventé. »

Elle s'assit sur les marches et se mit à caresser les oreilles de Hueylene, qui soupira en émettant de petits sons discordants et bizarres tels qu'un enfant pourrait en tirer d'un harmonica. Elle sentait son cœur battre et entendait crisser les criquets.

Les criquets, pensa-t-elle. Leur musique m'accompagne depuis ma naissance. Inspirer, expirer. Et me voilà avec ma chienne, en train de prendre un bain de lune.

Doucement, spontanément, alors qu'elle n'avait pas chanté pour elle-même depuis longtemps, elle entonna une chanson où il était question de la lune, *Blue Moon*, dont elle retrouva l'alto que sa tante Jezie lui avait appris des années plus tôt. Elle enchaîna sur *Shine on, Harvest Moon*, qu'elle accompagna en battant du pied en arrivant au vers : « *I ain't had no lovin' since January, February, June, or July.* »

Hueylene la regardait en agitant la queue, comme bercée. Et Siddy fredonnait en effet une sorte de berceuse, destinée à calmer le bébé qui sommeillait en elle depuis quarante ans. Elle caressa la tête du chien, sur laquelle une touffe de poils blancs égayait d'une sorte de plumet le pelage fauve. Elle se détendit le cou et les épaules, roulant doucement la tête d'un côté et de l'autre. Combien pèse une tête d'homme ou de femme ? Dix, douze kilos ? Pensant à la tige tendre qui unissait sa tête à son cœur, elle eut un chatouillement de gratitude. Était-il possible de remplacer l'anxiété par la gratitude ?

Tout en réfléchissant, elle se remit à fredonner au hasard et termina par *Moon River*, dont elle n'avait pas oublié les paroles. Au début des années soixante, après la sortie de *Petit Déjeuner chez Tiffany*, cette chanson avait été la préférée de ses parents. Elle se revit entrant avec eux au restaurant Chez Chastain, rougissant de plaisir en voyant le pianiste s'interrompre pour jouer *Moon River* en leur honneur : un honneur régalien pour toute la famille. Elle se rappela un samedi soir de 1963 ou 1964 ; c'était la fin de l'été, tout le monde était bronzé. Vivi portait un fourreau de lin beige, Shep une veste sport sur un pantalon kaki, Siddy et Lulu des robes neuves, Little Shep et Baylor des polos raides d'amidon ; au menu, du homard ; sur la table, des rince-doigts. C'était parfait. Shep leur avait servi sa formule favorite : « Excellent repas. Je suis éléphantesquement rassasié. »

« Un éléphant – qui se balançait – sur une toile d'araignée – trompe élevée… », fredonna Siddy.

« Mon petit chou-chien », murmura-t-elle à l'oreille de Hueylene, qui posa sa tête blonde sur ses genoux en soupirant. Siddy se sentait sereine et disponible. Chanter ainsi lui avait massé l'intérieur du corps.

C'est maman qui m'a appris le plaisir de chanter, se dit-elle. De nos jours, on ne chante plus comme nous autrefois.

Ce qu'elle ne savait pas, et que ne disent jamais les livres d'histoire, c'est que lorsque Vivi était petite les gens chantaient beaucoup plus, y compris au-dehors. Dans les années trente ou quarante, on ne pouvait pas faire un pas dans les rues de Thornton sans entendre quelqu'un chanter ou siffler. Les femmes qui étendaient leur lessive, les vieux barbons assis devant le palais de justice de River Street, les jardiniers pendant qu'ils sarclaient et binaient, les enfants eux-mêmes, qui jodlaient ou vocalisaient en fonçant sur leur bicyclette. Et jusqu'aux hommes d'affaires sérieux qui sifflotaient en sortant de la banque. Dans les salons, les téléviseurs n'avaient pas encore remplacé les pianos. Mais ce n'est pas parce que ces gens chantaient qu'ils étaient heureux : ils fredonnaient parfois des chants funèbres ou des cantiques séculaires. Souvent, les chants des Noirs éveillaient en Vivi une tristesse qu'elle n'aurait su exprimer en mots.

Quand les gamins étaient petits, sa mère les faisait chanter les matins où ils avaient raté le bus et où elle les conduisait à l'école en voiture. Ils avaient tous su siffler avant de savoir écrire ; Vivi avait veillé à ce qu'ils connaissent toutes ses chansons de colo et tous les refrains des années quarante avant de leur apprendre à lacer leurs chaussures.

Dans ses bons jours, elle s'asseyait au quart de queue que Buggy lui avait offert et imitait un numéro de piano-bar. Parfois, Shep lui-même se joignait à elle pour interpréter *You Are My Sunshine* ou *Yellow Rose of Texas*.

Ces jours-là, Vivi lui disait : « Grands dieux ! Tu as une voix merveilleuse, tu devrais nous la faire entendre plus souvent ! On n'allume pas une lampe pour la cacher sous le boisseau. »

Gêné, Shep marmonnait : « C'est toi la star de la famille, Viviane », et il partait à la cuisine remplir son verre.

Siddy adorait les moments où il partageait cette exubérance encouragée par sa mère. Il aimait ses enfants, il aimait sa femme. Mais l'exploitation de sa plantation et la chasse au canard avaient moins de secrets pour lui que la vie de famille et, en règle générale, il préférait se limiter à ce qu'il connaissait. Aujourd'hui, Siddy peut compter sur les doigts de la main les fois où elle s'est trouvée seule avec son père, et encore, dans la plupart des cas, était-ce pendant sa vie d'adulte. Il ne manquait pourtant pas d'une certaine poésie rurale bien à lui, mais qui, noyée dans le bourbon et dans une mélancolie fruste, s'exprimait de manière bourrue.

Même si Shep ne possédait pas les talents de Vivi, il était capable de temps en temps, et de façon inattendue, de fantaisies débridées, comme ce soir de Noël où il était rentré les bras chargés de déguisements de cow-boys pour toute la famille – y compris l'épagneul, qui avait eu droit à un minuscule chapeau. Il était tellement content de lui qu'il avait réussi à convaincre Vivi de les laisser tous (sauf le chien) aller à la messe de minuit dans cet accoutrement. Après la messe, aux amis rassemblés autour de cette famille que l'on aurait pu prendre pour un groupe de chanteurs de l'Ouest en goguette Vivi avait dit en riant : « Saint Shep le Baptiste a pensé que Notre-Dame de la Divine Compassion avait besoin d'un coup de pied aux fesses. »

Bel homme et tombeur de femmes, le jeune et riche fermier Shep Walker avait épousé Vivi Abbott pour son inépuisable vitalité, dont il avait besoin. Il ne s'était même pas demandé pourquoi il lui fallait tant de vigueur, pas plus qu'il n'avait soupçonné que l'énergie de Vivi cachait un côté sombre. Il ne lui était jamais venu à l'esprit qu'à la longue sa femme risquait de l'user. Fiancés, ils avaient connu une folle attirance sexuelle qui refaisait régulièrement surface de manière inattendue et parfois inopportune après de longues périodes de reproches et d'abstinence.

Vivi, elle, avait épousé Shep Walker pour le son de sa voix, qu'elle adorait, pour l'expression confiante qu'elle lui voyait après leurs baisers, et parce que en sa présence elle se sentait une star. Mais aussi parce que, à vingt-quatre ans, il ne lui semblait plus de première importance d'épouser Untel ou Untel.

Un jour, elle avait dit à Siddy : « J'avais l'intention d'épouser Paul Newman, mais Joanne Woodward m'a prise de vitesse. Après, ça ne m'a plus intéressée. »

Ce fut cette danse diabolique entre la mélancolie calme de Shep et le charme effréné de Vivi – le tout lubrifié par un flot ininterrompu de Jack Daniel's – qui sculpta l'image que Siddy devait avoir du mariage.

Plus tard, une fois de retour au bungalow, Siddy se prépara un verre de thé glacé et installa une lampe et un fauteuil sur la terrasse pour pouvoir continuer à contempler la lune. À l'instant précis où elle s'asseyait, Hueylene vint frotter un jouet en chiffon contre sa jambe. Siddy ne put s'empêcher de fondre. Elle se mit à genoux et tira sur la poupée en grondant. Hueylene était aux anges. Elles jouèrent jusqu'à ce que, lassée, Siddy la laissât gagner.

Siddy reprit l'album, inspira et ferma les yeux un instant. Révèle-moi tes secrets, que je m'épanouisse.

Elle rouvrit les yeux sur un carton d'invitation gravé en script sur un bristol blanc :

M. Taylor Charles Abbott
vous prie d'assister au bal
qu'il donne en l'honneur de sa fille
Mlle Viviane Abbott
le vendredi dix-huit décembre
mil neuf cent quarante-deux
à vingt heures
Hotel Theodore
Thornton, Louisiane

Décembre 1942. Les seize ans de Vivi, sans doute. Sa famille avait-elle vraiment continué à mener une vie sociale fracassante pendant la guerre ? Siddy retourna le bristol. Pourquoi sa grand-mère n'invitait-elle pas ? Siddy en était estomaquée. Un oubli ? Sinon, pourquoi son nom n'apparaissait-il pas sur le carton ?

Une fois de plus, elle eut envie de décrocher le téléphone et de poser la question à sa mère. Mais Vivi s'était montrée claire : pas d'appels.

Siddy consulta sa montre : neuf heures. Onze heures en Louisiane. Caro n'était pas couchée. Elle devait avaler le café noir qu'elle adorait et commencer à se sentir en forme pour la soirée. Sauf si sa vie avait changé, cette noctambule était sans doute au téléphone. Jusqu'à l'incident du *New York Times*, elle avait appelé Siddy tous les deux mois, toujours après minuit. Mais, depuis l'article infamant, depuis la *fatwa* lancée par Vivi, Siddy n'avait plus reçu de nouvelles.

Lampe électrique à la main et chien en laisse, Siddy prit la direction de la cabine téléphonique de Quinault. Les campeurs une fois couchés, la route était déserte. En passant devant les lumières accueillantes de l'hôtel, elle se sentit réconfortée à l'idée qu'elle pouvait venir s'y réfugier si jamais la solitude lui pesait. Elle aimait l'excitation de se savoir dehors si tard, le frisson qui la parcourait à l'idée d'enquêter sur sa mère jeune fille.

« Je mange des crackers en jouant avec mon CD-Rom, si tu veux savoir, dit Caro en adoptant une inspiration saccadée à cause de l'emphysème. Et toi, petite pote ?

— Caro, je suis à l'autre bout du pays et j'essaie de décider quoi faire du reste de ma vie.

— Habitude déplorable pour une jolie fille comme toi », répondit Caro en imitant la voix de Groucho Marx.

Siddy rit en imaginant le haussement d'épaules avec lequel Caro accompagnait ce genre de commentaire. « Je n'y peux rien, c'est ma drogue », dit-elle.

Tassée sur son banc étroit, dans l'une des dernières cabines datant des années cinquante, elle détacha Hueylene et lui ordonna de s'asseoir.

« N'abuse pas du mot "drogue", nom de Dieu, dit Caro. J'en ai assez, tout le monde se dit drogué, de nos jours. Tu te poses des questions, Siddy, c'est tout. Tu es comme ça depuis l'âge de quatre ans. C'est dans ta nature. Quoi de neuf ?

— Tu n'as pas l'air très surprise que je t'appelle.

— Il faudrait que j'aie l'air surprise ?

— Eh bien… après toute cette histoire avec…

— Avec cette pétasse de journaliste ? Dis donc, pour qui me prends-tu ?

— Pour la meilleure amie de ma mère.

— Exact », dit Caro.

Après une pause, elle reprit :

« Mais je suis aussi ta marraine.

— Tu ne m'en veux pas ?

— Non.

— Dans ce cas, pourquoi ne m'as-tu pas appelée ? Ou écrit ?

— Je vais citer cet idiot de George Bush : "Ça n'aurait pas été prudent."

— Tu es prudente, maintenant ? C'est nouveau.

— Ça m'arrive de temps en temps, quand il s'agit de mes amies. »

Il y eut un silence, pendant lequel Siddy considéra la conduite à adopter.

« J'ai envoyé Blaine et Richard voir ta pièce, reprit Caro. Tu le sais, n'est-ce pas ? J'ai chargé mon ex-mari d'aller voir ton *tour de force* avec son ami pour qu'ils puissent tout me raconter. »

Siddy était pleine d'admiration pour Caro. Son mari, Blaine, avait fait tourner les têtes de toutes les femmes du Quartier français de La Nouvelle-Orléans, jusqu'au jour où il l'avait quittée pour l'homme qu'il voyait en secret ; alors, l'univers des Ya-Ya en avait été chamboulé. Cela remontait à huit ou neuf ans. Après avoir menacé Blaine avec un fusil non chargé et déchiré un carton entier de croquis qu'il avait faits pour un projet d'architecture, elle lui avait pardonné.

À la dernière visite de Siddy, elle lui avait expliqué : « C'est un choc, mais pas une surprise. Et d'ailleurs, j'aime bien Richard. Il sait faire la cuisine. Bon sang, depuis la mort de maman, personne n'a jamais préparé la cuisine pour moi. »

Blaine avait emménagé avec Richard à La Nouvelle-Orléans, mais ils venaient souvent voir Caro à Thornton, surtout depuis qu'elle souffrait d'emphysème.

« Je sais bien qu'ils sont venus voir la pièce, dit Siddy, puisque Connor et moi sommes sortis avec eux pendant leur séjour à New York. Mais comment ça, tu les as "envoyés" ?

— J'ai pris moi-même les billets et j'ai dit aux deux tourtereaux que s'ils ne revenaient pas avec une description détaillée, dessins à l'appui, de toi, ta pièce, ton allure et tes humeurs, je les dénonçais à la brigade des mœurs de la Divine Compassion.

— Et alors ?

— Ils m'ont rassurée. Ils t'ont trouvée charmante, en forme bien qu'un peu amaigrie, attristée par ta dispute avec ta mère mais fière de ton succès. Et – je cite – ils ont "adoré" Connor McGill. Si je me souviens bien, Richard a dit : "C'est un mélange de Liam Neeson et de Henry Fonda jeune qui aurait fait quelques séances sur le divan."

— Oh, là, là ! s'écria Siddy. Comment fais-tu pour les supporter ? Une seconde, s'il te plaît, Caro. Huey-lene, ici ! cria-t-elle au cocker qui traversait la route d'un pas tranquille en direction du lac. Excuse-moi, la chienne s'en allait.

— C'est un message codé ? demanda Caro.

— Non ! dit Siddy en riant, car c'était le genre de phrase qu'auraient pu prononcer les Ya-Ya pour communiquer entre elles. Je parlais à Hueylene, la chienne qui traîne dans tous les théâtres.

« — Tu l'emmènes toujours partout avec toi ?

— Oui. Je n'aime pas la mettre au chenil, elle fait des crises d'épilepsie. Elle est sous tranquillisants.

— Ne me dis pas que tu deviens gâteuse.

— Tu peux parler, Caro ! C'est toi qui as élevé une portée de quatre beagles, si je me souviens bien.

— Dis-moi, et ton beau gosse ? Qu'est-ce qui…

— Tu n'as toujours pas répondu à ma question, coupa Siddy, qui n'avait pas envie d'épiloguer sur son mariage. Comment fais-tu pour supporter Blaine et Richard ?

— Non seulement je les supporte, mais j'adore leur compagnie. Blaine est dix fois plus marrant qu'avant. Chaque fois qu'ils viennent, ils font la cuisine, ils bricolent dans la maison, c'est la fête. Comment ne pas les aimer ? »

Caro eut une quinte de toux. Une toux horrible et profonde qui faisait mal à entendre. Siddy revit la Caro de son enfance, grande, athlétique, qui sortait de la piscine après avoir nagé plusieurs longueurs et allumait une cigarette sans même se sécher. Elle savait par Baylor que son combat contre la maladie connaissait des hauts et des bas.

« Désolée de ne pas t'avoir contactée, ma petite pote, poursuivit Caro d'une voix douce, mais tu sais, ça n'a pas été facile avec Vivi. Elle nous a fait jurer de ne pas t'appeler. Elle a une trouille bleue qu'on la trahisse. Au fait, ne t'inquiète pas pour ma toux. C'est très impressionnant. Ça empire le soir. »

Siddy ne répliqua rien, puis ajouta :

« Et toi, tu as l'impression que je l'ai trahie ?

— Non. Ce que je pense, c'est que le *New York Times* et toutes les autres publications misogynes du pays voudraient pouvoir téter toutes les mères jusqu'à la dernière goutte pour ensuite leur reprocher de ne plus avoir de lait. Mais, non, je ne pense pas que tu aies voulu nuire à ta mère.

— Merci.

— Ne me remercie pas, Siddy.

— Je peux te demander quelque chose ? »

Caro se remit à tousser, puis, méfiante :

« Ça dépend quoi.

— Dans l'album de maman, j'ai trouvé une invitation à une soirée donnée pour ses seize ans. Le nom de Buggy n'apparaît pas sur le carton. C'est comme si elle n'existait même pas.

— Et ta mère, qu'est-ce qu'elle en dit ?

— Elle refuse de parler de l'album. Elle refuse de me parler tout court, en fait. Elle dit qu'elle m'a envoyé les "Divins Secrets" et que ça doit me suffire.

— Et ça ne te suffit pas ?

— Non, ça ne me suffit pas ! C'est vraiment agaçant… frustrant… de n'avoir que des indices, des bribes d'informations. Pas d'explications, pas de structure narrative, rien ! Mais moi, je sais qu'il y a des choses à raconter, qui pourraient résoudre… enfin peut-être pas résoudre, mais justifier… maman me doit quelques éclaircissements, tout de même ! »

Gênée de s'être emportée, elle se racla la gorge. Tout d'abord, Caro ne réagit pas. Enfin :

« Tu crois qu'il y a un rapport entre ta mère et ta peur d'épouser Connor McGill ?

— Je ne sais pas. À vrai dire, ma véhémence me surprend moi-même.

— Pas moi. Toi et ta mère, vous vous êtes entre-déchirées. Mais pendant que vous vous décochez des flèches, puis-je te rappeler que tu avais… que tu as encore un père. Ça ne m'étonne pas que tu l'aies laissé de côté, pour ce qu'il est présent. Remarque, en cela il n'est guère différent des autres maris de la tribu.

— Exact. C'est maman qui a toujours tenu le devant de la scène. Papa n'a eu que les seconds rôles.

— Combien d'années as-tu passées en analyse ?

— Avec l'argent que j'ai dépensé pour essayer d'oublier à quel point ma mère m'a bousillée, j'aurais pu prendre ma retraite à trente ans.

— Je vais te dire une chose, ma pote : ta mère ne te doit rien. Tu es adulte. Elle t'a nourrie, habillée, tenue dans ses bras, même avec un verre à la main. Quant à t'avoir bousillée – ce que je ne nie pas –, sache que toutes les mères bousillent leurs enfants. Elle, elle l'a fait avec classe, tu m'entends ? »

Siddy ramena Hueylene plus près d'elle. L'analyse m'a fait du bien, se dit-elle. Il y a cinq ans, j'aurais pété les plombs si on m'avait balancé ce genre de vérité à la figure.

« Tu respires toujours ? demanda Caro.

— Ouais.

— Respirer, ça m'occupe beaucoup ces temps-ci. C'est fou le nombre d'inspirations et d'expirations que j'ai pu faire dans ma vie sans même me poser la question. »

Ébranlée par cette remarque, Siddy prit conscience de sa propre respiration. Elle resta muette, attentive à suivre le rythme de ses poumons comme un surfeur la vague. D'un bout à l'autre du pays, Caro et elle soufflaient en silence dans leur téléphone. Enfin, Caro reprit la parole :

« Bon, pour revenir à cet anniversaire de ta mère : ç'a été l'horreur.

— Comment ?

— Tu veux vraiment qu'on en parle ?

— Tu es fatiguée ? »

Caro respirait si bruyamment que, si Siddy n'avait pas connu son état, elle aurait cru qu'elle jouait la comédie.

« Ton grand-père avait traité une affaire importante, je ne sais pas quoi, et il voulait exhiber son fric. Ta grand-mère Buggy était opposée à ce bal. Il l'a donné exprès pour l'embêter. Nom de Dieu, Taylor Abbott traitait sa femme comme de la merde ! Même si elle était un peu bizarre, elle ne méritait pas ça. Il l'a trompée pendant des années. Toutes les bonnes du quartier étaient au courant. Il avait plus d'égards pour ses chevaux que pour sa femme. Merde, je ne sais pas, moi ! Coincée entre eux deux, ta mère a tout pris. »

Caro se tut, puis poursuivit :

« À ce fameux bal, Taylor Abbott a fait cadeau à Vivi d'une bague époustouflante. C'était la dernière grande soirée avant que nous ne perdions Jack. Le genre de soirée qu'on a plutôt envie d'oublier. »

Siddy attendit, mais Caro n'ajouta rien.

« C'est tout, Caro ? demanda-t-elle. Qu'est-ce qui s'est passé ? En quoi maman en a-t-elle souffert ?

— Le prochain anniversaire de ta mère restera dans les annales, c'est moi qui te le dis. On a prévu de le fêter en octobre plutôt qu'en décembre, parce que, comme Vivi veut faire ça dehors, il ne faut pas attendre qu'il fasse trop froid. Je suis en train de préparer les invitations sur mon Mac. »

Autre quinte de toux.

« Reine de l'art d'éluder les questions, dit Siddy.

— Marraine, rectifia Caro d'une voix lasse.

— Tu es fatiguée. Je te retiens trop longtemps.

— Oui, je suis fatiguée, ma petite pote.

— Merci d'avoir répondu à ma question.

— Je n'y ai pas répondu.

— Non.

— "Il n'y a pas de réponse", dit Caro. "Il n'y en a jamais eu et il n'y en aura jamais. C'est ça la réponse." Gertrude Stein.

— Tu es la deuxième personne que j'entends citer Gertrude Stein cette semaine.

— "La vie n'a rien à voir avec le catéchisme", ma pote. Caro Bennett Brewer. »

Siddy ne put s'empêcher de rire. De la cabine, elle voyait la lune en partie cachée par les hautes silhouettes noires des pins de Douglas qui bordaient le lac.

« Caro, dit Siddy d'un ton hésitant, il y a encore autre chose.

— Quoi ?

— J'ai trouvé une photo… qui date du début des années soixante, je dirais. Une photo de chasse aux œufs de Pâques, sans doute chez Teensy. On est tous alignés, panier à la main, habillés sur notre trente et un. Tout le monde est là : toi, Blaine, les garçons, Teensy, Necie, et tous les Ya-Ya Jolis. Chick, en déguisement de lapin… et une cigarette à la main ! Tous les gosses de Necie sauf Frank, qui devait prendre la photo. Papa et nous quatre. Baylor a l'air de crier au meurtre, et moi, je porte une robe en organdi et un chapeau d'Alice au pays des Merveilles. J'ai les bras sur les épaules de Little Shep et de Lulu, et on ne peut pas dire qu'on ait l'air heureux. Ce que je trouve bizarre, c'est que maman n'est pas là. Je me souviens d'une fête de Pâques où elle était partie. Où était-elle, Caro ? »

Caro ne répondit pas. Elle finit par esquiver la question :

« Oh, là, là, c'était l'époque où les lapins de Pâques fumaient.

— Elle m'attriste, cette photo. Elle a dû être prise après qu'on a forcé maman à s'en aller.

— Quoi ? dit Caro.

— Quand maman est partie parce qu'elle ne nous supportait plus.

— Vous n'en avez jamais parlé, Vivi et toi, Siddy ?

— Non, jamais. »

Caro n'ajouta rien.

« Elle est partie à cause de moi, n'est-ce pas, Caro ? »

Celle-ci se mit à tousser, et Siddy se sentit coupable.

« Non, ma pote, elle n'est pas partie à cause de toi. C'est plus compliqué que ça, la vie.

— Qu'est-ce que tu veux dire ?

— Que la vie ne se limite pas à ce qu'on trouve dans un album. Maintenant, fais-toi plaisir. Comme dit Necie, imagine…

— Plein de choses en bleu et rose. »

Il y eut une pause.

« Traduction : je t'aime, Siddalee.

— Je sais, Caro. Moi aussi. »

Une quinte de toux s'ensuivit. Puis Caro dit : « Dors bien, et n'aie pas peur des méchants voleurs qui veulent t'attraper les pieds. J'ai enfumé l'espace sous ton lit. »

Il y a la vérité historique, et la vérité inscrite dans les mémoires. Assise au bord du lac, Siddy laissait flotter et éclore sur l'eau ses souvenirs, tels des oiseaux dont le vol transcende les frontières entre les pays en guerre.

18

Assise dans la cabine téléphonique, Siddy contrôlait sa respiration.

Tu es adulte.

Est-ce que j'attends de ma mère qu'elle soit responsable de ma vie ?

Sous prétexte qu'elle m'a donné le jour, faut-il aussi qu'elle me fasse naître spirituellement ? Est-ce que par hasard je ne lui aurais pas pardonné de m'avoir arrachée à la matrice de l'innocence et jetée en pâture, hurlante, aux exigences de ce monde brut et cruel ? Est-ce que j'attends de Connor qu'il fasse ce qu'elle n'a pas pu ou pas voulu faire ? Ai-je peur de ne pas le mériter ? Ai-je peur qu'il me quitte si je ne suis pas à la hauteur ?

Elle composa le numéro de Connor. Au bout de cinq sonneries, sa voix retentit sur le répondeur :

« Bonjour. Connor McGill et Siddy Walker sont absents pour le moment mais seront heureux d'apprendre que vous avez appelé. »

Excitée par le son de sa voix, elle dit doucement :

« Salut, homme de mes rêves. Hueylene, la fille du gouverneur, a envie de te revoir. Il est tard. Ici, tout embaume la résine de pin et les roses sauvages.

Toujours pas de météores. Est-ce que par hasard on nous raconterait des salades avec toutes ces histoires de ciel plein d'étoiles ? »

Elle lui envoya un baiser et raccrocha. Que faisait Connor ? Était-il retenu au théâtre ou à l'opéra ? Ou en train de s'amuser comme un fou dans un endroit génial ? Imbécile. Quelle idée de le laisser tomber comme ça !

En revenant vers le bungalow, Siddy se mit à penser à ses propres anniversaires. Elle se revit à Pecan Grove, en plein hiver, réveillée par les voix de Vivi, Little Shep, Lulu et Baylor qui chantaient *Joyeux Anniversaire*.

Il était si tôt que champs et bayous dormaient encore dans l'obscurité. La voix enrouée de sommeil, leurs pyjamas tire-bouchonnés autour d'eux, Baylor et Lulu se frottaient les yeux. En pleine forme dès qu'il ouvrait une paupière, Little Shep sautait comme un diable sur le seuil de la porte. En chemise de nuit rose, le visage luisant de crème de nuit Beautière, Vivi tenait dans ses mains un gâteau surmonté de bougies qui illuminaient ces quatre visages si chers. Caressée par l'odeur de la cire et le toucher doux des draps sous le poids léger de la couverture, Siddy s'asseyait pour accueillir sa famille mobilisée au saut du lit. Il manquait l'odeur de son père, qui n'était pas à la maison. Où se trouvait-il ? Déjà dans les champs ? Encore au lit ? En train de chasser le canard dans son refuge ?

Siddy regardait bouche bée les minuscules bougies et la jolie lumière dont elles éclairaient la chambre sombre. La chanson finie, Vivi se penchait et l'embrassait. « Je suis si contente de t'avoir eue, Siddy », lui murmurait-elle à l'oreille.

Il arrivait que Vivi ait la voix rauque à force d'avoir fumé ou pleuré, ou les deux. Parfois, elle était si tendue que ses vibrations résonnaient dans le corps endormi de sa fille. Parfois encore, elle avait une telle gueule de bois que sa chanson lui arrachait des grimaces de douleur. L'année après sa maladie et son absence, elle était apparue les yeux rouges et bouffis, la voix à peine audible, la panique à fleur de peau, et Siddy avait senti combien il lui en coûtait de venir chanter dans sa chambre, un gâteau orné de roses en sucre dans les mains, et de lui murmurer à l'oreille : « Siddalee Walker, je suis si contente de t'avoir eue. »

À réentendre ainsi ses frères et sa sœur lui souhaiter un bon anniversaire, Siddy s'étonna d'avoir perdu le contact avec eux tous, hormis Baylor.

Les enfants grimpaient dans son lit pendant qu'elle soufflait ses bougies et faisait un vœu. Ensuite, Vivi rallumait les bougies pour que Siddy les souffle une deuxième fois, aidée des trois autres. Elle quittait la pièce et revenait chargée d'un plateau sur lequel étaient disposés des assiettes à dessert en porcelaine, des fourchettes et quatre grands verres de cristal pleins de lait. On rallumait la lampe de chevet, et Siddy tendait une main gourmande vers la plus grosse rose, qu'elle se fourrait dans la bouche. Après quoi, elle distribuait les autres ornements selon son bon plaisir. Ces jours-là, Vivi encourageait les penchants les plus égoïstes. Mais il suffisait à Siddy de savoir qu'elle n'était pas obligée de partager pour avoir envie de le faire. Tandis que les enfants léchaient leurs fleurs en sucre, Vivi leur faisait promettre de ne rien dire à leur père, qui appelait leur petite fantaisie matinale un « petit déjeuner de putes ». Mais tout le monde s'en moquait ; on ne s'obligeait pas à finir le gâteau, car on savait que Vivi en avait acheté deux : un pour la fête du matin et un autre pour celle qui suivrait dans la journée.

Vivi se donnait un mal fou. On aurait dit qu'elle avait établi un pacte avec elle-même afin que tous les anniversaires soient des succès.

En longeant le lac, Siddy trébuchait de temps en temps sur les grosses racines noueuses qui affleuraient sur le sentier. Malgré sa lampe torche et la clarté de la pleine lune, elle était obligée de redoubler d'attention pour ne pas perdre l'équilibre, tant ses souvenirs étaient vivaces.

Sa retraite lui apportait un sentiment de sécurité comme elle n'en avait plus ressenti depuis trop longtemps. Enfant, elle avait marché la nuit à Spring Creek, protégée par les ruisseaux, les pins et les cigales. Après tant d'années en ville, c'était un soulagement de sentir ses épaules se détendre, de ne pas avoir à regarder derrière soi pour se préserver d'une agression.

Elle se souvint d'un cours de théorie dramatique où l'on avait étudié les moments liminaires, ces moments hors du temps où l'on est tellement absorbé par ses occupations que le temps est aboli.

Ces anniversaires du petit matin étaient des moments liminaires, se dit Siddy. Maman savait les saisir. Malgré ses acrobaties affectives – ou peut-être à cause d'elles –, elle m'a appris à céder à l'enchantement.

À quoi ressemblaient ses propres anniversaires de petite fille ? Et ce fameux seizième anniversaire ? Buggy lui a-t-elle apporté un gâteau au lit ? Difficilement imaginable. Que s'est-il passé ? Dans notre lignée, se transmet-on de mère en fille la glu visqueuse de la jalousie, insidieuse, maligne comme un cancer ?

Siddy n'avait pas envie de penser ses rapports avec sa mère en termes de jalousie. Son analyste, ses amis le lui avaient pourtant suggéré, mais elle n'aimait pas ce mot et éprouvait une réticence superstitieuse à l'utiliser.

Plus elle tentait de barrer la route à ces pensées, moins elle était sensible à la douceur de l'atmosphère. Elle avait beau s'efforcer d'imaginer des choses en bleu et rose, elle se laissait rattraper par de vieux souvenirs grisâtres qui cancanaient en lui mordant les talons.

Tu n'es plus une enfant.

C'est à l'occasion de la première de *Mort d'un commis voyageur*, pièce qui l'avait lancée en tant que professionnelle, que Siddy avait encaissé le mot « jalousie » comme un coup de poing dans l'estomac. La scène se passait dans le Maine, à la Portland Stage Company, au cœur de l'hiver, le jour de son trente-quatrième anniversaire.

Vivi avait pris l'avion pour Boston et s'était fait conduire en voiture à Portland par une amie de Siddy. Celle-ci, ayant fait répéter ses acteurs jusqu'à la dernière minute, n'avait vu sa mère qu'une heure avant le début de la représentation. Tout s'annonçait bien. Vivi avait emprunté une fourrure à Teensy et s'amusait à la remonter autour de son cou en disant d'une voix à la Marlene Dietrich, comme sur les publicités de *Vogue* : « Comment habille-t-on une légende ? »

Le spectacle fut satisfaisant, même si Siddy prit de nombreuses notes et convoqua une répétition pour le lendemain afin d'apporter quelques modifications au jeu de scène des comédiens. Elle n'avait pas encore appris à se faire oublier et à laisser la pièce trouver son propre rythme.

Le cocktail eut lieu chez l'un des administrateurs du théâtre, qui possédait sur le port une maison victorienne. On servit du vin médiocre et beaucoup d'amuse-gueule, mais les acteurs étaient heureux, et l'atmosphère, feu dans la cheminée et guitare classique, chaleureuse. Comédiens et techniciens, abonnés, dirigeants, tout le monde était content du spectacle, et Siddy, bien que nerveuse, se sentait soulagée et fière.

Vivi, qui avait mis trois bouteilles de Jack Daniel's dans sa valise, comme à chacun de ses voyages, vint à la soirée avec une flasque d'argent. Ce fut la première chose que Siddy remarqua, en plus du fait qu'elle refusait d'enlever son manteau de fourrure.

Elle observait sa mère du coin de l'œil en guettant le moment où les choses commenceraient à se gâter. C'était Shep qui avait arrangé le voyage, après lui avoir téléphoné pour lui annoncer que sa mère tenait à venir. Guère emballée, Siddy avait néanmoins accepté. Après tout, elle débutait dans la profession et n'était pas mécontente de donner à sa mère l'occasion d'être fière d'elle.

Enfant, elle avait assisté aux fêtes où les Ya-Ya mettaient en scène leurs chansons préférées, qu'elles chantaient légèrement faux sur de petites chorégraphies fantaisistes et énergiques qui n'étaient pas sans rappeler le style des Andrews Sisters. Avec force grimaces et pitreries, Vivi imitait Patty Andrews. Appuyée contre la porte du dressing-room, Siddy regardait les Ya-Ya peaufiner leur prestation.

« Comment nous trouves-tu, chérie ? demandait Vivi. Tu vois quelque chose à changer ? »

Siddy avait toujours une suggestion à faire, et parfois ces dames suivaient ses conseils. Alors elle était envahie d'un sentiment de pouvoir et de délicieuse autorité. Plus tard, entourée de grandes personnes dans la pièce de séjour enfumée où les glaçons tintaient dans les verres en cristal, elle pourrait constater la petite modification apportée par ses soins et en serait ragaillardie. Aujourd'hui encore, elle a du mal à s'expliquer ce sentiment. Sa passion pour le théâtre croise sa relation complexe avec sa mère en un lieu inaccessible aux conseils d'un metteur en scène.

Ce soir de première à Portland, Siddy prit soin de présenter sa mère au plus grand nombre de gens possible. Mais il y avait foule, et, inévitablement, elles se trouvèrent séparées. À un moment, leur hôte apporta un gâteau dont le glaçage représentait les masques de la tragédie et de la comédie ; le directeur du théâtre proposa de porter un toast au metteur en scène, et Siddy rougit de plaisir. Elle prononça quelques mots, remercia les comédiens et les techniciens, plaisanta sur la difficulté qu'il y avait à produire le grand Arthur Miller, et déclara qu'elle n'aurait pas pu souhaiter plus agréable anniversaire. Pas un mot sur Vivi.

Plus tard, alors qu'elle bavardait devant la cheminée avec l'éclairagiste, un jeune Britannique, elle remarqua un mouvement du côté des fenêtres.

Wade Coenen s'approcha d'elle : « Alors, maman sirote son biberon ? »

Siddy rougit.

Blond et drôle, Wade faisait de fabuleuses imitations de Diana Ross. Il essayait d'entraîner Siddy à venir manier les poids et haltères avec lui, prétextant qu'un bon metteur en scène devait avoir des muscles. Siddy espérait avoir l'occasion de retravailler, et même de se lier d'amitié avec lui.

« Son poison préféré ? demanda-t-il.

— Le bourbon. De bonne qualité.

— Mon vieux s'est flingué au bon scotch.

— L'odeur du bourbon me rend malade, avoua Siddy.

— Je vais aller lui chercher une part de gâteau, dit Wade. Entre-temps, goûte les *spanakopita* et n'oublie pas que c'est ton anniversaire.

— Merci, Wade, dit-elle en l'embrassant. Et merci aussi pour tout le travail que tu as fait sur les costumes. Je n'oublierai jamais comment on a dû racler les fonds de tiroir pour respecter le budget. Tu es étonnant.

« — T'as encore rien vu, mon chou. Attends un peu ma collection de robes du soir style Armée du Salut, tu m'en diras des nouvelles. »

Siddy bavardait avec un couple qui l'interrogeait sur la place de la femme dans le théâtre lorsqu'elle entendit la voix de sa mère. Elle ferma les yeux et écouta la trop familière cacophonie lui signalant qu'elle avait absorbé un quart de litre de bourbon.

Devant la cheminée, Vivi prenait des airs de diva et marchait en traînant par terre la fourrure de Teensy. La tête renversée en arrière, elle parlait fort en imitant Tallulah.

« Ça devrait être interdit de laisser les enfants jouer avec le théâtre, disait-elle. Ça devrait être interdit de les laisser toucher à un grand classique américain comme Arthur Miller ! »

Ramenant la fourrure d'un geste brusque au-dessus de sa tête, si près du feu qu'elle faillit la brûler, elle dévisagea l'assemblée. Puis elle empala littéralement Siddy sur son regard d'ivrogne. « Qui t'a donné la permission de diriger une pièce ? Hein ? »

Un silence de mort pesa sur l'assistance.

Siddy se mordit la lèvre et fit un pas vers sa mère.

« Je t'ai posé une question, Siddalee Walker », insista Vivi, la langue pâteuse.

Tous les regards braqués sur elle, Siddy eut soudain très chaud et manqua d'air. Ce fut comme si la vie s'était arrêtée.

« Personne, maman, dit-elle doucement. J'ai été engagée.

— Oh, excusez du peu ! tonna Vivi. Engagée ? »

Puis, embrassant la pièce d'un geste fou, elle annonça : « Elle a été engagée ! »

Siddy faisait des efforts surhumains pour ne pas céder aux larmes. Elle inspira profondément et allait quitter la pièce lorsque Wade apparut, une assiette à la main.

« Figurez-vous, dit-il à Vivi, que je mourais d'impatience de pouvoir vous parler seul à seul. Il y a quelque chose qu'il faut absolument que je vous dise, à vous et à personne d'autre. »

Surprise, Vivi le regarda avec un étonnement enfantin.

« Et qu'est-ce que c'est ? Qu'est-ce que vous ne pouvez dire qu'à moi et à personne d'autre ?

— Suivez-moi, chuchota Wade d'un ton théâtral en la prenant par le bras. Ceci doit rester strictement *entre nous*. Et vraiment, vous devriez goûter les *spanakopita*, ajouta-t-il en l'entraînant hors de la pièce. Ils sont absolument divins. »

Bouche bée, Siddy regarda sa mère suivre Wade. Apparemment ravie, elle avait oublié sa fille.

Ce soir-là, il fallut toute la camaraderie des collègues de Siddy pour la soutenir. À la seconde même où Vivi et Wade disparaissaient, l'actrice qui jouait Linda Loman entonna spontanément un air irlandais qu'elle avait appris d'un professeur d'art dramatique ayant connu James Joyce.

Ensuite, Shawn Kavanaugh, ex-star de télé vieillissante et portée sur la bouteille, qui incarnait un Willy Loman non dénué de grandeur et d'héroïsme, vint passer un bras autour des épaules de Siddy.

« Mon petit, lui dit-il, l'Église se trompe. Le plus grand des péchés capitaux n'est pas le désespoir mais la jalousie. C'est beaucoup plus compliqué comme sentiment. »

Il la salua comme on salue une reine. « Fantastique première, mademoiselle Walker, reprit-il. Merci pour vos conseils avisés. On dirait que, côté théâtre, vous avez des antécédents familiaux. Mais n'oubliez pas de protéger vos arrières. »

Ce soir-là, Siddy retourna seule à pied juqu'à la vieille maison qu'elle partageait avec Wade Coenen et les autres artistes. Il faisait soudain très froid.

Elle trouva Wade assis à la table de la cuisine, en train de téléphoner. Il sourit, lui envoya un baiser et lui montra du doigt sa chambre, à l'étage supérieur. Siddy y trouva Vivi endormie dans son lit, en chemise de nuit. Elle s'était démaquillée et appliqué une crème de nuit.

Siddy l'observa. Quoi qu'il arrive, tu prends toujours soin de ton teint, hein ? Sainte Marie, Mère de Dieu, priez pour nous, pauvres pécheurs.

Il faisait bon dans la cuisine, où la radio diffusait une vieille chanson de Stevie Wonder.

« Merci, fit-elle en posant une main sur l'épaule de Wade.

— À utiliser, répondit Wade.

— Oui », dit Siddy en pensant au nombre de fois où elle avait répété cet axiome de Stanislavski aux comédiens : « Utilisez toutes les expériences de votre vie, mettez-les au service de l'art. »

Elle s'assit à la table en bois. Devant son costumier, elle aurait voulu conserver son calme, faire une plaisanterie sarcastique ou citer Shakespeare. Mais elle fondit en larmes.

Wade lui servit un verre de cognac. « Ah, le théâtre, dit-il. Vive le théâtre, la grande famille qui accueille les orphelins de tout poil ! »

19

Allongée dans son fauteuil de repos, Caro laissa vagabonder son esprit vers une époque meilleure où le monde était différent et la respiration un acte naturel.

Depuis le début, tout, à propos de ce bal, avait été bizarre. Cela ne ressemblait pas aux Abbott de s'exhiber avec autant d'extravagance.

Elle n'avait jamais aimé Taylor Abbott, ni vraiment apprécié Buggy non plus. Contrairement à Teensy, elle ne la détestait pas, sans avoir non plus d'atomes crochus avec elle. Elle ne lui faisait pas confiance. Avec ses allures de bonne, Buggy s'éreintait dans sa maison et son jardin, allait à la messe, et c'était tout. Elle ne déjeunait jamais avec des amies, ne fréquentait même pas le cinéma, et se plaignait toujours d'avoir trop à faire.

Quant à Taylor Abbott, dès qu'il revenait du travail il fallait que la maisonnée entière s'arrête de respirer, de vivre. Si Vivi et les Ya-Ya entraient dans le living en riant, ce qui était une seconde nature chez elles, il ne levait même pas les yeux. Il disait : « Silence, Viviane. » Vivi se taisait aussitôt ; les quatre filles traversaient la pièce sur la pointe des pieds et montaient sans piper mot, jusqu'à ce qu'elles aient refermé la porte de la chambre derrière elles. Taylor Abbott entendait faire de sa maison une bibliothèque, un musée où il puisse lire son journal tranquillement.

Tant qu'il n'était pas chez lui, les filles pouvaient faire tout ce qu'elles voulaient, y compris du bruit. Buggy ne s'interrompait pas dans ses tâches ménagères. Du jour où les Ya-Ya avaient eu quatre ans jusqu'à celui de leur mariage, elle avait vu défiler des hordes de gamins dans sa maison sans jamais rechigner. À l'époque du lycée, les filles passaient des après-midi entiers, tapis roulés, à répéter les pas de la dernière danse à la mode. Buggy avait toujours à manger pour tout le monde, quel que soit le nombre des envahisseurs.

Mais elle recevait comme si elle était payée pour cela. Elle ne comptait pas la nourriture, non, mais à la manière dont elle l'offrait, dont elle accueillait à sa table, on avait l'impression d'être servi par la bonne et non par la maîtresse de maison, comme on disait en ce temps-là.

Le soir du fameux anniversaire, la nuit fut claire et assez froide pour que Vivi porte l'étole de zibeline que lui avait prêtée Geneviève. Jack, arrivé la veille en permission, était grand et beau dans son uniforme. Qu'il ait pu se libérer au moment des fêtes de Noël assez tôt pour assister à cette soirée tenait du miracle.

La salle de bal du Theodore Hotel était décorée de poinsettias et de lumières scintillantes. L'orchestre de Stan Lemoine avec ses Rhythm Kings, très chics dans leurs vestes impeccables, comprenait un excellent trompettiste qui exécuta un *Joyeux Anniversaire* swingant. Vêtue d'une robe bustier éblouissante en velours et organdi bleu nuit, Vivi se tenait devant la table où les cadeaux s'empilaient à côté d'un gâteau et de verres remplis d'un alcool de provenance mystérieuse. Debout entre son père et Jack Whitman, les yeux brillants, un grand sourire aux lèvres, elle écoutait ses invités chanter pour elle. Buggy ne faisait pas partie du tableau. Delia non plus, mais Delia, fume-cigarette et verre à la main, était occupée à flirter avec deux hommes de trente ans de moins qu'elle.

Vivi avait décrété que le bal valait bien toutes les disputes entre ses parents. « Je donnerai un bal en l'honneur de ma fille si je veux, espèce de harpie ! » avait lancé M. Abbott un soir au dîner. Vivi, qui attendait depuis longtemps une marque d'affection de la part de son père, en avait rougi de culpabilité. Quand elle voulut avaler, sa bouchée lui resta en travers du gosier. Jamais Vivi n'avait été ainsi reconnue par lui. C'était venu sans prévenir, et l'on aurait dit que Taylor Abbott braquait un projecteur sur l'entrée dans l'âge adulte de sa fille, dont les seize années d'efforts pour attirer son attention portaient enfin leurs fruits. Mais tout était si soudain que Vivi se méfiait. Sans savoir pourquoi ni comment, elle craignait de le décevoir. Tout ce faste lui donnait la nausée.

L'apogée du bal avait été le moment où l'orchestre avait joué *Deep Purple*, un morceau que Vivi et Jack aimaient beaucoup. Vivi avait dansé à l'abri des dangers dans les bras de Jack, les yeux mi-clos, un léger sourire sur ses lèvres entrouvertes. Une vraie reine. Un instant, l'envie d'arrêter le temps avait cédé à la joie simple de ce conte de fées, dans ce petit royaume créé pour Vivi Abbott au cœur de la Louisiane.

Quand les invités eurent fini de chanter, les Ya-Ya et leurs soupirants du moment vinrent entourer Vivi. Sous leurs yeux attentifs, M. Abbott, raide comme un piquet dans son smoking, prit dans sa poche un cadeau qu'il remit à sa fille avec un certain panache, en l'embrassant sur la joue.

Caro observait d'un œil froid. Debout à côté de Red Beaumont, qui mesurait dix centimètres de moins qu'elle, elle se fit la réflexion qu'elle n'avait jamais vu M. Abbott embrasser Vivi. Lui donner une calotte sur la tête, oui, mais l'embrasser jamais. Ni Buggy non plus, d'ailleurs.

Au son de *White Christmas* et sous le regard scrutateur de Caro, Vivi défit son paquet cadeau et ouvrit l'écrin.

« Notre-Dame de Cœur ! » s'écria-t-elle en sortant une bague de diamants qu'elle montra à tout le monde. Puis elle prit son père dans ses bras. « C'est vraiment pour moi ? »

M. Abbott rajusta sa ceinture de soie pour se donner une contenance. Caro donna un petit coup de poing à Red Beaumont. « Une cig', s'te plaît », dit-elle sans quitter Vivi des yeux.

Red alluma deux cigarettes et lui en tendit une. Caro la prit et s'approcha de la famille Abbott. Pete riait avec son amie et un cercle de copains. Ginger tenait Jezie, qui avait trois ans, dans ses bras.

Buggy portait une robe de dentelle et de tulle gris. Elle s'était fait un chignon et, pour une fois, avait mis du rouge à lèvres. Mais, les bras croisés sur la poitrine, les sourcils froncés, elle semblait mal à l'aise, gênée d'être surprise en beauté.

« Maman ! s'écria Vivi en la prenant dans ses bras et en lui mettant sa main sous les yeux. Regarde, elle est magnifique, non ? Tu l'as choisie avec papa ? »

Les cinq diamants montés en couronne étaient splendides et de bon goût, bien que peu discrets.

Un instant, on aurait cru que Buggy allait gifler Vivi. Elle lui attrapa la main pour examiner le bijou, avant de la repousser comme un objet répugnant.

« Monsieur Abbott, dit-elle, ce n'est pas un cadeau pour une jeune fille. »

Taylor Abbott dévisagea sa femme un moment, puis, comme s'il ne l'avait pas entendue, tourna les talons et reprit ses conversations avec ses invités. Buggy faisait des efforts pour se dominer, Delia la saisit par le bras.

« Ne te ridiculise pas, lui siffla-t-elle. Si tu ne jouais pas les matrones moralisatrices, c'est à toi que ton mari offrirait des diamants ! »

Buggy baissa la tête. On aurait dit que Delia venait de la frapper. Les yeux perdus sur cette immense salle débordant de satin, de tulle et de jeunes couples en train de danser, elle dut se retenir au bord de la table pour ne pas tomber.

Elle se retourna vers sa fille, qui disparaissait au milieu des Ya-Ya, et lui prit la main en disant d'une voix atone : « N'est-ce pas que le bon Dieu a fait de toi la petite fille la plus gâtée qui soit ? »

Tout d'un coup, elle se dirigea vers Ginger et lui arracha Jezie si brusquement que la petite se mit à pleurer. Buggy la réconforta tout en glissant quelques mots à l'oreille de Ginger, et elles sortirent toutes les trois.

Caro ne revit plus Buggy de la soirée.

Caro se leva de son fauteuil et gagna lentement la cuisine. Elle prit une bouteille de Saint Pauli Girl dans le réfrigérateur et l'emporta dans sa chambre. Après avoir réglé le volume de son lecteur de CD et repris place dans le fauteuil, elle avala une gorgée de bière en se disant que, si elle pouvait encore boire une bière fraîche à la bouteille, la vie n'était pas si moche que ça.

En repensant à cette soirée d'anniversaire, son ancienne tristesse revint la tarabuster. Elle revoyait Jack, jeune et beau dans son uniforme, à côté de Vivi, dont il était amoureux. Si, tant d'années après, ce souvenir avait gardé la force de la frapper violemment, que devait ressentir Vivi après une telle perte ?

Caro revoyait la chambre de son amie à Compton Street, ses hauts plafonds, ses grandes fenêtres. Un vieux chêne vert se dressait juste sur le devant, ses branches frottaient contre les vitres quand le vent soufflait. La nuit du bal, il s'était mis à faire froid, et les quatre amies s'étaient entassées dans le lit à baldaquin en acajou pour se réchauffer.

Il y avait des semaines que les Ya-Ya projetaient de passer cette nuit ensemble chez Vivi, à grignoter des sandwiches au jambon en buvant de grands verres de lait froid, à détailler les toilettes, les attitudes et les remarques de chacun, à examiner qui avait dansé avec qui.

Caro n'avait pas oublié cette sensation de totale insouciance que procurait le plaisir de partager un lit avec ses meilleures amies. Son corps vieillissant avait gardé en mémoire le confort particulier que lui apportait la proximité des leurs. C'était un confort qu'aucun homme ne lui avait jamais procuré, ni son mari, ni les deux amants qu'elle avait eus pendant son mariage. Elle regretta de ne plus pouvoir se vautrer avec elles dans un lit, de ne plus retrouver la promiscuité de leurs corps de vieilles femmes, jambes variqueuses entremêlées, orteils en contact, odeurs mélangées. La tribu.

Nous avons certainement parlé de Jack cette nuit-là. Nous étions tellement contentes de le revoir, de l'avoir à la maison, avec la perspective des vacances de Noël…

Caro entendit comme si elle y était la porte s'ouvrir toute grande sur Buggy, éventrant leur cocon, stoppant net les conversations, tarissant les rires.

En peignoir, un chapelet à la main, Buggy fonça droit vers le lit.

« Donne-moi ta main, Viviane », ordonna-t-elle.

Vivi la regarda, ne sachant pas trop à quoi s'en tenir.

« N'est-ce pas qu'elle est belle, maman ? » dit-elle en lui tendant sa main, toujours en quête de son approbation.

Au lieu d'admirer le bijou, Buggy le fit glisser du doigt de sa fille. Elle embrassa du regard les Ya-Ya pelotonnées au chaud dans le lit et s'adressa à Vivi : « Je ne veux pas savoir ce que tu as fait pour que ton père t'offre cette bague, mais c'est un péché mortel. Que Dieu te pardonne. »

Elle tourna les talons et quitta la chambre à grands pas.

Caro sentit Vivi se mettre à trembler des pieds à la tête. Vivi se cacha le visage sous les couvertures. Les autres étaient décontenancées.

« Je n'ai rien fait de mal, murmura Vivi. C'est un cadeau de papa. Il me l'a offerte. »

Un demi-siècle plus tard, Caro se rappela l'envie folle qu'elle avait eue de courir après Buggy, de l'attraper et de la secouer comme un prunier, de lui reprendre la bague en lui disant que ce n'était pas une manière de traiter les gens. Tout en sirotant sa bière, elle songea : Mon amie Vivi n'a jamais su à quel point sa mère la haïssait. Sinon, je ne crois pas qu'elle l'aurait supporté.

« Quelle sorcière ! » avait-elle dit ce soir-là.

Mais Vivi était restée recroquevillée sous les couvertures.

Teensy avait tenté de ramener la conversation interrompue.

« Tu te souviens, commença-t-elle, quand ils ont commencé à jouer *Begin the Beguine* ? Comment tu as dansé avec Jack ?

— Vivi, mon chou, demanda Necie, je peux t'apporter quelque chose qui te ferait plaisir ? »

Vivi ne réagissait toujours pas. Immobile, elle tremblait de tous ses membres. Et ses amies étaient restées avec elle, en essayant de ramener les couvertures autour d'elle comme sur un enfant contrarié par quelque chose qui le dépasse.

Lorsqu'elles entendirent les cris et les hurlements en bas, elles crurent tout d'abord que c'était Pete qui rentrait avec des copains. Il était un peu tard pour un raffut pareil, mais Pete hébergeait toujours trois ou quatre invités pour la nuit, et leur groupe était plutôt tapageur. Taylor Abbott se montrait beaucoup plus tolérant quand le bruit venait des garçons.

Ce n'était pas Pete. Après un silence, la bagarre reprit. On entendit la grosse voix profonde de M. Abbott, puis Buggy qui pleurait. Quelque chose qui s'écrasait, puis plus rien. Enfin : « Espèce de sale vache ! »

Vivi, anormalement immobile, écoutait, le corps tendu.

Caro avait peur. Ses parents se disputaient souvent, mais pas comme ça. Ils exprimaient leurs désaccords ouvertement ; cela ne durait jamais longtemps et se terminait toujours de la même manière : son père soulevait sa mère dans ses bras en disant « C'est mon petit Tamale épicé, ça, oui, madame, un sacré caractère, hein ! ».

Entre les Abbott, c'était différent. Dans ces moments-là, Caro ne se sentait pas en sécurité chez eux.

Peu après, la porte de la chambre s'ouvrit à toute volée, sans qu'on ait frappé.

M. Abbott poussa rudement sa femme à l'intérieur. Le visage rouge, il respirait fort. La chemise de nuit de Buggy était déchirée à l'épaule, et Caro aperçut ses seins qui se dessinaient sous l'étoffe.

« Allez, Buggy, dit-il. Rends-lui sa bague. »

Les yeux rivés sur ses pieds nus, Buggy ne bougea pas.

« J'ai dit : Rends-lui sa putain de bague, espèce de pauvre idiote de catholique coincée ! »

Puis il l'amena de force jusqu'au lit. Elle se planta devant, secouée de spasmes. Caro sentait maintenant ces deux corps, celui de la mère et celui de la fille comme reliés par ce tremblement auquel même les Ya-Ya ne pouvaient faire obstacle.

M. Abbott agrippa la main de sa femme et lui ouvrit les doigts un à un, jusqu'à ce que la bague finisse par tomber à terre. Puis il lui assena une gifle magistrale.

« Ramasse ! ordonna-t-il. Baisse-toi et ramasse cette bague ! »

Comme en transe, Buggy Abbott se pencha pour ramasser la bague et la jeta de toutes ses forces sur le lit, où elle atterrit dans les plis de l'édredon.

Vivi, qui avait tout observé en silence sous un coin de couverture, se recouvrit la tête entièrement. Caro eut peur que son père ne la frappe elle aussi. Cela n'aurait pas été la première fois.

Il fit un pas en direction du lit. Il était grand, aussi effrayant en pyjama qu'en costume trois-pièces. Caro se raidit, prête à protéger son amie.

Elle s'attendait à recevoir des coups, elle ou ses amies, mais il chercha à tâtons sur le couvre-lit et trouva enfin le bijou. Il le glissa sous les couvertures.

« Tiens, Viviane. Je t'ai offert cette bague. Elle est à toi. C'est un cadeau. Tu comprends ? »

Il semblait presque l'implorer.

Vivi ne réagit pas.

« Réponds-moi, Viviane, dit-il.

— Oui papa, répondit Vivi toujours sous les couvertures. Je comprends. »

Il jeta un coup d'œil à Necie, Caro et Teensy, qui se terraient dans le lit. Elles ne lui avaient jamais vu cet air gêné.

Enfin, avec un grognement de dédain, il se tourna vers sa femme et lâcha : « Tu n'as pas honte de te ridiculiser ainsi devant les amies de Viviane ? »

Buggy ne répondit pas. Ses lèvres bougeaient d'un mouvement familier : elle devait marmonner des prières à la Vierge.

Tout à coup, elle arracha les couvertures et découvrit Vivi roulée en boule, les orteils dépassant à peine de sa chemise de nuit de flanelle. Caro eut un pincement au cœur.

Sans un mot, Buggy attrapa la bague et la passa au doigt de sa fille avec une telle force que Vivi hurla de douleur. D'instinct, Caro voulut lui saisir la main, mais Buggy lui échappa et quitta la pièce. M. Abbott la suivit en disant simplement : « Maintenant, tout le monde dort. »

« Allez donc cramer en enfer ! cracha Caro quand la porte fut refermée. Allez pourrir et rôtir chez Satan. »

Si elle avait pu, elle aurait emmené son amie loin de cette maison pleine de haine, sur la côte du golfe, là où ses parents avaient une villa. Elle aurait pris soin d'elle parce qu'elle aimait la Reine Ruisseau-qui-Danse, dont le corps contracté recelait des trésors de vie.

Les trois amies entourèrent Vivi. Caro la prit dans ses bras, Necie se mit à pleurer et Teensy à jurer.

« *Diablesse !* s'écria-t-elle. *Enfants de garce !* Tous les deux : lui comme elle. »

Necie sortit du lit et revint avec un mouchoir. Elle essuya les joues de Vivi : « On t'aime, mon petit chou. On t'aime beaucoup. »

Vivi ne parlait toujours pas. Caro, qui sentait le cœur de son amie battre follement dans sa poitrine, lui prit le visage dans les mains.

« Oh, ma pote », lui dit-elle.

Puis elle se leva et alluma une cigarette pour chacune.

Toujours en larmes, Necie alla entrouvrir la fenêtre.

« Allez, Vivi, dit Caro. Une petite cigarette, et on bavarde un peu. »

Vivi fuma la Lucky Strike que Caro lui tendait, les yeux fixés sur sa commode chargée de bouquets, de billets doux, et où trônait une photo d'elle et de Jack avec les Ya-Ya sur une plage du golfe.

« Ça va aller, mon nounours ? demanda Necie.

— C'est trop injuste que tu sois obligée de vivre ici, dit Teensy. Viens habiter chez nous. Geneviève sera ravie. Et Jack aussi, tu le sais bien. »

Vivi ne répondait toujours rien.

« Vivi, dit Caro. Ta mère est cinglée, et ton père aussi.

— Cinglée, non, protesta Teensy. C'est une mégère qui crève de jalousie.

— Ma mère m'aime, affirma Vivi.

— Eh bien dans ce cas, qu'elle le montre ! cria Caro. Tu es sa fille.

— Cette bague a beaucoup de valeur, ajouta Necie en lui posant doucement un doigt sur la main.

— Papa me l'a achetée, dit Vivi. Il l'a choisie lui-même. »

Il y avait dans sa voix quelque chose de mécanique qui alarma Caro.

« Tu peux en faire ce que tu veux, dit Teensy. Tu peux la vendre si tu veux. »

Caro et Necie la regardèrent.

« Elle est à toi et à toi seule, insista Caro.

— C'est comme de l'argent sur un compte en banque », expliqua Teensy.

Vivi hocha la tête et regarda ses amies.

« Qu'est-ce que vous dites de ça ? dit-elle enfin. Je suis riche, hein ?

— Oui, approuva Caro. Tu es riche. »

Vivi avait posé la robe bleu nuit sous la fenêtre balayée par les branches du chêne. On était à la mi-décembre et il commençait à faire froid. La fumée de cigarette sortait dans la nuit, de la chambre vers le monde en guerre.

Si M. ou Mme Abbott étaient revenus à ce moment-là, Caro leur aurait sauté à la gorge et les aurait poussés dans l'escalier.

Avant de s'assoupir à côté de Vivi, elle jura qu'elle se lèverait en pleine nuit, qu'elle se glisserait jusqu'à leur chambre et leur ferait quelque chose d'horrible. Elle leur ferait du mal, parce qu'ils avaient fait du mal à son amie.

Mais elle dormit d'une traite.

Quand elle s'éveilla, Vivi était levée depuis plusieurs heures. En tenue de tennis, souriante, elle sautait dans la chambre comme sur un court, et semblait avoir oublié les incidents de la nuit. Elle avait seize ans et un jour.

Caro s'extirpa du fauteuil et gagna la salle de bains. Elle remplit un verre d'eau et avala une poignée de pilules vitaminées, puis déposa sur sa main une goutte d'huile d'amande douce et massa son visage creusé de rides. Elle enfila son pyjama en se disant : Je n'aime pas ces souvenirs, nom de Dieu ! Ils réveillent ma colère. Elle prit une couverture au pied du lit et regagna le fauteuil en s'enveloppant à l'intérieur. Avant d'éteindre, elle vérifia une dernière fois qu'elle avait son inhalateur à portée de la main.

Maintenant, Buggy et Taylor Abbott ne sont plus, songea-t-elle, et les Ya-Ya sont vieilles. Quand nous mourrons, nos enfants regretteront-ils de ne pas pouvoir se venger de nous, comme moi des Abbott ? Ou nous auront-ils pardonné tous nos petits meurtres ? Lorsque Vivi a reçu la lettre de Siddy, je lui ai dit : « Vivi Chère,

259

envoie-lui ce qu'elle te demande ! Qu'est-ce que tu vas faire de cet album de vieux souvenirs ? Je sais que tu as envie de la tuer et de mettre une bombe au *New York Times*. Mais envoie-le-lui. La vie est courte, ma pote. La vie est très courte. »

20

Pendant la semaine qui suivit le bal, Buggy Abbott se réveilla chaque matin en larmes. Quand sa petite dernière, Jezie, dont elle partageait la chambre, lui demandait : « Maman a bobo ? », elle était incapable de lui répondre.

Taylor Abbott finit par lui dire : « Si tu as l'intention de continuer à te conduire de la sorte, va le faire autre part que chez moi. »

Après cela, elle ne pleura plus que lorsqu'elle était seule, en veillant à ce que son mari ne l'entende pas. Elle priait la Vierge d'apporter une réponse au problème de sa fille.

Cette réponse, elle fut sûre de l'avoir reçue sous la forme d'une suggestion que lui fit une femme de l'Association. Un matin où elles amidonnaient les ornements de l'autel, Buggy lui dit :

« Croyez-moi, madame Rabelais, je vis dans une peur terrible pour le salut de ma fille.

— Vous devriez l'envoyer sans tarder chez les sœurs de Saint-Augustin, dans l'Alabama, répondit Mme Rabelais. Elles s'y entendent pour remettre une jeune fille sur le droit chemin. Elles ne tolèrent pas les comportements imbéciles. Moi, je leur envoie de l'argent tous les ans afin de les aider à poursuivre leur œuvre de purification. »

Ancien pensionnat catholique remontant aux lendemains de la guerre de Sécession, l'école Saint-Augustin était située à Spring Hill, à cinq heures de Thornton. Elle était connue dans quatre États à la ronde comme l'endroit idéal pour les jeunes catholiques qui désiraient faire pénitence. On pouvait aussi y incarcérer celles dont les parents pensaient qu'elles avaient besoin d'une bonne leçon de piété et de discipline.

Buggy attendit que la maison soit vide et Jezie endormie. Elle s'assit à la table de la cuisine avec une tasse de café et un bloc de papier à lettres, et prit la plume avec un plaisir certain. Il y avait longtemps qu'elle n'avait pas écrit autre chose que des listes de commissions.

Après avoir recommencé quatre fois, de sa plus belle écriture, elle composa une lettre qu'elle alla poster dès que Jezie eut fini sa sieste.

> 31 décembre 1942
> 322, Compton Street
> Thornton, Louisiane

> Mère Supérieure
> École Saint-Augustin
> Spring Hill, Alabama

Chère Mère Supérieure,

C'est une mère qui vous écrit pour vous demander d'accepter sa fille dès la mi-trimestre dans votre établissement. Je ne sais guère écrire mais, avec l'aide de Dieu et de notre Sainte Mère, je ferai de mon mieux.

Ma fille, Viviane Jeanne Abbott, s'est acoquinée avec une bande de voyous, des petites pestes qui encouragent sa vanité, et n'a plus aucun égard pour moi, sa mère. Vivi et ces filles sont tout le temps fourrées ensemble et ont une très mauvaise influence les unes sur les autres. Elles fument, jurent, se jettent à la tête des gens comme des dévergondées, et l'établissement public qu'elles fréquentent les traite comme des princesses. Elles placent leur amitié au-dessus de leur amour pour Dieu le Père. Depuis que ma fille est devenue extrêmement populaire dans son lycée, je crains pour son âme.

On lui monte la tête, ma mère : Viviane Jeanne est *cheerleader*, meilleure camarade, plus jolie fille de la promo, elle fait partie de l'équipe de tennis et s'occupe du journal. Elle est trop jeune pour tout cela. Le lycée de Thornton n'est pas mauvais. Mon fils y effectue une bonne scolarité. Mais ma fille y court un grand danger. Elle est devenue si vaniteuse qu'elle refuse de se prosterner aux pieds de Notre-Dame de la Miséricorde, patronne et refuge des pécheurs.

Rien, dans sa chambre, ne rappelle l'existence de Dieu. J'ai beau chercher, je n'y vois que pompons, raquettes de tennis, photos d'acteurs de cinéma, et aussi, partout, de ce garçon dont elle se croit amoureuse. Elle adore de faux dieux, ma Mère. Elle est en train de tomber en disgrâce.

Mon mari, M. Taylor Abbott, avocat et non catholique, gâte et pourrit Viviane depuis qu'elle a l'âge de faire la moue. Depuis la naissance de ma petite dernière, Jezie, c'est encore pire. M. Abbott vient de lui offrir une bague de diamants alors qu'elle n'a que seize ans. Il n'aurait jamais dû faire ça. Une bague est quelque chose qu'on offre à sa femme dans la sainteté du mariage, ma Mère. Pas à sa fille adolescente.

Viviane subit trop l'influence de M. Abbott, qui appartient à l'Église épiscopale et n'aime que les mondanités. Il boit du rhum et fréquente les éleveurs de ces chevaux qu'on appelle les *walking-horses* du Tennessee. Ce n'est pas l'homme que je croyais avoir épousé.

C'est contre son accord que j'ai eu ma petite Jezie. Ce n'est pas ma faute si je ne peux propager la foi comme je l'ai promis à Dieu en me mariant. Chaque jour, je fais pénitence pour ne Lui avoir offert que trois enfants.

Ma mère, j'ignore quels péchés ma fille a commis exactement. Mon mari m'a interdit d'en parler, mais une mère ne peut qu'imaginer les pires impuretés. M. Abbott m'ordonne de ne plus y penser, il dit qu'une femme doit obéir à son mari, mais c'est plus fort que moi, j'ai tendance à ressasser les choses.

Sachez, mère supérieure, que ce qui m'afflige n'est pas tant ce que ma fille m'a fait à moi que ce qu'elle a fait à notre Sainte Mère l'Église et à la Vierge Marie. Si elle n'avait de torts qu'envers moi seule, je ne vous écrirais pas comme je le fais.

Viviane a besoin d'apprendre l'abnégation, de côtoyer des jeunes filles chastes et pures de corps et d'esprit, de connaître la discipline que seules les religieuses de Saint-Augustin peuvent lui imposer.

Acceptez-la, il le faut. Je remercie la Reine des Cieux d'avoir permis que votre établissement existe.

Je vous supplie, dans votre sagesse, de prendre ma fille dès que possible. Agissez sans hésiter, et vite, pour qu'au nom de Notre-Dame nous sauvions ma fille, cette fleur que Dieu a créée mais qui se flétrit. Si je ne la soustrais pas aux tentations du monde, elle mourra avant d'avoir pu s'épanouir dans son âme et dans son esprit.

Bien à vous au nom du Christ, par l'intercession de la Vierge Bénie,

Mme Taylor Abbott

P.-S. Mon mari et moi croyons comprendre que vous êtes en train d'agrandir les logements des sœurs enseignantes. Nous serons très heureux de faire parvenir une donation au Fonds pour la rénovation de Saint-Augustin dès que vous aurez trouvé une place à Viviane.

21

Lorsque Siddy tomba sur deux paquets de lettres adressées à sa mère à Saint-Augustin, elle se sentit dans la peau d'un archéologue devant une découverte capitale. La première était de Necie. Au dos de l'enveloppe, on devinait trois empreintes de lèvres.

Elle déplia le feuillet, et les mots s'envolèrent comme une nuée de moineaux en colère. On distinguait des salissures sur les bords et, là où Necie avait un peu trop appuyé la plume sur le papier, des taches d'encre. Siddy commença sa lecture.

21 janvier 1943

Ma petite Vivi chérie adorée,

Oh, mon chou, je n'aurais jamais pu imaginer t'écrire une première lettre aussi triste. Moi qui croyais que 1943 serait l'année où nous gagnerions la guerre, voilà que c'est celle où nous te perdons. J'ai le cœur brisé en mille morceaux rien qu'à l'idée que ce train t'a emportée loin de nous comme si nous ne t'aimions pas, ce qui est faux. Je t'écris de chez Caro, où nous sommes réunies. M. Bob a essayé de nous remonter le moral en nous donnant trois billets gratuits pour *Jeux dangereux*, mais rien ne peut dissiper notre tristesse.

Ton grand frère a le cafard, lui aussi. Je ne l'ai jamais vu comme ça. Quand il est venu me chercher avec Caro ce matin, j'ai fondu en larmes ; je suis montée dans la voiture en pyjama, et nous sommes allés chez Teensy. Pete s'est excusé je ne sais combien de fois d'avoir été obligé de te conduire seul à la gare, sans tes amies qui voulaient te dire au revoir ! Quand il me l'a annoncé, il pleurait presque. Oh, Vivi, ma petite douce, nous aurions dû t'accompagner, nous avions prévu des tas de choses. À côté de moi, sur la table de la cuisine, il y a une boîte pleine de pralines et de biscuits à la crème fraîche que j'avais préparés pour toi, avec un paquet cadeau et tout. Et maintenant, tu pars chez les sœurs sans emporter les gages d'amitié que nous voulions te donner. Oh, voilà que je me remets à pleurer.

Nous sommes allées chez toi un peu avant midi. Côté cuisine, comme d'habitude. Nous voulions dire à ta mère ce que nous pensions d'elle. Mais la porte était fermée à clef ! Nous avons fait un tel raffut qu'elle a fini par descendre : elle pleurait. Du coup, nous avons réfléchi à deux fois avant de l'injurier. Elle nous a dit qu'elle était malade.

« *Mais oui*, lui a répondu Teensy. Nous sommes toutes malades d'avoir perdu Vivi. » Alors, ta mère a dit qu'il fallait qu'elle aille se recoucher parce qu'elle sentait qu'elle allait s'évanouir. Caro a ouvert la bouche pour faire une réflexion, mais je l'ai arrêtée et nous sommes reparties.

Oh, Vivi, nous sommes déchirées ; c'est comme si on nous avait arraché une partie de notre corps.

Ne crois pas une seconde que nous ne serions pas venues. Nous voulions t'embrasser, te prendre dans nos bras et te supplier de rester, car ta place est auprès de nous.

Je t'embrasse comme je t'aime, et je prie pour toi,

Necie

P.-S. Je cours à la poste. Caro et Teensy attendent d'être un peu calmées pour t'écrire. Elles sont restées longtemps sur la terrasse, chez toi, avec Pete, à fumer dans le froid en pleurant. Caro veut retourner enguirlander ta mère, malade ou pas. Oh, ma chérie, nous t'aimons tant.

Siddy eut l'impression d'avoir mis le pied dans un autre monde. Elle alla s'asseoir sur le canapé avec le paquet de lettres et déplia chaque feuillet avec grand soin.

21 janvier 1943

Ma Punaise…

Désolé, petite sœur. J'aurais préféré aller me fourrer dans un nid de Japs plutôt que de te conduire à la gare ce matin.

Elles ont intérêt à bien te traiter, là-bas, tu m'entends ? Sinon, plante-leur mon couteau de poche dans le ventre.

Ton frère qui t'aime,

Pete

P.-S. Caro a dit à maman que si jamais les sœurs de Saint-Godame-Augustin te faisaient souffrir, elles entendraient parler des sœurs de Saint-Ya-Ya. Maman est repartie se coucher sans répondre.

Dans une enveloppe de la Western Union, Siddy trouva le télégramme suivant :

22 janvier 1943

MLLE-VIVI-ABBOTT - ÉCOLE SAINT-AUGUSTIN - SPRING - HILL ALABAMA - CHÉRIE-NOUS-T'AIMONS-APPELLE-NOUS-SI-TU-AS-BESOIN-DE-QUOI-QUE-CE-SOIT-QUE-LE-BON-DIEU-TE-BÉNISSE-GENEVIÈVE-SAINT-CLAIR-WHITMAN.

Elle reposa le premier paquet de lettres et se leva pour s'étirer. Hueylene regardait dehors par la baie vitrée, très intéressée par un couple de corneilles qui se disputaient bruyamment. Siddy prit un deuxième paquet, plus gros, d'enveloppes entourées d'un ruban bleu fané.

22 avril 1943

Chère Vivi,

Il y a dix jours que nous n'avons plus de nouvelles. Rien de grave, j'espère ? Je t'ai envoyé quatre lettres. Les as-tu reçues ? Nous nous inquiétons, ma pote.

Tes parents sont des salauds. Ta mère mérite une balle entre les deux yeux.

Fais-nous signe, Reine Ruisseau-qui-Danse.

X X X

On t'aime,

Caro

24 avril 1943

Vivi Chère,

Je commence à me dire que mes deux dernières lettres n'ont pas dû te parvenir parce que j'ai refusé de mettre « Jeanne » sur l'enveloppe. Cette fois-ci je le fais, même si ça ne me plaît pas du tout, pour être sûre que tu reçoives mon courrier. J'ai rêvé de toi cette nuit, un rêve effrayant qui m'a réveillée en larmes. J'en ai parlé à *maman*, et elle a eu l'idée de t'appeler. C'est ce que nous avons fait à la première heure. Mais la religieuse a refusé de nous passer la communication, en prétextant que les élèves ne pouvaient recevoir d'appels que de leur famille, et seulement le dimanche. Qu'est-ce que cet endroit où on t'interdit de parler aux gens qui t'aiment ? *Maman* a pris le téléphone pour essayer de la raisonner, mais elle n'a rien voulu entendre. *Maman* se fait du souci. Tu comprends, elle a été chez les religieuses elle aussi, quand elle était petite, mais ce n'était pas comme ça. Elle soupçonne celles de ton école d'être méchantes. Les lettres que tu écris à Jack ne sont pas trop tristes, paraît-il. Mais moi je sais que tu ne veux pas lui faire de peine. Nous pensons toutes que c'est toi qui as besoin d'être soutenue, *bébé*.

Maman aimerait savoir comment t'aider. Faut-il qu'elle parle à tes parents ? Dis-nous quoi faire, s'il te plaît.

Non, Vivi, tu n'imagines pas à quel point tu nous manques. C'est comme si on avait creusé un grand trou dans les Ya-Ya, mais aussi dans notre classe. Sans toi, l'esprit de l'école n'est plus le même. Même cette bêcheuse d'Anne McWaters demande tout le temps de tes nouvelles.

Je ne sais pas qui, de toi ou de mon frère, me manque le plus. En tout cas, je peux te dire que vous deux partis, et avec cette guerre qui n'en finit pas, j'ai vraiment le cafard. Réponds-moi vite.

X X X

Teensy

P.-S. As-tu reçu le paquet qui contenait les magazines ? Désolée de n'avoir pas pu t'envoyer plus de gnôle. Je vais essayer encore.

Siddy fronça les sourcils en imaginant la jeune Vivi arrachée au cocon de ses amies et déposée, tel un colis endommagé, dans un pensionnat de religieuses. En repliant soigneusement les lettres dans leurs enveloppes, elle eut envie de prendre dans ses bras la Vivi de seize ans, plante déracinée en pleine floraison, jetée en terre hostile, et de la réconforter. Elle eut envie de l'appeler par son vrai nom.

Si Caro, Teensy et Necie avaient été aussi secouées par son départ, qu'avait dû éprouver Vivi ? Que disait-elle dans ses lettres ? Si seulement elle pouvait entendre la version de sa mère ! Elle se leva, roula les épaules et se massa le cou pour se détendre. Tout le cours de la vie s'inscrit dans le corps. Je suis en train d'apprendre à connaître la femme qui m'a portée dans le sien.

Comme elle avait besoin de bouger, Siddy mit Huey-lene en laisse et sortit marcher le long du lac, puis dans la forêt où le soleil montant filtrait à travers les frondaisons.

À chaque pas, elle pensait à Vivi. Que s'était-il passé ? Pourquoi l'avoir éloignée ? Quel acte pouvait justifier pareille punition ? Elle qui ressentait de la colère à revendre envers sa mère, non seulement parce qu'elle venait de lui retirer son amour mais à cause de blessures plus anciennes, elle sentit son chagrin et sa vindicte se retourner contre le monde qui avait fait souffrir Vivi, puis, de nouveau, contre Vivi elle-même.

Elle s'attacha à bien poser un pied devant l'autre, pensant à son corps et à celui de sa mère, si semblables. Elle pensa à ses jambes, à la façon dont elles s'articulaient, et se dit qu'elle n'était pas une personne dotée d'un corps, mais qu'elle était ce corps qui avait passé neuf mois dans celui de Vivi. Pleine de la sensation du sol sous ses pieds, de la respiration joyeuse de la chienne qui courait à son côté, elle s'interrogea sur le savoir subliminal qui passe entre une mère et une fille. Un savoir préverbal, des histoires sans mots circulant comme le sang riche en oxygène entre une mère et son bébé, à travers le placenta. Elle se demanda si, quarante ans plus tard, elle pouvait encore recevoir des signaux de sa mère, par l'intermédiaire d'un cordon psychique capable de franchir l'obstacle de la distance et des multiples incompréhensions.

Par cette journée fraîche et pluvieuse, la brume montait entre les masses imposantes des conifères. Son œil accrocha le délicat dessin d'une branche morte qui pendait devant elle. Sur chacune des pointes duveteuses de ce tsuga de Caroline était déposée une gouttelette d'eau ; on aurait dit, suspendue en l'air, l'étoffe délicate d'une robe de soirée cousue de strass. Les racines d'un arbre tombé en travers du chemin, d'un noir violacé dans l'humidité, lui rappelèrent les veines d'une main de vieille femme. Ou les méandres et les affluents de la Garnet vus d'un avion qui répandrait un insecticide au-dessus des fermes du delta. Tout en arpentant la terre, Siddy demanda, dans une prière, à pouvoir s'épandre afin que les divins secrets enfouis en sa mère et dans la terre trouvent en elle la place de porter leurs fruits.

Buggy avait réveillé Vivi avant le lever du jour.

« Viviane Jeanne, lui dit-elle en allumant le plafonnier. Réveille-toi. Allez ! Tout de suite ! »

Éblouie par la lumière, l'estomac noué par la voix dure de sa mère, Vivi prit son oreiller dans ses bras et essaya de s'accrocher à son rêve : c'était le plein été, elle portait une robe blanche et dansait avec Jack à Marksville. Elle sentait sa main posée sur ses reins et son haleine lui effleurer la joue.

« Viviane Jeanne, répéta Buggy, lui jetant son nom complet à la figure comme une accusation. Lève-toi et habille-toi ! » Elle se baissa pour ramasser par terre les vêtements de Vivi.

« Ton père a décidé que tu prenais le premier train.

— Quoi ? » s'écria Vivi, éberluée, en se redressant d'un bond dans son lit.

Ce n'est pas possible, pensa-t-elle.

« Mais, maman, tout est prévu pour que tout le monde m'accompagne au train de 14 h 56. Tout est arrangé depuis longtemps !

— Ne m'oblige pas à me répéter, insista Buggy en se baissant de nouveau pour prendre les chaussures sous le lit.

— C'est papa qui a décidé ça ? » Vivi respirait mal. Comment son père pouvait-il l'avoir trahie à ce point ?

« Oui, répondit Buggy sans la regarder. Lève-toi. Il faut que j'enlève tes draps. »

Vivi sortit du lit mais resta à côté, les pieds gelés sur le parquet froid, appelant de tout son corps la chaleur des couvertures. Ce matin, Buggy n'était pas comme d'habitude. Une sorte d'excitation perçait dans sa voix. Déjà prête pour la messe, elle avait coiffé sa mantille.

D'un geste brusque, elle fit voler les couvertures, puis les draps. Avec une efficacité d'infirmière, elle dépouilla les oreillers de leurs taies et le matelas de son molleton.

Chacun de ses gestes criait sa rage envers sa fille. Sans un mot, elle plia le linge avec des claquements secs, rejetant ainsi le jeune corps ferme et épanoui qui avait réchauffé ce lit.

En l'observant, Vivi le sentit. D'instinct, elle croisa les mains sur sa poitrine, désireuse d'opposer à Buggy une armure plus solide que sa simple chemise de nuit.

« Quand est-ce que papa a décidé ça ? demanda-t-elle. Il ne m'a rien dit hier soir.

— Ton père n'est pas obligé de tout te dire, répondit Buggy. Tu n'es pas sa femme. Moi-même, il m'a mise au courant juste avant d'aller se coucher. Il veut que tu prennes le train de 5 h 3. »

Buggy rassembla les oreillers sous son bras et leva le menton comme pour narguer sa fille. Vivi se tut. Elles se foudroyaient du regard, muscles tendus pour une bataille qu'elles ne comprenaient ni l'une ni l'autre.

Une fraction de seconde, Vivi soupçonna sa mère de mentir. Mais cette pensée l'horrifia.

Elle montra du doigt un oreiller de duvet que Delia avait confectionné avec l'aide de Ginger et se contenta de dire : « Je voudrais emporter ce petit oreiller, s'il te plaît. » Delia le lui avait offert, ainsi qu'une taie en soie, avant que la guerre interdise ce genre de luxe.

« Tu n'en auras pas besoin, rétorqua Buggy en le serrant un peu plus contre elle. On t'en donnera un à Saint-Augustin.

— Je veux cet oreiller, insista Vivi. C'est un cadeau de Delia. »

À cet instant, elle aurait tout donné pour que sa grand-mère soit auprès d'elle. Elle lui avait écrit dès que Buggy avait commencé à parler de Saint-Augustin, mais Delia, en visite au Texas chez Mlle Lee Beaufort, n'avait pas répondu. Vivi s'imaginait qu'elle l'aurait protégée. Mais Delia n'était jamais là quand on avait besoin d'elle. Vivi avait envie de se ruer sur sa mère, de la gifler, de la rouer de coups de pied, de lui jeter à la tête sa cruauté et son injustice.

« Papa est en bas ? demanda-t-elle.

— Non, répondit Buggy. Il dort. Il est exténué, Viviane Jeanne. Tu l'as épuisé. »

Depuis la fameuse soirée d'anniversaire, Taylor Abbott s'enfermait dans un profond mutisme. Quand Buggy avait évoqué l'idée de Saint-Augustin, il n'avait tenté qu'une seule fois de s'y opposer.

« Pas besoin de l'envoyer dans l'Alabama pour lui couper les ailes, avait-il dit. Les écoles de filles dispensent une drôle d'éducation. »

Mais Buggy n'était pas disposée à se laisser faire. Contrairement à son habitude, elle n'avait pas cédé devant lui. Sans donner ouvertement son accord pour Saint-Augustin, Taylor Abbott était allé s'enfermer dans son bureau, considérant la discussion comme close.

La veille au soir, donc, Vivi l'avait rejoint dans le living-room, où il écoutait les nouvelles de la guerre à la radio.

Pour parler, elle attendit qu'il y ait une réclame. « Papa, je peux t'interrompre ? »

Chez les Abbott, il fallait demander la permission de parler au chef de famille.

« Oui, Viviane », dit-il, une oreille toujours tendue vers la radio.

Vivi s'était promis de parler posément, de présenter son affaire avec logique, d'une manière qui plairait à son avocat de père. Au lieu de cela, elle lâcha tout de go, d'une voix tremblante :

« Il faut vraiment que je parte, papa ? Absolument ? Que je prenne le train demain après-midi ? Je t'en prie, papa, tu peux empêcher ça. Tu sais bien que maman t'obéit toujours. »

Il la regarda un instant, et elle fut remplie d'espoir.

« Toutes les dispositions sont prises, Viviane, lui dit-il. Tu vas à Saint-Augustin. »

Aussitôt, elle se redressa et raffermit sa voix.

Il ne faut pas que je me laisse aller, se dit-elle, ou il ne m'écoutera pas. Si seulement je pouvais être calme, sourire comme il aime qu'on sourie ; si seulement je pouvais parler sur le ton neutre qu'il apprécie tant, alors il me verrait. Un seul coup d'œil, c'est tout ce qu'il me faut. Un seul, pour qu'il comprenne qu'il ne peut pas m'expédier au loin comme ça.

Mais, lorsqu'elle ouvrit la bouche, les mots se bousculèrent en un torrent désespéré.

« Papa, s'il te plaît, je t'en prie, papa, dit-elle, les larmes aux yeux. Je ferai tout ce que tu veux. Mais ne me chasse pas, je t'en supplie. »

Taylor Abbott regarda sa fille, ses cheveux blonds retenus par un foulard, son haut de pyjama légèrement de travers, qui révélait une épaule piquetée de taches de rousseur. Les lèvres tremblantes, les yeux cernés de bleu, remplis de larmes, près de déborder, le teint cireux, elle lui apparaissait d'une pâleur anémique, tel un gardénia aux pétales flétris sur les bords. Un tel déballage lui était insupportable, lui donnait la nausée. C'était cela qu'il détestait chez sa femme, cela et la sueur, l'odeur, le sang tous les mois.

« Vivi, dit Taylor Abbott, ne supplie jamais. »

Il tendit la main vers la radio et monta le volume. Il s'adossa à son fauteuil, ferma les yeux et s'intéressa de nouveau aux informations, ignorant la présence de sa fille.

Vivi ne bougea pas ; elle examinait les dessins du tapis tout en écoutant les dernières nouvelles des troupes anglaises et indiennes en Birmanie. Son père finit par rouvrir les yeux ; il la regarda.

D'une voix confiante, il lui dit : « Tu te débrouilleras très bien, Viviane, je ne m'inquiète pas pour toi. Tu tiens des Abbott. »

Enfin, il éteignit le poste et gravit l'escalier. Vivi ne voyait que son dos, chemise blanche et bretelles.

« Dépêche-toi de t'habiller, lança Buggy à la porte de la chambre. Tu as juste le temps d'attraper le train. Pete t'emmène à la gare.

— Et papa ? demanda Vivi. Il ne vient pas ? Je veux lui dire au revoir.

— Ton père a demandé qu'on ne le réveille pas, Viviane Jeanne. Je t'en prie. Tu as déjà causé assez d'ennuis comme ça.

— Mais je ne verrai pas les Ya-Ya, maman. Je ne peux pas partir sans leur dire au revoir. On avait tout prévu.

— Il y a déjà une semaine que vous vous dites au revoir, toutes les quatre.

— Ce sont mes meilleures amies, maman. Il faut absolument que je les voie. »

Tout à coup, incapable de contenir sa rage plus longtemps, Buggy attrapa les oreillers et les draps qu'elle venait d'arracher au lit et les lança à la figure de Vivi.

« Assez ! hurla-t-elle, hors d'elle. Plus un mot de tes Petites Ya-Ya chéries ! Tu ne penses donc qu'à elles ?

— Tu ne peux pas me faire ça, maman. Ce sont mes meilleures amies. Je ne peux pas les quitter comme ça ! »

Buggy tira sur sa robe et ajusta son gilet.

« Tu ne crois pas que tu as causé assez de souffrances dans cette maison ? Trop, c'est trop ! »

Comme sa mère disparaissait, Vivi songea : Non, maman, trop n'est pas trop.

Lorsque Pete lui ouvrit la portière, il faisait chaud dans la Buick.

« J'ai mis le chauffage pour que tu ne gèles pas, lui dit-il. Buggy-la-salope est toujours dans la maison ?

— Elle est avec Jezie. Avec un peu de chance, on va rater le train. »

Pete consulta sa montre puis fit le tour de la voiture pour s'asseoir au volant. Sa démarche chaloupée d'athlète s'était alourdie. Il avait l'air sérieux.

Il claqua la portière et se tourna vers sa sœur.

« Une petite cigarette ?

— Oui », dit Vivi. Elle le regarda allumer deux Lucky avec une allumette qu'il avait grattée sur son ongle.

« Désolé d'être chargé de te conduire à la gare, ma vieille, dit-il en lui tendant sa cigarette.

— C'est pas ta faute », rétorqua Vivi en tirant une longue bouffée.

Pete cueillit un brin de tabac sur sa langue.

« Ce qui arrive, ce n'est pas ta faute non plus.

— Qu'est-ce que tu veux dire ?

— Tu n'as rien fait qui mérite qu'on t'expédie chez les pingouins comme une vulgaire marchandise, Vivi. »

Vivi tenta de sourire.

« Si maman savait qu'on appelle les sœurs les "pingouins", on l'entendrait rouspéter.

— Oh, non, dit Pete. Elle ferait pénitence pour notre âme. Merde, la pénitence, c'est son pain bénit. »

Il tapota sa veste comme pour vérifier quelque chose, jeta un coup d'œil inquiet dans le rétroviseur. « Il y a des années qu'elle attend l'occasion de te faire payer. »

Vivi compta les bagages sur le siège arrière et regarda le jardin, qui semblait mort. Sous la véranda, la clématite et la rose de montagne étaient noires et ratatinées.

« Qu'est-ce que tu racontes, Pete ? demanda Vivi.

— Eh, petite sœur, je suis ton copain, tu le sais, non ?

— Oui, bien sûr.

— Alors crois-moi. Fais gaffe à maman. Elle t'a dans le collimateur. Ouvre l'œil. »

C'est ma mère, songea Vivi. Elle m'aime, non ?

Pete prit la main de sa sœur dans la sienne et la serra fort. Les yeux tristes, il haussa les épaules : « Tu vas me manquer, ma Punaise. »

Il passa la main sous sa veste et en sortit une flasque : « Tiens, pour le voyage. Piqué exprès pour toi dans le bar de papa. »

Elle accepta ce cadeau en gage d'amour fraternel et le glissa dans son sac. « Je l'emmènerai partout avec moi, comme une amie. »

En embrassant son frère, elle aperçut sa mère qui s'avançait vers la voiture dans son manteau gris.

« Vous avez fumé, mais je ne dirai rien, dit-elle en prenant place à l'arrière.

— Parfait, ne dis rien », répondit Pete.

Buggy se mit à chantonner. Vivi crut reconnaître le *Salve Regina*. Pete siffla pour couvrir le bruit. Vivi baissa le pare-soleil et fit semblant de vérifier dans le miroir si elle avait une poussière dans l'œil. En réalité, elle voulait voir le visage de sa mère. Sans savoir ce qu'elle cherchait au juste, elle guettait une expression qui lui soufflerait la chose à dire, le comportement à adopter pour éviter ce bannissement.

Qu'elle arrête, mais qu'elle arrête de chanter comme ça ! se dit-elle. J'ai envie de lui balancer une valise dans la figure, de la harnacher comme une vache et de la laisser tomber dans un fossé, de prendre le volant, de faire demi-tour et de parcourir toutes les rues de la ville en klaxonnant pour m'affranchir de cette bonne femme qui se prend pour une martyre des temps modernes.

Mais Vivi était paralysée de tristesse.

Rassemblant ses forces, elle demanda :

« On pourrait s'arrêter chez Caro ? Ils se lèvent tôt. Ou chez Teensy, deux minutes ? C'est sur le chemin. Parfois, Geneviève lit toute la nuit quand elle ne peut pas dormir.

— Ce n'est pas une heure pour débarquer chez les gens, objecta Buggy. Et ton père a donné des instructions précises pour que nous allions d'une traite à la gare. »

Menteuse, pensa Vivi sans le dire, car c'eût été reconnaître la cruauté de sa mère.

Vivi jeta un coup d'œil à sa montre en or. Quatre heures et quart. Rien ne sera plus jamais comme avant.

Elle observa sa mère installée à l'arrière de la voiture, chapelet en main.

Elle ment comme elle respire, pensa Vivi. Et en plus, ça lui fait plaisir. Qu'est-ce qui la rend si sereine ?

Il faisait encore nuit lorsqu'ils arrivèrent à la gare. Pete descendit de voiture et alla ouvrir la portière de sa sœur.

Debout sur le trottoir, celle-ci regarda les petits nuages que son haleine dessinait dans l'air. En voyant Pete transporter ses bagages dans le hall, elle serra son sac contre elle. Seule la perspective du réconfort que lui apporterait le bourbon lui permit de ne pas s'effondrer sur place.

Buggy baissa sa vitre et lança : « Tu ne me dis pas au revoir ?

— Au revoir. »

Buggy ouvrit sa portière et tourna légèrement le haut du corps, amorçant un mouvement vers sa fille.

Vivi aurait voulu courir vers elle et enfouir sa tête dans son giron, s'accrocher à elle et ne plus la lâcher. Elle se pencha et, posant une main sur celle de sa mère, demanda : « Pour quoi pries-tu, maman ? »

Buggy lui toucha la joue : « Je prie pour toi, Viviane, qui as perdu la grâce. »

Vivi se sentit tirée en arrière. Pete l'avait attrapée par le coude.

« Eh, m'man, dit-il, fiche donc la paix à ma petite sœur. »

Il claqua la portière, enfermant sa mère dans la voiture.

Le hall de la gare était quasi désert. Seuls, quatre soldats dormaient, les pieds appuyés sur des sacs de paquetage. En les voyant, Vivi pensa à Jack.

Quand ils eurent pris le billet, Vivi et Pete s'assirent sur un long banc en bois. Vivi essayait de s'imaginer dans un film : « La belle jeune fille pense à son amoureux. » Gros plan de la caméra. « Assise dans une gare avec son frère, elle attend la fin de la guerre. Triste et esseulée, elle s'accroche au seul réconfort qu'il lui reste. »

Vivi jeta un coup d'œil vers la porte pour s'assurer que sa mère ne venait pas les rejoindre, puis elle sortit la flasque de son sac et la tendit à Pete.

« Toi d'abord, bébé », dit-il, et Vivi en avala un peu.

Le bourbon lui fit l'effet d'un ruban de velours déroulé dans sa gorge. Elle attendit un instant et but une seconde gorgée, qui lui réchauffa le corps. Elle associait le goût du whisky avec les bons moments, avec la sensation d'être désirée, avec son éveil sexuel. À la troisième gorgée, elle regrettait déjà de ne pas avoir une autre flasque – ou même une ou deux bouteilles – cachée dans ses bagages.

Elle passa le whisky à Pete, qui en prit un peu et le lui rendit.

« Donne-moi ta main », lui dit-il.

Elle tendit sa paume ouverte, dans laquelle il plaqua un petit objet lourd et compact. Vivi reconnut son canif, dont il était très jaloux et qu'elle avait toujours admiré. Elle le soupesa, en sentit le manche rouge et argent, qui avait gardé l'odeur de Pete, une odeur de garçon.

« Je ne peux pas laisser ma frangine partir sans canif, Vivi, lui expliqua-t-il. Ça peut te tirer de toutes sortes d'embarras. Si jamais un pingouin essaie de t'embêter, plante-le-lui dans le derrière et prends tes jambes à ton cou ! »

Vivi esquissa un sourire. « Merci, Pete. »

Puis elle occupa le temps qu'il lui restait à graver son nom dans le bois du banc : V-I-V-I A-B-B-O-T-T.

« Banc dédié à la mémoire de Vivi Abbott, approuva Pete.

— Comme ça, personne ne peut plus m'oublier. »

Pete porta ses bagages jusque dans le train. Quand elle eut trouvé sa place, il lui donna une accolade bourrue.

« Je t'aime, ma Punaise.

— Je t'aime, Pete. »

Il se tourna vers l'employé noir qui passait :

« Prenez soin de ma petite sœur, v's aut', d'accord ? Vous voyagez avec de la marchandise fragile.

— Bien, m'sieur », dit l'homme en souriant à Vivi.

Quand Pete fut redescendu sur le quai, Vivi avala deux gorgées de bourbon et se mit à pleurer.

Dans son pull angora bleu pâle et sa jupe plissée crème, Viviane Jeanne Abbott se cala sur le siège du Southern Crescent et ramena autour d'elle son manteau bleu marine à col de renard en essayant de croire que ses bras étaient ceux de Jack et que tout le monde l'adorait.

26 janvier 1943

Chère Caro,

Ici, toutes les filles sont laides. Je ne veux pas dire communes ou ordinaires, mais laides. C'est le genre d'école où les élèves se répartissent en deux catégories : 1) les filles de grenouilles de bénitier ; 2) les méchantes filles qu'il faut punir. Je suppose que je fais partie des deux.

Non seulement elles sont moches, mais elles puent. Toute cette boîte pue le chou bouilli et les vieilles chaussettes. À elle seule, cette odeur est une pénitence pour trente-six mille péchés mortels. Obéis à l'Église, confesse tes péchés et crève, voilà pourquoi nous sommes là. Tout vient de la mère supérieure, la Boris Karloff de l'univers des religieuses.

J'ai une chambre qui n'en est pas une. Ce n'est pas même un débarras. C'est un clapier, un trou, une cellule. Il y a une paillasse, une chaise et une cuvette sur une petite commode. Des crochets au mur, pas de placard.

J'ai demandé à la sœur qui m'y a accompagnée où était mon placard, et elle m'a dit qu'il n'y en avait pas. Comme si j'avais demandé une suite au Grand Hôtel.

En lui montrant mes valises et ma malle, je lui ai dit : « Mais il faut bien que je pende mes robes. »

Elle m'a regardée comme si j'avais un bec-de-lièvre. Elle m'a répondu :

« Vos bagages, c'est votre croix à porter. »

Caro, je ne sais pas si je suis au purgatoire ou tout simplement en enfer.

Tendrement,

Vivi

Au bout d'une semaine à Saint-Augustin, Vivi avait compris que les élèves la détestaient. Au bout de dix jours, que les sœurs aussi la haïssaient.

Au début, elle avait essayé de sourire : en pure perte. Personne, absolument personne ne lui avait rendu ses amabilités. On la toisait des pieds à la tête en marmonnant des méchancetés. Elle devait avoir les cheveux trop blonds, les yeux trop vifs, un langage trop dans le vent et, surtout, de trop jolies robes. Malgré tous ses efforts, Vivi ne put trouver une seule autre mauvaise graine avec laquelle se lier.

Les couloirs sentaient un mélange de porridge et de graillon. Vivi les parcourait en pinçant le nez. Elle avait un odorat si développé qu'elle pouvait dire quand les gens avaient peur, ou s'ils avaient mangé des pêches. Ou encore, s'ils avaient assez dormi. Elle détectait l'odeur des tubéreuses dans les cheveux de quelqu'un plusieurs jours après que la personne avait été en contact avec ces fleurs. Il n'y avait pas de tubéreuses à Saint-Augustin.

Sœur Fermin, qui enseignait la religion, prenait un malin plaisir à commencer ses cours en regardant Vivi : « Que celles d'entre vous qui ont été envoyées ici parce qu'elles ont péché fassent bien attention. Après la douleur que vous avez infligée à vos familles, vous ne méritez plus d'être aimées de Dieu. Mais, si vous étudiez d'arrache-pied et que vous gardez toujours présente à l'esprit la honte que vous portez dans votre cœur, vous retrouverez un jour la lumière de l'amour de Dieu le Père. »

Alors, les autres filles se tournaient vers Vivi et la lorgnaient, bouche bée, comme elles auraient dévisagé un assassin d'enfant ou un nazi. Vivi avait envie de les envoyer se faire cramer en enfer, mais le jeu n'en valait même pas la chandelle.

Dans sa cellule, elle mit sa malle debout et plaça au-dessus la photo d'elle avec Jack au bal de mardi gras donné au lycée. À côté, elle disposa des clichés des

Ya-Ya à Spring Creek et sur la côte. Le panier où elle avait mis les pétales séchés des roses que Jack lui avait envoyées le jour de son départ pour l'armée trouva sa place devant une photo de famille.

Elle prit la robe qu'elle avait portée à son bal d'anniversaire et l'accrocha au mur, où le vêtement s'épanouit comme une immense fleur au-dessus du crucifix réglementaire. Si elle ne mettait pas un peu de couleur dans sa chambre, elle mourrait. Quand elle revenait des salles de classe glaciales et pleines de poussière de craie, ou de la cantine qui sentait les petits pois moisis, elle trempait les lèvres dans la flasque de Pete et contemplait ce mur en imaginant qu'elle allait faire la fête.

Dieu merci, elle avait réussi à subtiliser l'oreiller de Delia. Chez les sœurs, on dormait sans. Contraire au règlement. Voilà qui effrayait Vivi plus encore que la couleur vert dégueulis qui couvrait tous les murs. Chaque matin, à son réveil dans ce pénitencier, elle devait le cacher pour que la surveillante de dortoir ne le lui confisque pas.

Qu'elles aillent se faire foutre, pria Vivi. Elles et le balai sur lequel elles sont arrivées ici. Faites qu'elles ne me mettent pas la main dessus. Je suis Vivi Abbott, membre de la tribu royale des Ya-Ya. Je suis *cheer-leader*. Un jour, je jouerai à Wimbledon. Je suis aimée d'un garçon absolument merveilleux. Là d'où je viens, les gens sont mes amis.

Sainte Mère pleine de vertus, toi qui es patiente, toi qui sais, fortifie-moi contre mes ennemis. Fais en sorte que mes maux de tête disparaissent. Envoie-moi une caresse, une clope, un baiser, un câlin. Aide-moi à ne pas mourir comme une fleur séchée sur pied.

Chères Caro, Teensy et Necie,

Depuis cinq semaines et trois jours, je suis enterrée vivante ici. Je ne respire pas. On nous réveille en cognant sur notre porte à cinq heures du matin. Je dois m'asperger le visage d'eau froide, enlever ma chemise, enfiler mon uniforme en laine grise qui me gratte affreusement, mes chaussettes montantes et mes mocassins bicolores, et coiffer mon voile avant d'aller directement à la chapelle sans ouvrir la bouche. Un prêtre aux yeux de crapaud dit la messe et nous confesse. Pas de chants, pas de musique, pas de danse, jamais. Je ne suis jamais restée aussi longtemps sans danser depuis que je suis née. Même maman ne nous empêchait pas de danser. Quand je communie, l'hostie se colle à mon palais tellement j'ai la bouche sèche.

Ici, on ne nous autorise que deux feuilles de papier toilette, parce que le gâchis est un péché. Il y a des surveillantes aux toilettes. Il y a même des filles qui demandent à être surveillantes. Elles trouvent que c'est un honneur, comme d'avoir le prix de camaraderie. Vous voyez l'ambiance.

On ne peut pas prendre de bains. Seulement des douches, et encore on a l'impression qu'on nous crache dessus. Pas de Ya-Ya non plus. Pas de Jack. Je serais prête à commettre un meurtre pour que Shirley m'apporte au lit un café au lait, sucré au miel. Et un double meurtre pour vous revoir toutes les trois, et Jack.

Ici, personne ne rit.

Je me dessèche, je me flétris.

Je vous en prie, demandez à Pete d'intercéder en ma faveur auprès de papa. J'ai écrit à maman, mais elle ne m'a pas répondu.

Je ne devrais pas me plaindre, vu que nous sommes en guerre. Je ne comprends pas pourquoi ils veulent me rendre si malheureuse.

Votre Vivi

P.-S. Trouvez-moi de la gnôle et envoyez-la vite.

Elle écrivit à sa mère une variante de la lettre qu'elle lui avait envoyée plusieurs fois depuis son arrivée.

1er mars 1943

Chère Mère,

Pardonne-moi, je t'en prie. Je ne sais pas ce que j'ai fait de mal, mais je te demande pardon. Je n'ai pas voulu te blesser. Si tu me laisses rentrer à la maison, je ne te décevrai plus. Je t'en prie, maman. Laisse-moi revenir. Tu me manques, tout le monde me manque terriblement.

Affectueusement,

Vivi

Au bout d'un peu plus d'un mois, la nourriture commença à lui répugner. Tout était trop salé. Quatre jours d'affilée, elle eut la nausée après avoir mangé le porridge du petit déjeuner. Après, elle se contenta de pousser du bout de sa cuiller le contenu du bol sale, en buvant son jus de fruits à petites gorgées.

Au déjeuner, on leur servait de la soupe, aussi salée que le porridge ; elle cessa d'en manger. Au dîner, les choux ramollis avaient l'odeur des couches de Jezie. La seule chose qu'elle dévorait avec plaisir était la pomme qu'on leur donnait au souper. Elle l'emportait dans sa cellule, ouvrait la fenêtre et la posait sur le rebord pour la rafraîchir. Puis elle prenait le canif de Pete et coupait le fruit en tranches très minces qu'elle mettait dans sa bouche une à une. Et elle aurait donné n'importe quoi en échange d'une flasque de bourbon.

Après avoir terminé, elle s'allongeait sur le lit dur et posait le cœur de la pomme sur l'oreiller de Delia pour en sentir le parfum en dormant.

Elle était tenaillée par l'envie de revoir ses amies, Jack, Geneviève, de pouvoir boire des Coca et manger des *po' boy*[1], de retrouver les solos de batterie de Gene Krupa et les accords suaves de Harry James, et aussi les bavardages quotidiens avec les Ya-Ya sur le tapis, devant la cheminée ou dehors, dans la véranda. L'attention, la musique, le rire et les petits potins, les jeux de cartes avec Pete dans la cuisine, la nuit. Et même son père et sa mère. Sa famille lui manquait tellement qu'elle commença à se décourager.

Elle cessa d'écrire et redouta l'arrivée du courrier qui lui rappelait tant ce dont elle était privée. Les nouvelles de la guerre l'attristaient et elle s'affolait pour Jack. Elle avait l'impression de perdre prise ; s'accrocher l'épuisait. Au bout de quelques semaines, monter un simple étage fut au-delà de ses forces.

Un après-midi d'avril, elle reçut l'unique lettre que lui envoya sa mère pendant tout son séjour à Saint-Augustin.

24 avril 1943

Chère Jeanne,

Je suis contente d'apprendre qu'on t'appelle maintenant par le nom de ta sainte patronne. C'est ton père et Delia qui t'ont nommée Viviane, pas moi.

La mère supérieure m'a écrit pour me parler de son entrevue avec toi la semaine dernière. Inquiète du salut de ton âme, elle a décidé que, selon la volonté de Dieu, à partir d'aujourd'hui tu devrais répondre au seul nom de Jeanne. Les autres pensionnaires ont reçu ordre de ne plus te nommer autrement. Tout courrier adressé à Viviane ou à Vivi sera aussitôt retourné à l'expéditeur.

Nous espérons qu'en invoquant Jeanne d'Arc, tu seras plus forte dans ton combat contre le démon qui habite ton âme.

---

1. Sandwich à la baguette garni à l'origine de restes, aujourd'hui de rosbif, de crabe ou de crevettes frites. *(N.d.T.)*

La mère supérieure m'a également rapporté que tu étais insolente avec elle, que tu faisais de l'humour en te disant contente de ne pas t'appeler Hedwig. Il paraît aussi que tu l'appelles le « phacochère ». Je dois dire que je suis tout à fait d'accord avec elle : l'école publique a sérieusement endommagé ton respect pour la sainteté et l'autorité. Tu as grand besoin de discipline.

Non, je ne peux t'autoriser à revenir à la maison. Tu t'habitueras à Saint-Augustin, ce n'est qu'une question de temps. Tu dois offrir ces désagréments à Notre Très Saint Sauveur, qui est mort pour nos péchés.

Tu me demandes pardon de m'avoir fait du mal. Comprends bien que venant de toi rien ne m'atteint. C'est la Vierge Marie et l'Enfant Jésus que tu offenses. C'est devant eux que tu dois t'agenouiller, d'eux que tu dois implorer le pardon. Que le Seigneur Notre Dieu te bénisse et que la Vierge Marie te guide dans toutes tes actions.

Affectueusement,

Ta mère

Ce jour-là, Vivi s'évanouit pendant le cours de gymnastique. Ses jambes se dérobèrent, et elle s'écroula, ses genoux heurtant le vieux parquet vernis. C'était presque agréable de se laisser aller.

La sœur enseignante réagit avec brusquerie et efficacité, en reprochant presque à Vivi sa faiblesse. La jeune fille eut le droit de passer le reste de l'après-midi dans sa chambre, où elle sombra dans un sommeil fiévreux. Elle s'éveilla en sueur, les draps collés à la peau. Le mal de tête qui l'avait guettée toute la semaine avait maintenant conquis le terrain. Quand elle voulut se lever, la pièce et les meubles se mirent à tourner. Tout, en elle, autour d'elle, bougeait et s'épanchait.

Prise tour à tour de bouffées de chaleur et de frissons, elle voulut aller aux toilettes et se força à se lever. Incapable de tenir debout, elle gagna la porte à quatre pattes. Là, elle se releva en tremblant violemment et eut du mal à conserver son équilibre. Elle avait l'impression que, quelque part en elle, un roulement à bille central et essentiel s'était cassé.

Vivi longea le couloir en s'appuyant au mur, les poignées des portes lui blessant les côtes au passage. Elle arriva à bout de forces. Jamais elle n'avait été aussi malade. Agenouillée au-dessus de la cuvette, elle eut des vomissements si violents qu'ils irradiaient jusque dans son cou et son dos. Dans sa tête, la douleur était tellement lancinante qu'elle ne voyait plus que des taches noires et grises. Elle se serait crue retournée comme un gant, récurée de fond en comble.

À un moment, la porte de sa cabine s'ouvrit, et elle faillit pousser un cri de soulagement. Enfin, quelqu'un ! Quelqu'un qui va gentiment écarter mes cheveux de mon visage et m'appliquer une compresse froide sur le front, comme le fait maman quand je suis malade.

« Il y a trop longtemps que vous êtes ici ! tonna la voix. Je vais dire à la mère supérieure que vous gâchez le papier hygiénique, Jeanne Abbott. »

Étendue par terre, Vivi ne réagit pas.

En revenant à elle, elle entendit les branches d'un arbre gratter doucement contre une vitre. Elle se crut chez elle ; malgré ses courbatures, elle eut envie de rire tout haut. Dans le lit moelleux, sa tête reposait sur deux oreillers, et elle eut même la conviction que, si elle ne se levait pas tout de suite, elle allait se mettre en retard pour la partie de tennis avec Caro.

Elle s'attendait à ouvrir les yeux sur la commode et l'armoire de sa chambre, les rideaux de chintz, avec leurs roses et leurs guirlandes de feuilles. Elle vit un rideau blanc tendu d'un côté du lit, et de l'autre une rangée de fenêtres aux volets tirés.

Un instant, elle resta étourdie. Puis elle comprit. Elle ne savait pas où elle était, mais ce n'était pas chez elle.

Vivi se mit à pleurer, si fort qu'elle eut bientôt le visage et les cheveux trempés, et même sa chemise, qu'elle ne reconnut pas ; elle ne se souvint pas de l'avoir enfilée. Elle avait besoin de se moucher : pas de mouchoir. Malgré l'horreur que cela lui inspirait, elle envisagea d'utiliser le drap.

Mon Dieu, je ne veux pas dormir dans des draps pleins de morve. Je veux mourir. Me rendormir et ne jamais me réveiller.

C'est alors que le rideau fut tiré. Un visage rond et souriant, jeune et presque joli, apparut. Derrière des lunettes sans cerclage posées sur un petit nez retroussé, Vivi découvrit des yeux bleu-gris légèrement en amande, ourlés de cils et de sourcils très blonds. Dépassant du voile, elle crut apercevoir un fin duvet de la même nuance.

« Comment vous sentez-vous, Viviane Jeanne ? » demanda la sœur.

C'était la première fois depuis un mois qu'on l'appelait par son véritable nom. La première fois qu'on lui souriait depuis que l'employé des chemins de fer l'avait quittée sur le quai de la gare.

« Vous êtes une sœur de Saint-Augustin ? » hasarda Vivi, la voix rauque. L'habit et le voile étaient différents. Quant au sourire, c'était un choc.

« J'appartiens à un autre ordre, un ordre de sœurs infirmières, répondit la religieuse. Je m'appelle sœur Solange. »

Un nom français, pensa Vivi. Déjà fatiguée par leur bref échange, elle ferma les yeux.

« Vous sentez-vous la force de vous nourrir un peu ? » demanda sœur Solange.

La douceur de sa voix stupéfia Vivi. Il y a bien longtemps que je n'ai pas rencontré la bonté, se dit-elle. Dans mon ancienne vie, il y en avait tant que je trouvais ça normal, comme le sucre avant la guerre.

Retenant ses larmes, Vivi renifla bruyamment.

« Oh, pardon, dit la sœur. Avant tout, c'est un mouchoir propre qu'il vous faut. »

Elle disparut un instant et revint avec deux mouchoirs de coton blanc bien repassés, qu'elle posa sur le lit près de la main de la malade.

Vivi en prit un et l'approcha de son nez. Il sentait le linge propre et un vague parfum de fleurs. La première bonne odeur depuis son arrivée. Elle le déplia, s'essuya les yeux et le visage, se moucha. Elle posait la main sur le deuxième lorsqu'elle se ravisa.

« Je peux prendre l'autre aussi, ma sœur ? demanda-t-elle prudemment.

— Mais bien sûr. D'ailleurs, il vous en faut plusieurs. »

Lorsqu'elle disparut de nouveau, Vivi se débarbouilla de son mieux. Elle se sentait poisseuse, repoussante.

Sœur Solange posa une pile de mouchoirs fraîchement repassés sur le lit. Il fut un temps où Vivi n'aurait même pas remarqué ce geste. Mais la présence de ces carrés de coton pliés à côté d'elle lui sembla si extravagante que son premier réflexe fut de les cacher avant qu'on les lui confisque.

Quand la religieuse se détourna, Vivi pensa : Elle ne me hait pas.

Sœur Solange revint avec un grand bol blanc plein d'eau chaude qu'elle posa sur la table. Elle y trempa un linge, l'essora et se pencha sur Vivi : « Fermez les yeux, s'il vous plaît », dit-elle, et elle lui lava le front. Vivi inspira un grand coup. La chaleur lui emplissait la tête, la gentillesse lui pansait le cœur. Elle se rendormit.

Lorsqu'elle s'éveilla, sœur Solange était près de son lit, un plateau à la main. L'odeur toute simple et agréable des pommes de terre, carottes et oignons cuits dans le bouillon lui monta aux narines. Dans le bol, elle reconnut l'orange des carottes et le vert des céleris. Il y avait aussi un morceau de pain frais sur une assiette et un petit verre de jus de pomme.

« Tenez, dit sœur Solange. Votre premier repas de malade. »

Sans la forcer à manger, elle posa le plateau sur la table. Après s'y être accoutumée, Vivi se mit lentement sur son séant et se laissa servir. En voyant le bol, elle faillit avoir un haut-le-cœur : il lui rappelait la nourriture de Saint-Augustin. Elle porta la cuiller à ses lèvres et put enfin savourer un aliment bon et sain. Apaisée par le goût familier des légumes cuits, elle en avala la moitié et s'arrêta, épuisée.

Sœur Solange enleva le plateau ; comme par magie, elle fit apparaître trois pommes, qu'elle posa sur la table de chevet en disant : « Au cas où vous auriez faim plus tard. »

Vivi sombra dans un profond sommeil. Lorsqu'elle s'éveilla, sans notion du temps écoulé, elle aperçut les trois pommes, qui semblaient l'observer, l'appeler à sortir de ses rêves sombres.

Quand sœur Solange réapparut, Vivi se demanda si elle avait attendu derrière le rideau pendant qu'elle dormait.

« Bonjour, Viviane Jeanne, dit-elle. Voulez-vous que je vous accompagne aux toilettes ?

— Oui, ma sœur. »

Vivi voulut poser le pied par terre, mais ses étourdissements reprirent. Sœur Solange la rattrapa et lui passa un bras autour de la taille en l'appuyant contre elle. Lentement, elles gagnèrent des toilettes qui ne ressemblaient pas à celles du dortoir : elles avaient une vraie porte, qui fermait.

« Je suis juste derrière, au cas où vous auriez besoin d'aide », dit la religieuse en refermant la porte.

Vivi fut prise d'un autre vertige au moment où elle voulut se relever. Elle se rassit. « Ma sœur ? » dit-elle à voix basse. Pas de réponse. L'avait-elle laissée toute seule, abandonnée à ses vertiges et à ses vomissements jusqu'à ce qu'une surveillante de toilettes vienne l'attaquer ? Cette fois-ci, elle en mourrait.

« Ma sœur ? répéta Vivi un peu plus fort. Vous pouvez venir ? »

La porte s'ouvrit, et sœur Solange entra, les yeux baissés. Soutenant Vivi, elle la ramena jusqu'à son lit.

« Vous êtes faible comme un chaton, Viviane Jeanne, lui dit-elle. Faible comme un petit chaton de Dieu. »

Vivi crut déceler sur la religieuse un léger parfum de lavande. Mais oui, se dit-elle. De la lavande. C'est ça que sentaient les mouchoirs. Comment est-ce possible ? Je n'ai pas vu de pieds de lavande autour du pensionnat. L'odeur de sœur Solange était un petit plaisir qui l'emplissait de gratitude.

« Vous sentez-vous d'attaque pour un bain ? » demanda l'infirmière.

Un bain, pensa Vivi. Notre-Dame de la Miséricorde. Un bain !

« Vous voulez dire un vrai bain, ou une douche ?

— Non, non, un vrai bain. Nous n'avons pas autre chose ici. Nous n'avons qu'une vieille baignoire, c'est tout. »

À lui seul, le mot « bain » était tout un poème, un luxe éblouissant.

« Oui, ma sœur, répondit Vivi. Je suis d'attaque pour un bain.

— Très bien. Dans ce cas, je vous propose un marché. Vous prenez un repas, un vrai repas, et ensuite vous aurez droit à un bain. »

Ma parole, elle m'achète ! C'est bien la première fois qu'on me soudoie avec un bain pour me faire manger.

Mâchant longuement chaque morceau, Vivi Abbott réussit à avaler une pomme de terre presque entière. Son corps de seize ans, qui manquait de caresses depuis longtemps, appelait la sensation de l'eau chaude sur sa peau nue, de la vapeur sur son visage, de cet élément qui allait la prendre dans ses bras. Pour gagner ce plaisir-là, elle était prête à tout.

Sœur Solange la laissa seule un instant pendant qu'elle allait chercher des serviettes. Vivi s'immergea dans l'eau bien chaude, s'en laissa recouvrir le menton, le nez, le front.

Quand elle sortit la tête pour respirer, elle eut froid et se sentit nue. Elle se replongea dans l'eau, comme elle l'aurait fait avec les Ya-Ya à Spring Creek à l'heure où le soleil baissait et qu'on enlevait les maillots pour se laver au savon à l'huile d'amande douce, en laissant l'eau de la rivière couler entre ses jambes. Sous l'eau, Vivi pénétrait dans un monde différent. Elle voyait la lumière filtrer par les hautes fenêtres, mais n'entendait rien. Autant rester là, rien ne la pressait de ressortir. Quel délice de plonger dans une vie liquide, sans pointes ni angles !

« Viviane Jeanne ! » cria la religieuse en se penchant sur la baignoire.

Vivi émergea, de mauvaise humeur.

« Quoi ? questionna-t-elle d'un ton rogue.

— J'ai une surprise pour vous.

— Une surprise ? » répéta Vivi, incrédule. Des surprises, elle en avait eu assez comme ça.

« Oui, oui, insista sœur Solange. Mais ne le dites à personne. Ce sera notre secret.

— Promis », dit Vivi, intéressée malgré elle.

Sœur Solange prit dans les plis de sa robe un sachet de mousseline de la taille d'une figue.

« *Voilà !* dit-elle en le laissant tomber dans le bain.

— Mais… qu'est-ce que c'est ? demanda Vivi, ébahie.

— Fermez les yeux et respirez. »

Vivi inspira longuement. Mêlée à la vapeur du bain, une odeur de lavande lui chatouilla les narines.

De la lavande dans mon bain. C'est divin. Cette personne sait qui je suis. Vivi dit simplement :

« De la lavande, oh, là, là !

— Je la fais pousser moi-même, expliqua sœur Solange en s'asseyant sur un tabouret. J'en ai trois gros pieds derrière la buanderie.

— Mais pourquoi faut-il que je n'en parle à personne ?

— Eh bien, les enfants de Dieu n'ont pas tous les mêmes idées sur la convalescence. Les autres sœurs me trouveraient peut-être vieux jeu. Ou… trop indulgente. »

Cette sœur Solange est vraiment surprenante, songea Vivi. Chaque fois que j'ai envie de me laisser couler, elle me sort quelque chose de sa jupe.

« Merci, dit Vivi. J'adore ça.

— Je m'en doute. J'ai bien vu comment vous avez senti les mouchoirs. »

Un petit sourire se dessina sur les lèvres de Vivi.

« Eh bien, Viviane Jeanne, observa sœur Solange, la bouche arrondie, feignant la surprise, c'est la première fois que je vous vois sourire en trois jours.

— Trois jours ? s'étonna Vivi. Je suis ici depuis trois jours ?

— Bientôt quatre, répondit la religieuse. On vous a amenée vendredi après-midi. Nous sommes mardi matin. Depuis une semaine, je n'ai vu que vous comme malade. Par moments, je n'ai pas grand-chose à faire.

Mais j'imagine que les affaires vont reprendre dans une quinzaine de jours, avec la nouvelle vague de rhumes. »

Elle bougea la pile de serviettes propres sur ses genoux.

« Ça ne vous gêne pas, ma sœur, demanda Vivi, de me voir toute nue ?

— Dieu du ciel ! s'écria sœur Solange en remontant ses manches. Pourquoi voulez-vous que ça me gêne ? Je suis infirmière. J'en ai vu, des corps nus – garçons, filles, hommes et femmes, de toutes les formes –, nous sommes tous les créatures de Dieu. L'âme a besoin d'un corps. Il n'y a pas de honte à avoir. »

Vivi ferma les yeux de nouveau. Cette religieuse était vraiment déroutante.

« D'ailleurs, je viens d'une famille de cinq sœurs. Quand nous étions petites, nous prenions toujours notre bain ensemble.

— Cinq sœurs ? demanda Vivi. Moi, je n'en ai qu'une, et elle est toute petite. Mais j'ai trois amies intimes. Elles sont comme des sœurs pour moi.

— Je parie que vous avez beaucoup d'amis, Viviane, dit sœur Solange en se levant. Bon, mieux vaudrait que vous ne vous attardiez pas trop là-dedans. Je n'ai pas envie de vous retrouver à l'état de pruneau. Et vous êtes encore faible. Vous sortez ?

— Je peux sortir toute seule, dit Vivi, qui n'avait guère envie de se montrer si maigre devant quiconque, fût-ce une religieuse.

— Non, répliqua fermement sœur Solange. Je suis responsable de vous, je vous aide. »

Vivi céda, s'appuyant sur elle pour se sécher. Bientôt, elle fut vêtue d'une chemise de nuit propre, toute simple.

Épuisée, elle dormit la journée entière et ne s'éveilla que quand on lui apporta du riz et des légumes pour le dîner. Elle en mangea un peu et finit par une pomme, qu'elle coupa en gros quartiers.

Cette nuit-là, elle aperçut en rêve le visage de sa mère. Elle aurait pu lui toucher la joue tant elle se penchait près d'elle, mais Buggy ne la voyait pas. Elle semblait chercher quelque chose.

« Maman ! cria Vivi dans son sommeil. C'est moi, maman ! Regarde-moi ! Maman ! »

Elle se tourna dans son lit, trempée de sueur et de larmes. Elle trembla et se convulsa quand sœur Solange alluma la lumière, mais sans s'éveiller tout à fait. La religieuse, en chemise de coton blanc, n'était pas voilée. Ses cheveux courts et blonds lui donnaient l'air d'un canari ébouriffé, sans rien ôter à sa beauté et à sa grâce naturelles.

« Viviane Jeanne, dit-elle en lui posant la main sur le front. Mon enfant. »

Ces paroles de compassion aidèrent Vivi à sortir de son cauchemar. Mais c'était la voix de sa mère qu'elle voulait entendre, et de personne d'autre.

« Qu'est-ce qui vous tourmente ? murmura la religieuse.

— Je veux rentrer chez moi, dit Vivi. Je veux ma mère. »

Le lendemain, en s'éveillant de sa sieste, Vivi entendit la voix de la mère supérieure. Elle ouvrit les yeux et se mit à compter les rais de soleil qui passaient par les volets entrouverts. À en juger par la lumière, il devait être midi.

Peu après, sœur Solange l'aida à se lever et à s'habiller. En prenant congé, elle lui glissa un sachet de lavande dans la main et lui referma les doigts dessus, comme attristée de la voir partir.

Sœur Solange a fait vœu d'obéissance, se dit Vivi. C'est pour ça qu'elle m'accompagne jusqu'à la porte, qu'elle m'oblige à la quitter.

Vivi se conforma aux ordres de la mère supérieure et retourna tout de suite en classe. Ensuite, elle se dispensa du dîner et alla s'allonger sur son lit, le sachet de lavande à la main. En l'absence des autres élèves, les couloirs étaient silencieux. Vivi se sentait comme seule sur un immense paquebot.

Après avoir enlevé son uniforme de laine grise, elle décrocha du mur sa robe de velours bleu. Malheureusement, il n'existait pas de miroir à Saint-Augustin. Elle fouilla dans sa malle et trouva le poudrier d'argent au couvercle gravé d'une rose que Geneviève lui avait offert avant son départ et qui avait gardé l'odeur de son dressing-room. Vivi s'examina dans le minuscule miroir. Elle scruta ses yeux, son nez, sa bouche, et regretta de ne pouvoir se regarder en entier. Elle posa la chaise sur son lit, devant la fenêtre, et y grimpa, sa robe à la main. Comme la nuit était tombée, la lumière de la chambre lui permettait de s'apercevoir dans la vitre. Elle enfila la robe par-dessus sa tête. Le bustier était devenu beaucoup trop grand pour son corps amaigri.

Quand je la portais, Jack me touchait sans arrêt, songea-t-elle. Il caressait doucement le velours pendant que nous dansions ; sa main si tendre me faisait frissonner d'excitation.

Vivi laissa glisser sa robe, regarda ses seins et les souleva doucement dans les paumes de ses mains. Puis elle baissa les bras et continua de se regarder jusqu'à ce que tout, autour d'elle, se mette à tourner.

Elle descendit de son échafaudage en faisant bien attention à ne pas tomber, remit la chaise à sa place et éteignit la lumière. Puis elle ouvrit la fenêtre en grand et s'étendit sur la couverture. La laine rugueuse lui grattait le dos. Ses yeux la brûlaient. Ah, si seulement elle avait eu du bourbon ! Bientôt, elle s'endormit profondément.

Elle rêva de Jack. Ils étaient à Spring Creek, allongés sur une couverture à carreaux roses et blancs, se tenaient par la main en regardant brûler un grand feu. Elle avait faim de choses à cuire au feu de bois, de choses comme on en mangeait toujours à Spring Creek. Tout d'un coup, les flammes s'abattaient sur eux ; des flammes vives, furieuses, dévorantes. Quand elle tendit la main vers Jack, il était une torche vivante.

Elle s'éveilla en hurlant, les narines emplies d'une odeur de tissu roussi. Elle mit un moment à se rendre compte que le feu avait effectivement pris au pied de son lit. Sa robe bleue brûlait, et déjà les flammes attaquaient ses draps.

Vivi se leva d'un bond, étourdie de fatigue et de frayeur. Elle serra l'oreiller de Delia contre sa poitrine, les pieds rivés au sol. Tandis que le feu gagnait le lit, elle contempla, horrifiée par les flammes mais en même temps réconfortée par la chaleur sur son corps nu, sa robe partie en fumée. Elle avait l'impression d'assister à un joli ballet démoniaque.

Bien que n'ayant ni vu ni entendu personne arriver, elle fut saisie par-derrière et entraînée à l'extérieur de la pièce. Elle se retrouva seule et nue dans le couloir froid et obscur, la porte de sa chambre fermée. Quelqu'un courut, une porte claqua. Elle s'entendait respirer.

Elle se mit à hurler sans pouvoir s'arrêter, même lorsque les autres élèves vinrent voir ce qui se passait et qu'un troupeau de religieuses prises de panique débarqua ; même lorsque, l'incendie éteint, la mère supérieure lui jeta une couverture en criant : « Couvrez-vous donc, ne restez pas toute nue ! »

Elles ont brûlé ma robe d'anniversaire, songea Vivi. Elles veulent me brûler vive.

La mère supérieure la tira sans ménagement par le bras jusqu'à son bureau, puis, l'attrapant par les épaules, se mit à la secouer. La couverture de laine la grattait, tout son corps la démangeait.

« Cessez immédiatement de hurler ! ordonna la religieuse. Maîtrisez vos nerfs, Jeanne. »

Terrifiée, elle la gifla. C'était la seule manière qu'elle connaissait pour calmer quelqu'un.

Mais Vivi ne s'arrêta pas.

Sœur Solange arriva bientôt, sans voile, sa cape jetée à la hâte sur sa chemise de nuit. Elle alla droit vers Vivi et la prit dans ses bras, sans se soucier du regard courroucé que lui jetait la mère.

« Il faut que vous vous occupiez d'elle, lui dit celle-ci, dont les lunettes reflétaient la clarté de sa lampe de bureau. Elle a l'esprit gravement dérangé. »

Derrière le bureau, un tableau de Jésus au cœur ensanglanté était accroché au mur, à côté d'un crucifix sous lequel on pouvait lire : « La Victime immaculée. »

« Elle est bouleversée, ma mère ! s'écria sœur Solange. Et il y a de quoi : on a mis le feu à son lit, avec elle dedans ! »

La mère supérieure tripotait les grains de son chapelet. « C'est peut-être Jeanne elle-même qui a mis le feu ? Nous allons enquêter. »

Vivi entendait vaguement la conversation. Elle ne hurlait plus mais tremblait de tous ses membres. Les religieuses entraient et sortaient, mais elle ne suivait pas ce qui se passait. Il était question d'appeler le père

O'Donagan, le prêtre qui venait dire la messe et entendre les confessions.

« Ma mère, dit sœur Solange, ne pensez-vous pas qu'il serait plus prudent de prévenir ses parents ?

— Je ne trouve pas très judicieux de les inquiéter. Il vaut mieux régler cette affaire entre nous.

— Sauf votre respect, insista sœur Solange, en tant qu'infirmière je crois souhaitable d'avertir sa famille. Viviane Jeanne relève de maladie, et l'incendie risque de l'avoir choquée plus que nous ne le pensons.

— Sœur Solange, ma décision est prise. Nous n'alerterons pas ses parents.

— Bien, ma mère », dit la sœur, qui leva les yeux sur le Sacré-Cœur de Jésus, puis les baissa de nouveau, le vœu d'obéissance étant sacré.

« Peut-être ma mère m'autorisera-t-elle à laisser Viviane Jeanne passer la nuit à l'infirmerie afin que je puisse l'examiner ? » reprit-elle.

La mère supérieure retourna derrière son bureau et croisa les bras, les mains dans ses manches. « Accordé. Vous pouvez la prendre avec vous cette nuit. »

Puis elle leva le petit crucifix qui pendait à son chapelet et l'embrassa. « Bon, assez d'émotions pour ce soir. Il est temps de retourner se coucher. Priez, mes sœurs, pour l'âme de cette fille de Marie. »

Ici, on ne prie que pour votre âme, se dit Vivi. Votre corps peut cramer, tout le monde s'en fiche.

À l'infirmerie, sœur Solange habilla Vivi d'une longue chemise de flanelle trop grande dont les manches, bouffantes et garnies de volants, gonflaient comme des nuages sur ses bras maigres. Elle lui jeta une liseuse de coton sur les épaules, et lui plaça une bouillotte sous les pieds et une autre sur les genoux. Elles s'assirent, leurs chaises se touchant presque. De chaque côté du bureau où était posé un vase de roses se dressaient de petites armoires vitrées qui contenaient divers comprimés et tonifiants.

La religieuse avait posé une tasse d'infusion et une assiette de biscuits au gingembre devant Vivi, et l'observait attentivement. « Allez-y, servez-vous », proposa-t-elle.

Quand Vivi porta la tasse à ses lèvres, sa main trembla si fort qu'elle répandit du liquide chaud sur sa chemise de nuit. Elle ne parut pas le remarquer, absorbée qu'elle était dans la contemplation des fleurs de camomille jaune d'or flottant dans la tisane.

Elle but une gorgée sous les encouragements de sœur Solange : « C'est bien. Maintenant, un biscuit. » Comme Vivi regardait fixement le biscuit sans se décider à y mordre, elle ajouta : « Il faut que nous parlions, Viviane. »

D'entendre prononcer son véritable nom fut pour Vivi comme d'être aveuglée par l'éclat d'un rayon de soleil réfléchi sur une boucle ou un papier d'argent. Hésitante, elle regarda la religieuse.

« Comment vous appelle-t-on chez vous ? » demanda sœur Solange.

Vivi lui trouva l'air fatigué. Elle regarda ses cheveux blonds, puis ses mains, dont elle serrait et desserrait les doigts. Se sentant observée, la religieuse croisa les mains sous sa cape.

« Chez moi, on m'appelle Vivi.

— Vivi, répéta sœur Solange, un nom plein de vie. »

Elle baissa la tête, pour réfléchir ou peut-être pour prier, et quand elle la releva ses yeux semblaient encore plus las. « S'il vous plaît, reprit-elle, faites un effort pour bien entendre ce que je vous dis. »

Vivi écoutait les nuances de sa voix. Un ton mousseux, tranquille, d'un bleu-vert parfait.

La religieuse lui prit les mains en la regardant de près.

« Vivi ? dit-elle. Serrez-moi les doigts. »

Vivi leva les yeux mais ne réagit pas. De nouveau, elle fut secouée de violents tremblements. La sœur lui prit sa tasse, de peur qu'elle ne se blesse.

Elle se leva, sortit une clef de son bureau et ouvrit une armoire. Elle choisit un flacon dont elle fit tomber deux cachets dans le creux de sa main.

« Tenez, avalez ça », dit-elle. Elle s'était déjà demandé si la jeune malade n'aurait pas besoin de quelque chose de plus fort qu'une tisane pour surmonter son état de choc, mais n'avait pas osé en parler à la mère supérieure. Maintenant, c'était différent : la jeune fille était entre ses mains.

Vivi obéit, et sœur Solange s'agenouilla près d'elle. « Vivi, implora-t-elle, dites-moi qui je peux appeler chez vous. À qui je peux demander de l'aide. »

Vivi crut avoir rêvé. Ces mots-là, il y avait quatre mois qu'elle ne cessait de les imaginer. Elle scruta le visage de la religieuse. Était-ce un piège ? Voulait-on l'y faire tomber pour la punir ?

Sœur Solange attendit patiemment une réponse. Levant la main, elle appuya la paume contre la joue de Vivi. « Allez, ma chérie, dites-moi qui joindre ? »

Au contact de cette main sur sa peau, Vivi sortit de sa léthargie. « Appelez Geneviève Whitman, Highland 4270, Thornton, Louisiane, dit-elle. Ne vous adressez pas à M. Whitman. Demandez à parler à Geneviève.

— C'est une parente ? »

Terrifiée à l'idée que la religieuse revienne sur sa proposition, Vivi mentit :

« Oui, c'est ma marraine.

— Merci, ma petite Vivi, dit sœur Solange. Que Dieu vous bénisse. »

Cette nuit-là, Vivi retrouva son lit à l'infirmerie et rêva qu'elle était assise avec Teensy et Jack sur la digue de Biloxi, offrant son visage à la caresse du soleil.

Le lendemain, sœur Solange aida Vivi à mettre des vêtements disparates, laids et rugueux, qu'elle avait dégotés aux objets trouvés et qu'elle lui présenta en s'excusant. « Ils sont à la bonne taille, mais guère dignes d'une joueuse de tennis », lui dit-elle en riant.

Vivi enfila un chemisier blanc cassé, taché sous les bras, et, par-dessus, un chandail marron informe dans lequel elle disparaissait. Des chaussettes de laine et les chaussures réglementaires complétèrent le tableau.

« Comment savez-vous que je joue au tennis ? demanda-t-elle.

— Oh, dans votre sommeil vous avez plusieurs fois parlé de tennis, et aussi d'un certain Jack Yaya. »

Vivi voulut rire, mais se mit à tousser.

« De toute façon, poursuivit sœur Solange, vous êtes trop jolie pour avoir l'air d'une pénitente, mais c'est tout ce que j'ai à vous offrir.

— Et mes affaires ? »

— C'est que, dit la religieuse après une brève hésitation, tout est trop abîmé.

— Tout ?

— Oui. Ce qui n'a pas été brûlé est noir de suie.

— Sauf mon oreiller.

— Sauf votre oreiller, c'est vrai. Il a survécu, vous survivrez vous aussi. »

En apercevant Geneviève et Teensy dans le bureau de la mère supérieure, Vivi manqua défaillir. Malgré sa folle envie de courir vers elles, de se jeter dans leurs bras, de s'imprégner de leur odeur, de l'énergie qu'elles dégageaient, elle fut incapable de faire un pas. Ainsi figée, l'oreiller de Delia à la main, elle paraissait beaucoup plus jeune que ses seize ans.

Teensy et Geneviève se précipitèrent vers elle et la prirent dans leurs bras. Ce fut si soudain que Vivi, désorientée, ne réagit pas. Elle se sentait comme une épave sur le bord de la route, livrée aux regards des badauds.

« Madame Whitman, commença la mère supérieure, je ne peux vous confier cette enfant. Vous n'êtes pas sa mère.

— Vous non plus, *chère*, répondit Geneviève du tac au tac.

— Je vous prie de ne pas me manquer de respect.

— *Chère* n'est pas du tout péjoratif, dit Geneviève en changeant de ton pour amadouer la religieuse. C'est du français.

— Eh bien, ne m'appelez pas comme ça », rétorqua la mère supérieure.

Geneviève quitta Vivi et s'approcha du bureau. Teensy serra la main de son amie avant de rejoindre sa mère.

Vivi trouvait extraordinairement limpide la lumière qui entrait par la fenêtre. De sa place, elle voyait la Packard de Geneviève garée le long du trottoir. Comme dans un rêve, il lui semblait que la voiture pouvait à tout moment se changer en bateau ou en oiseau.

« Si vous continuez à contrarier mes vœux, je vais être obligée d'appeler le père O'Donagan, menaça la religieuse.

— Vous pouvez appeler qui vous voulez, ma sœur, dit Geneviève en s'emparant de la main de Vivi. Mais Vivi *lè vient avec mo*.

— Lâchez la main de cette enfant », ordonna la mère supérieure.

Sans un regard, Geneviève entraîna Vivi hors de la pièce.

« Lâchez Jeanne ! cria la mère en les suivant.

— Elle ne s'appelle pas Jeanne, dit Teensy. Elle s'appelle Vivi. »

Geneviève conduisit les deux jeunes filles vers la sortie. Dans le long et obscur corridor, Vivi entendit résonner les pas de la mère supérieure et le claquement de sa jupe qui se rapprochaient. Bientôt, la main sèche de la religieuse tenta de la séparer de Geneviève. Elle eut si peur qu'elle sentit un arrière-goût infect dans sa bouche et mouilla de quelques gouttes le caleçon prêté par sœur Solange.

Geneviève repoussa violemment la mère supérieure, qui trébucha en arrière. On aurait dit qu'un souffle avait soulevé son voile noir et l'envoyait voler dans tous les sens, la transformant en un vautour en train de battre des ailes.

« Je suis responsable du salut de son âme ! cria la religieuse.

— Vous aurez déjà de la chance si vous arrivez à sauver la vôtre ! dit Geneviève. Et maintenant, dehors, et vite ! Hop ! »

Elles sortirent en accélérant le pas, mais sans courir, Geneviève poussant les deux adolescentes dans la voiture qui attendait au bas des marches. Sans un regard en arrière, elles se laissèrent emporter par la Packard qui filait vers les grilles du parc.

L'oreiller de Delia toujours serré contre elle, Vivi crut sentir une odeur d'orange, d'aiguilles de pin, de crevettes en train de bouillir dans un grand chaudron. Une odeur de vendredi d'octobre, en Louisiane, à l'époque de la cueillette du coton. Une odeur de vie.

Teensy posa la main sur la sienne.

« *Bébé*, il faut absolument que tu te débarrasses de cet accoutrement.

— Il le faut absolument, répéta Vivi en essayant de retrouver le ton des Ya-Ya.

— Absolument », dit Geneviève qui, une larme au coin de l'œil, alluma une cigarette.

Elles parcoururent un ou deux kilomètres sans rien dire, puis Geneviève rompit le silence.

« *Écoutez, femmes*, leur dit-elle de sa voix lente et chaude comme le bayou, et sur un ton qui oscillait entre les larmes et la férocité. Dieu n'aime pas ce qui est laid, *mes petits choux, d'accord* ? Malgré tout ce qu'on pourra vous dire, Dieu n'a pas créé la laideur et n'aime pas la laideur. *Le bon Dieu* est un Dieu de beauté, ne l'oubliez jamais !

— Non, *maman*, dit Teensy.

— Non, *maman*, dit Vivi.

— Vivi, *mon petit chou, écoutez voir ici* : la vie est courte, mais elle est vaste. Ça aussi, ça passera. »

Tout en lui distillant ces leçons de catéchisme, Geneviève refit avec Vivi la longue route qui la ramènerait chez elle.

22

La jeune fille qui faisait la une du *Thornton High Tattler* du 21 mai 1943 était si maigre, si décharnée que tout d'abord Siddy ne reconnut pas sa mère. Mon Dieu, se dit-elle, on dirait une orpheline de guerre.

Un article accompagnait la photo :

> THORNTON ACCUEILLE L'ENFANT DU PAYS
>
> Vivi Abbott, acclamée depuis toujours comme beauté locale, *cheerleader* et joueuse de tennis, nous revient de l'institution Saint-Augustin de Spring Hill, Alabama, où elle vient de passer un semestre. Tout le monde, ici, de l'équipe de football à la cantine de la Croix-Rouge, est heureux de la retrouver. Passe un merveilleux été, Vivi ! Même sans Jack, nous sommes sûrs que les Ya-Ya seront dans une forme extraordinaire !

Siddy chercha fiévreusement à en savoir davantage. Avide d'éclaircissements sur le départ et le retour de sa mère, elle examina tous les bouquets séchés, toutes les souches de billets. Elle essaya d'imaginer sa vie pendant l'été 1943, où tout, viande, fromage, chaussures, etc., était rationné. Son retour avait-il été difficile, ou Vivi avait-elle pu « surmonter », pour reprendre le conseil qu'elle donnait souvent à ses enfants ?

Ne trouvant rien, Siddy se mit à combler elle-même les lacunes. Disons que maman a passé un merveilleux été, entourée et aimée, que la vérité se trouve dans cette coupure de journal : fille dorée, que tout le monde accueille comme l'enfant prodigue. Disons qu'elle a vu *Casablanca* dès sa sortie et qu'elle a flirté avec tous les garçons qu'elle rencontrait. Qu'elle était belle et blonde, qu'elle avait un succès que je n'ai jamais connu moi-même. Que, ne sachant pas ce que lui réservait la vie, elle se réveillait souriante tous les matins. Disons que la vérité n'existe pas, sauf par bribes que nous essayons de rassembler comme nous le pouvons.

Chez Health, dans le petit salon rose et bercé de musique, Vivi Abbott Walker s'allongea sur la table de soins en attendant que Torie, la masseuse, vienne s'occuper d'elle. C'était Necie qui avait la première découvert Torie, et maintenant toutes les Ya-Ya venaient confier leur corps vieillissant à ses mains sensuelles ; elles se faisaient dorloter d'une manière que l'Église de leur enfance aurait qualifiée de complaisante, pour ne pas dire scandaleuse.

Une fois par semaine, donc, Vivi se déshabillait, s'allongeait et se mettait à jacasser nerveusement pendant dix minutes. Puis sa respiration se faisait plus profonde, et elle s'abandonnait au massage. Jamais de sa vie elle n'avait été l'objet de tant de soins.

« Ça n'a pas de prix, Torie Chère », disait-elle à la fin de chaque séance en tendant à la masseuse un chèque augmenté d'un généreux pourboire.

Aujourd'hui, tandis que Torie lui massait les pieds, Vivi se sentit sombrer dans la table. Comme plusieurs fois déjà cette semaine, elle se mit à penser à Jack.

À son retour de Saint-Augustin, Vivi avait fait de son mieux pour retrouver son ancienne vie. Elle était revenue sur le court de tennis sur la pointe des pieds, terriblement gênée par sa condition physique. Elle avait traîné chez Bordelon, à boire des bouteilles de Coca dans lesquelles on introduisait des cacahuètes. Elle avait écrit des lettres toniques à Jack au moins un jour sur deux, en évitant sa mère autant que possible. Pendant le premier mois, Buggy avait refusé de lui adresser la parole. Mais, l'été avançant, les choses étaient peu à peu revenues à ce qui passait pour la normale chez les Abbott.

Elle disait régulièrement des neuvaines pour Jack et essayait de s'intéresser aux autres garçons. Pourtant, même après s'être remise à manger et à reprendre des forces, elle avait gardé une sorte d'hésitation, de retenue, d'incertitude. Elle ne savait plus ni qui elle était ni ce que l'on attendait d'elle. Elle ignorait quand s'était produite cette rupture, et si elle cesserait un jour de se sentir si fatiguée. Elle avait appris à arborer une vitalité un peu forcée et était devenue la grande prêtresse de l'art de bien présenter, ce qui ne laissait pas de la combler : la ville de Thornton avait érigé la bonne présentation en une sorte de religion.

Un dimanche après-midi, le troisième de juin 1943, peu après son retour de Saint-Augustin, Jack était venu en permission avant son départ pour une base de bombardiers quelque part en Europe. Buggy avait fait une glace et invité la petite bande à venir la déguster.

La semaine s'était passée en soirées piscine, barbecues, réunions de toute sorte en l'honneur du jeune soldat. Les Ya-Ya venaient de déjeuner en sa compagnie chez Geneviève, qui avait préparé tout ce que son fils préférait : bisque d'écrevisse à la Saint-Landry et roulé à la gelée de baies rouges.

En ce début d'été, la chaleur était encore supportable. La clématite était en fleur et, le long de la clôture, les mûres donnaient à profusion. Buggy en avait cueilli et les avait mises dans un saladier jaune, sur les marches de la véranda.

La petite Jezie – qui pour une fois ne pleurait pas – dans les jambes, Buggy tournait la sorbetière. Comme chaque dimanche après la messe, elle avait enfilé sa blouse mauve et gris. Ses cheveux étaient retenus par deux peignes, ses joues rougissaient sous l'effort. Pete se vautrait sur la balustrade avec deux ou trois copains.

Vivi avait pris place entre Teensy et Necie sur la balancelle, et Caro restait assise par terre, adossée contre un pilier, les jambes tendues devant elle, croisées à hauteur des chevilles.

Au milieu, sur une chaise, Jack tenait son violon sur ses genoux. Et pas n'importe quel violon : celui que son oncle LeBlanc avait fabriqué lui-même dans la tradition acadienne quand Jack avait neuf ans, et dont son père lui interdisait de jouer chez lui sous prétexte que cela puait le bayou, univers inconcevable pour le banquier qu'il était.

Mais Jack ne se privait pas d'en jouer chaque fois qu'il allait en visite dans la famille de sa mère, à Marksville, ou chez ses amis, ou bien encore au milieu des champs, quand Geneviève leur prêtait la Packard et qu'ils allaient à Spring Creek boire quelques bières fraîches, installés sur la couverture à carreaux.

À l'époque, le violon de Jack et la musique de Harry James faisaient fondre Vivi. Un jour où on l'avait ramenée d'humeur massacrante chez elle, après qu'elle s'était foulé la cheville sur le court, il lui avait donné la sérénade et elle s'était prise pour Juliette. Un autre jour, elle l'avait incité à jouer à la mi-temps d'un match de basket au gymnase du lycée. Et il avait fait voler l'archet sur son violon, ses longues jambes prises dans sa tenue de satin bleu et or, la tête renversée en arrière, un large sourire aux lèvres.

Aujourd'hui, celui qui faisait la fierté de son père était revenu au bercail. Vivi ne l'avait jamais vu aussi bien dans sa peau. Son père s'était vanté de lui toute la semaine. C'était même lui qui avait organisé la plupart des soirées. Son fils allait participer à des raids de bombardement dans le ciel de France. Et Jack était fier de la fierté de son père.

Vivi, elle, était enchantée que sa mère ait préparé de la glace. C'était son premier geste de bonté, depuis le jour où Geneviève avait persuadé M. Abbott de ne pas la renvoyer à Saint-Augustin. En la voyant tourner la manivelle de la sorbetière, elle espéra pouvoir y lire un signe qu'entre elles les choses allaient enfin s'arranger.

Le soleil jouait sur les cheveux noirs et la peau bronzée de Jack, qui avait maigri, s'était réduit à sa quintessence. Il logea son violon au creux de son menton et leva son archet. Mais avant d'attaquer son morceau, il marqua une pause, jeta un coup d'œil souriant à Vivi et regarda Buggy.

« Madame Abbott, dit-il, aimeriez-vous que je vous dédie cette petite valse ? »

Jamais Vivi n'avait vu geste aussi élégant. En guettant la réaction de sa mère, elle comprit que personne ne lui avait jamais dédié un morceau de musique. Timide, gênée, ravie, Buggy Abbott porta la main à sa bouche et lâcha sa manivelle. Le silence se fit.

Jack se mit à jouer *Little Black Eyes*, la valse préférée de Vivi.

Ce jour-là, dans la véranda des Abbott, la guerre fut remplacée par une musique jouée sur un violon acadien, une musique douce, plaintive, venue du cœur. Les notes dansaient dans l'air de juin : Vivi les sentait retomber en poussière sur ses cheveux et ses épaules, la pénétrer et aller se nicher dans ses os. Elles retombèrent sur eux tous, venues d'une source inépuisable qui ne demandait qu'à jaillir.

Tout en écoutant, Vivi surprit sur le visage de Buggy un sourire qu'elle ne lui avait jamais vu. Un sourire de jeune fille habitée des mêmes aspirations qu'elle, des mêmes plaisirs. Un sourire destiné à elle-même, et qui oubliait la maternité et l'Église catholique et l'enfant pendu à ses jambes. Une fraction de seconde, Vivi vit Buggy comme une personne. La musique, l'après-midi qui touchait à sa fin, les mûres dans le saladier jaune, le soleil sur le visage de Jack ; elle-même, amaigrie, entourée de ses amies sur une balancelle, et l'expression de sa mère : tout s'unit pour lui déchirer le cœur, et pendant cet instant elle fut emplie d'amour.

Elle attribua ce mouvement à Jack. Il avait ce pouvoir : l'ouvrir à davantage d'amour, transformer le visage de sa mère.

À la fin du morceau, tout le monde applaudit. Jezie, qui avait écouté, hypnotisée, cria : « Fais encore, fais encore ! » Pete et ses copains sifflèrent en lançant des vivats. Mais ce fut Buggy qui surprit le plus Vivi.

Elle s'approcha de Jack et l'embrassa sur la joue, chose qu'elle ne faisait jamais, même avec ses propres enfants. « Merci, Jacques », dit-elle.

Puis, d'un coin de son tablier, elle s'essuya les yeux et retourna à sa sorbetière.

C'était un petit geste, que personne d'autre que Vivi ne remarqua, que personne n'aurait trouvé extraordinaire, de toute manière. Pourtant, Vivi en aima davantage sa mère. Quarante ans plus tard, à la mort de Buggy, Vivi se souvint de ce baiser et de cette larme.

Elle ne lui pardonna jamais de ne pas avoir su l'entourer d'amour, mais elle l'aima d'avoir su donner ce baiser.

Un jour d'octobre 1943, Vivi Abbott, qui avait retrouvé une grande partie de sa forme, disputait âprement un match contre Anne McWaters. Elle aurait dû jouer contre Caro, mais celle-ci était retenue par une réunion au lycée.

Vivi se faisait mener trois jeux à deux par sa vieille rivale et commençait à s'énerver. Depuis son retour de Saint-Augustin, elle se consacrait au tennis. Ses forces étaient pratiquement revenues, mais elle trouvait toujours en Anne McWaters, qui servait à toute volée et savait lui faire manger du court, une adversaire de taille.

Bien décidée à remonter son score, elle aperçut Pete qui arrivait à bicyclette au moment où elle croyait pouvoir saisir sa chance. D'habitude, la présence d'un spectateur ne la déconcentrait pas ; au contraire, elle aimait jouer devant un public. Mais ce qui était moins habituel, c'était de voir Pete seul, sans ses copains.

« Vivi ? » cria-t-il, la voix tendue.

Comme elle ne répondait pas, il s'approcha de la clôture. Sous sa casquette de base-ball marron, le bout de son nez pelait. On était le 19 octobre, vers cinq heures de l'après-midi. En soirée, Vivi devait aller avec Teensy et deux copains voir la *Jane Eyre* d'Orson Welles. Un véhicule vert des parcs et jardins passa avec un bruit de pot d'échappement percé. Tout le corps de Vivi était tendu, prêt à recevoir la balle de son adversaire.

Anne McWaters fit un service décapant qu'elle renvoya aussi sec. Elle travaillait énormément son revers depuis quelque temps, et avait appris à voir venir les balles. Dès qu'elle mettait le pied sur le court, elle s'entraînait à ne plus s'occuper que de ça. Et, Jack parti, elle s'entraînait beaucoup. Elle sortait toujours avec des garçons et avait en permanence une cour de deux ou trois amoureux, mais ne s'intéressait à eux que lorsqu'ils étaient sous ses yeux. Elle se préoccupait bien davantage de savoir si Pauline Betz allait devenir championne des États-Unis en simple dames. L'esprit de Vivi était pris par le tennis, par la guerre et par Jack Whitman.

Quand Anne McWaters loba, Vivi ne pensa qu'à la balle. Elle recula avec aisance et alla se placer en dessous, en position parfaite pour assurer le point.

Juste à ce moment, son attention fut attirée par un oiseau qui frôla la balle. Elle n'en avait jamais vu aucun s'aventurer si près. Hypnotisée une seconde, elle oublia la balle, le match, tout, et ne vit plus que les ailes gris-bleu de l'oiseau sur le ciel d'octobre.

D'un signe, elle demanda une interruption de jeu et alla rejoindre Pete à grandes enjambées. « Bon sang, Pete, qu'est-ce que tu veux ? »

Pete la regarda un instant, puis se détourna.

« Qu'est-ce qu'il y a ? insista Vivi.

— Tu peux déclarer forfait, Vivi ?

— Avec McWaters qui mène, tu es cinglé ?

— Hou, hou ! cria Anne en faisant tourner sa raquette entre ses mains.

— Une minute, lui répondit Vivi. Tu me déranges en plein milieu d'un match, Pete. De deux choses l'une : ou tu me dis ce que tu veux, ou bien tu me laisses retourner jouer. »

Comme Pete ne répondait pas, elle repartit vers le court.

Plus à l'aise pour parler maintenant qu'elle lui tournait le dos, Pete déclara :

« Teensy m'a demandé de venir te chercher et de te ramener chez elle.

— Parfait, dit Vivi, qui fit rebondir la balle avec sa raquette en souriant à son adversaire. Dis-lui que j'arrive dès que j'aurai battu McWaters.

— Viens tout de suite, Punaise, ça vaut mieux. » Pete fit glisser une Lucky Strike de son paquet et l'alluma. Dans la lumière faiblissante, son visage était pâle.

« Il y a un problème ? » demanda Vivi en se tournant de nouveau vers lui.

Incapable de soutenir son regard, Pete répondit :

« Viens donc avec moi. Tu n'auras qu'à t'asseoir sur le guidon.

— Non. Pas maintenant. Je veux finir ce match. »

Très concentrée, elle retourna sur le court et frappa de toutes ses forces. Pendant les quelques minutes qu'il lui fallut pour gagner, toutes ses sensations se trouvèrent accrues.

Elle serra la main d'Anne McWaters et rassembla tranquillement son presse-raquette, sa boîte de balles et sa veste. Pour gagner du temps, elle attrapa sa bouteille d'eau et but longuement, sans un regard pour son frère, qui ne la quittait pas des yeux.

Enfin, Pete vint la retrouver pendant qu'elle enfilait un pull.

« Tu viens, maintenant, Vivi ? S'il te plaît, ma puce.

— Toi, tu es trop gentil avec moi. Ça cache quelque chose.

— Allez, viens, répondit-il en désignant du doigt son guidon de bicyclette. Saute. »

Sa raquette sous le bras, elle prit place bien en équilibre sur la barre. Elle fit le trajet en regardant droit devant elle, sans un mot. Quand ils arrivèrent à l'allée qui menait chez Teensy, elle eut un étourdissement.

« Fais demi-tour, ordonna-t-elle.

— Quoi ? dit Pete en continuant de pédaler.

— J'ai dit demi-tour, Pete. Je n'y vais pas. »

Pete se mit en roue libre, et Vivi sauta du vélo, le souffle court. Elle transpirait tout d'un coup, comme sous l'effet d'un effort intense.

« Pourquoi m'amènes-tu ici ? lui dit-elle d'un air accusateur.

— Teensy veut te voir.

— Oui, mais pourquoi ? Dis-le-moi tout de suite. »

Pete posa son vélo par terre, d'un geste si lent que Vivi eut l'impression de vivre au ralenti. Il lui posa les mains sur les épaules, et elle sentit son chewing-gum à la menthe mêlé à l'odeur de tabac de son haleine.

« C'est Jack », fit-il, ses mains pesant sur ses épaules.

Vivi ne parut pas avoir entendu. « Qu'est-ce que tu dis ? »

Pete l'attira à lui. Cette saine odeur de sueur, elle ne sut si elle venait d'elle ou de lui.

« C'est Jack, petite sœur », répéta Pete.

Vivi s'écarta d'un bond.

« Geneviève a reçu un télégramme, poursuivit-il, et les mots s'étranglèrent dans sa bouche.

— Tu es fou, protesta Vivi avec un petit rire. Tu plaisantes ?

— Je voudrais bien.

— Tu te moques de moi, dit-elle en lui donnant une petite tape sur le bras. Secoue la tête et dis-moi que c'est une plaisanterie.

— Ce n'est pas une plaisanterie, Vivi, dit Pete en s'essuyant le visage du revers de la main.

— Secoue la tête, Pete, nom de Dieu !

— Vivi… »

Vivi attrapa la tête de son frère et la secoua de droite à gauche. Pete se laissa faire un moment, puis il lui saisit les mains et la regarda.

Il pleurait. « Écoute-moi, petite sœur. Je n'invente rien. Tout est vrai. »

Vivi écarquilla les yeux, regarda leurs mains entremêlées, sa raquette de tennis qu'elle avait laissée tomber par terre. Elle pensa à la glace à la mûre et au visage de Jack quand il jouait du violon, au contact de sa main sur son épaule quand ils dansaient. Un long ruban de douleur la pénétra par les pieds et s'immisça dans son cœur, où il se noua si serré qu'elle dut lâcher la main de Pete et se masser la gorge pour pouvoir respirer.

Shirley, la bonne des Whitman, était assise sur la dernière marche de l'escalier, la tête dans les mains. Elle leva sur Pete et Vivi un visage zébré de larmes qui brillaient d'un éclat argenté dans la lumière tamisée.

« Je savais bien qu'un malheur allait arriver. Hier, j'ai entendu la chouette crier. Oh, je l'ai tenu dans mes bras tout bébé, ce garçon-là, je l'ai béni avec des feuilles de magnolia, comme mam'zelle Geneviève disait de le faire. Pauv' mam'zelle Vivi, vous avez perdu vot' amoureux. J'ai essayé de faire boire sa tisane à mam'zelle Geneviève, elle n'en veut pas. *Ça, c'est dommage !* »

Les cris de Geneviève leur parvenaient de la chambre principale. Écartant Shirley, Vivi grimpa l'escalier quatre à quatre. Quand elle entra dans la chambre, elle trouva Geneviève en train de gifler M. Whitman et de le rouer de coups. Debout près de la fenêtre, Teensy se cachait le visage dans les mains.

« *Mon fils, de grâce !* hurlait Geneviève en frappant son mari. Tu as tué mon *bébé*. Toi et ton *patriotisme !* » La violence de sa réaction était telle qu'elle semblait vider la pièce de son air, exclure tout le reste.

Vivi avait envie de les étreindre, elle et Teensy.

« Oh, là, là », murmura Pete. Geneviève griffait les joues de son mari. Il n'essaya même pas de se défendre quand elle lui décocha des volées de coups de pied et de coups de poing. Immobile dans son costume trois-pièces gris, il encaissait tout.

Toujours sur le seuil de la chambre, Pete saisit la main de Vivi. Il y eut une accalmie. Geneviève reprit son souffle. M. Whitman sortit de sa poche un mouchoir chiffré avec lequel, sans un mot, il essuya ses larmes et le sang qui coulait de ses lèvres. Quand il eut fini, il le tendit à sa femme, qui ne le remarqua même pas.

Jack aurait proposé le mouchoir à Geneviève en premier, se dit Vivi. Il avait des manières.

Geneviève regarda sa fille, puis Vivi, qui s'avancèrent toutes les deux vers elle. Elle va nous prendre dans ses bras, se dit Vivi. Elle va nous dire que tout va bien.

Geneviève ne prit personne dans ses bras. Elle fit entendre un cri aigu mais faible, souleva sa jupe et la rabattit sur sa tête, découvrant ses jambes nues sous une combinaison beige. Un geste de petite fille, le geste d'une femme en proie à une douleur intolérable.

Les minutes passant, le chagrin de Vivi prenait corps. Cette femme, vers qui elle se tournait quand sa mère manquait à ses devoirs, lui faisait défaut à son tour.

« Mon fils », dit M. Whitman.

S'avançant vers lui, Pete répondit : « Monsieur ? »

À part les politesses d'usage qu'ils échangeaient lorsqu'ils se rencontraient à la banque ou dans la rue, Pete ne connaissait pas très bien M. Whitman. Réciproquement, M. Whitman le saluait et le complimentait au passage pour un touché pendant le match de football du vendredi soir.

Mais, ce jour-là, M. Whitman ouvrit les bras et serra Pete sur sa poitrine. Jamais plus Vivi ne verrait de démonstration de ce genre entre deux hommes. Plus tard, elle aurait souvent l'occasion d'y repenser, d'espérer voir son mari partager avec ses fils un instant pareil ; mais ce qu'elle ressentit ce jour-là, ce fut de l'envie, car elle n'avait pas un père ou une mère qui la prenne dans ses bras.

Cessant d'attendre de Geneviève une marque d'affection, Vivi s'approcha de Teensy, et elles sanglotèrent dans les bras l'une de l'autre.

Torie dénouait des points dans la nuque et les épaules de Vivi quand, tout à coup, Vivi se mit à sangloter. Elle ne s'alarma pas. Ce n'était pas la première fois qu'une cliente pleurait dans sa cabine de massage.

À plat ventre sur la table de soins, Vivi prit une profonde inspiration. Elle frissonna de tout son corps. J'ai perdu tout mon patriotisme ce jour-là, se dit-elle. La Vivi qui entraînait les supporters est morte. À partir de ce jour, celle qui sautait et bondissait pour acclamer son équipe n'avait plus été qu'une actrice, une excellente actrice sans oscar.

« Pardonnez-moi, marmonna-t-elle. Il faut que je me ressaisisse. »

Torie s'attaqua à ses épaules d'une main si sûre, si totalement libre que les larmes de Vivi redoublèrent, la secouant de spasmes. La masseuse s'interrompit une seconde et lui tendit un Kleenex.

Vivi se souleva sur les coudes pour se moucher.

« Vous avez envie de parler ? demanda Torie.

— Non, dit Vivi en tendant la main vers la boîte de mouchoirs.

— Bon. »

Je ne vais tout de même pas gâcher ma séance, se dit Vivi. Mais plus elle s'efforçait de retenir ses larmes, plus son corps se raidissait. Torie lui pétrit alors les épaules, et elle se laissa de nouveau aller.

« On va arrêter les frais pour aujourd'hui, d'accord ? dit-elle en relevant la tête. Apparemment, je n'arrive pas à me contrôler. Je suis vraiment désolée.

— Vous savez, répondit Torie en faisant couler un peu de lotion dans le creux de sa main, il ne faut pas être gênée. Vous pouvez très bien pleurer pendant que je vous masse. Vous devriez essayer de vous représenter vos larmes comme une pluie fine. »

Vivi reposa le menton sur l'appuie-tête rembourré.

Torie se mit à lui hacher le dos de petits coups tranchants en la faisant tourner doucement sur elle-même. Au contact de ses mains chaudes, Vivi sentit sa respiration se calmer. Elle avait parfois du mal à comprendre qu'on puisse la toucher avec un tel détachement affectueux, sans rien attendre en échange. Il y avait encore des parties de son corps sur lesquelles elle ne supportait pas une main étrangère. Son ventre, par exemple. Elle avait honte de son ventre proéminent, qu'elle ne voyait pas autrement que hideux. Mais elle adorait qu'on lui masse les jambes, le cou ou la tête. Pour décrire certains moments passés dans la cabine de massage, seul le mot « religieux » lui semblait convenir. Pendant ces moments-là, elle apprenait à connaître son corps, à sentir ses douleurs, ses varices et ses rides de manière si intime et si douce qu'elle en gémissait d'un bonheur indescriptible. Elle savait que, malgré toutes ses imperfections, ce corps était son œuvre d'art. Une œuvre d'art qu'elle habitait, et dans laquelle elle mourrait. Elle avait porté quatre enfants ; cinq en comptant le jumeau de Siddy, qu'elle n'oubliait jamais.

« Si, j'ai envie de parler », dit-elle à mi-voix.

Ce fut ainsi qu'elle s'ouvrit à sa masseuse, lui murmurant ses mots entre soupirs, larmes et silences, avec un naturel qui ne lui était jamais venu au confessionnal.

320

« J'essaie de me dire que Dieu ne nous révèle qu'un tout petit bout de l'histoire à la fois. Je veux parler de l'histoire de notre vie. Autrement, on aurait le cœur brisé en mille morceaux. Alors que là, il se fendille mais sans nous empêcher de marcher. On est comme quelqu'un avec une jambe dans le plâtre, tout cassé à l'intérieur, et sans que ça se voie de l'extérieur. Sans que ça se voie. Tout le monde vous croit entier, et vous traite sans les ménagements auxquels vous auriez droit si on voyait la fêlure. »

Vivi se remit à sangloter. Torie lui plaça une main au creux des reins et l'autre sur la nuque et exerça une légère pression. Vivi eut l'impression qu'elle envoyait des messages de paix jusque dans sa moelle.

« Je repense à un jour de ma vie où toutes les fissures, toutes les fêlures ont été étalées à la vue de tous. Comme une pile de vaisselle cassée. »

Les mains de Torie passèrent sur ses épaules, Vivi sursauta comme sous l'effet de la douleur.

« Je n'ai pas l'habitude de me laisser aller ainsi aux confessions, dit-elle en laissant échapper un sanglot. Mais un de ces jours, je pourrais bien troquer ma personnalité pour une autre, et annoncer : "Je n'en ai plus rien à faire, d'être aimée de tout le monde. Si vous ne me trouvez pas assez marrante, allez vous faire foutre." »

Elle eut un petit rire forcé et fit mine de se relever. « Mon Dieu, voilà que je me mets à parler comme Blanche DuBois : "J'ai toujours compté sur la gentillesse des étrangers."

— Peut-être que je ne suis pas une étrangère, hasarda Torie en lui appuyant les pouces sur les épaules.

— Aïe ! Vous me faites mal !

— À votre avis, pourquoi avez-vous si mal aux épaules ?

— Oh, avec tous les bagages que je trimballe…, dit Vivi. Je porte des malles pleines, moi.

— Eh bien, posez-les quelques instants, pendant qu'on essaie de dénouer ça, d'accord ?

— D'accord », dit Vivi qui se rallongea. Cette table, se dit-elle, tient sur le sol, qui est soutenu par l'immeuble, qui est ancré bien profond dans la terre, et la terre, c'est chez moi.

23

Vivi remit ses lunettes de soleil avant même de quitter la cabine. Elle n'avait envie de parler à personne, pas plus aux jeunes gens qui la draguaient gentiment qu'aux jeunes femmes qui travaillaient à la station de télévision câblée.

Une fois dans son petit cabriolet Miata, une « surprise » que lui avait faite Shep après qu'elle eut lâché plusieurs allusions grosses comme des maisons, elle sortit le CD de Barbra Streisand du lecteur. Inutile de pleurer davantage. Le soir tombait, mais elle n'avait pas envie de rentrer. Elle prit le chemin de chez Teensy.

Vivi et Teensy n'avaient pas seulement perdu Jack, elles avaient aussi perdu Geneviève. Après l'arrivée du télégramme, celle-ci n'avait vu personne durant des semaines. Elle n'était sortie de sa réclusion que pour annoncer que son fils n'était pas mort. Selon elle, Jack avait survécu au crash ; avec l'aide de la Résistance, il s'était réfugié dans un village du sud de la France, où on le soignait. À dater de ce jour-là, elle refusa d'appeler son fils par son nom anglicisé qu'avait toujours imposé son mari. « Notre Jacques vit toujours, disait-elle. Cela ne fait aucun doute. » Il ne restait plus qu'à le retrouver.

Pendant les premiers mois, cette lubie avait empêché Vivi de faire son deuil. Vu son imagination, il lui avait été facile de sombrer elle-même dans cette triste illusion. En s'endormant, elle se représentait son amoureux sous les mêmes cieux qu'elle. Avec Teensy et Geneviève, elle avait passé d'innombrables heures à étudier des cartes de France, s'était jetée sur la moindre information concernant la Résistance, avait aidé à écrire des milliers de lettres à l'armée de l'air, que Geneviève donnait à taper à la secrétaire de son mari. Elle avait tant envie d'y croire que, pendant un temps, elle y crut. Elle participa aux conversations où Geneviève, intarissable, imaginait ce que faisait Jack, ce qu'il mangeait, où il dormait, et finit aveuglée par cette duperie. Avec Geneviève, elle assurait que oui, Jack apprenait des chansons françaises. Qu'il jouait du violon en pensant au jour où il reverrait son pays.

Chaque fois qu'elle cédait aux larmes, elle se sentait coupable d'abandonner tout espoir. Au lycée, après le déjeuner, elle et Teensy s'attardaient devant leur casier et séchaient parfois le cours d'histoire, qui les rendait trop malheureuses. Elles allaient s'asseoir sur la pelouse. L'histoire, elles en avaient soupé. Vivi ne voulait pas que Jack entre dans l'histoire. Elle voulait l'emmener manger des hamburgers chez LeMoyne, le voir déboucher au coin de la rue pour la rejoindre chez Bordelon, et que ses yeux s'éclairent quand elle entrait dans une pièce. Elle voulait qu'il la prenne dans ses bras et qu'il lui rende sa vie.

Pendant des mois, elle refusa toutes les invitations pour pouvoir passer ses vendredis et samedis soir avec Teensy. Elles se mettaient au lit avec des Coca et, si Geneviève n'était pas dans les parages, elles pleuraient. Caro et Necie passaient les voir un peu plus tard, souvent accompagnées de Chick, le petit ami de Teensy, dont le dévouement aux Ya-Ya ne connut jamais de faille. À l'époque, personne ne s'offusquait de voir deux jeunes femmes enlacées dans un lit, essayant de trouver dans les bras l'une de l'autre la force de se relever, de marcher, de parler, de faire comme si leurs vies n'avaient pas été déchirées.

Ce fut Buggy Abbott qui s'interposa pour mettre fin à leurs divagations. En même temps qu'elle lui en fut reconnaissante, Vivi lui en voulut toujours de cette initiative.

Un samedi soir, un peu plus de trois mois après la nouvelle, Buggy frappa et entra dans la chambre, où elle trouva Vivi et Teensy vautrées sur le lit au milieu d'une débauche de journaux. C'était devenu un rituel hebdomadaire d'éplucher non seulement la feuille de Thornton, mais aussi le *Baton Rouge Daily Advocate* et le *New Orleans Times Picayune* à la recherche de quelques lignes sur la Résistance.

Buggy portait une chemise montante et un peignoir, et tenait un cierge à la main. Vivi fut surprise de la voir, car elle entrait rarement dans sa chambre.

« Vivi ? dit Buggy.

— Oui, maman ?

— Ça va, v's autres ?

— Oui, maman, ça va, dit-elle en accompagnant ses paroles d'un signe de tête.

— Je peux vous apporter quelque chose ? Je vous ai gardé du *fudge* au beurre de cacahuète.

— Non, merci, répondit Vivi. On vient de prendre un Coca.

— Regarde, Vivi, poursuivit Teensy en levant une page de journal entre deux doigts. J'ai trouvé quelque chose sur une ligne de chemin de fer qui vient de sauter près de Lyon. C'est eux, Vivi. J'en suis sûre. »

Vivi dévora l'article.

« C'est le réseau de Lyon qui a retrouvé Jack, expliqua Teensy à Buggy.

— Chut ! » fit Vivi. Comme Geneviève, Teensy parlait ouvertement du « sauvetage » de Jack.

Buggy Abbott hésita sur le seuil de la porte. Puis elle s'avança et vint s'asseoir au bord du lit.

« Vous êtes très occupées par vos recherches, v's autres, hein ? demanda-t-elle, maladroite.

— On progresse de jour en jour, lui répondit Vivi.

— Il y a fort à faire, renchérit Teensy. *Maman* dit qu'il faut y passer au moins quatre heures par jour. »

Buggy hocha la tête. Elle avait beau s'effrayer de voir ce que devenait sa fille, elle ne savait comment y remédier. Elle l'observa qui lisait attentivement l'article, le marquait au crayon rouge et le découpait avec des ciseaux à ongles.

« Teensy, passe-moi le dossier Lyon », dit Vivi.

Teensy prit une enveloppe kraft parmi d'autres. Geneviève se les était procurées à la banque pour qu'elles y rangent leurs documents.

Quand Vivi se pencha afin d'y glisser l'article, une mèche de cheveux lui balaya le visage. Elle allait la remettre en place quand Buggy la devança, sa main s'attardant une fraction de seconde sur la joue de sa fille. Sensible à cette tendresse un peu gauche, Vivi leva les yeux et dit :

« Ce cierge, c'est pour quoi, maman ?

— Je me demandais, répondit Buggy d'une voix presque timide, si vous accepteriez de prier un petit instant avec moi, toi et Teensy. »

Vivi regarda Teensy, qui haussa les épaules.

« D'accord. »

Buggy prit des allumettes dans la poche de son peignoir, alluma le cierge et le posa sur la table de nuit. Elle s'agenouilla devant le lit et pria en empruntant ses mots aux anciennes messes.

« Soyez bénie, Vierge Marie visitée par Gabriel, Lumière des faibles, Étoile qui brillez dans l'obscurité.

Vous qui consolez les affligés, qui connaissez les tourments de tous Vos enfants, acceptez d'accueillir notre douleur dans Votre cœur, et bénissez-la. Notre-Dame pleine de grâce et de bonté, nous implorons Votre réconfort. Soyez avec nous en cette heure de tristesse. Sainte Mère rayonnante de lumière, veillez sur l'âme de Jack Whitman, qui a été rappelé en Votre sein bienfaisant. N'oubliez pas Newton Jacques Whitman, que nous avons aimé. »

Par ces mots, Buggy Abbott creva comme une baudruche la folie de Geneviève, qui s'était emparée de sa fille. La minuscule flamme vacillante de son cierge libéra Vivi.

Cette nuit-là, Vivi, qui croyait connaître la souffrance, souffrit davantage encore. Dans son sommeil, elle abandonna son illusion, et s'éveilla au matin dans un monde où son deuil n'était que trop réel.

Lorsque, aidée de Teensy, elle tenta de faire entendre à Geneviève à quel point il était improbable que Jack ait survécu, celle-ci refusa de l'écouter. « *Sans aucun doute, sans aucun doute* », répétait-elle comme une incantation, un mantra capable de changer sa vision en réalité.

Tout cela présent à l'esprit, Vivi s'engagea dans l'allée de Teensy. Comment cinq décennies avaient-elles pu passer si vite ? Combien d'années avait-elle ainsi laissées filer sans même les remarquer ?

Le long du mur de brique qui entourait le grand jardin grimpaient des mûriers de France ; des rangs de jacinthes du Japon et de camélias bordaient l'allée circulaire. Tout avait été planté par Geneviève.

Veillez sur l'âme de Jack Whitman, pria Vivi en ouvrant la portière de la Miata. N'oubliez pas Newton Jacques Whitman, que nous avons aimé.

Dix minutes plus tard, elle était assise dans le patio, au bord de la piscine, sous un luxuriant chèvrefeuille soutenu par un treillis. Des caladiums, des impatiens et des taros impériaux poussaient à profusion autour d'une fontaine d'où jaillissait une sirène de pierre. De ce vieux patio, de cette vieille piscine carrelée se dégageait un sentiment d'équilibre méticuleux entre le sauvage et le cultivé. Fortes de leur longue amitié, les deux femmes se comprenaient à demi-mot.

« Que Siddy me demande mon album, ça me fait penser à Geneviève », dit Vivi.

Teensy ne répondit pas tout de suite.

« Sans aucun doute ? demanda-t-elle.

— Exactement », répondit Vivi, réconfortée à l'idée de partager ce souvenir.

Chick, qui leur apportait à l'une un bourbon, à l'autre un gin, tenta d'évaluer l'humeur ambiante. « Un filet mignon, ça vous dit ?

— Accorde-nous une petite heure, *bébé*, lui dit Teensy en lui envoyant un baiser.

— *Sans moi ?*

— Oui, répondit Vivi en souriant, *sans toi*.

— Manifestez-vous si vous avez besoin de quelque chose, *mesdames*, dit-il en leur adressant un petit salut. Je suis dans la cuisine. »

Vivi et Teensy prirent leurs verres en silence. Le sifflement des arroseurs, le doux clapotis de l'eau, se mêlaient aux bruissements des criquets et au ruissellement de la fontaine. La lumière du soleil rasant vint se refléter sur la piscine.

Étonnant comme cette petite phrase, « sans aucun doute », était lourde de sens et leur rappelait le long déclin de Geneviève, son incapacité à accepter la mort de Jack ; la radio à ondes courtes installée dans sa chambre, les appels en pleine nuit à la Maison-Blanche ; les « séances de stratégie » qui duraient toute la nuit, et au cours desquelles elle préparait le retour de son fils. Et enfin, après la guerre, le voyage en France où, bien entendu, ne l'attendait nulle trace de Jack et où elle se retrouva anéantie, désorientée, déracinée. Et les années suivantes, où elle ne quitta plus sa chambre, qui était devenue une véritable pharmacie.

« C'est ce qui n'est pas dans l'album, dit Vivi. Les petites grandes choses. Les affaires personnelles. »

Teensy inhala bruyamment.

« Si seulement il y avait eu quelque chose, Teensy, poursuivit Vivi. N'importe quoi, ses insignes, ses bottes, le scapulaire de saint Jude. N'importe quoi. Si elle avait pu toucher quelque chose, un petit objet de rien du tout, Geneviève aurait accepté. J'ai envoyé à ma fille aînée – le Grand Inquisiteur – nos "Divins Secrets des Petites Ya-Ya", mais il y a tant de choses que je ne lui ai pas données, que je ne peux pas lui donner. Ni à moi non plus. »

Elle prit une profonde inspiration.

« Je parie que vous n'avez pas de cigarettes, v's autres, hein ? Je sais bien que nous ne fumons plus, mais j'aurais bien aimé avoir quelque chose entre les doigts. »

Teensy alla chercher un étui d'argent. Elle le présenta à Vivi, qui y prit deux cigarettes et lui en tendit une.

« On les allume ? dit Teensy.

— Et Chick ? demanda Vivi, telle une petite fille.

— Il sait, répondit Teensy.

— Dans ce cas, on y va. »

Teensy s'exécuta. « Chaque fois que j'allume une cigarette, maintenant, je dis un "Je vous salue Marie" pour Caro », dit-elle.

Vivi l'observa. Toujours aussi mince, elle avait une coupe à la mode et une jolie couleur de cheveux, où pointait ce qu'il fallait de fils argentés. Elle portait un pantalon cigarette de soie rouge et un chemisier sans manches noir ; aux pieds, des espadrilles à rayures noires et blanches, pointure trente-cinq. Sur ses mains, le soleil avait mis des taches brunes.

« *Maman*, prononça Teensy dans une sorte d'incantation. Il n'y a pas moyen d'échapper à sa mère. Je n'ai même plus envie de lui échapper, d'ailleurs. »

Contemplant la piscine, puis la fontaine, Vivi se dit : Peut-être que ce n'est même pas prévu au programme. Quelle idée horrible !

Elle revit Geneviève coiffée d'un turban, qui dansait et chantait tout en préparant une *étouffée* d'écrevisses. Geneviève et son patois acadien, son rire, ses yeux insolents. Geneviève embarquant les quatre Ya-Ya à Marksville pour les courses de pirogues, le *boudin* chaud, les *cochons de lait*, le café noir à quatre heures du matin juste avant d'aller à la messe des Pêcheurs. Geneviève qui l'avait sauvée de ce trou immonde qu'était le pensionnat. La vie de Vivi Walker n'aurait pas été la même sans Geneviève Whitman.

« Siddy ne passerait pas son temps à se ronger les sangs si elle avait connu Geneviève, dit-elle.

— Ne te leurre pas, répondit Teensy. Maman s'était réfugiée dans un bayou quelque part dans un coin de sa tête bien avant que Siddy voie le jour. »

Vivi avait beau savoir que c'était vrai, elle ne pouvait s'empêcher de regretter que sa fille n'ait pu connaître celle qui avait été un tel phare dans les tempêtes de sa vie. Pourquoi les souvenirs revenaient-ils en force, comme des eaux faisant céder une digue ? Était-ce la dispute avec Siddy ?

Vivi se souvint de ses visites à Geneviève quand elle attendait les jumeaux. Les bons jours, il arrivait que les

Ya-Ya passent la journée entière à son chevet. Vivi, énorme, était enceinte de six mois ; Teensy de quatre mois, même si cela ne se voyait pas ; Necie attendait son deuxième et commençait à prendre du poids ; Caro, la plus grande, était charpentée et solide comme un cheval. Ces quatre baleines, échouées sur le lit de Geneviève, grignotaient des sandwiches et sirotaient des Bloody Mary que Shirley leur apportait sur un plateau. Le boudoir de Geneviève prenait alors des allures de bistrot un peu bizarre mais intime.

Vêtue d'une veste somptueuse, Geneviève trônait dans son lit, les ongles impeccables, ses épais cheveux noirs ramenés sur le sommet de la tête, entourée de freesias, ses fleurs préférées, et des dix mille flacons de médicaments qui encombraient sa table. Elle écoutait tous les détails des grossesses sans jamais se lasser. Puis, dans son patois, elle conseillait aux Ya-Ya des remèdes hérités de son enfance dans les bayous.

« *Pour éloigner l'djab, le bébé doit faire ses dents su' un collier de dents de cocodril. Y faut leur montrer qui l'est le chef, à ces monstres ! Y faut prendre une écrevisse et massager les dents du 'tit bougue, comme ça elles couperont mieux… N'oubliez jamais : quelquefois le bébé doit d'abord tomber feuble pour guérir ensuite.* »

Les mauvais jours, on n'allumait même pas la lumière. Le boudoir restait plongé dans l'obscurité. Ces jours-là devinrent des semaines, puis des mois. Finalement, seule Teensy eut encore accès à la chambre de sa mère.

Un après-midi, alors que Siddy avait un peu plus de un mois, Vivi fit un saut chez Geneviève pour lui présenter son bébé. C'était sa première sortie après la mort du jumeau, et elle essayait de surmonter sa dépression. Elle voulait demander à Geneviève d'être la marraine.

C'était Caro qui l'avait conduite chez les Whitman. Elles furent accueillies par Shirley.

« Mam'zelle Vivi, mam'zelle Caro, soyez gentilles d'attendre dans le séjour. »

Lorsque Teensy descendit, elle paraissait épuisée. Son ventre ressemblait à un ballon de volley glissé dans la ceinture d'une adolescente.

« *Maman* dort aujourd'hui, dit-elle. Excusez-la. Ça ne va pas très fort.

— Elle dort, demanda Caro, ou on lui a encore fait une piqûre ?

— Une piqûre », lâcha Teensy dans un murmure. Elle souleva la couverture et regarda Siddy qui dormait dans les bras de Vivi.

« Quels cils… c'est à se pâmer devant, dit-elle.

— Ce sont ceux de Shep, répondit Vivi.

— Ma toute petite, murmura Teensy au bébé, je ne crois pas que ma *maman* pourra devenir ta *marraine*. » Puis elle recouvrit sa tête, vite, comme si la vue de ce petit visage lui était insupportable.

« Vivi, ajouta-t-elle, demande à Caro d'être sa marraine.

— Mais pourquoi ? Peu importe si Geneviève ne peut pas venir au baptême. Je veux qu'elle soit…

— Ne discute pas, Vivi, dit Teensy. Je t'en prie.

— Je ne pourrais pas juste la lui montrer ? » insista Vivi.

Teensy tenait à peine debout. « Je suis désolée, Vivi. »

Siddy n'eut jamais l'occasion de rencontrer Geneviève Saint Clair Whitman.

Un mois après le baptême, Vivi était allongée sur le divan recouvert d'un plaid bleu et vert et lui donnait son biberon. Pendant quelques heures, elle avait réussi à confier son enfant disparu à Dieu et savourait sa propre vie. Dans la cuisine, Shep préparait un cocktail et coupait du fromage pour des crackers. Ce fut lui qui reçut l'appel de Chick.

Vivi l'entendait parler sans bien comprendre. Elle partageait un rêve avec son bébé, contente que son mari s'occupe de lui apporter un apéritif et ensuite un steak grillé, et satisfaite de sa forme pour une femme qui venait d'accoucher.

« Chérie, dit Shep qui revenait, un bourbon à la main.

— Chéri toi-même, lui répondit-elle en tapotant le lit. Viens t'asseoir. »

Vivi avait envie d'avoir sa petite famille, un beau mari et un joli bébé roux, réunie autour de la jeune mère qu'elle était. Elle avait beau avoir perdu un enfant et livré bataille à ses démons, ce soir elle était rayonnante et le savait. Elle sentait les feux de la rampe braqués sur elle.

« Regarde comme elle est mignonne », murmura-t-elle à Shep.

Elle but une gorgée et posa son verre sur la table, puis chuchota à l'oreille de Siddy : « Tu as de beaux yeux grands comme des soucoupes, un nez parfait et une toute mignonne petite bouche. Tu as dix petits doigts miam miam aux pieds et dix petits doigts miam miam aux mains et de jolies petites jambes, et j'ai envie de te croquer toute crue. »

Shep se sentit brisé à l'idée qu'il allait détruire l'harmonie de ce tableau, le plus tendre qu'il ait pu contempler depuis la mort du jumeau.

« Vivi, notre chère Française nous a quittés », dit-il doucement.

Vivi ne faisait pas attention à lui. Elle était entrée dans le petit monde douillet et poudreux de Siddy, qu'elle finissait de nourrir en regardant s'alourdir ses paupières.

Shep se pencha et glissa une main sous le dos du bébé.

« C'est un peu tôt pour la prendre, mon chéri, dit Vivi. Attends qu'elle soit tout à fait endormie et que je lui aie fait faire son rot. »

D'habitude, Shep ne touchait pas au bébé sans les instructions ou la permission de Vivi. Cette fois, il hésita et laissa sa main sous le dos de Siddy. Puis il la souleva et prit le biberon des mains de sa femme.

« Qu'est-ce que tu fais, Shep ? Tu veux finir de lui donner son biberon ? »

Shep ne bougeait pas.

Toujours de bonne humeur, prête à le laisser faire, Vivi se releva.

« Vivi, Geneviève est partie », dit-il sans la quitter des yeux.

Le goût métallique revint dans la bouche de Vivi. Bizarre, songea-t-elle. Je ne l'ai pas senti quand le jumeau est mort. Je ne l'ai plus jamais senti depuis la mort de Jack.

« C'est arrivé comment ? » demanda-t-elle sans vraiment vouloir savoir.

Shep baissa les yeux sur le bébé et lui répondit à contrecœur : « Chérie, ç'a été affreux. Je crois que les alligators l'ont emportée. »

Vivi contempla Siddy qui s'endormait. Un instant, ce ne fut pas elle qu'elle vit, mais son propre visage, qui accusait le choc.

« Tu as besoin de moi, Vivi ? demanda Shep. Je peux faire quelque chose pour toi ? »

Vivi secoua la tête. « Non. Finis de donner le biberon, fais-lui faire son rot et change-la. Je suis dans la chambre. Je téléphone. Sois gentil de ne pas me déranger. »

Elle sortit de la pièce, et Siddy se mit à pleurer. Shep Walker la souleva en l'air, un peu au-dessus de sa tête.

Il ne savait pas pourquoi elle pleurait, ni comment l'en empêcher.

« Hé, mon petit haricot beurre, dit-il. Tout va bien. Tu as les yeux de ton papa, tu sais ça ? Tu as les poumons de ta maman et les yeux de ton papa. »

« On peut parler ? demanda Vivi à Teensy, qui s'était déchaussée et allongée sur une chaise longue.

— Comment ça, on peut parler ? La seule chose qui nous permettra d'échapper au Betty, c'est de parler.

— Je me rends compte que je n'ai pas pardonné à notre Sainte Mère l'Église. Je croyais que si, mais non. Ils n'auraient pas dû nous interdire d'enterrer Geneviève à la Divine Compassion.

— L'Église n'a pas changé : elle n'aime pas les sorties via les cocktails vodka-barbituriques, dit Teensy d'une voix vulnérable malgré ses mots durs.

— J'ai continué d'aller à la messe même quand tu avais cessé et que Caro n'allait plus à confesse. J'ai continué, comme Necie. Même quand j'ai été obligée de changer de confesseur après que Siddy a fait savoir au monde entier que j'étais le Hitler de la maternité. Toute ma vie j'ai été incapable de résister à ce sentiment de pureté, de légèreté qu'on a pendant deux minutes en sortant du confessionnal. Cette impression qu'on peut se faire renverser par un camion et qu'on ira tout droit au paradis.

— Moi, j'ai abandonné quand on m'a dit que mon strip-tease était un péché mortel.

— Tu es plus maligne que moi, Teensou. »

Teensy rit. « Au royaume des aveugles, les borgnes sont rois. »

Elle but une gorgée avant de poursuivre : « Plus maligne, non, Vivi. Mais je sais que *maman* m'aimait. Elle ne s'est pas tuée parce qu'elle ne m'aimait pas. Elle s'est tuée parce qu'elle croyait avoir permis que mon père tue mon frère. Voilà ce qu'elle disait dans la note qu'elle a laissée. C'est mon père qu'elle a puni. »

Teensy soupira, reprit une gorgée.

« Il te manque ? demanda Vivi.

— Jack me manque tous les jours que Dieu fait, admit Teensy d'une voix douce. Mais pas comme à toi. Il était mon frère. Moi, j'ai passé ma vie avec l'homme que j'aime.

— En fermant les yeux, je le vois encore, dit Vivi. Je le vois en train de remonter le terrain de basket avec le ballon, en train de sauter de la balançoire de Spring Creek. Teensy, je le vois encore... tu te souviens de la fois où on était à la plage et... »

Vivi marqua une pause et laissa vagabonder son regard. « Mon Dieu, je suis folle, ou quoi ? Est-ce que je suis comme ces cinglées qui passent leur vie plongées dans leurs souvenirs de lycée ?

— Il était l'amour de ta vie, *bébé*, dit Teensy.

— Oui, approuva Vivi en buvant une gorgée de bourbon. Et, aujourd'hui encore, je serais prête à donner tout ce que j'ai pour pouvoir sentir son odeur juste une fois avant de mourir.

— Ça, c'est quelque chose que je n'arrive pas à pardonner.

— Quoi donc ?

— Que Dieu nous ait pris Jack. Je suis contente qu'on ait battu les Japs et fière qu'on ait vaincu Hitler mais, pour moi, ça ne justifie toujours pas que Jack ait dû payer de sa vie. Tu piges pourquoi toi et moi on a toujours compris les gosses qui manifestaient contre le Vietnam ? Le patriotisme, c'est du vent. Pas l'amour, *chère*.

— L'Église catholique, pas plus que l'armée américaine, ne devrait avoir maille à partir avec les Ya-Ya », dit Vivi.

Chick ouvrit les portes-fenêtres du séjour et sortit dans le patio en disant :

« Qu'est-ce que j'entends ? On complote contre l'Église et l'État ? Je t'en prie, Teensy, je ne veux plus être dérangé par le FBI.

— Idiot, fit Teensy en riant. Comment va ta marinade ?

— Appelez-moi Julia Child, répondit Chick en imitant la voix de la célèbre cuisinière. Une petite resucée ?

— *Oui, oui, s'il te plaît*, dit Teensy. Dis-moi, *bébé*, nous sommes presque prêtes à passer à table. On peut t'aider ?

— Je m'occupe de tout, dit Chick. Ne bougez pas, je m'amuse.

— Je t'aime », lui dit Teensy en se soulevant de sa chaise pour l'embrasser.

Quand Chick les quitta, Vivi intercepta le regard de son amie.

« Combien d'années ?

— Bientôt l'or.

— Entre vous, je ne sais pas si c'est l'or, mais c'est le Pérou depuis le début.

— Il a toujours été à mon côté, tu le sais. Je n'aurais jamais pu vivre une vie normale après ce qui est arrivé à Jack et à *maman* s'il n'avait pas été là. Lui, et vous trois.

— Vous êtes heureux tous les deux.

— Et nous avons de la chance. Ni lui ni moi ne nous en faisons pour les broutilles. Et nous n'avons jamais eu de problèmes d'argent, ce qui ne gâte rien. *Mais oui*, mon mariage a survécu, même quand on aurait pu croire que c'était au détriment des enfants.

— C'est un peu ce qui m'ennuie avec Siddy, ce qu'elle a vu de mon mariage.

— Allons, Vivi. Toi et Shep, vous avez tenu le coup.

« Nous n'avons jamais été comme toi et Chick. D'ailleurs, ce n'est pas nouveau. »

Elles furent interrompues par Chick, qui revenait avec des verres pleins.

« Tu es vraiment le serveur idéal. Combien te paie-t-on, dans cette boîte ? »

Il lui lança un clin d'œil et disparut dans la maison.

Vivi but encore une gorgée et laissa la chaleur du bourbon se répandre en elle.

« Dis-moi, c'est la pleine lune ou quoi ?

— Va savoir, répondit Teensy en allumant deux cigarettes. Certains mois, j'ai l'impression que la pleine lune dure trente jours. Et nous sommes censées avoir trouvé la sérénité avec la ménopause. La bonne blague ! »

Elle tendit une cigarette à Vivi. Ensemble, elles dirent : « Sale habitude », et en prirent une bouffée.

« J'ai refait le rêve une fois, alors que je partageais encore la chambre de Shep », dit Vivi.

Elle marqua une pause et regarda Teensy pour s'assurer qu'elle pouvait continuer. « Celui dans lequel Jack fait son grand sourire, tu vois ce que je veux dire. Il est sur le terrain de basket et il se tourne vers moi. Je distingue sa mâchoire carrée et sa tignasse brune. Et je ressens la même chose qu'à l'époque, la même chaleur entre les jambes, le cœur qui bat. Je baisse la tête pour dégager mes cheveux de mes yeux, comme quand je me coiffais avec la raie sur le côté. Et quand je la relève, Jack a la mâchoire éclatée. La même chose, chaque fois. »

Vivi but une gorgée de bourbon et regarda la piscine. Elle inspira profondément et poursuivit : « Une nuit où j'ai fait ce rêve, Shep m'a prise dans ses bras. Il s'est levé et m'a apporté un bourbon au lit. Ça m'a touchée, mais je ne lui ai jamais dit pourquoi je pleurais. »

Elle fronça les sourcils, tira une longue bouffée de sa cigarette et recracha lentement la fumée. « Les gosses comprennent tout. Ma fille sait que je n'ai jamais ouvert le fond de mon être à son père, qui est mon mari depuis plus de quarante ans. Elle sait que les raisins de mon mariage se sont flétris sur le cep. Elle a senti que je ne donnerais jamais ce noyau précieux que j'ai enfoui en moi à mon adolescence. Même quand elle n'était pas dans la pièce, elle voyait.

— Vivi, tu es trop dure avec toi-même.

— Non, dit Vivi avec fermeté. Je suis restée fidèle à ton frère. Ce rêve m'a déchirée des centaines de fois en cinquante ans. Le seul moment où il m'a laissée tranquille, c'était quand les enfants étaient petits. Et il m'a manqué, Teensy. J'avais envie qu'il revienne. J'aurais tout donné pour qu'il revienne. Il est revenu, d'ailleurs. En force, crois-moi. C'était en 1963, quand j'ai perdu la boule. Et quelque part, j'étais contente. Parce qu'il a beau me détruire, ce rêve, il me restitue cette époque de ma vie. »

Teensy se taisait. Elle posa son verre et écouta.

Vivi éteignit sa cigarette. « Ce que ma fille, qui s'est fait analyser sous toutes les coutures, ne comprend pas, c'est qu'on n'a pas besoin de dépenser des milliers de dollars pour arriver à ce genre de conclusion. Je réfléchis. J'essaie de comprendre. Pas besoin d'y laisser cent dollars de l'heure.

— Je trouve mes tarifs assez raisonnables », dit Teensy.

Vivi se leva en riant et vint embrasser son amie.

« Tu es vraiment adorable, Teensy.

— Parle à Siddy.

— Oh, non. Non, non, non. Ce n'est pas mon truc. Ça, ce sont mes bagages. Mes malles. »

Elle s'approcha des portes du séjour, comme pour chercher Chick. « Ces histoires, je les emporte partout avec moi. J'ai mis dessus des étiquettes à mon nom. »

Elle agita les glaçons dans son verre et ajouta en haussant la voix : « Mais où est donc passé ce charmant petit serveur ? Le service laisse à désirer dans cet établissement !

— Tes bagages, *bébé*, ont cessé de t'appartenir exclusivement à l'instant même où le spermatozoïde a rencontré ton ovule », lui dit Teensy.

Vivi se détourna et regarda l'eau qui jaillissait en un petit arc du sein de la sirène.

« Elle ne te manque pas ? demanda encore Teensy.

— Horriblement. Je pense à elle tout le temps.

— Alors, bon sang, pourquoi ne prends-tu pas ton téléphone et ne lui parles-tu pas, ne l'écoutes-tu pas, n'essaies-tu pas de répondre à ses questions ?

— Je ne connais pas les réponses à ses foutues questions.

— Eh bien, laisse tomber les réponses. Dis-lui simplement ce qui s'est passé. Fais en sorte que vous vous rabibochiez. »

Teensy regarda dans son verre et en sortit un glaçon qu'elle se fourra dans la bouche.

« Ne croque pas ça, Teensy, tu vas t'abîmer les dents.

— Écoute, ça fait soixante-six ans que je croque de la glace et j'ai encore toutes mes dents. Je ne peux pas en dire autant de tout le monde. »

Sur ce, elle planta les dents dans son glaçon en fusillant Vivi du regard.

« Quoi ? Qu'est-ce que tu as à me regarder comme ça ?

— Si tu ne parles pas à Siddy de cet hôpital que personne n'appelait un hôpital, je le ferai moi-même. Ce n'est pas marrant de perdre sa mère, et peu importe à quel âge. »

Vivi scruta le visage de son amie pour voir si elle plaisantait.

« Ce n'est pas la seule fois où j'ai quitté mes enfants.

— Je sais », dit Teensy avec douceur.

Vivi ferma les yeux. Quand elle les rouvrit, elle déclara :

« D'accord, tout est entre tes mains. Fais pour le mieux, comme tu l'entends.

— Je n'ai pas la science infuse, *mon petit chou*. Tout ce que je sais, c'est que je n'ai pas le droit de me taire.

— Ne jouons pas trop les Sarah Bernhardt, observa Vivi en posant une main sur le bras de son amie.

— Non, en effet. »

Prenant un accent européen, Vivi demanda :

« Combien vous dois-je pour la séance, docteur Freud ?

— Pétou, corrigea Teensy. Docteur Péti Pétou. »

Quand Chick réapparut dans le patio avec un plat de filet mignon, il trouva les deux femmes en train de rire et de pleurer dans les bras l'une de l'autre. Cela ne l'émut pas, il les avait déjà vues ainsi trente-six mille fois.

24

L'adresse était à peine lisible, mais Siddy reconnut tout de suite l'écriture. C'était celle, quasi hiéroglyphique, de Willetta Lloyd, la Noire qui servait depuis toujours chez Vivi et Shep. L'enveloppe était si mince qu'on distinguait les lettres au travers.

1er décembre 1957

Chère Mademoiselle Vivi Walker,

Chez moi je pense à vous et je décide d'écrire pour remercier du manteau de cachemire que vous m'avé donné. Il est joli et chaud. J'ai lâché l'ourlet du bas et des manches et maintenant il me va bien. Chaney et moi va bien et vous envoie nos bons souhaits et nos prières et espérons que vous et votre famille tout le monde va bien.

Amitiés

Mme Willetta T. Lloyd

Une lettre bien différente de toutes celles que Siddy avait trouvées jusqu'alors : elle était écrite sur un papier à lignes, et la page avait été maladroitement arrachée à un bloc de qualité ordinaire.

Dieu sait que Willetta méritait les jolies choses que ma mère lui a données, se dit Siddy. La vie de maman, la mienne n'auraient pas été possibles sans elle. Notre dette envers elle est si complexe qu'elle est impossible à chiffrer.

Elle regarda la date : pourquoi sa mère lui avait-elle fait ce cadeau ? Elle se demanda si le long manteau crème très doux qu'elle avait vu à Willetta pendant des années était celui dont parlait le mot de remerciement. La lettre à la main, Siddy gagna la cuisine. Appuyée au plan de travail, elle n'aurait pas été surprise de sentir l'odeur de Willetta, mélange de crème Ajax et de thé Lipton. Elle pensait à cette grande Noire qui l'avait nourrie, habillée, qui avait lavé à la main ses « textiles délicats », joué avec elle, qui lui avait chanté chansons et berceuses et l'avait écoutée avec tendresse. Elle pensa aux lettres qu'elle continuait de recevoir d'elle. À leurs conversations téléphoniques, au cours desquelles invariablement Willetta disait : « Oh, tous les jours vous nous manquez ici à Pecan Grove. » Elle revit Willetta et son mètre quatre-vingts, son visage aux traits indiens, et ressentit un profond désir de retrouver cette femme qui avait été une mère pour elle.

Siddy avait trois ans quand Willetta avait commencé à garder les enfants de Vivi et de Shep, avant de devenir leur bonne quelques années plus tard. Mais Siddy ne l'avait jamais considérée comme une bonne. Forcée par les circonstances à passer plus d'heures avec les petits Walker qu'avec ses propres enfants, Willetta l'avait aimée en dépit du salaire de misère qu'elle recevait en échange de ses journées, et même souvent de ses nuits. Elle qui habitait au bout de l'allée une maison tout en enfilade avec son mari, Chaney, et ses deux filles, qu'elle eût accepté et chéri Siddy, vu ses relations avec les parents de la petite, tenait du miracle.

Parmi les innombrables cruautés du racisme, songea Siddy, il en existe une terrible : la règle tacite selon laquelle les enfants blancs, une fois arrivés à un certain âge, sont censés renoncer à l'amour qu'ils ressentent pour les femmes noires qui les ont élevés, et le remplacer par une affection paternaliste et sentimentale. Cela afin de laisser la jalousie à peine voilée de nos mères occulter nos sentiments pour ces femmes qu'elles ont engagées comme bonnes.

Décidément, ce manteau de cachemire dérangeait Siddy. Une nuit, voilà des années, elle avait rêvé qu'elle voyait sa mère dans l'encadrement d'une porte. Vivi déboutonnait son manteau et dévoilait son corps nu lacéré d'entailles profondes. On aurait dit qu'elle était tombée sur un tas de couteaux.

Dans la cuisine du bungalow, Siddy se souvint des repas que leur préparait Willetta : ragoût d'*okras* et de tomates servis sur du riz, côtes de porc à l'étouffée sur lit d'oignons, biscuits chauds dégoulinants de beurre et de miel. Elle eut une envie soudaine de manger un repas à la Willetta, plein de gras et de cholestérol, et bien requinquant.

Elle se contenta de prendre une pomme dans le saladier en bois et sortit sur la terrasse trouver la douceur du matin d'été. Siddy regarda les hauts sapins qui entouraient le bungalow et mordit dans le fruit. Je ne sais rien, se dit-elle, je ne connais que l'odeur du soleil sur les myriades d'aiguilles de sapin.

25

Le lendemain, Vivi se lança dans le grand nettoyage de ses placards. Elle se fit une Thermos de café, s'enferma dans son dressing-room et arracha les vêtements à leurs cintres. Elle prépara un carton pour Willetta, un autre pour le centre d'accueil des femmes de la paroisse et un troisième pour une jeune femme qui faisait de l'haltérophilie au même club qu'elle. Cette fille délurée adorerait les vêtements trop scandaleux et trop frivoles pour la paroisse ou trop petits pour Willetta.

Quand elle eut terminé, elle grimpa dans le grenier et se mit à examiner des cartons et des cartons de vêtements qui remontaient aux années cinquante. Quand elle tomba sur celui marqué VESTE DE MATERNITÉ / MOIRE CHARTREUSE, elle s'interrompit.

Elle emporta le carton dans la cuisine, mit *Judy Garland Live au Palladium* sur son lecteur de CD, se servit un verre et alluma une cigarette.

La veste faisait partie d'une garde-robe qu'elle s'était dessinée quand elle attendait Baylor, son petit dernier. Le vêtement était coupé comme une blouse de peintre dans un tissu magnifique et orné de gros boutons en faux diamant. Vivi l'avait porté avec des boucles d'oreilles assorties, un pantalon cigarette noir et un pimpant petit béret de velours doré.

Bientôt, la vue de cette veste lui devint insupportable.

Elle gagna le bureau son verre à la main et s'allongea sur la banquette, regardant le bayou par la fenêtre.

Ce n'est pas facile de perdre sa mère.

Elle glissa un coussin sous ses genoux et ferma les yeux. La veste de maternité avait ravivé tous ses souvenirs.

Vivi, 1957

Je n'en pouvais plus.

Dix-sept jours de pluie d'affilée. Novembre en Louisiane. Un froid humide, à vous glacer les os. Une semaine avant Thanksgiving, date où la belle-famille allait venir m'écorcher vive. Quatre enfants en bas âge qui s'arrêtaient de pleurer juste le temps de manger et de faire caca. Quatre. Cinq si je n'avais pas perdu le jumeau de Siddy. Je les adorais, mais je ne les supportais plus. Les beaux enfants sont aussi des cannibales. J'aurais donné n'importe quoi pour qu'on vienne me les enlever le temps de me laisser poursuivre une seule pensée jusqu'au bout.

Siddy avait quatre ans, elle finissait une bronchite. Elle me posait sans arrêt des questions, et j'avais envie de la gifler parce que je n'avais pas le temps de lui répondre : à trois mois, Baylor ne faisait toujours pas ses nuits. Little Shep avait trois ans ; il cavalait partout, plus vite qu'un adulte, et je ne savais jamais où il était. Il sortait de la maison et disparaissait dans l'allée avant que j'aie le temps de dire ouf. Lulu, elle, mangeait tout le temps. Elle avait toujours faim. J'en étais arrivée au point de me dire que si j'entendais une seule fois de plus son « Maman, faim », j'allais la tuer.

Shep passait son temps à chasser le canard dans son refuge, sans téléphone, bien entendu.

Quand je demandais au père de mes enfants à quel moment il serait de retour, il me répondait : « Je rentrerai quand je rentrerai. »

Je n'arrivais même pas à confier aux Ya-Ya à quel point j'étais fatiguée de mes quatre monstres. Je ne voulais pas que mes meilleures amies, même elles, devinent que je n'en pouvais plus. Un jour, j'ai essayé de l'expliquer à Caro. Elle m'a rétorqué :

« Dis à Shep que tu as besoin de temps pour toi. »

Ce n'était pas le problème. J'aurais pu demander une baby-sitter, mais ça ne suffisait pas. C'était toujours moi qui restais responsable d'eux.

Pendant un moment, il y a eu Melinda, la grande nurse noire que les enfants appelaient Lindo. À chacun de mes accouchements, je l'ai eue dès mon retour de l'hôpital. Les petits s'étaient bien habitués à elle.

Moi aussi.

Melinda est restée trois mois après la naissance de Baylor, et ensuite elle a été obligée de partir s'occuper d'un autre bébé.

Je l'ai suppliée de ne pas partir. Je me revois dans la cuisine : « J'ai besoin de vous, Melinda. Vous ne pouvez pas dire à Mme Quinn de trouver quelqu'un d'autre ?

— Je ne peux pas faire ça. Je me suis déjà occupée de ses deux aut' enfants, et elle compte sur moi. Elle m'a déjà préparé ma chambre. Une jolie chambre.

— Vous n'êtes pas bien ici ? Je sais que c'est petit… je suis désolée… ce n'est pas une chambre à proprement parler, mais c'est tout ce que nous avons. Si vous voulez, je peux vous commander un autre lit, refaire les rideaux, tout ce que vous voudrez, Melinda. Je ne savais pas que ça ne vous plaisait pas. C'est le lit ? Je me doute qu'il n'est pas fameux. »

Elle demeurait plantée là, toute noire dans son uniforme blanc amidonné, si propre et si blanc, dégageant une odeur d'eau de Javel.

« C'est pas ça, mam'zelle Vivi. Y a un nouveau bébé qui arrive, et il faut que je m'en occupe. Je ne peux pas rester. Ça fait déjà trois mois que je suis là pour Baylor, exactement comme pour vos aut' bébés. »

Pour une fois, les monstres dormaient tous. La maison était tellement silencieuse que j'entendais les vibrations du réfrigérateur. Malgré ma répugnance à implorer une personne de couleur, ç'a été plus fort que moi.

« Melinda, je vous en supplie. Ne me quittez pas. Je suis incapable de m'occuper seule de ces quatre enfants. Je vous en prie, ne partez pas. Je vous paierai. Je demanderai à M. Shep de vous procurer une voiture. Ça vous plairait, une voiture ? »

Un instant, j'ai cru l'avoir convaincue. J'ai cru qu'elle allait rester. Après tout ce que j'avais fait pour elle et sa famille, je trouvais que c'était bien le moins qu'elle puisse m'accorder.

« Mam'zelle Vivi, a-t-elle dit, c'est vos enfants ; il va bien falloir que vous vous en occupiez un jour. »

J'ai pris ma tête dans mes mains et je me suis appuyée sur le plan de travail. La maison entière sentait le lait maternisé. Depuis quatre ans, je ne connaissais plus d'autre odeur que celle-là. En plus de celle des couches et du vomi.

Melinda a sorti trois biberons de la glacière.

« Faites-les chauffer dans la 'tite casserole et donnez-en un à Siddy. Je sais qu'elle est trop grande, maintenant, mais elle est plus calme si elle en prend un en même temps que les aut' quand ils se réveillent.

— Oui, mame. »

Mon cœur s'était mis à avoir des ratés, je sentais un poing se serrer dans mon estomac. Je me grattais partout, à tel point que j'étais écarlate. Je m'étais pourtant préparée à l'idée qu'elle me laisse avec les quatre diables. J'avais bien réussi à m'en sortir avec deux, puis avec trois en étant enceinte du quatrième, non ?

« Mam'zelle Vivi, vous voulez que je vous réchauffe quelque chose ? Il faut que vous mangiez un morceau.

— Non, merci, Melinda. Peut-être tout à l'heure. Je vais prendre un Coca.

— V's en avez assez bu, du Coca-Cola. Il faut manger. »

J'ai sorti le bac à glaçons en alu du *freezer* et j'ai fait couler de l'eau dessus. J'ai pris un verre à whisky et je l'ai rempli de Coca. Le Coca était mon seul réconfort. Il calmait mes nausées. J'en buvais tellement que j'étais obligée de cacher les bouteilles pour que Shep et ma mère ne les voient pas. Je n'avais pas besoin de leurs commentaires.

La nuit tombait, et il pleuvait toujours quand j'ai mis les enfants dans la voiture pour raccompagner Melinda. Je me suis arrêtée devant chez elle sans couper le moteur. Deux garçons tout en jambes ont accouru vers la voiture. Ils devaient avoir huit ou neuf ans. Je ne savais pas qu'elle avait de si jeunes enfants. Je l'aurais aussi bien vue grand-mère. Avec les Noirs, c'est toujours difficile à dire.

« Melinda, vous êtes sûre que vous ne voulez pas changer d'avis ? Vous pouvez rester chez vous, ce soir, et je reviendrai vous chercher plus tard.

— Non, mam'zelle Vivi. Je n'peux pas laisser tomber les gens comme ça. C'est mon travail, je n'peux pas faire n'importe quoi. Qu'est-ce que vous diriez si je vous lâchais juste au moment où vous allez avoir un nouveau bébé ? »

Je n'en croyais pas mes oreilles. J'avais envie de la gifler. « Très bien, Melinda. Je comprends. Dieu me garde de briser votre carrière ! »

Je lui ai tendu mon dernier billet de dix dollars comme pourboire, et elle est sortie de la voiture en se couvrant la tête avec un journal plié pour ne pas se faire tremper.

« M'an chè', M'an chè' », criaient les petits garçons en l'embrassant et en lui prenant sa valise.

À ce moment-là, Siddy s'est rendu compte de ce qui se passait. Elle s'est mise à brailler : « T'en va pas, Lindo ! » en essayant de sortir de la voiture.

On aurait dit qu'on la torturait. Que c'était moi qui m'en allais et pas une nurse noire.

« Chuut, chérie. Reste là. Il pleut. Maman va t'acheter une nouvelle poupée à découper. »

Mais Siddy est descendue de son siège. Trois secondes plus tard, elle et Little Shep couraient derrière Melinda sous la pluie battante.

Et en plus, il y avait deux – pas un, mais deux – chiens pouilleux juste devant la véranda. Il ne manquait plus que mes gosses aillent se faire mordre par un sale cabot noir enragé ! Sans parler des risques de rechute, avec cette bronchite qui n'en finissait pas.

« Revenez ! Siddy, Shep, ici tout de suite, v's aut' ! »

En m'entendant beugler, Baylor, qui dormait sur le siège avant à côté de moi, s'est mis à ronchonner. Et Melinda qui venait juste de le calmer ! Seule Lulu se tenait tranquille. Assise à l'arrière, elle terminait son troisième biberon depuis sa sieste.

« Ne bouge surtout pas, Tallulah. Maman revient. »

En descendant de voiture, j'ai posé le pied en plein dans une flaque. Il n'y avait pas un seul trottoir dans ce fichu quartier, et moi qui avais mis mes belles ballerines en daim marron…

Sur la terrasse, un groupe de Noirs en tenue de soirée s'est mis à crier et à siffler : « Salut, Melinda ! Entre vite, bienvenue chez toi ! Il y a du poulet frit tout chaud qui n'attend que de se faire croquer !

— Ooooh, les enfants, dit Melinda en s'approchant d'eux, mes deux aînés sur les talons. Alors, comme ça, on m'a préparé une 'tite fête ? »

À l'entendre, il était clair qu'elle nous avait oubliés, moi et mes enfants. Nous n'existions plus.

« Melinda, lui ai-je dit, pourriez-vous m'aider à ramener les enfants dans la voiture ? Il pleut des cordes.

— Oh, d'accord. » Elle a tendu son sac à l'un des garçons en lui disant : « Allez m'attendre dans la véranda. M'an chè' arrive tout de suite. »

J'ai toujours été étonnée d'entendre les Noirs appeler leur mère M'an chè' pour maman chérie. Je ne sais pas d'où ça vient.

Melinda a pris Siddy et Little Shep dans ses bras et les a déposés dans la voiture. Ils poussaient des hurlements. Bon Dieu, ces cris, c'était insupportable.

« Allez, v's aut', maintenant, il faut être gentils avec vot' maman, leur a-t-elle dit en essuyant leurs traces de pieds sur son uniforme. Merci, mam'zelle Vivi. » Et elle a claqué la portière.

Elle a claqué la portière de ma voiture et elle s'est dirigée vers sa maison, où toutes les lumières étaient allumées, et où ses amis et sa famille l'attendaient pour fêter son retour.

Je suis remontée en voiture avec mes enfants qui s'époumonaient et mes chaussures fichues. J'avais beau savoir que c'était complètement idiot, j'étais vexée. Puisque Melinda était décidée à me laisser tomber, elle aurait pu au moins nous dire d'entrer une minute.

« Maman, où on va ? demanda Siddy.

— Maman, on va manger des hamburgers ? » dit Little Shep avec un accent de Brooklyn qu'il était allé chercher Dieu sait où.

J'ai allumé une cigarette. « Je ne sais pas encore où nous allons. Taisez-vous et asseyez-vous. »

Ils toussaient encore beaucoup tous les deux, d'une toux rauque qui leur secouait tout le corps et faisait mal à entendre. Je ne supportais plus les yeux qu'ils faisaient quand ils s'étranglaient avec leurs mucosités. Je leur disais :

« Crachez, n'avalez pas, mes chéris ! Ce n'est pas bon pour vous. »

Mais ils ne comprenaient pas. Cette faiblesse des bronches, ils la tiennent de Shep. Je n'avais jamais entendu personne tousser aussi fort dans ma famille. Je les ai entendus tousser des semaines durant. Dieu merci, le Dr Poché leur prescrivait un bon sirop antitussif ; ça les calmait et les faisait dormir.

Je dois reconnaître que Melinda avait le chic pour sentir le moment où il fallait qu'elle vienne s'occuper de Baylor pour m'empêcher de devenir folle. Quand il hurlait, elle entrait dans la pièce à l'instant même où j'allais le frapper. Elle me l'enlevait des bras, tel un gros ange veillant à le protéger de moi. Elle a fait ça avec tous mes enfants. Parfois, je me suis demandé comment elle savait. C'était comme si, dans son immense corps, quelque chose se mettait à vibrer quand j'étais à deux doigts de les frapper.

Je n'aimais pas les battre. Je ne le voulais pas. Ça arrivait tout seul, à mon insu. J'étais incapable d'en parler. À l'époque, Caro racontait qu'elle avait oublié un de ses fils à une station-service et qu'elle ne s'en était rendu compte que le lendemain, mais c'était une plaisanterie. Moi, je ne pouvais pas confier à mes amies ce que je faisais à mes enfants quand ils me poussaient à bout.

Quand ça allait vraiment trop mal, maman m'envoyait Ginger et parfois même la petite-fille de Ginger, Mary Lee, qui n'était qu'une enfant elle-même. Ça ne me suffisait pas. Rien ne me suffisait. Si Delia avait été en vie, elle aurait veillé à ce que je n'aie jamais besoin d'appeler à l'aide.

Une fois les enfants enfin couchés, ce jour-là, j'étais si fatiguée que je me suis mise à trembler de tous mes membres. Quel salaud, ce Shep ! Comment avait-il pu me laisser seule le jour du départ de Melinda ?

J'étais trop énervée pour dormir. Je vibrais de l'intérieur, comme si toutes mes terminaisons nerveuses s'agitaient à la fois. Les gosses de Necie avaient la rougeole et Caro – nouvelle lubie – se couchait de bonne heure. J'ai appelé chez Teensy, mais ils étaient sortis.

« Où sont-ils ? ai-je demandé à Shirley, qui gardait les enfants.

— Ils dînent Chez Chastain. »

J'ai appelé le restaurant.

« J'ai besoin de voir des adultes, ai-je expliqué à Teensy.

— Flattée de voir que nous répondons aux critères, *chère*. Nous n'avons pas encore commandé. Je te prends un gombo comme entrée ?

— Ce que tu voudras, je n'ai pas faim. »

J'avais perdu l'appétit depuis la naissance de Baylor. Avec mes nausées constantes, les repas étaient devenus une corvée.

J'aurais bien demandé à ma mère de venir me dépanner, mais je n'avais pas envie qu'elle s'étonne, de son air accusateur et coincé, que je ne me fasse pas simplement à dîner à la maison. Alors j'ai appelé Willetta Lloyd. Son mari, Chaney, travaillait pour Shep et pour mon beau-père à Pecan Grove, où nous devions aller nous installer dès que la maison serait construite ; cela nous permettrait de quitter le trou à rats que nous louions à l'époque. Willetta faisait des ménages chez le Dr Daigre, mais elle me gardait les enfants, car ceux du Dr Daigre étaient déjà grands.

« Ne me dites pas non, Willetta. Je vous en supplie, ne me dites pas non. »

J'ai enfilé un pantalon de laine camel et un pull noir, et je me suis remis du rouge à lèvres. J'avais l'air d'une tuberculeuse. Je perdais un peu plus mes cheveux chaque jour. J'en trouvais sur mon oreiller en me réveillant le matin.

À la fin du dîner, où j'avais davantage bu que mangé, je me suis sentie incapable de me séparer de Teensy et de Chick.

« Allez, ne faites pas les trouble-fête, il est trop tôt pour se quitter. Allons prendre un verre au Theodore.

— Ce serait avec plaisir, Vivi, a dit Chick, mais il faut qu'on rentre voir si nos *petits monstres* n'ont pas saccagé la maison.

— Et toi, Teensy, tu ne peux pas rester ? Je n'ai pas envie de rentrer. Viens jouer avec moi.

— Vivi, *bébé*, je suis exténuée. Les enfants m'ont réveillée de bonne heure ce matin, et je n'ai pas fait ma sieste. Ce n'est que partie remise.

— *Absolument.* » Et je leur ai dit bonsoir.

« Vivi, m'a dit Chick, comment fais-tu pour tenir encore debout ? Nous n'avons que deux enfants, et tu en as quatre !

— Sans compter que Shep, lui, vit comme s'il n'en avait pas », a renchéri Teensy. Les Ya-Ya ne pardonnaient pas à Shep de m'abandonner pour son refuge à canards. Necie m'appelait la Veuve Canard.

« Je ne suis pas fatiguée du tout, je vous assure. Je pourrais passer la nuit debout.

— Eh bien, donne-moi la recette, a répliqué Chick. Si ça pouvait se mettre en bouteille, nous gagnerions des fortunes ! »

À la vérité, j'étais totalement, insondablement épuisée. Je ne sais pas comment c'était arrivé. Cela s'était fait si vite…

Quand j'ai connu Shep, j'adorais sa voix et les jeux lumineux du soleil sur les poils blonds de ses bras. Je me disais : Nous aurons de beaux enfants, il est solide, il a de bons yeux, il vient d'une vieille famille. Je savais que ce n'était pas Jack, mais je n'aurai jamais Jack.

Il m'a emmenée visiter Pecan Grove. Il m'a promenée en décapotable sur ses trois cents hectares et montré l'emplacement où il voulait construire la maison. Il avait beaucoup de sex-appeal. Je ressentais quelque chose qui ressemblait à de l'amour.

J'ignorais quel effort cela me demanderait de le trouver chaque matin dans mon lit. Il n'était pas l'homme de ma vie, l'homme que j'aimais.

J'adorais être enceinte, entrer dans une pièce en portant les derniers vêtements que j'avais dessinés moi-même et fait confectionner par Mme Boyette.

Mais, ensuite, il y a eu ces quatre petits êtres qui dépendaient entièrement de moi et qui ne me quittaient jamais. On ne pouvait pas les retourner contre remboursement parce qu'ils faisaient bronchite sur bronchite. Je n'ai pas voulu que ça arrive, ni que ça n'arrive pas. Je me suis contentée d'entrer au club des mères comme un bateau sans gouvernail échoue au port. Je ne connaissais pas l'odeur de la maternité.

Je ne savais pas qu'être mère m'imposerait de passer des nuits entières à me torturer dans mon lit, à gémir sous le poids de la responsabilité. Faisais-je ce qu'il fallait ? Mes enfants n'avaient-ils besoin de rien ? Était-ce assez ? Trop ? Allais-je brûler en enfer si je ne les faisais pas passer avant moi à chaque instant de ma vie ? Fallait-il que je sois la Vierge Marie elle-même plutôt que Vivi Abbott Walker ?

Si j'avais su, j'aurais dit non. Rien qu'en entendant parler de bébés, j'aurais pris mes jambes à mon cou.

Willetta est partie quand je suis rentrée du restaurant. J'ai arrondi ce que je lui devais pour la remercier d'être venue sans préavis. Elle a refusé de passer la nuit à la maison, comme je le lui demandais. Tout d'un coup, voilà que toutes les Noires se mettaient à me dire non. Chaney est venu la chercher. Il s'est présenté à la porte avec un chandail à elle, et ils se sont dirigés vers le pick-up qui était garé un peu plus loin et sur lequel on pouvait lire PECAN GROVE.

Il y avait quatre ans que je ne dormais jamais plus de cinq heures par nuit. Moi qui faisais autrefois des nuits de dix ou onze heures, qui goûtais tant le sommeil, au sens propre, comme un sandwich bacon-laitue-tomate dans de la baguette fraîche…

Ce n'était pas seulement mon sommeil qui me manquait, mais aussi mes rêves. Même les mauvais rêves. Même celui de Jack. Cela faisait des années que je ne rêvais plus. Il fallait toujours que je sois arrachée à mes nuits pour faire chauffer un biberon ou accompagner un enfant aux toilettes, et je retournais me coucher folle de rage parce que je me doutais que je serais épuisée le lendemain.

Les meilleures nuits, je rêvais que j'étais allongée dans une piscine, sous une cascade. Je pouvais m'immerger sans avoir besoin de respirer, et tout d'un coup je jaillissais de l'eau et je m'envolais. J'allais partout. Au matin, je m'éveillais souriante.

Avec Shep et les enfants, il m'était impossible de faire ce que je voulais. J'avais envie de partir avec un inconnu, de devenir très riche, honteusement riche, et de ne plus être responsable de rien. Shep n'était pas un mauvais mari. Nous nous faisions construire une grande maison dans la plantation. Mais, en attendant, il fallait vivre à six dans cette affreuse petite villa de trois pièces qui appartenait à son père et dans laquelle j'étouffais.

Comment ai-je pu me mettre à haïr Shirley Fry parce qu'elle était devenue championne des États-Unis du simple dames ? Moi qui aimais les gagnantes ! Moi qui en étais une… Autrefois, je jouais au tennis, je jouais vraiment. J'étais forte, j'avais le ventre plat, les jambes bronzées, les cheveux blonds.

Je me suis servi un verre, sans lésiner. J'ai regardé la fin des émissions à la télé et pleuré en entendant l'hymne national. J'ai fumé au lit en essayant de lire, mais le bourbon devait être plus corsé que je ne croyais parce que les mots se sont mis à danser devant mes yeux.

Alors je suis allée jeter un coup d'œil sur les enfants. Ce qu'ils étaient beaux ! Ils étaient parfaits, tous, bien au-delà de mes espérances. Je remercie Dieu de ne pas m'avoir donné d'enfants laids. Il est tellement plus facile de les aimer beaux ! J'ai fait de bons petits bébés.

Lulu ronflait comme son père, mais elle avait les yeux plus grands. Siddy avait une petite bouche parfaite aux lèvres rouge cerise, et des cheveux roux comme en auraient rêvé les Ya-Ya, sans parler de ses cils. Little Shep dormait avec son tracteur, sans lequel il refusait d'aller se coucher. Une vraie petite terreur pleine de muscles.

Baylor dans son berceau : je l'ai regardé, petits duvets de cheveux, petite fleur de coton, petit pouce grand comme un pois dans la bouche, il respirait comme s'il soufflait sur des plumes.

La veilleuse était branchée, mais j'ai allumé dans le placard. S'ils se réveillaient, je ne voulais surtout pas qu'ils aient peur.

Je suis retournée dans ma chambre et j'ai pensé à Jack.

Son cou. Sa manière de me soulever de terre, comme ça, par pure joie. J'ai essayé de me représenter nos enfants.

J'ai dû m'assoupir. J'ai été réveillée par un bruit de toux et j'ai attendu que ça cesse. Où était passée Melinda ? Que faisait-elle donc ?

Le corps raide et lourd comme une barre de plomb, j'ai tenté de soulever un bras ; il n'a pas bougé. Je croyais que je m'étais levée et que j'avais enfilé mon peignoir.

Encore cette toux, horrible. Siddy, incapable de cracher. Sortir du lit, m'occuper d'elle…

Je me croyais debout, entendant mon père tousser. Il occupait son fauteuil devant le feu, dans la maison de Compton Street, et je lui apportais une citronnade chaude. Il ne me voyait pas. « Papa ? Tiens, bois ça. »

C'est alors que je me suis réveillée en sursaut. Mon père était mort. Il avait abordé un virage à trop grande vitesse quand Siddy était bébé, peu après la mort du jumeau et de Geneviève.

Siddy était debout à côté de mon lit, secouée de quintes incoercibles, les cheveux emmêlés. Elle n'avait pas mes cheveux. Elle n'était pas une vraie blonde. En la voyant tousser, j'avais l'impression d'être à l'intérieur de son corps, de voir ses petites côtes prêtes à éclater. Je me suis assise et, lui passant les bras autour du torse, je l'ai attirée à moi, en murmurant :

« Chérie, essaie de respirer lentement. »

Ça l'a fait tousser encore davantage.

« J'ai mal, maman. »

J'ai pris le verre sur la table de nuit. « Essaie d'avaler un peu d'eau. »

Je l'ai aidée à boire une gorgée.

« C'est bien, ma chérie, très bien. Avale lentement, ma puce. C'est bien. »

Elle a eu un haut-le-cœur et elle a tout recraché, en se mettant à tousser de plus belle. Je lui ai pris le verre et je l'ai senti. Ce n'était pas de l'eau. C'était du bourbon. Si j'avais eu un couteau, je me serais arraché le cœur.

« Excuse-moi, mon poussin. Je suis désolée.

— C'est pas grave, maman. Je suis venue te dire que Lulu et Baylor sont malades.

— Comment ça, malades, chérie ?

— Ils ont fait caca partout. »

Quand je suis entrée dans la chambre des enfants, une odeur fétide m'a fouettée en pleine figure. Dehors, il pleuvait des cordes, toutes les fenêtres étaient fermées, la chaudière dégageait une chaleur torride et la pièce puait la merde.

Assise dans son lit, Lulu sanglotait. En m'approchant d'elle, j'ai vu qu'elle avait la diarrhée. Ça sortait de sa couche, ça avait taché la couverture, elle en avait sur les jambes et même jusque dans les cheveux.

Je l'ai prise dans mes bras. « Chuut. Chuut, Lulu, tout va bien, mon bébé. »

Ma chemise de nuit, ma peau… j'en avais partout. En entendant ma voix, Baylor s'est mis à pleurer. Lulu dans les bras, je me suis approchée de son berceau et j'ai tâté sa couche. Pleine… Le monde était rempli de merde de bébé. J'avais l'impression que je ne connaîtrais jamais plus d'autre odeur que celle-là.

« Baylor, je t'en prie, ne commence pas », lui ai-je dit comme s'il pouvait comprendre.

Il s'est mis à brailler à pleins poumons.

Siddy a été reprise d'une quinte de toux. Au moment où je me tournais vers elle, Lulu m'a vomi dessus. Tout a dégouliné sur ma chemise de nuit. J'avais les seins mouillés, et le corps couvert de démangeaisons.

J'ai couru dans la salle de bains. En me penchant pour poser Lulu sur la cuvette des toilettes, je me suis vue dans la lumière crue du plafonnier et je ne me suis pas reconnue.

Le gant mouillé à la main, je me demandais par où commencer : le visage, les fesses ? Et moi, quand aurais-je le temps de me laver ?

Siddy est apparue dans l'encadrement de la porte, les épaules, le corps entier secoués par la toux.

« C'est tout ce que tu sais faire, tousser ? Arrête immédiatement ! Tu ne vois pas que je suis occupée ? Va dans la chambre chercher Baylor. Je ne peux pas tout faire toute seule dans cette maison ! »

Mon petit bout de chou de quatre ans m'a regardée, elle a mis sa main devant sa bouche et elle est partie. Quand elle est revenue, elle tenait Baylor dans les bras et Little Shep par la main. Je les aurais tués de m'infliger ça.

Mais où était passé mon mari ? Où était le père de ces quatre enfants ? Montrez-moi où il est écrit que seules les mères doivent supporter l'odeur du caca. Je lui aurais volontiers mis une balle dans le corps pour m'avoir abandonnée comme ça.

« Siddy, nettoie le bébé. Prends ce gant, mouille-le et essuie-le avec. »

Sainte Marie, Mère de Dieu, où sont tes chemises de nuit pleines de vomi ? Le Fils de Dieu n'a donc jamais chié partout ? Tu n'as pas senti cette odeur, mêlée à celle des animaux de l'étable ? Pourquoi faut-il que tu aies tout le temps l'air si douce et si sereine ?

Siddy tenait Baylor sur le bidet et changeait sa couche comme elle pouvait. À un moment, elle s'est remise à tousser, et Little Shep lui a dit : « Vilaine, Siddy, maman a dit pas tousser ! »

Lulu a fini par arrêter de vomir, et j'ai entrouvert la fenêtre de la salle de bains. Il pleuvait toujours et il faisait un froid terrible, mais je ne supportais plus cette odeur. L'air frais a soufflé sur notre petite Sainte Famille plongée dans les excréments, le vomi, les larmes et la toux, et qui perdait lentement mais sûrement la raison.

Enfin, ils ont été propres. J'avais changé les draps, les couches, les sous-vêtements, les pyjamas tachés, ouvert les fenêtres en grand et monté le chauffage à plus de trente degrés.

La pluie n'avait pas cessé.

Exténuée, Lulu s'était assoupie, ses petites jambes sortant de sous la couverture, comme toujours. J'avais donné à Little Shep, maintenant bien éveillé, une boîte de crackers en forme d'animaux, et il jouait avec son tracteur en mordant à pleines dents les têtes des girafes et des éléphants.

Allongé sur le ventre, le bébé gémissait. Je lui massais le dos en petits cercles. « Là, Bay-Bay, doucement. Fais dodo, fais dodo pour maman. »

Siddy s'est remise à tousser sans fin, et j'ai fini par fermer les fenêtres à contrecœur.

Je me suis approchée de son lit. Pourquoi avait-elle le visage pincé ? Elle n'était qu'une enfant.

« Siddalee, chérie, quand est-ce que je t'ai donné ton sirop ? Il y a longtemps ?

— Je ne sais pas, maman. » Et elle a continué de tousser.

Je suis allée chercher le sirop dans le placard de la salle de bains. « Assieds-toi, chérie. Là, je vais te remonter ton oreiller. »

J'ai versé le liquide ambré dans une cuiller. « Tiens, Siddy. Avale lentement, d'accord ? »

La toux s'est arrêtée momentanément. J'ai regardé le sirop et décidé d'en prendre moi aussi. Ça ne pouvait pas me faire de mal.

Mes mains tremblaient. J'ai écarté les cheveux qui barraient le visage de Siddy et je lui ai mis les mains sur les joues.

« Ça fait du bien, maman.

— Tu es ma grande fille, Siddy. Tu es la plus grande. Il faut que tu m'aides à prendre soin des petits, promis ?

— Oui, maman », m'a-t-elle répondu, les paupières alourdies de sommeil.

De retour dans ma chambre, je me suis allongée sur mon lit, les yeux grands ouverts. J'ai mis un moment à me rendre compte que la puanteur venait de ma chemise de nuit, que je n'avais pas changée. Sans me lever, je l'ai enlevée et je suis restée nue, essayant de prier.

Mais l'odeur me dérangeait toujours. Je suis allée prendre dans mon placard mon long manteau de cachemire blanc crème, un modèle de chez Givenchy que je m'étais acheté avec une partie de l'héritage de papa. C'était la dépense la plus folle que j'avais jamais faite pour moi. J'ai enfilé des chaussettes et des bottes et je suis sortie sous la petite véranda.

Dans la pluie persistante, l'est s'est peu à peu coloré d'une teinte d'huître. Il faisait froid et humide, mais au moins ça ne puait pas.

Sainte Mère du Rédempteur, s'il m'était donné une seule fois de voir des taches de vomi sur ta belle robe bleue, de savoir que tes mains te démangent de gifler le Sauveur en plein dans sa petite figure de môme braillard, alors peut-être pourrais-je ne pas avoir l'impression d'être une merde humaine. Espèce de Foutue Vierge Éternelle, si seulement tu pouvais effacer une seconde cet insipide sourire pastel de ton visage et me regarder d'égal à égal, alors peut-être échapperais-je au désespoir.

Je n'étais plus vierge depuis longtemps. Je puais. Mes mains sentaient la merde, le vomi, le tabac. Même l'eau de Cologne dont je les avais aspergées n'avait pu couvrir l'odeur. Rien ne pouvait chasser l'odeur de la vie. J'avais peur de perdre mes enfants. J'avais peur que nous ne mourions tous.

Dans l'air froid de l'aube, mon haleine est devenue brouillard. J'étais entourée de brouillard. Bientôt, je n'ai plus vu mes mains.

Je me suis forcée à attendre six heures et demie pour appeler Willetta. Je lui ai dit que c'était urgent, et elle est venue. Pendant qu'elle préparait le petit déjeuner des enfants, j'ai mis du rouge à lèvres et je me suis peignée. J'essayais toujours de ne pas céder aux larmes. Je suis allée voir dans le tiroir du bureau où Shep mettait l'argent liquide, mais il n'y avait que deux billets de cinq dollars. Il me fallait davantage.

« Willetta, vous avez de l'argent ? »

Voilà que je tapais ma domestique noire, maintenant.

« Non, Madame. Seulement l'argent du bus. Vous voulez combien ?

— Beaucoup.

— C'est à M. Robert Anthony de la télé qu'il faut demander un chèque d'un million de dollars, m'a-t-elle répondu en présentant un biberon de 7-Up à Lulu pour calmer ses nausées.

— Donnez bien à Little Shep ses flocons d'avoine, sinon il tombera dans la boîte de biscuits dès que vous aurez le dos tourné.

— D'accord, m'a-t-elle dit tout en beurrant un toast pour Siddy. Où allez-vous sous une pluie pareille ?

— Je vais me confesser. Chercher l'absolution.

— Ces vieux prêtres, avec leurs yeux de chat, il faut se méfier d'eux, a dit Willetta dans sa barbe.

— Je serai de retour dans une heure environ.

— Tant mieux, mam'zelle Vivi, parce qu'il faudra que je parte chez Mme Daigre dès que vous serez là. Elle donne une soirée bridge aujourd'hui. »

À Saint-Antoine, on ne me connaissait pas. L'église était très italienne. Plus ancienne, plus sombre que la Divine Compassion, elle regorgeait de fleurs artificielles. Je n'y avais pas mis les pieds depuis ce jour de mon enfance où maman nous avait amenés à l'enterrement d'une amie à elle.

Sous mon manteau, j'étais en culotte et soutien-gorge, mais qu'importe, ce n'était pas un péché. J'avais mis ma mantille.

« Bénissez-moi, mon père, parce que j'ai péché. Ma dernière confession remonte à quinze jours. »

J'ai essayé d'inspirer profondément, mais ma poitrine est restée bloquée. Mon cœur battait à tout rompre et je respirais péniblement.

Je ne connaissais pas ce prêtre. Ce que j'avais à dire était bien trop lourd pour être confié à ma paroisse de la Divine Compassion.

Je sentais son odeur, là, de l'autre côté de l'écran où j'avais appuyé mon nez. Parfums d'encens et de psautiers reliés de cuir. Le velours usé du prie-Dieu me râpait les genoux. C'était inconfortable. Mon corps n'était que démangeaisons depuis quatre ou cinq jours déjà. J'avais envie de me gratter partout, j'allais devenir folle si ça ne s'arrêtait pas. Je venais de descendre deux bouteilles d'un lait corporel qui avait taché la moitié de ma garde-robe sans me soulager. J'avais appelé le Dr Beau Poché pour qu'il me donne quelque chose de plus fort, et le produit devait m'attendre chez Bordelon. Dieu merci, il y avait Beau. Il était pédiatre mais s'occupait aussi de moi.

J'avais vingt-neuf ans, bientôt trente. Je ne pouvais plus respirer, ma mauvaise conscience me coupait le souffle. « Bénissez-moi, mon père, parce que j'ai péché. Ma dernière bonne confession remonte à quinze jours. »

J'ai bien resserré mon manteau autour de moi et j'ai dit :

« Mon père, je m'accuse de mauvaises pensées envers ma famille.

— Avez-vous des pensées impures ?

— Non, mon père.

— Avez-vous ressenti de la haine envers votre mari ?

— Oui, mon père, et aussi envers mes enfants.

— Combien de fois avez-vous eu des pensées haineuses envers vos êtres chers ?

— Je l'ignore, mon père. Je ne compte plus.

— Quelles sont ces mauvaises pensées ? »

Je savais que je n'y couperais pas. Il était prêtre, représentant de Dieu sur Terre. Il fallait que je lui confesse mes péchés. Alors je pourrais manger, dormir.

Mes paumes me grattaient, jusqu'au cœur de ma peau. J'ai enfoncé l'ongle de mon pouce très fort dans le creux de ma main. Je n'avais pas envie de confier mes pensées intimes à ce prêtre. Son odeur de chou cuit ne m'inspirait pas confiance.

Mais il me fallait l'absolution. Il me fallait une prière qui puisse me ramener dans ma minuscule maison sans risque d'assassiner mes quatre petits.

« Dans mes pensées, j'ai envie d'abandonner mes enfants, de blesser mon mari. De m'enfuir. Je ne veux plus avoir d'attaches. Je veux devenir célèbre.

— Avez-vous le courage de faire des sacrifices ?

— Oui, mon père.

— Avez-vous la santé et les capacités nécessaires pour remplir vos devoirs d'épouse et de mère ?

— Oui, mon père.

— Voyez-vous, a-t-il dit en remuant sur sa chaise, le mariage est un chemin qui traverse des contrées montagneuses. En recevant ce sacrement, vous avez accepté une vie de devoirs et de responsabilités. Par sa longue vie de douleurs, la Vierge Marie, Mère bénie de Notre-Seigneur, nous enseigne la patience et la résignation. Demandez-lui de vous montrer comment porter votre croix avec une endurance et une soumission totales. Nous avons été mis sur terre pour souffrir. C'est par la souffrance qu'on atteint le bonheur, par l'humiliation qu'on touche à la gloire. Votre principal devoir est de vivre ensemble dans l'amour, la bonne entente et la fidélité à votre mari, et d'élever vos enfants dans la foi catholique. Il faut bannir ces mauvaises pensées.

— Mais mon père… et si je ne peux pas ?

— Dans ce cas vous péchez par manque de foi en la Passion de votre Rédempteur. Pour votre pénitence, vous direz un acte de contrition, trois Notre Père et sept Je vous Salue Marie, et vous méditerez chacune des Sept Douleurs de Marie. Et maintenant, de par le pouvoir de Dieu dont je suis investi, je vous accorde l'absolution au nom du Père, du Fils et du Saint-Esprit. Allez dans la paix du Christ, et ne péchez plus. »

En sortant de l'église, je suis montée dans ma voiture, qui sentait l'odeur de mes enfants. J'ai allumé une cigarette. La pénitence pour obtenir le pardon. Il faisait froid. J'ai resserré mon manteau autour de moi et j'ai allumé une autre cigarette.

J'ai regardé fixement l'écrin de velours qui contenait toujours la bague de mon seizième anniversaire : je la tenais de mon père, elle n'appartenait pas à Shep. Je n'avais pas d'argent, hormis ce que Shep me donnait. Je pouvais acheter ce que je voulais, mais il fallait que l'argent vienne de Shep. Je n'avais pas de compte en banque. Je n'avais rien à moi, à part cette bague.

Cinq cents dollars. Le type du Lucky Pawn m'a tendu les billets. La provenance du bijou ne l'intéressait pas.

« Je veux rien savoir, moi, ma p'tite dame. Je prends l'objet en gage, et c'est tout. »

Sur la carte, le golfe du Mexique paraissait tout près. Et pourtant, il y avait des années que je n'étais pas allée aussi loin toute seule. Je conduisais vite. La Ford n'avait jamais été menée à un tel train d'enfer.

Cette berline de vieille dame, je l'avais reçue comme cadeau à la naissance de mon deuxième enfant. Je ne l'avais pas choisie. Elle était apparue tout d'un coup dans l'allée, avec un petit mot de Shep, et j'étais censée dire merci. Mon mari ne se souvenait-il donc pas de ma Jeep ? Avait-il oublié que j'étais la reine de la route, moi qui fonçais en pleine nuit accompagnée des Ya-Ya, mon pied nu pesant sur l'accélérateur, mes ongles vernis aussi rouges que les lumières du cadran ?

Personne ne savait où j'étais. Pas même les Ya-Ya. J'irais quelque part où on ne me connaissait pas, entamer une nouvelle vie, sans racines. Je quitterais mon mari, mes enfants, ma mère, ce moins que rien de prêtre catholique, et même mes meilleures amies. J'effacerais l'ardoise et je me dresserais, nue, essayant de savoir qui j'étais. Je rechercherais Vivi Abbott, portée disparue.

J'ai gagné le golfe d'une traite. Je me suis tenue au bord de l'océan, qui s'étendait à perte de vue jusqu'au Mexique. L'air était dégagé, les couches sales étaient restées en Louisiane. Devant moi, de l'eau, rien que de l'eau. Le vent soufflait, apportant une pluie faible, j'aurais souhaité une tornade. J'aime les tornades. Elles me mettent d'humeur à faire la fête, à manger des huîtres fraîches et à me comporter comme une pute.

Le corps brassé par le vent, je me suis mise à marcher. Je n'étais pas le genre de femme à baisser les bras, à enlever mon manteau et à m'avancer dans l'océan, pourtant cela m'est venu à l'esprit. J'ai pensé à ce merveilleux voyage que j'avais entrepris avec les Ya-Ya. Était-ce en 42 ? En 43 ? Nous avions fait la route seules, sans chaperon, libres. Jack et les copains étaient venus nous rejoindre plus tard. Nous logions chez la famille de Caro, qui possédait une maison de vacances au bord de l'eau. Dès notre réveil, le lendemain, nous avions enfilé nos maillots de bain pour aller à la plage.

J'ai remercié Dieu de pouvoir retrouver cette plage, ses vagues puissantes, où les seuls cris étaient ceux des mouettes. Pas de vomi, pas de bouches à nourrir.

J'ai marché pendant des heures, et pas un instant mes enfants ne m'ont manqué.

« Donnez-moi votre meilleure chambre, ai-je dit à la réception de l'hôtel. Avec vue sur la mer. »

Sur un petit présentoir, des cartes postales vantaient l'endroit : « Découvrez le golfe du Mexique dans un établissement à la mesure de la beauté de la côte. Un jardin tropical sur la plage. »

J'ai signé le registre sous le nom de Babe Didrikson. L'employé a hoché la tête. Imbécile. J'aurais dû signer Grace Kelly.

« Montez-moi un bourbon à l'eau plate, je vous prie. Un double. Ce que vous avez de mieux. »

La première chose que j'ai faite a été de me préparer un bain chaud et de m'y plonger avec mon verre. Quand l'odeur a disparu de mes doigts, j'en suis sortie. Je me suis séchée avec la grosse serviette blanche, puis enduite de lait corporel. Je me suis drapée dans mon Givenchy et remis du rouge à lèvres, et je suis descendue, me retenant de me gratter en public.

La salle à manger donnait sur le golfe. Je me suis assise et j'ai déplié ma serviette sur mes genoux.

J'ai commandé un deuxième bourbon, que j'ai avalé d'un trait. Mes épaules ont commencé à se détendre.

J'ai commandé un troisième bourbon. Après l'avoir bu, j'ai senti mes crampes d'estomac se calmer. Mais j'avais toujours mes démangeaisons.

J'ai pris une douzaine d'huîtres que j'ai mangées avec une sauce cocktail affreusement relevée, à laquelle j'ai encore ajouté du tabasco. Je n'étais la mère de personne. J'étais la reine de ma propre nation souveraine.

Un homme s'est approché de ma table. Tempes grisonnantes, il n'était pas désagréable à regarder, mais je n'aimais pas ses chaussures, que je trouvais ordinaires.

« Excusez-moi, m'a-t-il dit, mais il me semble que vous dînez seule. »

Je l'ai regardé droit dans les yeux et, avec mon meilleur accent britannique, je lui ai répondu :

« Je travaille à un article pour le *London Times*.

— Le *London Times* fait un article sur les plages du golfe ? » Il était impressionné.

« C'est très confidentiel, veuillez m'excuser.

— Quel dommage, jolie comme vous êtes !

— Est jolie qui veut. »

L'homme est parti.

J'ai fait un sort aux huîtres ; ensuite, j'ai pris une salade et commandé du flan.

« C'est notre spécialité, a annoncé le serveur.

— Parfait. Et veuillez me faire monter un flacon de cognac dans ma chambre, s'il vous plaît. »

Assise à cette table, sans rien pour me comprimer la taille, je respirais enfin. J'aurais dû m'habiller comme ça depuis toujours. J'aurais dû m'armer d'un épluche-légumes et mettre toutes mes gaines en lambeaux une à une. Mon ventre s'épanouissait dans toute sa rondeur, et j'avais très sommeil.

J'ai été réveillée par mes propres sanglots, un goût de banane et de beurre de cacahuète dans la bouche.

Pendant ce fameux voyage, cet été-là, cela avait été notre casse-croûte préféré. Je nous revois, Necie, Teensy, Caro et moi, assises sur la plage, en train de manger des bananes badigeonnées de beurre de cacahuète. Le parfum de l'arachide, sa couleur caramel sur la chair pâle du fruit doux et moelleux. Le soleil sur ma peau, mes orteils dans le sable, nos rires. L'arrivée de Jack. Nous faisons la roue, nous grimpons sur ses épaules, nous entrons dans la vague. Mon corps, agile, constamment en mouvement. Je mange quand j'ai faim, je dors quand je suis fatiguée, je reçois des baisers quand j'en ai besoin, je n'ai jamais à mendier quoi que ce soit.

J'ai allumé la lumière et pris une cigarette. Quand j'ai ouvert la fenêtre, j'ai entendu la mer. L'air froid m'a fouetté le visage.

J'ai éteint ma cigarette puis gagné la salle de bains. J'ai monté le chauffage à bloc et me suis regardée dans la glace. Mon corps, c'était ça. Il ne faut pas pleurer. Personne n'aime voir une femme avec des yeux sombres et vides dans un visage bouffi. Mais j'étais incapable de m'arrêter. Mes seins ne seraient plus jamais fermes.

Je n'avais pas allaité mes enfants. À l'époque, dans les années cinquante, c'était un truc de Noirs. J'avais envisagé de donner le sein aux jumeaux, j'en avais même eu envie. Mais après la mort du petit garçon, mon lait s'était tari.

J'étais tarie. Incapable de retourner dans cette maison pleine de bouches affamées. Je commencerais une vie nouvelle dans une nouvelle ville, je me trouverais un boulot de journaliste. C'était faisable. Il y avait des gens qui recommençaient tout de zéro.

J'ai mis mes bras autour de ma taille, comme pour me raccrocher à moi, à mon corps, pour m'empêcher de me dessécher et de me faire emporter par le vent.

Je suis allée me recoucher comme ça. J'ai essayé de ne penser qu'à l'air salé entrant par la fenêtre, et j'ai prié. Impératrice des Cieux, Maîtresse pleine de grâce du Peuple qui Chante, envoie-moi un signe. Sinon, je vais monter dans ma voiture et rouler jusqu'à ce que je n'aie plus d'argent. Je m'arrêterai et je deviendrai reporter dans une ville inconnue. Douce Mère qui as porté le Divin Enfant en ton sein, envoie-moi un signe.

Dans mon sommeil, mon petit garçon m'est revenu, celui que j'ai perdu, celui qui n'était pas assez robuste pour survivre. Melinda le tenait dans ses bras. Elle portait une robe bleue et une couronne. En me voyant, elle m'a souri et a posé le bébé par terre. C'était un nourrisson mais il se tenait debout.

Il a pris son inspiration, m'a regardée droit dans les yeux et s'est mis à chanter. Sans accompagnement, de sa petite voix parfaitement bien posée, il a chanté une sorte de berceuse qui était en même temps un chant d'amour.

> *Quand la pourpre sombre tombe*
> *Sur les murs endormis des jardins*
> *Et que les étoiles scintillent dans le ciel,*
> *Dans le brouillard d'un souvenir*
> *Tu reviens vers moi,*
> *Soupirant mon nom.*
>
> *Dans le calme de la nuit,*
> *Une fois encore je te tiens serré,*
> *Même toi parti, ton amour perdure*
> *Sous les rayons de la lune.*
>
> *Et tant que mon cœur battra,*
> *Mon amour, nous nous retrouverons*
> *Dans mes rêves pourpre sombre.*

Son chant terminé, il s'est avancé vers moi, bras tendus. Je me suis penchée pour le prendre. Son regard était fixe, le mien aussi. Je l'ai mis au sein un petit moment. J'étais comblée. Puis il est descendu et s'est éloigné. Juste avant de disparaître, il s'est retourné et m'a dit d'une voix forte et ferme : « Réveille-toi ! »

J'ai obéi.

Je me suis dirigée vers la fenêtre. Dehors il faisait jour, je me sentais reposée et affamée. Mes démangeaisons avaient disparu. Mes tétons étaient rose sexy.

J'ai pris le téléphone : « Allô, la réception ? Bonjour, comment allez-vous ? Pourriez-vous me faire monter deux œufs pochés, des petits pains et du bacon ? Avec un grand verre de jus d'orange et du café. Et… euh, quel jour sommes-nous ?

— Vendredi, madame. »

J'avais dormi plusieurs jours.

« Réveille-toi », dit le bébé.

J'ai ramassé mon manteau par terre et j'ai fouillé dans la poche. Sur la carte était écrit : « Mont-de-piété Lucky Pawn, Fultonville, Louisiane, téléphone 32427. »

J'ai rappelé la réception. « Pouvez-vous me passer l'opératrice ? Merci. »

Je me suis annoncée auprès du type du mont-de-piété : « Ici Vivi Abbott Walker. Vous avez toujours ma bague de diamants ? Je vous l'ai laissée pour cinq cents dollars.

— Oui, madame, il est toujours là, vot' truc.

— Ce n'est pas un truc. C'est une bague sur laquelle il y a trois carats de diamants et qui m'a été donnée par mon père, l'avocat Taylor Abbott.

— Écoutez, ma p'tite dame, ça m'intéresse pas de savoir d'où vient ma marchandise…

— Oh, la ferme ! Je vous interdis de vous en séparer. Je reviens la chercher.

— Elle m'appartient. Si quelqu'un se présente ici prêt à m'en donner le prix, elle est à lui.

— Écoutez-moi, si vous la vendez, j'irai raconter partout que vous me l'avez volée. Je vous traînerai en justice sur le cul sans que vous sachiez d'où ça vient. Je connais le juge. Je connais tous les juges, vous m'entendez ? »

Il a fini par dire, cette espèce de connard :

« Je veux pas d'histoires. J'ai rien à me reprocher, moi. Vous venez quand ?

— Demain. Ou après-demain. Vous ne la lâchez pas tant que je ne suis pas là.

— Je vous la garde jusqu'à ce soir. Pas au-delà. Et me faites pas perdre mon temps. J'ai du boulot, moi. » Et il a raccroché.

J'avais trente ans. J'étais encore en vie. Je m'arracherais des morceaux de moi-même que je conserverais dans une cave, et que je ressortirais quand mes enfants seraient grands. Le jumeau de Siddy m'avait envoyé un signe.

La vie est courte mais vaste, m'a appris Geneviève.

Quand je rentrerai, je ferai cadeau de mon Givenchy à Willetta. Il a rempli sa fonction. Willetta mérite un somptueux manteau de cachemire crème. Et même un vison, bon Dieu ! Quand je rentrerai, je ferai un numéro de claquettes pour les enfants ; je leur donnerai des bananes au beurre de cacahuète, et nous parlerons de l'été, de Spring Creek, où le soleil tape si fort sur les aiguilles de pin qu'elles dégagent une odeur qui donne envie de les ramasser et de les fourrer dans ses vêtements pour s'en imprégner. Je me roulerai sur le tapis propre avec mes bébés et je leur chatouillerai le dos, je leur raconterai des histoires dans lesquelles je traverse des tempêtes épouvantables sur un bateau que j'ai construit moi-même. Nous jouerons à Christophe Colomb et voyagerons ensemble vers des contrées inconnues. Quand je rentrerai, je ficherai cette foutue Ford à la casse et je m'arrangerai pour me trouver une Thunderbird neuve. Quand je rentrerai, je prendrai dans mes bras mes quatre enfants et l'homme que j'ai épousé, je ferai de mon mieux pour les remercier des cadeaux qu'ils auront emballés avec soin dans des papiers étranges et beaux.

26

Dire que Siddy fut abasourdie en voyant les trois Ya-Ya déboucher dans l'allée du Quinault Lodge dans une Chrysler LeBaron décapotable serait au-dessous de la vérité. Elle sortait de l'hôtel où elle était allée téléphoner à son analyste à New York, et venait de se remémorer plusieurs rêves mystérieux, d'analyser ses dernières impressions sur le mariage, sur sa mère et sa frustration sans y trouver de réponses. Autant dire qu'elle n'était pas préparée à tomber nez à nez avec Caro, Teensy et Necie, leurs voix, leurs parfums.

Elles portaient toutes les trois des lunettes noires, et Necie et Teensy un chapeau. Les courts cheveux argentés de Caro étaient cachés par une casquette de base-ball des New Orleans Saints. Teensy, en pantalon de lin noir et chemisier blanc, arborait des sandales de chez Robert Clergerie qui avaient dû coûter plus cher que son billet d'avion pour venir de Louisiane. Necie, dans un ensemble rayé bleu clair, faisait très photographie de Talbot. Quant à Caro, avec son pantalon kaki et son chemisier blanc, elle aurait pu figurer dans une pub pour Gap.

Le siège arrière de la voiture disparaissait sous des sacs et des valises comme on n'en voit que très rarement dans les hôtels implantés en pleine nature dans le

Nord-Ouest. C'était le genre de bagages que l'on associe avec le Sud, avec les femmes d'une certaine époque qui croient de leur devoir d'assurer une rente aux portiers, et qui n'envisagent pas une seconde d'arriver en vacances sans une paire de chaussures assortie à chaque tenue.

Un instant, Siddy fut littéralement clouée sur place. Deux jeunes cyclistes s'étaient déjà arrêtés pour offrir leur aide à Teensy. Necie bavardait avec une jeune mère qui transportait un nourrisson dans un porte-bébé. Caro examinait un pluviomètre en forme de totem. Siddy hocha la tête, étonnée de l'aisance avec laquelle ces femmes se liaient avec des étrangers. Elle savait que plus tard, lorsqu'elles croiseraient ces personnes à l'hôtel, elles les salueraient comme de vieux amis.

S'avançant vers la voiture, elle baissa ses lunettes.

« Excusez-moi, dit-elle, mais… ne nous sommes-nous pas déjà rencontrées quelque part ?

— *Mon Dieu !* » s'exclama Teensy. Prenant rapidement congé des deux cyclistes, elle leur dit : « Pardonnez-moi, messieurs, mais j'ai devant moi l'objet de ma visite. »

Puis elle serra fermement Siddy dans ses bras et la remit entre ceux, plus doux, de Necie. Caro posa les mains sur les épaules de Siddy et la regarda attentivement avant de l'attirer contre elle.

« Tu es très en beauté, dit Teensy.

— Et mince, avec ça, ajouta Necie.

— Tu as l'air plutôt en forme pour quelqu'un qui traverse une crise d'identité.

— Je suppose que vous passiez par là, v's aut' ? leur rétorqua Siddy.

— *Exactement !* dit Teensy en riant. Nous avons pensé que tant que nous étions en vadrouille…

— Je ne voudrais pas paraître grossière, dit Siddy, mais qu'est-ce que vous fabriquez ici ?

— Eh bien, dit Necie en prenant une glacière rouge et blanc sur le siège arrière, nous sommes en mission diplomatique ya-ya.

— Il est quatre heures, heure locale. Ma mère sait où vous êtes ?

— Plus ou moins, répondit Teensy.

— Dans son cœur, ta mère sait tout », ajouta Caro.

Les Ya-Ya traversèrent le vestibule pour gagner leur chambre, suivies par un jeune homme qui, très perplexe, disparaissait sous leur montagne de bagages. Caro avait apporté sa réserve d'oxygène, au cas où… Siddy les laissa défaire leurs valises et se rafraîchir, et descendit au bar chercher leurs apéritifs.

Elle expliqua patiemment à la barmaid comment préparer le Gin Risqué de Teensy et le cocktail au whisky Betty Moore's de Necie. Le Glenlivet à peine dilué de Caro posa moins de problèmes.

« Ici, lui dit la femme avec un air légèrement ironique, ce n'est pas souvent qu'on me demande un cocktail avec un kumquat en conserve. Ce ne serait pas pour les trois vieilles loufoques qui ont débarqué en cabriolet, par hasard ?

— Comment avez-vous deviné ?

— Ce sont des actrices de cinéma ?

— Non, des Ya-Ya.

— Pardon ?

— Des fées marraines.

— Oh ! dit la barmaid. J'ai toujours rêvé d'en avoir une. »

En leur apportant leurs verres, Siddy trouva Necie et Teensy allongées sur le lit, les pieds sur des oreillers.

Debout devant la fenêtre, Caro regardait la pelouse qui descendait en pente douce jusqu'au lac.

« Dîner chez toi dans une heure et demie, d'accord ? demanda Teensy.

— Nous apportons l'entrée, bien sûr, précisa Necie.

— Bien sûr. Mais vous n'êtes donc pas fatiguées ?

— Un petit somme et tout ira bien », dit Teensy.

Siddy sourit. « Je ne comprends pas comment vous n'êtes pas lessivées. Moi, quand je traverse le continent, je suis crevée.

— Oh, s'écria Necie, mais nous ne débarquons pas de Louisiane ! Nous avons pris le vol de Seattle hier ; Caro nous avait réservé une suite à l'Inn at the Market, et nous avons fabuleusement bien déjeuné chez Campagne.

— En terrasse, précisa Teensy. Le *foie gras* était délicieux.

— Nous nous sommes réveillées tard, ajouta Caro, et arrêtées deux fois en route. Nous aurions fait quatre haltes si j'avais écouté Necie. La voiture est confortable.

— Ce n'est pas exactement notre type de voiture, mais pour une location, ça fait l'affaire, dit Teensy en buvant une petite gorgée.

— Comment trouvez-vous vos cocktails ? demanda Siddy.

— Mon Gin Risqué est très "forêt pluvieuse", dit Teensy avec un grand geste théâtral en direction de la fenêtre, comme pour prendre les arbres à partie.

— Et mon scotch très écolo », ajouta Caro.

Siddy éclata de rire. Elle avait oublié que, de tous les secrets des Petites Ya-Ya, le plus divin était l'humour.

Un peu plus tard, une fois reposées, elles déboulèrent en trombe au bungalow. Siddy les reconnut tout de suite à leur façon de klaxonner. Elles descendirent de voiture avec deux bouteilles de vin et la glacière que Siddy avait remarquée à leur arrivée à l'hôtel.

« Il n'y a plus qu'à le réchauffer au four à 200 degrés, dit Necie en sortant un petit faitout de la glacière.

— Qu'est-ce que c'est ? demanda Siddy.

— L'*étouffée* d'écrevisses de ta mère, préparée avec des écrevisses élevées par ton père à Pecan Grove et du *succotash*[1] fait avec son maïs, expliqua Necie.

— Maman m'envoie ça à moi ? demanda Siddy.

— Euh, ça ne t'était pas explicitement destiné, mais elle l'a déposé chez moi le jour de notre départ, avec un petit papier marqué "Seattle." »

Dès qu'elle en eut goûté la première bouchée, Siddy imagina sa mère dans la cuisine de Pecan Grove, en train de faire fondre du beurre dans une grande cocotte en fonte et d'y ajouter de la farine pour préparer le roux. Elle sentit l'odeur des oignons, du céleri et des poivrons que Vivi versait dans la sauce. Elle vit la préparation changer de couleur quand Vivi y plongeait les queues d'écrevisses avec du persil frais, du poivre de Cayenne et de grandes rasades de tabasco, dont elle gardait toujours un flacon à portée de main. À chaque bouchée, Siddy se nourrissait de sa terre natale et de l'amour maternel.

Elle marqua une pause, essuya ses yeux humides puis dit :

« L'assaisonnement est relevé. J'en ai les yeux qui pleurent.

— Ouais, dit Teensy.

---

1. Maïs cuisiné avec des haricots de Lima, des poivrons verts et des poivrons rouges. *(N.d.T.)*

— Ça doit être le tabasco et le poivre de Cayenne »,
renchérit Necie.

Après le dîner, elles allèrent toutes les quatre
marcher le long du lac, prenant vers le sud un sentier
taillé dans le roc. Des baies rouges translucides
pendaient aux buissons comme des décorations de
Noël ; devant la paroi rocheuse, les feuilles des érables
se teintaient déjà d'orangé. Les derniers rayons du
soleil se réverbéraient sur l'eau en même temps que se
levait une lune d'été, crème sur un fond de ciel bleu
Wedgwood. Elles s'arrêtèrent pour contempler le
spectacle.

« Je n'ai jamais vu ça, dit Caro : coucher de soleil et
lever de lune en même temps. Ce doit être un signe. »

De retour au bungalow, alors que le crépuscule, qui
dure longtemps dans le Nord-Ouest, s'étendait devant
elles, Necie sortit une boîte de café torréfié Community
French de son sac.

« Quelqu'un veut un espresso ? » demanda-t-elle
avant d'aller mettre la bouilloire sur le feu.

Non contente de cette petite surprise, elle revint avec
une assiette garnie de tartelettes.

« Une tarte aux pacanes, chérie ? dit-elle en présentant les pâtisseries à Siddy.

— Mon Dieu, Necie, d'où sors-tu ça ?

— Je les ai apportées.

— Ce n'est pas maman qui les a faites, tout de
même ?

— Non, ça, c'est moi. Ta mère est bien trop maligne
pour faire de la pâtisserie. C'est pour ça qu'elle
s'habille toujours en trente-huit alors que j'ai du mal à
rentrer dans un quarante-deux. »

Caro examina la collection de CD et mit des airs
anciens joués par Itzhak Perlman et Oscar Peterson.

Teensy et Necie s'installèrent confortablement sur le canapé ; Caro prit la chaise longue. Hueylene avait grimpé sur les genoux de Teensy et regardait Siddy avec l'air de dire : Tu vois, on devrait avoir de la compagnie plus souvent. Siddy approcha une chaise et s'installa de façon à voir les trois Ya-Ya.

Elle se sentit doucement bercée par le mélange du café fort et des capiteuses tartelettes au sirop de maïs, sucre et noix de pécan.

« C'est délicieux, mais je ferais mieux de me méfier, sinon je ne vais pas dormir de la nuit.

— Bon, dit Teensy d'un air détaché. Où caches-tu les "Secrets" ?

— Pardon ? interrogea Siddy.

— Ce livre des "Divins Secrets", *chère*. Tu nous le montres ? »

Quand Siddy revint de la chambre avec l'album, les Ya-Ya stoppèrent net leur conversation. Elle leur passa les « Divins Secrets » en observant leur réaction.

Elles l'ouvrirent et le feuilletèrent rapidement. Teensy rompit le silence.

« Il y a beaucoup de choses là-dedans.

— Et beaucoup de choses manquent », commenta Caro.

Siddy referma l'album et le posa sur la table basse.

« D'après Caro, tu aurais des questions à nous poser ? demanda Necie.

— Oui, mame, répondit-elle en retrouvant automatiquement l'expression de son enfance.

— Écoute, Siddy, lui dit Caro, pas de "mame" entre nous. Ça fait carrément ancien régime.

— Excuse-moi, je ne sais pas ce qui m'a pris », dit Siddy avec un petit rire nerveux.

Teensy regarda Caro et Necie, puis elle attrapa son sac en paille jaune.

« Ce n'est pas possible ! s'exclama Siddy. Encore des bonnes choses de Louisiane ?

— En un sens, oui, dit Teensy, qui exhiba une grande enveloppe kraft.

— Caro nous a dit que tu aimerais savoir ce qui s'est passé quand ta mère est tombée malade et a dû vous quitter », expliqua Teensy.

Siddy retint son souffle.

« J'ai ici des lettres que tu m'as confiées quand tu étais petite, dit Teensy. Tu voulais que je les donne à ta *maman*. » Elle marqua une pause et prit une profonde inspiration. « Mais je ne l'ai jamais fait. »

Elle lui tendit l'enveloppe. « Il y a aussi des lettres de ta mère que j'ai... que nous avons gardées.

— Nous avons pensé te les envoyer par la poste, dit Necie. Mais ça ne nous a pas paru très judicieux. Je ne sais pas si tu pries toujours les saints, mais moi j'ai prié saint François...

— Saint Francis Patrizi, l'interrompit Caro. Pas saint François d'Assise.

— ... le saint patron de la réconciliation, poursuivit Necie. Il nous a semblé préférable d'être avec toi quand tu ouvrirais ça. »

Siddy regarda l'enveloppe, puis les trois femmes.

« Merci. Je les lirai avec plaisir.

— Pourquoi pas tout de suite, ma pote ? dit Caro en quittant son siège. Tu t'allonges là et tu t'y mets ; pendant ce temps-là, nous faisons la vaisselle.

— Ah non, dit Siddy, ce n'est pas à vous de vous occuper de ça. Je rangerai tout quand vous serez parties. Déjà que vous avez apporté le dîner.

— Mais si, mais si, insista Necie. Un bon invité donne toujours un coup de main.

— Mais vous n'êtes pas fatiguées ?

— Pas du tout. Je suis même en pleine forme, déclara Teensy.

— Moi, c'est l'heure où je commence à me détendre, dit Caro. Prends ton temps. Nous n'allons pas nous envoler. »

Siddy alla s'allonger sur le canapé et appuya la tête sur le vieux coussin de plumes. Les lettres se répartissaient en deux paquets. Le premier contenait des enveloppes écrites d'une main enfantine qui n'avaient pas été postées. Siddy ne reconnut pas tout de suite sa propre écriture. Sur la première enveloppe, les lettres pleines de volutes indiquaient « Mme Shep Walker », mais sans adresse. Ce nom déplacé, décentré, flottait mystérieusement dans l'espace, privé d'ancrage par l'absence de coordonnées. Les yeux rivés sur l'espace blanc qui aurait dû accueillir l'adresse, Siddy sentit son estomac se contracter. Sans s'en rendre compte, elle ramena les pieds vers elle.

2 avril 1963

Chère maman,

Personne ne veut me donner ton adresse. Teensy propose que je lui confie mes lettres pour qu'elle te les fasse suivre. Pourvu qu'elle n'oublie pas. Maman, pardonne-nous d'avoir été méchants et de t'avoir fâchée. Buggy dit que nous te fatiguons trop et qu'il faut t'écrire des lettres gaies. Rétablis-toi bien vite.

Pardonne-nous d'avoir été méchants et de t'avoir fâchée.

Je m'occupe bien des autres.

Dimanche soir, nous sommes restés chez Buggy. Necie est venue nous chercher, Lulu et moi. Little Shep et Baylor sont allés chez Caro. Papa est parti. Je ne sais pas où il est. J'aimerais bien aller habiter chez Teensy et Chick pour pouvoir nager dans leur piscine.

Quand j'ai demandé à Necie où tu étais, elle m'a dit que tu te reposais quelque part, loin. Es-tu à l'hôpital, maman ? Es-tu en visite chez des amies ? J'ai regardé *The Little Rascals* et *Superman* à la télé, et moi et Lulu on a joué à la Barbie avec Malissa et Annie. On a dormi dans la chambre du grenier chez Necie. Pardonne-moi, maman. Je t'écrirai bientôt. Réponds-moi s'il te plaît et rentre bientôt.

Je t'aime,

Siddy

Siddy ferma les yeux. Un dimanche soir, en hiver. Elle devait être en CM1 ou en CM2. La ceinture de cow-boy de son père dans la main de sa mère. La boucle qui cingle sa peau. Les efforts désespérés pour protéger ses frères et sa sœur. Le cuir qui s'abat sur ses cuisses, sur son dos. La folie furieuse ; Vivi qui parle d'enfer, de flammes ; la honte, en voyant qu'elle s'est uriné dessus ; sa voix, rauque à force de hurler. Mais, surtout, la conviction qu'elle aurait pu tout empêcher depuis le début.

Ces images ne lui étaient pas nouvelles. Dans son corps, elle les connaissait bien. Rien, ni la distance, ni sa carrière, ni Connor, ni son analyste, qui lui avait pourtant suggéré que Vivi avait fait une dépression nerveuse, rien ne l'avait jamais soulagée de la certitude qu'elle était la cause du drame ayant eu lieu ce dimanche-là.

Perdue dans ses images, elle eut un mouvement de recul quand Necie se pencha pour la couvrir. En rouvrant les yeux, elle vit sa vieille amie préoccupée. Sans rien dire, elle reprit sa lecture.

12 avril 1963
Vendredi saint

Chère maman,

Willetta est venue me voir aujourd'hui, et devine quoi : elle nous a apporté Lucky, le hamster, qui était resté tout seul à la maison. Elle a dit qu'il avait besoin de compagnie. Elle allait lui donner à manger tous les jours, mais c'était nous qu'il voulait ! ! ! Alors maintenant il est avec nous tous, chez Teensy ! ! ! Il tourne comme un fou sur sa roue. Tu devrais le voir. Tu lui manques.

J'attends une lettre de toi. Teensy a dit qu'elle pensait que j'allais bientôt en recevoir une. Elle m'a emmenée voir Hayley Mills au Paramount. Les autres ne sont pas venus ; il n'y avait que nous deux.

J'ai prié pour toi au chemin de la Croix. Ce carême n'en finit pas. Je n'arrive pas à croire qu'il ne dure que quarante jours. Plus qu'un jour, et c'est Pâques : je pourrai manger des bonbons. J'ai respecté mon sacrifice du carême, je n'ai pas mangé de M&M's. Je t'en prie, maman, rentre avant dimanche, d'accord ?

Teensy nous a acheté des robes pour Pâques, à Lulu et à moi. Oncle Chick est vraiment drôle. On fera une chasse aux œufs de Pâques, et tu es invitée. Avec Shirley, la bonne, on teint des milliers d'œufs ; j'ai appelé Willetta hier, elle dit que tout va bien à Pecan Grove. Je ne vois pas pourquoi nous ne pouvons pas rester à la maison avec papa. Tout ne va pas bien puisque tu n'es pas là.

On te verra dimanche, d'accord ?

                                             Ta Siddy qui t'aime

                                        Dimanche de Pâques
                                        14 avril 1963
Chère maman,

Nous avons mis nos beaux habits pour aller à la grand-messe ; après, nous sommes revenus chez Teensy. Necie, Caro et tous les autres nous ont rejoints pour le brunch. Willetta et Chaney, et leurs filles Ruby et Pearl, ont fait tout le chemin jusqu'ici pour nous apporter un gâteau de Pâques. Willetta avait un grand chapeau jaune avec des fleurs. Papa est venu aussi, et il m'a fait sauter dans ses bras.

Comme je n'arrêtais pas de lui demander où tu étais, il m'a dit de me taire et d'aller jouer avec les autres enfants. Oncle Chick s'est déguisé en lapin de Pâques. On a cherché les œufs dans les hautes herbes et sur la pelouse, dans les bordures des massifs et dans les jardinières autour de la piscine. Baylor a trouvé l'œuf en or et il a eu un gros lapin avec plein de chocolats dedans, et nous avons tous eu des cadeaux.

Les grandes personnes se sont installées au bord de la piscine avec des verres, et quand papa s'est levé pour partir Lulu l'a mordu à la jambe. Tout le monde s'est énervé, papa a dit : « Bon Dieu de merde ! », et il s'est mis à pleurer.

Alors il est resté, et on a mangé des sandwiches au porc avec Teensy et Chick, et puis on a regardé Ed Sullivan. Après, papa est parti. Je ne sais pas où il est allé.

ON NE VEUT PAS ME DIRE QUAND TU REVIENS. J'en ai assez, moi ! Je me suis assise sur les genoux de Caro et je lui ai raconté des histoires que j'ai inventées sur les gens d'Ed Sullivan. Je n'ai pas envie de parler des gens d'Ed Sullivan. Je déteste Ed Sullivan. Je déteste tout le monde.

Siddalee Walker

23 mai 1963

Chère maman,

Nous habitons tous chez Necie, maintenant. S'il te plaît, reviens nous chercher. Il y a trop de bruit, ici. Avec les onze enfants, je n'ai pas un coin à moi. Je ne peux pas faire mes devoirs.

Il faut que tu reviennes tout de suite, tu comprends. Lulu s'est remise à mâcher ses cheveux, et je ne peux pas l'en empêcher. Tu manques vraiment beaucoup à Little Shep et à Baylor. Little Shep s'est battu avec Jeff LeMoyne. Il l'a fait saigner du nez ; les sœurs l'ont puni et ont demandé à Caro de venir le chercher à l'école. Lulu refuse de porter son uniforme d'écolière, même Necie n'arrive pas à l'y obliger. Baylor se remet à faire le bébé, maman. Il parle comme un bébé, il crache et tout. Alors, tu vois, il faut que tu reviennes. Tu nous manques. Je suis si gentille que tu ne me reconnaîtrais pas ! Reviens et tu verras comme nous sommes tous gentils. Je suis désolée que nous t'ayons fâchée et rendue malade. Est-ce que tu t'amuses sans nous, parce que nous, sans toi, ce n'est pas drôle. Quand tu rentreras, tu verras combien nous avons changé. Je ne plaisante pas ! Demande à papa ou aux Ya-Ya. S'il te plaît, maman.

Ta fille aînée qui t'aime,

Siddalee Walker

P.-S. Nous avons eu nos bulletins du deuxième trimestre. J'ai A partout ! (Sauf en conduite.) Je suis la première de la classe !

6 juin 1963

Chère maman,

Tu ne m'as pas écrit. Je croyais que tu allais me répondre. Je ne trouve pas très gentil que tu sois partie et que tu ne m'écrives pas. Je ne t'écrirai plus jamais. L'école est finie et tu n'es pas rentrée. Je te déteste.

Siddy

7 juin 1963

Chère maman,

Je te demande pardon pour ma dernière lettre. Pour tout. Ici, tu nous manques. Tout le monde veut que tu reviennes. Tu ne me reconnaîtrais pas, tellement je suis gentille. Reviens, s'il te plaît. Necie va nous emmener à Spring Creek, mais je ne veux pas y aller sans toi. Fais comme si je n'avais pas écrit l'autre lettre.

Je t'aime,

Ta fille qui t'aime,

Siddalee

Siddy glissa la dernière lettre dans son enveloppe, rageant contre les Ya-Ya qui l'obligeaient à se confronter si crûment à son passé.

Mais c'est moi qui l'ai demandé.

Elle se redressa et jeta un coup d'œil par-dessus le canapé. Les trois Ya-Ya étaient assises autour de la table ; elles qui bavardaient toujours sans arrêt, pour la première fois peut-être, elles ne disaient rien. Necie travaillait à une tapisserie, Teensy faisait une réussite et Caro avait trouvé un puzzle dont elle assemblait les morceaux avec concentration.

Elles montent la garde, pensa Siddy.

Teensy leva les yeux. « Ça va, *chère* ? »

Siddy hocha la tête.

« Si tu as besoin de quelque chose, tu brailles, ajouta Teensy.

— Tu veux une tartelette ? demanda Necie.

— Non, merci, je n'ose pas. »

Levant les yeux, Caro dit : « Si j'enlève mes lunettes, je vois flou, et alors les pièces du puzzle se mettent en place plus facilement. »

Réconfortée par leur présence, Siddy se rendit compte à quel point elle s'était sentie seule jusqu'à présent. Elle tendit la main vers le second paquet de lettres.

Il en comportait trois, adressées à chacune des Ya-Ya et écrites de la main de Vivi. Elle reconnut les enveloppes personnalisées de sa mère. Après trente ans, elles avaient conservé leur toucher moelleux. Mais en ouvrant la première, Siddy trouva une lettre dactylographiée sur une feuille ordinaire, légèrement jaunie sur les bords et aux plis. Cependant, les caractères ressortaient bien noirs et bien nets, avec une sorte d'immédiateté. En se mettant à lire, elle sentit des démangeaisons au creux de ses mains.

2 h 30 du matin, mon 9e jour à la maison

Ma petite Teensy,

La seule personne que je pouvais supporter à l'hôpital-que-personne-n'appelle-un-hôpital m'a dit que ça me ferait du bien d'écrire ce que je ressens – puisque, apparemment, pour la première fois de ma vie, j'ai du mal à parler. D'où ma vieille Olivetti, que Shep est allé me rechercher dans le grenier de maman. Au moins, ça t'épargnera mon écriture plutôt tremblante.

Teensy, en ce moment, border mes enfants le soir, les prendre dans mes bras, les câliner ou les regarder se brosser les dents me serait insupportable. Je n'ose pas trop m'approcher d'eux, sauf quand ils dorment.

J'attends que tout soit tranquille et je rentre dans leurs chambres sur la pointe des pieds. D'abord chez les garçons, où flotte une odeur épicée de petit homme, mêlée à celle des gants de base-ball qu'ils accrochent à leur lit. Je me penche sur celui de Little Shep. Mon brave petit soldat. Il dort à poings fermés, celui-là. Tout ce qu'il fait, jouer, dormir, tout, il le fait avec conviction. Ensuite je vais voir mon bébé, Baylor. Oh, Teensy, il dort encore roulé en boule.

Je passe chez les filles. À l'instant même où on y met les pieds, on sait que c'est une chambre de fille. Ça sent la poudre de riz, les crayons de couleur et une vague odeur de vanille. Lulu, comme toujours, a rabattu toutes ses couvertures au pied de son lit. Elle dort sur le ventre, son petit corps potelé emmailloté dans la jolie chemise de nuit à fleurs jaunes que tu lui as achetée et qu'elle adore. Willetta a du mal à la lui enlever le temps de la laver.

Et puis mon aînée. Quand elle n'est pas réveillée en sursaut par ses cauchemars, Siddy dort les couvertures remontées jusqu'au cou, un deuxième oreiller sous le bras gauche, le bras droit jeté par-dessus la tête. Et cette magnifique chemise blanche que tu lui as offerte, comment as-tu pu trouver quelque chose d'aussi parfait ? Dedans, elle a l'air d'une petite poétesse. Ce vêtement cache une cicatrice que je lui ai faite à l'omoplate. Des quatre, c'est elle qui a le plus trinqué. Et elle prend toujours soin des autres, petite mère. L'infirmière me dit d'écrire même si je pleure ; il faut que je continue. Necie m'a dit que tu avais pris Siddy chez toi et que tu l'emmenais au cinéma une fois par semaine, juste elle et toi. Il paraît que tu as dû la convaincre qu'elle avait le droit de s'asseoir dans un fauteuil et de regarder Hayley Mills en buvant son Coca, même s'il fallait qu'elle coure au téléphone public prendre des nouvelles des autres. Tu sais, c'est surtout pour la chemise de nuit de Siddy que je voudrais te remercier : elle me rappelle qu'elle est une petite fille.

Il faut que je fasse attention, Teensy.

Merci bien, merci beaucoup, mille mercis, tata.

Vivi

Siddy reposa la lettre et appuya une main sur sa poitrine pour calmer sa respiration.

C'est surtout pour la chemise de nuit de Siddy que je voudrais te remercier : elle me rappelle qu'elle est une petite fille.

Siddy eut envie d'être seule. Elle se leva et fit semblant de s'étirer.

« Ce canapé n'est pas très confortable. Je vais dans la chambre, annonça-t-elle.

— Besoin de solitude ? demanda Teensy d'une voix à la Greta Garbo.

— Oui.

— Dans ce cas, dit Caro, nous te suivons.

— Eh oui, renchérit Necie. Nous déménageons. »

Hueylene leva les yeux et frappa le sol d'un coup de queue énergique. Siddy se sentit cernée : impossible de battre en retraite comme elle le faisait quand elle souffrait.

« Il y a déjà assez longtemps que tu t'isoles au bout du monde, dit Teensy, et nous venons à peine d'arriver.

Tu veux qu'à la maison tout le monde apprenne que tu ne sais pas recevoir ? »

N'oublie pas les bonnes manières, pensa Siddy.

« Certainement pas, dit-elle. Je peux aller seule aux toilettes ?

— Non, interdit », plaisanta Teensy. Un grand sourire aux lèvres, elle laissa tomber ses cartes sur la table et alla se planter devant elle, lui barrant le chemin. Siddy la regarda, et Teensy la prit dans ses bras.

« Tu n'échapperas pas aux Petites Ya-Ya ! » lui cria Caro.

Riant malgré elle, Siddy déposa un baiser sur la joue de Teensy.

Lorsqu'elle revint, elle trouva les Ya-Ya absorbées par leurs occupations. Elle se réinstalla sous la couverture de coton. Avant de reprendre sa lecture, elle s'imprégna de la pièce et de ses bruits : les cartes qui s'abattaient doucement sur la table en bois, la respiration des trois femmes, le léger ronflement du chien, le cri d'un plongeon, quelque part le long du lac. Pénétrée de ce petit concert, elle retourna à ce sombre carême qui s'était prolongé bien au-delà de Pâques.

14 juillet 1963

Caro chérie,

Ma très chère amie, pour la première fois peut-être depuis que nous nous connaissons, les mots me manquent pour te remercier de tout ce que tu as fait pour moi et ma petite troupe. Tu as pris les garçons chez toi pendant trois bons mois. (Et quand je dis « bons », en ce qui me concerne, c'est une façon de parler.) Tu as invité Shep à dîner chaque fois qu'il n'était pas en vadrouille. Tu es l'une des rares personnes avec qui il soit suffisamment à l'aise pour parler. Quand je suis rentrée, il m'a dit : « Cette Caro, c'est une sacrée bonne femme. » Et dans la bouche d'un homme qui a épuisé son stock de compliments aux alentours de 1947, c'est un éloge inestimable.

Ah, ma frangine, tout est si embrouillé dans ma tête ! Je te revois près de moi dans un couloir de cet hôpital-que-personne-n'appelle-un-hôpital. Tu me tiens la main. Shep m'a dit que c'est toi qui es arrivée la première, après ce que j'avais fait et que je ne me pardonnerai jamais. J'avais laissé mon panier m'échapper des mains et j'étais incapable de le ramasser.

Hier soir, Willetta m'a amené les filles pour que je leur dise bonsoir ; après, j'ai prié pour qu'elles aient la chance, plus tard, d'avoir une amie comme toi. Il y a des femmes qui prient pour que leurs filles trouvent de bons maris, moi j'ai prié pour que Siddalee et Lulu rencontrent des amies aussi loyales que toi et les Ya-Ya.

Quand je me couche le soir, Caro, je pense à toi. J'enroule mes bras autour de mes épaules et je me berce pour m'endormir, comme tu l'as fait le premier soir. Shep peut parfois paraître bourru, mais depuis mon retour il me surprend. Par exemple, il t'a demandé de venir passer cette première nuit avec moi. Il doit se douter qu'il ne comptera jamais autant pour moi que toi et les Ya-Ya. Il faut que nous les laissions dans l'ombre, ces hommes, ou sinon le monde va s'écrouler. Crois-moi, s'écrouler, ça me connaît. Et toi, tu es experte pour recoller les morceaux.

Je t'aime, Caro. Je t'aime, ma Duchesse Aigle-qui-Vole.

Ta Vivi

Siddy se doutait bien que la dernière lettre serait adressée à Necie ; en effet, elle lut :

23 juillet 1963

Chère, chère Necie,

Je ne sais pas comment tu t'y prends, Comtesse Nuage-qui-Chante. Nous te mettons en boîte pour tes pensées en bleu et rose, pour tes petits cafouillages, et pourtant, de nous quatre, tu es celle qui restes bien organisé en toutes circonstances, et avec élégance.

Je ne peux pas parler de ce qui s'est passé. Ma vie était un panier, ce panier m'a échappé des mains.

C'est toi qui as fait en sorte que mon univers continue de tourner en mon absence. Comment t'y es-tu prise ? Entre les dix mille matches de basket et répétitions d'enfants de chœur, les guides et les scouts, les rendez-vous chez le dentiste, j'en passe et des meilleures, tu as dû vivre vingt-quatre heures sur vingt-quatre dans ton break pour arriver à conduire tes gosses et les miens partout.

Tu as accueilli mes filles dans ta maisonnée déjà bien pleine. Tu les as logées dans cet adorable grenier aux grandes fenêtres et aux lits à baldaquin. Tu les as nourries, tu as empêché Lulu de se mordiller les cheveux, tu as écouté Siddy et ses interminables exercices de piano, tu as su ne pas brusquer ma mère quand elle essayait de « calmer » mes enfants. Toi et tes neuvaines et ton chapelet.

Et Shep, donc. L'autre soir, les enfants étaient déjà au lit, il m'a préparé un steak et servi un verre – un petit – et il m'a dit tout ce que tu as fait pour lui. Il a honte de la façon dont il s'est comporté après m'avoir emmenée à l'hôpital. Honte de s'être mis à boire. Il m'a raconté comment tu étais allée le trouver dans son refuge à canards alors que personne ne savait où il était. Comment tu l'avais dessoûlé et ramené en ville, comment tu l'avais empêché de boire le jour de la chasse aux œufs de Pâques.

Ma chérie, tu as un admirateur éternel en la personne de mon mari. Sois patiente avec lui, je suis sûre qu'il saura t'exprimer sa reconnaissance à sa manière, c'est-à-dire en gaffant. Mais, après tout, peut-être sommes-nous incapables, tous autant que nous sommes, de dire merci autrement qu'en gaffant.

Merci du fond de mon cœur maladroit. Tu m'es très chère et je te suis reconnaissante.

Vivi

Siddy resta immobile un moment. Puis elle remit soigneusement toutes les lettres dans leur enveloppe et

les posa sur la table basse. Elle se retourna sur le ventre et regarda les Ya-Ya par-dessus le canapé.

« Eh, v's autres ? » dit-elle doucement.

Les trois femmes levèrent la tête.

C'est alors que Siddy se mit à pleurer. Elle se leva, son coussin dans une main, et alla les rejoindre à la table. Les cheveux aplatis sur la tête, elle avait l'air endormie, triste, perdue.

« J'ai changé d'avis, balbutia-t-elle entre deux sanglots. Je peux avoir encore un peu de café et de tarte ?

— Mais bien sûr, dit Necie en se dirigeant vers la cuisine. Il y a tout ce qu'il faut. »

Balayant d'une main sa réussite, Teensy leva les yeux :

« Mon petit chou, assieds-toi. Prends ton coussin et viens près de moi.

— Alors, ma pote, dit Caro, tu es sûre que tu as envie de veiller avec les soi-disant grandes personnes ?

— Je veux la vérité, insista Siddy.

— La vérité, ce n'est pas notre rayon, prévint Caro. Mais nous pouvons te raconter quelques histoires. Ça fera l'affaire ?

— Ça ira, dit Siddy en mordant dans une tartelette. Il faudra bien. »

27

Caro ferma les yeux un instant, comme pour prendre des forces. Elle les rouvrit et se lança :

« Ça s'est passé juste avant mardi gras. Toutes les quatre, nous avions décidé de ne plus boire pendant le carême. Necie s'y tenait sérieusement – c'est la seule qui n'ait jamais flanché. Pour moi, c'était un test de volonté. Teensy a proposé un premier amendement : la loi d'abstinence vaudrait tous les jours sauf le dimanche. Ensuite, ta mère a proposé un deuxième amendement : la loi s'appliquerait tous les jours sauf le dimanche, mais deviendrait caduque en dehors de la paroisse de Garnet.

« Eh bien, je peux te dire qu'on en a ajouté, des kilomètres, à la Bentley de Teensy, à force de courir jusqu'à Lafayette, Baton Rouge ou même Tioga simplement pour boire un verre. Nous aurions fait n'importe quoi afin de franchir les limites du comté. Un week-end, ta mère et Teensy ont voulu faire une virée à Marksville. Je les aurais volontiers accompagnées si l'un des garçons n'avait pas eu une angine. Elles sont parties de bonne heure ; c'était un dimanche. Elles se sont arrêtées plusieurs fois à des bals acadiens, qui commencent à neuf heures du matin et où on sert de la bière. Elles y ont passé la journée, et même une partie de la soirée. Au retour, elles ont mis la Bentley dans un fossé. Pas de blessés, mais la voiture immobilisée et les deux nénettes trop bourrées pour pouvoir réagir. Elles ont demandé à Necie de venir les chercher ; tu comprends, elles avaient la trouille d'appeler Shep ou Chick, et elles savaient que j'avais un gosse malade.

« Necie les a retrouvées chez Dupuy en train de manger du *boudin* et de boire des gin tonics en faisant leur cinéma dans le restaurant. C'était la deuxième semaine du carême. Ou peut-être la troisième, je ne me rappelle plus. Le carême, c'est long, tu sais. Ça s'étend à perte de vue, comme un désert.

« Necie a fait venir une dépanneuse pour la Bentley et les a ramenées à Thornton dans sa voiture.

« Quelque temps après, j'apprends que ta mère a changé de confesseur – j'ai oublié son nom. Il l'envoie chez le Dr Lowell, qui faisait partie des Chevaliers de Christophe Colomb. Tous les prêtres des environs lui adressaient des malades. Je n'avais jamais entendu parler de lui jusqu'au jour où Vivi est revenue avec une ordonnance pour du Dexamyl. Je n'oublierai jamais le nom de ce médicament, un truc mi-Dexedrine, mi-Miltown. Ça te faisait grimper aux arbres pour mieux te jeter à terre ensuite. Avec ça, ta mère était censée arrêter de boire et devenir une bonne catholique.

« Vivi adorait ce produit. Elle en parlait tout le temps. Elle disait que ça lui redonnait de l'énergie, qu'elle ne pensait plus à boire, qu'elle tenait le coup avec quatre heures de sommeil par nuit. Ambitieux. Trop ambitieux.

« Quinze jours avant Pâques, elle est partie avec ce prêtre pour une retraite de quatre jours quelque part dans un coin paumé de l'Arkansas. Elle s'est mise au régime sec et n'a plus marché qu'aux pilules et à la pénitence. Ça me tue de penser que je ne l'ai pas vue partir droit dans le mur. Les amies, en général, c'est fait pour jouer les balises quand il le faut, pour te faire reprendre le cap quand tu as perdu le nord. Mais ce n'est pas toujours possible.

« Je ne sais pas ce qui s'est passé pendant cette retraite. Après, au fil des années, Vivi m'en a un peu parlé. Elle ne connaissait personne. Il n'y avait que des catholiques laïques, comme elle, pas de religieuses, seulement ce fameux prêtre. Ils logeaient dans un petit sanatorium, tu imagines l'ambiance. Elle avait emporté ses réserves de Dexamyl, son missel, son chapelet, des vêtements de rechange et un tube de rouge à lèvres. Les journées se répartissaient entre la lecture de textes, la prière, le jeûne, la communion et, à tous les coups, une bonne dose de confession. Du style mets-tes-doigts-dans-les-plaies-du-Christ, tu vois le genre de merde. Elle allait atteindre à la pureté.

« Je ne suis pas psy, ma pote. Je ne sais pas sur laquelle des ficelles on a tiré trop fort. J'aurais assez tendance à incriminer le Dexamyl. À l'époque, on ignorait à quel point c'était dangereux. Dix fois pire que l'alcool. »

Elle se leva et s'approcha de la baie vitrée pour contempler le lac. Elle se passa la main dans les cheveux et fut soudain secouée d'une quinte de toux rauque qui inquiéta Siddy.

« Ça va, Caro ? Tu as besoin de quelque chose ?

— Je t'en ai trop dit maintenant pour te laisser en plan et me croire quitte en te donnant ma mondialement célèbre recette de Ginn Fizz Ramos. »

Siddy s'approcha et lui passa les bras autour de la taille.

« Ce n'est pas drôle pour toi, hein ? lui dit-elle.

— Non », murmura Caro.

Siddy se tourna vers Teensy et Necie.

« Pourquoi êtes-vous venues ? C'est loin d'être une partie de plaisir, tout de même !

— Tu manques beaucoup à ta mère, dit Teensy, qui vint s'asseoir sur le canapé et se déchaussa.

— Nous sommes en quelque sorte ses ambassadrices, tu vois ce que je veux dire ? ajouta Necie, hésitante.

— C'est elle qui vous envoie ?

— Pas explicitement, non, répondit Teensy.

— Alors qu'est-ce que vous faites ici ? Elle ne pouvait pas venir elle-même ? Pourquoi ne me… ne m'a-t-elle pas dit tout ça elle-même ?

— Parce que, dit Caro. Il n'y a pas d'autre réponse : parce que. »

Elle alla chercher un verre d'eau dans la cuisine et reprit place dans le fauteuil. Dans la pénombre, elle sortit de sa poche une boîte d'allumettes. Horrifiée, Siddy crut qu'elle allait fumer. Mais elle alluma une bougie et se cala simplement, pour se donner une contenance, une cigarette entre les lèvres.

« Quand Vivi est rentrée à Pecan Grove, poursuivit-elle, elle s'était mis dans la tête que vous quatre, ses enfants, étiez possédés du démon. »

Caro s'interrompit pour regarder Siddy, qui était restée debout derrière la baie vitrée. « Dis-moi, ma pote, tu ne voudrais pas t'asseoir tranquillement ici ? Je me sens un peu seule. »

Siddy rassembla des coussins par terre et s'y laissa tomber. Necie et Teensy s'installèrent tête-bêche sur le canapé. Caro se leva et alla chercher sur la table l'oreiller de plumes de Siddy.

Elle le lui tendit : « V'là pour toi, soldat. »

« J'imagine que tu connais la suite, Siddy, poursuivit-elle en se rasseyant. Vivi s'est littéralement acharnée sur vous. Elle a profité de ce que vous étiez nus pour vous fouetter à coups de ceinture. Quand je suis arrivée, Willetta avait déjà pansé vos plaies. Vos blessures étaient horribles à voir, et vous étiez tous les quatre en pleine crise de nerfs. Willetta et son mari avaient vu la scène depuis le jardin et ils s'étaient interposés ; ensuite, ils vous avaient emmenés chez eux et avaient appelé votre grand-mère, qui m'a appelée à son tour. C'est elle qui m'a dit d'aller d'abord chez Willetta. »

Caro marqua une pause.

« Caro ? demanda Teensy en se levant. Tu es sûre que ça va ? Ça m'inquiète de te voir parler autant. »

Caro reposa sa cigarette et rapprocha d'elle son réservoir d'oxygène. D'un geste rapide mais sans ostentation, elle vissa l'embout nasal sur le tube.

« Tu veux quelque chose, Caro ? proposa Siddy. Un autre verre d'eau ? »

Respirant elle-même avec difficulté, elle alla remplir un verre dans la cuisine sombre, où subsistait l'odeur du café. Elle appuya la joue contre le plan de travail frais et prit une inspiration.

Calme-toi. Tout ça, tu l'as vécu. C'est du passé.

Caro but une gorgée d'eau, une de café, et reprit son récit.

« Buggy vous a tous emmenés chez elle, et je suis allée à Pecan Grove. J'ai trouvé Vivi nue par terre dans la cuisine. Tout d'abord, j'ai cru pouvoir la raisonner. J'ai cru pouvoir lui donner la volonté de s'en sortir. Erreur.

« Je l'ai aimée comme une sœur, comme quelqu'un de ma famille, autant que mes enfants et sans doute plus que mon mari. Je l'ai aimée depuis le jour de 1933 où je l'ai vue, en robe jaune avec des tulipes rouges sur les poches, qui s'achetait un Orange Crush au bar du cinéma de mon père. Ç'a été une épreuve pour moi de la trouver par terre dans cet état-là. »

Caro s'essuya les yeux avant de continuer :

« Je l'ai emmenée jusqu'à la salle de bains et je l'ai assise sur la cuvette des toilettes. Elle est restée là, complètement désemparée.

« Je lui ai dit : "Ma pote, essaie de te détendre et de vider ta vessie."

« Elle était si crispée que ses veines saillaient sur son front. C'est ça qui m'a décidée à appeler Beau Poché, votre pédiatre – tu te souviens sans doute de lui. J'ignorais où était passé ton père. Il n'était jamais à la maison. Alors, j'ai téléphoné à Beau. On se connaissait depuis des années ; il jouait de la trompette dans la fanfare du lycée et il était venu je ne sais combien de fois à la maison soigner les enfants. Tu penses bien que je n'allais pas appeler un de ces salopards qui se disent psychiatres et qui n'ont pas su nous empêcher de perdre Geneviève.

« Beau est arrivé dans la demi-heure. Vivi était par terre, je l'avais couverte d'un peignoir. Elle était incapable de lui dire en quelle année nous étions, elle avait oublié jusqu'à son nom. Il lui a fait une piqûre – un tranquillisant, j'imagine –, et elle ne s'est même pas débattue. J'ai entendu un camion arriver dans l'allée et j'ai fait signe à Beau que j'allais voir qui c'était.

« La nuit était tombée. Ton père est descendu du véhicule, et je l'ai prévenu : "Shep, Vivi est malade. Elle a craqué. Elle a besoin d'assistance médicale."

« Il a eu l'air en colère. "Où sont mes enfants ? a-t-il dit. Ils n'ont rien ?

« — Ils sont chez Buggy."

« Il m'a tourné le dos et a fait un pas vers le camion.

« "Il n'est pas question une seconde que tu repartes."

« Il a mis une main sur ses yeux. "Où est-elle ?

« — À l'intérieur. Beau Poché est auprès d'elle.

« — Tu as fait venir ce type chez moi ?

« — Oui, Shep, et je ne te conseille pas de rouspéter.

400

« — Si ça se trouve, elle joue la comédie, Caro, tu sais comment elle est."

« Quand il est entré dans la maison, il est passé devant Beau Poché sans même le regarder et s'est approché de Vivi.

« "Vivi, ma chérie, un bon repas ne te ferait pas de mal, on dirait. Tu ne veux pas que je te prépare un petit quelque chose à manger ?"

« Il est allé dans la cuisine et s'est mis à frire une livre de bacon. Ta mère l'a suivi. Elle s'est assise par terre près de la cuisinière, les yeux fixés sur les pieds de Shep. Moi, je l'observais. Pendant que le bacon rissolait, il a coupé les tomates et la laitue, il a fait griller du pain. Il s'est assis par terre à côté de ta mère et il a voulu lui faire mordre dans le sandwich. Elle ne savait même plus mâcher. Elle laissait les aliments tomber de sa bouche.

« Beau et moi nous étions assis à la table, sur les tabourets en rotin. Shep nous a regardés : "Qu'est-ce que vous fabriquez ? Vous ne pouvez pas lui faire avaler ce sandwich ?" Des larmes ruisselaient le long de ses joues.

« "Non, Shep, a dit Beau Poché. Malheureusement, c'est impossible."

« Ton père a ramassé les morceaux de bacon tombés sur les genoux de Vivi et il a essuyé la mayonnaise qu'elle avait sur la figure.

« Ce devait être – quoi ? – le quatrième dimanche de carême.

« Le lendemain, Chick nous a conduits en voiture, Teensy, Shep, ta mère et moi, à une clinique privée des environs de La Nouvelle-Orléans. Necie s'est occupée de vous. La journée a été longue. À l'hôpital, nous avons voulu que Vivi signe elle-même sa feuille d'admission. Shep ne souhaitait pas lui donner l'impression qu'on l'internait de force.

« Mais quand l'employé lui a demandé son nom, elle lui a répondu : "Reine Ruisseau-qui-Danse."

« Il a regardé ton père.

« "Redemandez-le-lui", a dit Shep.

« La deuxième fois, elle a répondu : "Rita Abbott Hayworth. Enfant de l'amour de H. G. Wells et de Sarah Bernhardt."

« J'aurais ri si, en disant ça, ta mère n'avait pas attrapé un presse-papiers sur le bureau et ne l'avait lancé à la figure du type, en le manquant de peu. Aussitôt, Chick l'a ceinturée. Tu comprends, nous ne savions pas ce qu'elle serait capable d'inventer après ça.

« "Je regrette, mais si votre femme est dans l'impossibilité de nous fournir son identité, a dit l'employé, nous devrons considérer qu'elle entre ici contre son gré."

« Ton père s'est avancé vers lui. "Écoutez-moi bien, tête de mule. C'est moi qui paie la note dans votre putain de boîte, alors si ma femme a envie de s'inscrire sous le nom du président des États-Unis, vous la laissez faire, compris ? Elle s'appelle Rita Abbott Hayworth. Elle signe du nom qu'elle veut, et vous avez intérêt à prendre rudement bien soin d'elle. Je vous confie quelqu'un de précieux. C'est clair ?"

« Pour être clair, c'était clair.

« Il l'a embrassée sur le front, et nous l'avons quittée. Ensuite, il a pleuré tout le long du chemin jusqu'à l'hôtel, le Monteleone, où il s'est bourré la gueule en silence ; nous n'avions pas encore commandé le dîner qu'il était ivre mort.

« Il ne reste aucune trace du passage de Vivi dans une clinique psychiatrique. À part nous, personne n'en a jamais rien su. Quand elle est rentrée chez elle, au bout de trois mois, elle a insisté pour que nous n'en parlions à personne.

« À son retour, elle n'avait plus ses hallucinations et parlait normalement. Elle avait énormément maigri. Au début, les pêches étaient la seule nourriture qu'elle supportait.

« Nous avons essayé de la faire parler de sa dépression, mais elle s'y est toujours refusée. Elle répétait simplement : "Mon panier m'a échappé des mains." Elle avait trouvé cette formule pour résumer l'épisode.

« Une seule fois, des années plus tard, un soir où j'étais seule avec elle à Spring Creek, elle m'en a touché deux mots. Il était tard et nous avions bu pas mal de gin. Elle m'a demandé de lui dire dans quel état je vous avais trouvés tous les quatre ce fameux dimanche. Elle a voulu que je lui donne les moindres détails, que je lui décrive toutes vos blessures. Elle observait mes expressions, mes regards ; elle attendait que je la juge. Je ne l'ai jamais jugée, et ce n'est pas maintenant que je vais commencer.

« Mon plus grand regret est que nous n'en ayons jamais parlé avec toi – ni avec tes frères et ta sœur. Nous nous sommes réfugiées derrière le principe qui interdit de s'interposer entre les gens et leurs enfants. »

Caro regarda Siddy en silence quelques instants, puis lui dit : « Je voudrais que tu saches ceci : rien de ce qui est arrivé n'est ta faute. Quelque chose s'est fêlé en Vivi. Peut-être les gens sont-ils comme la terre, peut-être y a-t-il en eux des failles qui risquent de s'ouvrir sous la pression.

« Et autre chose : ta mère était une alcoolique ; elle l'est toujours, je le reconnais. Je sais que ç'a été très dur pour toi, Siddy, et je ne nie rien de ce qui a pu arriver.

« Pourtant, parmi toutes les personnes timbrées et imparfaites que tu rencontreras dans ta vie, ma pote, Vivi Abbott Walker est l'une des plus lumineuses. Si elle meurt avant nous, nous aurons l'impression qu'on nous a arraché un peu de notre corps. »

Caro regarda ses deux amies et partit d'un petit rire : « Nous sommes les survivantes d'une tribu secrète, ma pote. »

Revenant à Siddy, elle ajouta : « Tu as du sang ya-ya dans les veines, Siddalee. Que cela te plaise ou non. Il est loin d'être parfait, c'est sûr. Mais dans la vie, qu'est-ce qui est parfait ? »

Elle s'adossa à son fauteuil en soupirant. Le silence se fit. Siddy se leva, se dirigea vers la baie vitrée qu'elle fit coulisser et sortit sur la terrasse. La chaleur de la journée était tempérée par la fraîcheur de la nuit. Elle regarda vers la rive opposée du lac et se dit qu'elle pouvait descendre les marches et partir sur le chemin, droit dans la nuit, pour ne plus jamais revenir.

À l'intérieur, elle vit les trois femmes toujours dans la même position. La bougie brûlait. Hueylene attendait à la porte, la tête penchée de côté, essayant de garder l'œil sur les unes et les autres.

En voyant les Ya-Ya quitter leurs sièges et s'avancer vers elle, Caro au bras de Necie, Siddy se sentit à la fois très jeune et très vieille. Sans bouger, elle se laissa entourer et s'imprégna de l'air lacustre, de leur odeur et de celle des grands pins, d'un vaste monde de souffrance et d'amour pur et sombre. Bientôt, elle fut envahie de compassion. Comme la lune déclinait derrière les cimes des arbres, quelque chose attira son attention : la petite clef qu'elle avait suspendue à la fenêtre et qui brillait à la clarté de l'astre.

28

Siddy ne s'éveilla qu'en début d'après-midi. La veille, elle s'était effondrée sur le canapé en laissant sa chambre aux Ya-Ya. Quelqu'un sifflait *When You Wish Upon a Star*, et elle crut tout d'abord qu'elle rêvait. Elle s'enfonça davantage sous les couvertures. Dans l'air chaud, l'odeur du cèdre et des lis entrait par la baie ouverte. La chanson dérangeait son rêve par intermittence, mais elle finit par se rendre compte qu'elle ne connaissait qu'une seule personne capable de la chanter avec toutes les nuances propres à Walt Disney.

Hueylene sentit Connor avant que Siddy ne le voie. Le cocker courut à la porte, et ses aboiements tournèrent bientôt à des gémissements de bienvenue. Siddy envoya valser les couvertures et sauta du lit.

Lorsqu'elle aperçut Connor debout sur la terrasse en train de caresser Hueylene sur le ventre, son cœur bondit. Elle dut marquer une pause et appuya les deux mains sur sa poitrine. Son cœur battait si fort qu'elle crut succomber. Puis elle se souvint qu'autrefois, à l'âge des amours adolescentes, cela lui arrivait sans arrêt. Maintenant, à quarante ans, sa réaction faillit l'obliger à s'asseoir. Elle respira un grand coup et, vêtue d'un simple T-shirt, traversa la pièce en courant, se jeta dans les bras de Connor, les mains autour de son cou, les jambes enveloppant sa taille. Connor lui mit les mains sous les fesses, la fit tourner, et ils s'embrassèrent.

Lui qui pensait à elle depuis bientôt quinze jours, il avait oublié l'agilité de son petit corps, sa spontanéité fougueuse, son odeur douce quand elle s'éveillait.

Tout heureuse, Hueylene sautillait, bondissait autour d'eux et aboyait furieusement pour capter leur attention.

« Hueylene, Hueylene, ma petite bombe blonde de gouverneur, dit Connor en embrassant Siddy sur les lèvres, le cou, les yeux, les oreilles.

— Je suis contente contente contente ! s'exclama Siddy.

— Plutôt en forme pour quarante ans, mon petit piment chaud, répondit Connor en la posant sur la rambarde.

— Les *cheerleaders*, ça ne meurt pas, prévint Siddy. Ça se teint les cheveux. »

Ils se regardaient, un sourire radieux aux lèvres.

« Salut, Siddinou.

— Salut, Connie.

— Salut, vous deux, cria Caro depuis la porte. Mettez donc un peu de joie dans la vie d'une vieille dame, voulez-vous ?

— Caro ! s'étonna Siddy. Bonjour.

— L'épicier est passé ? » demanda Caro en baissant les yeux sur les deux grands sacs de Pike Place Market posés au bord de la terrasse.

Siddy tira doucement sur le bas de son T-shirt et sourit à Connor :

« Oui. Vois-tu, mon livreur a fait tout le chemin depuis Seattle pour m'apporter du sucre.

— Et on prétend que l'esprit chevaleresque a disparu, dit Caro.

« — Caro Bennett Brewer, dit Siddy. Je te présente Connor McGill. »

Caro lui tendit la main : « Qui vous a appris à siffler, mon vieux ? Vous ne vous défendez pas mal du tout. »

Connor lui serra la main en souriant :

« C'est ma mère, répondit-il. J'accepte votre compliment en son nom. Ravi de vous rencontrer.

— Mon Dieu ! » s'exclama Necie. Elle venait d'apparaître à la porte, avec Teensy. « On ne m'avait pas dit qu'il y avait un homme dans cette maison. Et moi qui ne me suis même pas brossé les dents ! » Sur ce, elle disparut à l'intérieur, laissant Teensy avec les trois autres.

Connor s'avança. « Teensy, je présume ? Grâce à la description que Siddy m'a faite de vous, je vous aurais reconnue n'importe où. »

Teensy le regarda fixement, comme paralysée. Siddy crut qu'elle ne l'avait pas entendu.

« Teensy, dit Caro en lui donnant une tape sur l'épaule. Voyons, un peu de manières ! »

— Excusez-moi, commença Teensy. Je… euh… vous ressemblez à quelqu'un que j'ai connu autrefois. Vous êtes Connor McGill, le fiancé ? »

Connor regarda Siddy en riant.

« Oui, enfin, je l'espère.

— Eh bien, moi aussi, *cher*, lui dit Teensy en l'embrassant sur la joue, parce que vous êtes absolument superbe. »

« Je n'en reviens pas, dit Necie. Ces croissants sont parfaits. Ils font des miettes partout, exactement comme il se doit. Où les avez-vous trouvés, Connor ? »

Ils prenaient tous les cinq un petit déjeuner sur la terrasse, savourant les merveilles qu'il avait apportées.

Sans lui laisser le temps de répondre, Necie poursuivit :

« Il faut absolument que vous veniez nous voir en Louisiane. Je serais ravie de vous préparer les bons plats de chez nous.

— Je ne vois pas comment je pourrais refuser pareille invitation, répondit Connor en reposant sa tasse.

— Il faut me promettre », dit Necie.

Les ennuis commencent, pensa Siddy.

Après le petit déjeuner, les Ya-Ya allèrent à l'hôtel se changer et prendre leurs maillots de bain. Le petit groupe passa l'après-midi au lac, à nager et à se dorer au soleil sur le ponton de bois. Ces dames déclarèrent que, si l'eau n'était pas assez chaude pour une baignade parfaite, l'endroit avait son charme et ses raffinements. Un peu plus tard, Connor grilla au barbecue des filets de flétan qu'il avait apportés. Caro s'occupa du feu, Necie s'affaira à la cuisine en évaluant du coin de l'œil les qualités de cuistot de Connor. Teensy veilla à ce que les verres de merlot californien soient remplis, et Siddy prépara le dessert, des myrtilles arrosées de quelques gouttes de Courvoisier.

Il n'était pas huit heures quand les Ya-Ya prirent congé. L'une après l'autre, elles serrèrent Siddy contre elles. Teensy, Necie puis Caro lui murmurèrent à l'oreille :

« Il a *le cœur tendre*. »

« Épouse un homme qui sait faire la cuisine ! »

« Ne t'inquiète pas pour ta mère, ma pote, une chose à la fois, c'est la seule méthode. »

Une fois seuls, Siddy et Connor firent ce à quoi ils aspiraient depuis des semaines. Ils se déshabillèrent en se dévorant mutuellement des yeux. Connor s'allongea sur le lit et appuya doucement sur la lèvre de Siddy avant de l'embrasser. Ce geste la fit frissonner, et bientôt ils se rejoignirent.

Comme ils se caressaient, Siddy eut l'impression de réintégrer son corps. À chaque étape, elle eut la sensation de s'ouvrir non seulement au plaisir sensuel mais à un chagrin enfoui dans ses os et sa chair. Son extase, quasiment simultanée de celle de Connor, s'accompagna d'un cri. Cédant au soulagement, elle se mit à pleurer. Déployée, délivrée d'amarres et de chaînes, libre, ouverte, elle fut envahie d'amour en même temps que d'un sentiment d'abandon et de chagrin qui la laissa écorchée vive.

« Excuse-moi, murmura-t-elle. Je suis désolée, je ne fais que pleurer.

— Mon petit pois de senteur, dit-il, ce n'est pas grave. »

Siddy voulut se forcer à rire, mais en vain.

« Ma petite puce, qu'est-ce qui ne va pas ? »

Elle s'écarta de lui, s'assit dans le lit et lui résuma ce que Caro venait de lui apprendre. Il l'observait attentivement et voulut l'attirer vers lui lorsqu'elle eut fini. Mais elle résista, car elle avait l'impression de lui avoir fourré dans les mains un bâton de dynamite.

« Elle aurait dû me le dire elle-même.

— Elle a envoyé ses émissaires, non ? dit Connor en jouant avec ses cheveux.

— Ça ne suffit pas », expliqua Siddy à voix basse, les mots s'étranglant dans sa gorge.

Elle se leva : « Tu ne mérites pas ça, Connor. Je suis une épave. »

Il la regarda, la peau encore rosée, sortir en refermant la porte derrière elle. Il se rallongea et examina la pièce. Les livres, le peignoir pendu à un crochet derrière la porte, un vase de lavande et d'hortensias bleus sur la table de nuit, un exemplaire annoté de la dernière version qu'avait écrite May pour l'adaptation musicale des *Femmes*. Il aimait ces signes quotidiens de la présence de Siddy, son corps de quarante ans, son humeur changeante. Il se dit qu'il n'irait pas la rejoindre tant que la grive qui chantait au-dehors ne se serait pas tue. Entre-temps, il essaya de nommer les autres oiseaux qu'il entendait au loin.

Debout devant la table en chêne de la salle de séjour, Siddy ouvrit l'album une fois de plus. La nuit était encore douce, et des insectes venaient heurter la vitre.

Elle s'arrêta sur une photo de Vivi jeune mère, allongée sur une couverture de pique-nique. Le visage appuyé dans les mains, celle-ci contemplait une petite fille dont le bonnet laissait échapper des mèches d'un blond chaud et qui la regardait elle aussi ; occupées l'une de l'autre, elles oubliaient tout le reste et partageaient un monde intime et parfait.

Siddy retourna la photo. Au dos était écrit : « Reine Ruisseau-qui-Danse avec sa Première Fille Royale. » Ses yeux s'emplirent de larmes. Pourquoi ai-je une fois de plus quitté le lit chaud de mon amant pour revenir à ces objets ?

Elle mit la photo de côté et prit le paquet de lettres de remerciements que sa mère avait envoyées aux Ya-Ya. Une à une, elle les étudia de plus près et commença à percevoir l'amour qui imprégnait les mots. Une phrase qu'elle avait lue quelque part lui revint : « Les mots mènent aux actes. Ils préparent l'âme à la tendresse. » Était-ce de sainte Thérèse ?

Siddy se souvint de sa joie immense quand elle avait revu Vivi et pu sentir son odeur après cette séparation interminable, inexpliquée. Sa mère et ses chemises de nuit en coton, sa frêle silhouette qui s'encadrait dans la porte lorsqu'elle venait lui dire bonsoir. Elle se souvint de son envie de la voir s'approcher plus près, grimper dans son lit à côté d'elle et la prendre dans ses bras pour lui faire promettre de ne plus jamais s'en aller. Le bruit des pas de Vivi dans le couloir. Le désir fou, douloureux, d'avoir sa mère près d'elle, désir bien plus fort que l'horrible colère qu'elle avait ressentie à son départ.

Elle n'avait pas entendu Connor entrer dans la pièce et sursauta quand il lui mit la main sur l'épaule. Elle lui échappa et alla arracher le jeté de lit de coton au canapé.

Dans le coin, la lampe diffusait une lumière douce. Siddy s'enveloppa dans la couverture et revint vers la table où l'attendait Connor, nu, les bras le long du corps.

« Je jetais un coup d'œil à ce recueil de secrets prétendument divins », dit-elle.

Il en tourna quelques pages. « Jeunes Ya-Ya enceintes », remarqua-t-il en s'arrêtant sur un cliché.

Siddy l'avait déjà vu, mais sans y prêter attention. Souligné d'une légende, « Beautés de 1952 », il montrait les quatre Ya-Ya entre vingt et vingt-cinq ans, assises autour d'une table de cuisine, toutes enceintes de huit ou neuf mois. Les pieds sur la table, Caro avait posé le bras sur le dossier de la chaise de Vivi. La tête légèrement baissée, Necie fermait à demi les yeux dans une sorte de sourire. Teensy agitait les mains en l'air, comme pour raconter une blague grivoise. Ses pieds rejoignaient ceux de Caro sur la table. Vivi riait si fort qu'elle renversait la tête en arrière, montrant ses dents. Toutes les quatre portaient des robes de maternité et avaient un verre dans une main et une cigarette dans l'autre, à l'exception de Necie, qui n'avait jamais fumé.

« Prises grâce au Kodak en flagrant délit de dommage au fœtus », dit Siddy.

Connor appuya les mains sur la table et baissa la tête pour mieux voir. « 1952, elle était enceinte de toi. »

Il montra du doigt l'énorme ventre de Vivi.

« Elles ont l'air de bien s'amuser. Et toi, tu attendais au chaud dans le double ballon avec ton jumeau ?

— Le pauvre, c'est lui qui a dû avaler tout l'alcool et la fumée de cigarette.

— Regarde ces femmes, Siddy. Elles boivent et elles fument, mais le reste ne compte-t-il pas ? Regarde bien cette photo. »

Il lui mit l'album sous le nez.

« Regarde-les comme tu regarderais des acteurs, sans t'interposer.

— Arrête, Connor.

— Non, Siddy, je n'arrêterai pas. »

Siddy se força à examiner la photo, à voir les yeux brillants, les têtes penchées, les expressions des visages, les corps détendus, les gestes décontractés. Elle s'y rendit perméable, jusqu'à sentir, comme avec les acteurs, l'énergie qu'irradiaient ces corps.

« Qu'est-ce que tu vois ? » demanda Connor.

Siddy agrippa le bord de la table. « De l'aisance, dit-elle d'une voix à peine audible. De la légèreté et de l'aisance. Je vois aussi de la souffrance dans les yeux de ma mère, mais on sent la camaraderie. Le rire, l'amitié. »

Connor l'écoutait, la regardait.

« Mais…, dit Siddy, et elle s'interrompit.

— Mais quoi, Siddy ? »

Elle se redressa, se détourna et voulut se diriger vers la cuisine. Connor lui attrapa le bras et répéta sa question.

« Mais quoi ?

— Mais elle n'a jamais su m'aimer, et maintenant je ne sais pas t'aimer.

« — Non, dit Connor en l'attirant de force vers l'album. Ça ne marche pas comme ça. »

Une fois de plus, il lui montra la photo. « Regarde-les donc ! Je les ai rencontrées, ces femmes. À soixante-dix ans, elles ont gardé leur légèreté et leur aisance. Et elles t'aiment. Elles veulent te voir heureuse ! Je sais bien que je n'ai pas encore fait la connaissance de la divine Vivi, mais je peux t'assurer qu'elle est pareille. Leur rire compte-t-il donc pour rien ? Leurs liens, leur intimité, leur rire, le fait de ne pas être seul dans ce monde, ça ne compte pas ? Tu es sûre de n'avoir rien reçu de leur état d'esprit en même temps que tout ce que ta mère t'a transmis par le placenta ? »

Siddy détourna les yeux, mais Connor lui saisit le visage entre ses mains et l'obligea à le regarder. « Sid, je ne suis pas ta mère. Ni ton père. Et je veux te prendre pour le meilleur et pour le pire. »

D'abord silencieuse, Siddy répondit :

« Certaines personnes ont la vie empoisonnée par les alligators.

— Je suis plus fort que les alligators. Et plus malin, dit Connor, les yeux humides, la respiration saccadée.

— Tu ne peux pas faire ça pour moi ! s'écria Siddy, le corps secoué d'un sanglot. J'ai…

— Mais je ne veux rien faire pour toi, merde ! »

Il s'éloigna et alla se planter devant la baie. Il se balançait d'une jambe sur l'autre, comme un boxeur, et ses pieds nus faisaient de petits bruits sur le sol. Concentré et animé, sans aucune fausse pudeur, il offrait à son regard son corps mince et musclé.

Il planta ses yeux dans ceux de Siddy : « Je ne veux rien faire pour toi. Je veux seulement t'aimer. »

Elle ne dit rien.

« Écoute, j'ai cinq ans de plus que toi, et jusqu'à présent je n'ai jamais eu envie de me marier. L'idée m'est venue petit à petit. Qu'est-ce que tu t'imagines,

413

que je me sens bien depuis que tu as remis notre mariage ? Je suis suspendu par un fil au-dessus du canyon de la désolation. Je ne suis pas fait pour séjourner dans les limbes, Siddy. »

Il ouvrit la porte et sortit sur la terrasse.

Une horrible petite phrase du catéchisme revint à l'esprit de Siddy : « Les limbes ne sont pas l'enfer. Mais l'âme de l'enfant souffre de ne pas voir la face de Dieu. »

Comme elle le rejoignait, de gros cumulus passèrent devant la lune un peu moins pleine à présent. Elle s'approcha de Connor qui contemplait le lac, les mains sur la rambarde, se débarrassa du jeté de lit et s'appuya contre son dos.

« Je n'ai pas trop de démons dans la tête pour ton goût ? » murmura-t-elle.

Connor ne bougea pas. Il observait les nuages qui obscurcissaient brièvement la lune avant de passer leur chemin, dévoilant l'astre neigeux. Il pesa ses mots :

« Pas trop, non. Juste ce qu'il faut. »

Siddy l'étreignit, mesurant la portée de ses paroles. Ils restèrent ainsi longtemps, Hueylene patiemment assise à leurs pieds.

Siddy finit par rompre le silence : « Un petit bain de minuit ? »

Ils descendirent jusqu'au ponton, où ils s'immergèrent dans l'eau glacée, puis revinrent en nageant sur le dos pour voir la lune, à laquelle ils envoyèrent des gerbes d'eau en battant des pieds.

De retour au bungalow, ils n'avaient plus sommeil. Tandis qu'ils se séchaient mutuellement sur la terrasse, Connor remarqua la petite clef pendue à la fenêtre.

« Qu'est-ce que c'est ? » demanda-t-il.

Siddy, tout en s'essuyant les cheveux, leva les yeux et s'immobilisa. Le corps penché en avant et la tête de côté, elle donnait l'impression d'écouter une voix lointaine.

Elle brisa enfin cette sorte de transe, entra dans la pièce et, sur la pointe des pieds, attrapa la clef. Un sourire aux lèvres, elle mit les mains sur sa bouche comme un enfant venant de découvrir un trésor, et partit d'un rire enchanté.

« Connor, ça t'intéresserait de partager avec moi une bouteille de Moët qui est mystérieusement apparue dans mon frigo il y a quelques heures ?

— Je ferais n'importe quoi pour "boire des étoiles" », répondit-il.

Quand il revint, il trouva Siddy assise au clair de lune, qui caressait Hueylene d'une main et la petite clef de l'autre. Il brandit deux coupes à dessert, fit sauter le bouchon et servit le champagne, puis il le remit au frais dans un ancien bidon d'huile d'olive qu'il avait rempli de glace.

« À qui boit-on ? demanda-t-il.

— À Lawanda la Magnifique, dit Siddy, qui embrassa la clef du bout des lèvres. Vers qui nous conduira cette petite chose que voici.

— Lawanda ? demanda Connor. Un nom qui cache une histoire ?

— Je m'étonne que tu poses la question.

— J'ai toute la nuit devant moi, et plus encore.

— Tant mieux. Je me sens une âme de Karen Blixen.

— Parfait, mademoiselle Walker, dit-il en prenant les pieds de Siddy sur ses genoux et en lui massant les orteils. En route pour la lune ! »

Siddy ferma les yeux, comme pour faire venir l'histoire à elle. Lentement, elle porta la coupe de champagne à ses lèvres et en but une gorgée. Enfin, elle jeta un coup d'œil à la petite clef et se lança.

29

Lawanda la Magnifique, une éléphante énorme, était venue à Thornton en 1961. Je finissais ma classe de CE2 et j'allais entrer au CM1.

Les promoteurs venaient de bétonner plusieurs dizaines d'hectares de terres arables pour construire le centre commercial de Southgate, le tout premier du genre en Louisiane. Thornton comptait environ dix mille habitants. Quand on y ouvrait un magasin, et à plus forte raison un centre commercial, c'était un événement.

À l'époque, on faisait encore ses courses dans le quartier du centre-ville, qui longeait la rivière. On était contents lorsqu'on poussait la porte des petites boutiques sur lesquelles le pingouin des cigarettes Kool annonçait un intérieur climatisé. Il y avait des vieux de la vieille assis sur des chaises devant le River Street Café, qui discutaient le bout de gras en se racontant les dernières pitreries d'Earl Long. La fontaine réservée aux Noirs se dressait toujours derrière, près de l'entrepôt, même si de fortes têtes commençaient à refuser de l'utiliser. Seuls les riches bénéficiaient de la climatisation ; cela n'empêchait pas ma famille de cuire tous les étés dans la fournaise semi-tropicale du Sud, où toute journée à moins de trente-cinq degrés et de quatre-vingt-dix-huit pour cent d'humidité était considérée comme agréable.

Un énorme effort publicitaire avait été entrepris pour l'inauguration du centre commercial. Panneaux dans les rues, pubs radiophoniques et télévisées qui, pendant des semaines, nous avaient rebattu les oreilles de leur slogan : « Nous entrons dans le XXe siècle ! » Naturellement, le message sous-jacent était l'intégration des Noirs, qui essayaient de nous prendre ce que nous considérions comme notre place au Walgreen et de bousiller « notre » centre-ville : venez au centre commercial, où tout est encore blanc !

Pour la cérémonie d'inauguration, ils offraient des tours à dos d'éléphant à tous les gosses blancs de la paroisse de Garnet. La photo de l'éléphante qui annonçait « Lawanda la Magnifique, venue des terres sauvages du cœur de l'Afrique » avait été placardée sur tous les murs de Thornton. Il y avait des semaines que je pensais, rêvais, lisais et parlais éléphant ; le jour J, j'étais follement excitée.

Traînant leur troupe de seize enfants, les Ya-Ya étaient en avance et avaient déballé à l'arrière des voitures un pique-nique de Coca, cocktails et sandwiches. Je n'avais jamais vu de parking aussi grand. Je clignais les paupières et me frottais les yeux, désemparée de découvrir tant de boutiques et de béton là où toute ma vie il n'y avait eu que des plantations de coton. N'ayant jamais vu un champ disparaître, je ne savais même pas que ça pouvait exister. Je croyais que les champs étaient là pour toujours. À cet âge, je croyais que tout durait éternellement.

Quand nous sommes arrivés, des adolescentes faisaient des claquettes sur une estrade dressée devant le nouveau Walgreen, accompagnées par la fanfare du lycée. À une table, une dame sortie tout droit du « Juste

Prix » nous a remis à chacun une petite clef comme celle-ci.

Siddy montra la clef à Connor.

« Elle avait un porte-clefs en forme d'éléphant, en plastique bleu, marqué d'un numéro qui correspondait à l'ordre de passage pour la promenade.

— C'est Vivi Chère qui te l'a envoyée ?

— Oui », dit Siddy.

Elle but une gorgée de champagne et s'adossa à sa chaise, sensible à la générosité d'écoute dont faisait preuve Connor.

Jamais je n'oublierai la toute première fois où j'ai vu Lawanda. C'était une bête énorme, superbe, de proportions parfaites et d'une grâce étonnante. Elle avait des pieds plus grands que des ballons de basket, et ses orteils faisaient penser à des assiettes à soupe. Un front majestueux qui saillait entre des yeux comme des soucoupes, bordés de cils immenses. Des oreilles aussi grandes que des tables de bridge. Quand elle les agitait, ça me faisait de l'air. Évidemment, je ne sais pas quelle taille elle pouvait avoir, je voyais tout avec l'œil d'une gamine de sept ans.

Bien sûr, tu peux t'en douter, maman et les Ya-Ya ont été les seules mères à insister pour monter avec leurs enfants. Pas parce qu'elles craignaient pour notre sécurité, plutôt parce qu'elles ne voulaient pas manquer l'occasion de faire une balade à dos d'éléphant.

Quand notre tour est venu, nous avons monté quelques marches menant à une plate-forme en bois qui facilitait l'embarquement dans la nacelle. Maman était à côté de moi ; elle tenait Baylor par la main. Il devait avoir quatre ans. Je me souviens qu'elle lui avait mis une chemise rayée rouge et blanc et un chapeau de paille. Tu penses bien qu'elle nous avait habillés tous les quatre pour la circonstance.

« Siddy chérie, me dit-elle. C'est ton tour, monte. »

Moi, je regarde Lawanda ; les trois autres étaient déjà sur son dos. Je ne sais pas ce qui s'est passé… je suis restée clouée sur place.

« Allez, ma puce », a répété maman.

Le cornac tend la main pour m'aider à monter, mais je suis pétrifiée.

« Siddy chérie, ne joue pas les trouble-fête, s'il te plaît. Allez, monte. »

Siddy but encore une gorgée. « Dois-je te préciser que gâcher une fête est un péché capital pour l'Église de Vivi ? C'est le onzième commandement que Moïse a oublié de rapporter de la montagne : La Fête tu ne gâcheras point. »

Après avoir caressé le front de Hueylene, Siddy reprit son récit.

« Je ne peux pas, maman, j'ai trop peur.

— Tu veux rester ici toute seule ?

— Oui. » Et je baisse la tête, humiliée.

« Bon », me dit-elle, et elle monte dans la nacelle, où l'attendent mes frères et ma sœur.

À chaque pas que faisait Lawanda sur ses gigantesques pieds, ma terreur grandissait. Je me disais : Ils vont se faire tuer. Lawanda va les éjecter de son dos et les piétiner comme des fourmis, ensuite elle s'essuiera les pieds sur l'asphalte et ça laissera comme des traces de ketchup.

Je suis redescendue de la plate-forme, mais il y avait tellement de monde que je n'ai pas pu retrouver les

Ya-Ya. Autour de moi, je ne voyais que des étrangers, tous plus grands que moi. Moi qui vivais dans une petite ville, c'était la première fois que je me trouvais dans une foule, incapable de reconnaître un seul visage.

Je me suis mise un peu à l'écart et j'ai attendu. J'avais beau me hisser sur la pointe des pieds, Lawanda restait invisible. Je n'avais jamais eu aussi chaud. L'asphalte du parking cloquait.

J'ai serré mon porte-clefs dans ma main et j'ai commencé à chercher la Thunderbird tout en me disant : J'aurais dû monter sur cet éléphant. Plutôt mourir avec maman que d'être en sécurité ici sans elle. Si je perds Baylor, Little Shep et Lulu, je serai triste. Mais si je perds maman, je mourrai.

J'ai longé des rangées et des rangées de véhicules en cherchant le bandana rouge que ma mère avait noué à l'antenne de notre voiture. « Saint Antoine de Padoue, si je vous donne un petit sou, saint Antoine, m'aiderez-vous à retrouver mon joujou ? » J'ai répété cette prière jusqu'à ce que je tombe sur la Thunderbird.

La poignée métallique était si chaude qu'elle m'a brûlé la main. À l'intérieur, même vitres baissées, l'air était étouffant, j'ai failli m'évanouir. Il y avait en permanence une serviette de plage dans la voiture. Je l'ai étendue sur le siège avant pour pouvoir m'asseoir. Je me suis mise à tourner le volant à droite et à gauche, en imitant ma mère. J'ai klaxonné, mis la radio, fait semblant d'allumer une cigarette. À un moment, j'ai écrasé la pédale de frein en hurlant : « Bon Dieu de merde ! Tu peux pas faire attention ? »

J'étais incapable de stopper mes pensées morbides. Qu'est-ce que je ferai quand on m'annoncera que maman est morte ? Comment trouver papa ? Est-ce que les Ya-Ya m'adopteront ?

Je fermais les yeux et envoyais des messages à Lawanda : « Ne fais pas ça, Lawanda, je t'en supplie, ne tue pas ma mère. »

J'ai senti ma mère avant de la voir. Je m'étais assoupie, c'est son odeur qui m'a réveillée. Je l'ai reconnue tout de suite. Un mélange du parfum de sa peau, de Coppertone, de soleil et, plus en profondeur, de son lait Jergen et de son parfum de chez Hovet. Quand j'ai ouvert les yeux, elle avait passé la main par la portière et me touchait l'épaule.

J'ai bondi de la voiture et me suis serrée contre elle.

« Tu n'es pas morte, maman, tu n'es pas morte ! »

Elle a soulevé mes cheveux et a soufflé sur ma nuque en riant.

« Ah, on a encore répandu des rumeurs sur ma mort prématurée, à ce que je vois ? » Elle a pris une bière et un Coca dans la glacière, et appliqué le Coca frais contre ma nuque.

« Chérie, tu as manqué la promenade du siècle ! »

Sur le chemin du retour, les autres Ya-Ya en caravane derrière nous, maman a déclaré : « Ils pourront construire les magasins les plus luxueux dans ce centre commercial, rien ne m'amusera jamais autant que cette balade à dos d'éléphant. Ils devraient faire venir Lawanda tous les jours au lieu d'ouvrir cette idiotie de centre de couture Singer pour l'insertion des jeunes en milieu rural.

— Lawanda va s'en aller, a dit Little Shep. Elle est venue pour une journée seulement.

— Lawanda la Magnifique est une éléphante très occupée, a dit maman.

— Tu crois qu'elle me reconnaîtra si elle me revoit ? » a demandé Lulu.

Maman a réfléchi une minute : « La question est plutôt de savoir si toi, tu la reconnaîtras ! »

Assise sur le siège avant avec Baylor sur les genoux, tout d'un coup j'ai paniqué à l'idée de ce que je venais de rater. J'avais regardé Lawanda, et elle avait posé ses yeux immenses sur moi. Je lui avais envoyé des messages pour qu'elle ne tue pas maman, et elle m'avait entendue. Elle m'avait offert l'occasion de monter sur son large dos, et j'avais refusé !

J'ai éclaté en sanglots.

« Siddy, mais enfin, qu'est-ce qu'il t'arrive ? m'a demandé maman.

— Je ne me sens pas bien. » Je n'avais pas envie de lui dire pourquoi je pleurais, en tout cas pas devant les autres : ils se seraient moqués de moi parce que j'avais eu la trouille.

Elle m'a tendu un Kleenex et posé la main sur le front : « Tu n'as pas l'air d'avoir de la fièvre. »

Je ne pouvais plus m'arrêter de pleurer. Je me suis débarrassée de Baylor en le faisant passer sur la banquette arrière avec les autres.

En arrivant à Pecan Grove, ils sont tous descendus de voiture en marchant comme des éléphants. Maman aussi est sortie, mais je suis restée assise sur mon siège. J'ai tiré sur le bustier de ma robe et me suis caché le visage dedans. Mes larmes tombaient sur mon ventre chaud.

« Ma patience a des limites, Siddy, a dit maman. Ou tu m'expliques tout de suite pourquoi tu pleures, ou bien on enterre le sujet.

— Je veux monter sur Lawanda », ai-je marmonné dans mon bustier.

Maman s'est penchée sur moi. « Sors ta tête et parle plus fort. Tu n'obtiendras jamais rien dans la vie si tu bougonnes comme ça. »

J'ai levé la tête et je l'ai regardée. Je me voyais dans ses lunettes de soleil.

« Je mourrai si je ne peux pas monter sur Lawanda.

— Pourquoi n'en as-tu pas profité quand c'était ton tour ?

— Je ne sais pas. J'ai eu peur…

— De quoi, chérie ? m'a-t-elle demandé en s'asseyant sur l'herbe au bord de l'allée.

— J'ai regardé Lawanda et alors j'ai eu peur. Et puis vous êtes tous partis, et j'ai cru que vous alliez vous faire piétiner.

— Ah, a dit maman, les alligators peuvent venir nous prendre à tout âge, ma chérie. Mais la pire des choses est de rester pétrifié sur place. Tu comprends ce que je te dis ?

— Oui.

— Bon. Si je te suis bien, il faut absolument que tu montes sur Lawanda ? »

J'ai fait oui de la tête.

« Si tu ne le fais pas, tu ne pourras jamais te le pardonner, c'est ça ?

— Oui, c'est tout à fait ça. » J'étais tellement soulagée qu'elle puisse lire mes pensées que j'ai cessé de pleurer.

« Bon. » Elle a passé la main dans la voiture pour donner un coup de klaxon. « Il est temps d'appliquer le plan 27-B. »

Caro, qui était entrée avec les autres, a passé la tête par la porte :

« Qu'est-ce qu'il y a ?

— Siddy et moi nous devons aller voir quelqu'un au sujet d'un é-l-é-p-h-a-n-t, a-t-elle dit en épelant le mot pour que les petits ne comprennent pas. Nous reviendrons plus tard. Il y a des crevettes dans le frigo, de la vodka dans le *freezer* et des Oreos dans la boîte à biscuits. Faites comme chez vous. »

J'ai pris place à côté d'elle, et nous sommes parties en trombe vers le centre commercial.

Le parking était presque désert. Le cornac douchait les pieds de Lawanda et son assistante déposait une botte de foin devant l'éléphante. Hébétée, j'ai regardé comment l'animal enroulait sa trompe autour d'une touffe de fourrage et se l'enfournait dans la bouche.

« Bonsoir, monsieur ! a dit maman. Je sais que vous venez d'avoir une longue journée et que vous devez être exténué. Mais vous serait-il possible de faire faire un petit tour à ma fille ? »

Il a regardé quelque chose sur le pied de Lawanda : « Non. »

Maman s'est approchée un peu plus.

« Je vous en prie. Elle a pris peur quand son tour est venu, et maintenant elle veut absolument monter.

— Tant pis pour elle. »

J'ai regardé les pieds de Lawanda. Elle avait des morceaux de goudron collés entre les orteils.

« Juste un petit tour, a insisté maman. Bien entendu, je vous dédommagerai. Attendez une seconde, je reviens. »

Elle est partie en courant chercher son sac dans la voiture. Elle a fouillé dedans et elle a fini par trouver son portefeuille.

« Voilà. Je peux vous donner deux dollars et soixante-dix cents.

— Pas question, a dit l'homme. Ça coûte plus que ça. La fifille est fatiguée. On a encore toute la route à faire ce soir jusqu'à Hot Springs, dans l'Arkansas. »

La fifille. Lawanda.

Maman a fouillé tous les compartiments de son portefeuille ; elle n'avait plus de liquide : seulement les cartes de crédit de papa. Pendant toute mon enfance, je ne l'ai jamais vue avec un compte en banque à elle. Elle dépendait entièrement des cartes de crédit de mon père et de l'argent qu'il voulait bien lui donner.

« J'imagine que vous ne prenez pas les cartes de crédit ? a-t-elle dit en plaisantant. Et les coupons de rationnement non plus ?

— J'ai du boulot », a dit l'homme.

J'étais atterrée.

« Pouvez-vous nous laisser le temps d'aller chercher de l'argent ? a demandé ma mère.

— Ça dépend combien de temps.

— Accordez-moi cinq minutes. »

Nous avons sauté dans la Thunderbird et hop, en route pour la station Esso de Johnson, qui jouxtait le centre commercial. C'était là que nous nous servions, et maman disait : « *Cher*, mettez ça sur le compte de Shep. »

Maman s'est arrêtée devant le bureau, où M. Lyle Johnson travaillait sous un calendrier exhibant une fille appétissante.

« J'ai besoin de liquide, Lyle. Pouvez-vous me donner cinq dollars sur le compte de Shep ? »

M. Lyle a pris un essuie-glace sur son bureau et s'est mis à le tripoter sans oser la regarder.

« Désolé, mam'zelle Vivi, mais c'est impossible.

— Et pourquoi ? Vous l'avez fait des milliers de fois.

— Shep est venu il y a deux jours. Il m'a dit que je pouvais vous donner toute l'essence et faire toutes les réparations que vous vouliez, mais que je ne devais plus vous remettre de liquide. »

Un instant, j'ai cru qu'elle allait le frapper. Elle s'est mordu la lèvre et a regardé par la fenêtre.

Puis elle s'est retournée vers lui et, exactement comme si elle s'adressait à Paul Newman :

« Oh, Lyle, soyez un amour, faites ça pour moi. Je vous en serai tellement reconnaissante !

— Désolé. Shep a dit de l'essence oui, du liquide non. »

Maman a fait mine de partir. Elle était cramoisie, et j'ai cru qu'elle allait se mettre à pleurer. Mais non. Elle s'est retournée encore une fois et, d'une voix grave que je ne lui connaissais pas, elle a dit :

« Écoutez-moi, Lyle. J'ai besoin de cinq fichus dollars tout de suite. C'est pour ma fille.

— Désolé. Moi, j'obéis à Shep. C'est lui qui paie les factures. »

L'humiliation de ma mère s'ajoutait à ma gêne et à ma déception. Traiter ma mère de la sorte ! J'avais envie de bourrer Lyle Johnson de coups de pied, et de hurler contre ma mère parce qu'elle n'avait pas d'argent en poche, comme mon père.

Nous sommes sorties du bureau et retournées à la voiture.

« Je crois qu'il vaut mieux laisser tomber », ai-je dit.

Ma mère a plissé les paupières ; elle regardait une Ford Galaxy blanche arrêtée à la pompe.

« Je ne veux plus jamais t'entendre prononcer ces mots-là », m'a-t-elle répondu.

Elle m'a prise par la main et entraînée vers la Galaxy.

« Bonsoir, madame.

— Bonsoir. »

La femme, plutôt grande et forte, portait une chemise d'homme qui s'effilochait là où elle avait coupé les manches. Le tableau de bord de sa voiture disparaissait sous des boîtes d'allumettes, une tapette à mouches et des papiers de bonbons.

« Je vous propose un petit marché, *chère* », lui a dit maman.

La femme l'a regardée.

« Dites-moi, ma belle, vous ne seriez pas une toquée, par hasard ?

— Absolument pas, a dit ma mère en riant. Écoutez-moi : vous comptez payer votre essence en liquide ?

— Oui.

— Vous en prenez pour combien, à peu près ?

— Quatre dollars, a dit la femme en mettant la main dans la poche de sa chemise.

— Voici : je vous fais servir pour cinq dollars d'essence sur le compte de mon mari, et vous me donnez le liquide. Ça vous va ? »

La femme nous a regardées un moment ; elle a fini par dire :

« Je ne vois pas où est le mal.

— Vous êtes une envoyée de Dieu.

— N'exagérons rien. »

Maman a fait servir la cliente par Lyle Johnson lui-même. En signant le bordereau, elle lui a dit : « Lyle, j'attends le jour où vous aurez un service à me demander. »

Elle m'a adressé un clin d'œil, je le lui ai rendu. Nous sommes remontées en voiture et reparties à toute vitesse retrouver Lawanda.

« Monsieur le gardien d'éléphant ! a crié ma mère. Nous voici ! Avec l'argent, comme promis. »

L'homme a ri.

« Combien ?

— Quatre gros billets de un dollar. » Elle a serré ma main dans la sienne pour me faire comprendre qu'elle marchandait.

« Pas question, a dit l'homme.

— Disons quatre cinquante », a rétorqué ma mère.

Et j'ai répété : « Quatre cinquante. »

L'homme a souri à ma mère, elle lui a souri.

« Six, a-t-il répondu.

— C'est du banditisme ! s'est écriée ma mère en tournant les talons.

— D'accord, cinq cinquante.

— Marché conclu, mon brave ! » s'est exclamée ma mère.

428

Et nous sommes montées sur le dos de Lawanda. « Bonsoir, ô jolie Lawanda, a dit ma mère. Tu es plus belle que jamais. »

Et moi : « Bonsoir, magnifique et charmante Lawanda, merci de nous avoir attendues. »

Les bras autour de la taille de ma mère, j'ai fait ma promenade sur le parking, dans la lumière rose orangé du couchant. Le cornac marchait à côté de nous, un bâton à la main. Une lumière dorée baignait les taches de rousseur de ma mère et la peau grise et ridée de Lawanda. Balancée par son rythme lent et ondulant, j'avais l'impression que l'éléphante marchait sur des coussins tant ses pas étaient doux et feutrés. Qu'un animal aussi massif puisse se mouvoir avec autant de grâce tenait du miracle. Elle qui aurait pu nous tuer d'un tout petit coup de trompe, elle nous avait permis de monter sur son superbe dos rompu de fatigue.

« Siddalee, m'a dit maman, ferme les yeux juste une minute. » Puis, de sa voix magique de grande prêtresse-gitane-diseuse de bonne aventure, elle s'est mise à psalmodier :

« Lawanda, ô toi la Magnifique, viens enlever Siddalee et Vivi Walker à ce parking brûlant ! Renvoie-les à la jungle verdoyante et luxuriante d'où elles viennent !… Tu es prête ? Tu veux partir ?

— Oh, oui, maman, je suis prête !

— Alors ouvre les yeux ! Ouvre les yeux et assiste au grand départ de Vivi et Siddy, de la Haute et Puissante Tribu des Ya-Ya, sur le dos de la Royale Lawanda !

« Regarde ! Lawanda saute le fossé ! Elle a quitté le parking ! Oh, mon Dieu ! Je n'en crois pas mes yeux ! Nous traversons la route. Siddy, regarde, regarde tous ces gens qui sortent de leur voiture pour nous admirer ! Oh, ils n'ont jamais vu une chose pareille ! Un éléphant qui s'échappe en emportant les reines ya-ya sur son dos !

« Fais-leur signe, chérie, agite ta main comme la reine et la princesse que nous sommes.

« Nous voyageons à bord de la Lawandamobile. Écoute comme elle barrit ! Tiens-toi bien ! Nous chargeons sur la route, plus vite qu'un avion ! Nous passons devant la parfumerie, les pompes funèbres, où les gens s'arrêtent de pleurer ! Devant le *Thornton Town Monitor*, qui n'a jamais eu un événement pareil à se mettre sous la plume ! Devant le cabinet d'avocat de papa, le grand magasin Whalen, où nous n'achèterons plus jamais rien ! Devant le River Street Café, et…

« Holà, petite mère ! Tiens bon ! Nous escaladons la digue ! Le ciel vire au bleu-violet et se remplit d'étoiles. Voici la Grande Ourse, la Petite Ourse. Et Pégase ! Tends la main, ma puce, cueille des étoiles. De là où nous sommes, sur le dos de Lawanda, nous pouvons toucher le ciel !

« Nous plongeons dans la Garnet, la rivière rouge. Quelle puissante nageuse ! Regarde comme elle s'immerge et ne respire que par la trompe ! Même les alligators s'abstiennent d'aller lui chercher noise ! Elle pourrait rester plus longtemps sous l'eau, encore, mais elle refait surface pour nous permettre de respirer.

« Oh ! Regarde sur la digue, tous ces jaloux minables qui nous mettent en joue ! Ils sont armés de fusils et de lances. Eh bien non, ils n'auront pas nos défenses d'ivoire, ils n'auront pas nos cœurs brisés. Nous ne sommes pas des bibelots à enfermer dans une boîte à bijoux. Tu verras, ils parleront à leurs petits-enfants de l'équipe mère-fille qui s'est échappée !

« Allez, ma douce, ma robuste Lawanda, courage ! Encore quelques mètres et nous atteindrons l'autre rive et sa sécurité. Oui, oui. Ça y est, nous y sommes.

Maintenant, un peu de repos. Repose-toi, ma douce grande, repose-toi et mange tout ton content.

« Ma fille chérie, nous sommes arrivées ! Nous sommes revenues dans notre pays de jungle verdoyante et luxuriante. Sens-tu l'air velouté ? Le sens-tu sur ta peau ? Sens-tu l'odeur des bananes et des arbres centenaires ? Entends-tu les oiseaux rares et les milliers de singes ? Les vois-tu se balancer d'arbre en arbre ? Nous sommes ici chez nous, et nous n'avons plus besoin de climatisation, d'argent liquide ; nous marchons pieds nus, les arbres et les animaux nous connaissent par notre nom, et nous aussi nous les nommons un à un. Ouiiiiii ! Dis-le, Siddy, dis-le avec moi : Ouiiiiiii ! Nous ne craignons plus rien, nulle part ! Lawanda nous aime et nous n'avons peur de rien ! »

Siddy marqua une pause. Elle baissa les yeux sur la clef, qu'elle tenait toujours à la main.

« Nous n'avions fait qu'un petit tour sur le parking de ce centre commercial minable, mais à la fin je n'étais plus la même.

« Une fois remontées en voiture, nous avons emprunté Jefferson Street. La nuit tombait. J'ai regardé ma mère : elle conduisait pieds nus en chantonnant. Sans quitter la route des yeux, elle a posé sa main sur la mienne. Sa peau était fraîche et douce. Nous sommes passées aux mêmes endroits que tous les jours, mais le monde m'apparaissait soudain neuf et inconnu, chargé de mystère. »

Siddy regarda la clef une dernière fois en songeant : C'est la vie, Siddy, on enfourche la bête, et en avant, c'est parti.

Puis elle s'avança vers Connor, lui prit sa coupe de champagne et s'assit sur ses genoux, face à lui. Elle l'embrassa partout, en enlevant le chandail qu'elle avait enfilé après s'être baignée.

Ils firent l'amour dans cette position, puis gagnèrent la chambre. En fermant les yeux, Siddy s'imagina être un satellite tourbillonnant dans l'espace, mais cela ne l'effraya pas. Pour la première fois, elle put s'ouvrir sans crainte à cet homme, à elle-même, à l'univers infini qu'elle ne pouvait maîtriser. Cette fois, lorsque leurs plaisirs se joignirent, elle ne pleura pas mais rit à haute voix, comme un enfant plongé dans le ravissement.

Quand Connor se fut endormi, Siddy sortit du lit et installa une radiocassette sur la terrasse. Elle y glissa une cassette qu'elle avait enregistrée elle-même, Aaron Neville chantant l'*Ave Maria*, et elle écouta plusieurs fois en finissant la bouteille de champagne, nue dans le clair de lune.

Ma mère et moi sommes des éléphants, songea-t-elle. Dans le silence de la nuit, séparée de moi par des savanes sèches et désolées, loin de mes yeux et de mes oreilles, ma mère m'envoie des messages. Et dans ma traversée du désert, alors que je me fermais à l'amour, elle ne m'a pas abandonnée. Ma mère n'est pas un personnage de théâtre qu'il faut sonder par fragments, et je ne suis pas une enfant inquiète qui attend le parfait amour. Nous avons nos défauts, nous cherchons le réconfort. Elle souhaitait ardemment – elle souhaite encore – échapper à ce monde chaud et sec où elle vit entre une peur panique et les brumes du bourbon. Elle rêve toujours de se faire emporter avec moi sur le dos de ce gracieux animal vers la jungle fertile où abonda la vie sauvage.

Siddy leva sa coupe de champagne dans la clarté de la lune pour voir les bulles monter. Ma mère n'est pas la Sainte Vierge. Son amour n'est pas parfait. Mais il me suffit. L'amour de mon amant me suffit. Peut-être puis-je suffire à moi-même et aux autres.

Vingt minutes s'écoulèrent ainsi, et soudain elle aperçut une étoile filante suivie d'une pluie de météores. Immobile, elle observait, l'oreille tendue. Hueylene vint s'asseoir à ses pieds. La lune brillait, bienfaisante, dans le ciel dégagé qu'aucun éclairage urbain ne polluait. Le météore était plus vieux qu'on ne pouvait l'imaginer. Il n'y avait plus rien à essayer de déchiffrer. Rien que le cœur de Siddy qui battait, le cœur de la planète, et du temps devant soi. Elle n'avait plus peur.

30

Connor et Siddy dormirent jusqu'à midi, puis sortirent s'installer sur la terrasse en short et T-shirt. Accompagnés par la musique de Van Morrison et les jappements heureux de Hueylene, régalée du bacon que Connor lui glissait morceau par morceau, ils dégustèrent le petit déjeuner qu'il avait préparé : du pudding au pain perdu arrosé de sirop d'érable, le menu préféré de Siddy.

Siddy regarda le tableau que formaient son amant et sa chienne sur fond de lac, de montagnes et de pins, et frissonna de bonheur. « Merci, Connor, dit-elle. Merci de m'écouter. De m'aimer. »

Un sourire se dessina lentement sur ses lèvres ; il mit un morceau de melon dans sa bouche :

« Qu'est-ce que c'est, cette fiesta dont parlaient les Ya-Ya pour l'anniversaire de Vivi ? Si toi et ta mère êtes des éléphantes, les trois autres sont les sœurs éléphantes. Tu sais, les femelles qui suivent les mères et les aident à prendre soin des jeunes.

— Tu m'épates.

— Hé ! Je regarde la télé, moi. Quand tombe l'anniversaire de Vivi ?

434

— En décembre. Mais cette année, comme ma mère a envie de recevoir dehors, elles le fêtent fin octobre, pendant que les jours sont encore beaux.

— Pourquoi ne lui remets-tu pas son album en main propre ? »

Siddy posa sa fourchette et dévisagea Connor.

« Tu es cinglé ? Depuis l'article du *New York Times*, elle ne décolère pas. Elle me tuerait.

— Tu sais, Siddy, on ne se douterait jamais que tu fais du théâtre.

— Tu me trouves mélo ? demanda-t-elle en riant. *Moi ?* Jamais.

— Non, bien sûr.

— Bien sûr.

— Je n'entends pas beaucoup parler de ton père, dit Connor en prenant sa tasse de lait. Ce doit être un homme courageux.

— Comment ça ?

— Voyons, pour épouser une forte femme comme ta mère et arriver à faire sa pelote dans ce nid de femmes ! »

Siddy s'empara d'une tranche de melon. Elle songea à son père, qui lui manquait beaucoup.

« Il était rarement à la maison. J'ai toujours été tellement obsédée par ma mère que je n'ai pas dû lui prêter attention.

— Tu as peut-être envie de rectifier le tir, hasarda Connor. Teensy prétend que tu as ses cils.

— Teensy a dit ça ?

— Oui. Elle m'a dit que ta mère avait des cils qui, je cite, "disparaissaient quand elle nageait". Elle m'a fait cette confidence pendant que nous nagions dans le lac. »

Siddy secoua la tête :

« Dieu sait ce qu'elles ont pu te dire dans mon dos.

— Tu n'as pas idée. »

Incapable de résister, elle trempa le doigt dans le reste du sirop d'érable et le lui donna à lécher.

« Tu sais, dans le Sud, octobre est le mois que je préfère. Rien de tel que de fêter Halloween dans notre grand État de Louisiane, conclut-elle avec l'accent du cru.

— Necie m'a promis de me faire goûter ses spécialités, Teensy veut me faire connaître la musique acadienne, et Caro m'a déjà mis au défi de siffler mieux qu'elle. J'entends l'appel de la Louisiane.

— Octobre, rêva Siddy tout haut. L'époque des récoltes. Il ne fait pas trop chaud, mais encore beau. Nous aurons terminé au Rep. Le projet pour American Playhouse sera lancé sur ses rails. »

Connor lui fit un clin d'œil, qu'elle lui rendit. Elle donna à Hueylene le dernier morceau de bacon, puis se leva et s'approcha de la balustrade en ouvrant les bras.

« M'entends-tu, Sainte Mère ? M'entendez-vous, Dieux et Dieusettes et Angelettes ? Merci de nous avoir faits, Connor McGill et moi, de la même espèce. Merci pour ses baisers doux comme la voix de fausset d'Aaron Neville ! Merci de ne pas savoir, de deviner, de faire le grand saut dans l'inconnu !

— Je crois comprendre que nous partons ensemble pour la Louisiane ?

— Parfaitement. Passeport en cours de validité ? Vaccins à jour ?

— J'aime vivre dangereusement. »

31

8 septembre 1993

Chère maman,

Je ne t'ai jamais suffisamment remerciée de m'avoir permis de monter sur Lawanda, de m'avoir emmenée faire ce voyage fou dans la jungle, d'avoir été si courageuse, d'avoir tenu parole envers moi sur ce parking brûlant du centre commercial de Southgate. Il y a beaucoup de choses pour lesquelles je ne t'ai jamais remerciée.

Les Ya-Ya m'ont parlé de ton anniversaire avancé en octobre. Accepterais-tu de compter ta fille exilée et son amoureux parmi tes invités ?

Merci également pour l'étouffée d'écrevisses que tu m'as envoyée. J'y ai retrouvé toute ta cuisine, la quintessence de la Louisiane, et ça m'a émue aux larmes.

Je t'aime,

Siddy

16 septembre 1993

Siddy Chère,

Je mérite tous tes remerciements, du premier jusqu'au dernier. Mais il ne faut pas oublier Lawanda, notre Mère à tous. Contente que pour une fois tu évoques un souvenir positif.

Quant à mon anniversaire, à toi d'assumer le risque que tu prends. Je ne sais pas du tout si je serai d'humeur à t'accueillir ou non. Je n'ai pas la moindre envie de voir ma réception examinée à la loupe dans la presse nationale.

Il faut absolument que tu me dises où en sont tes projets de mariage.

Affectueusement,

Maman

20 septembre 1993

Chère maman,

Mes projets de mariage sont toujours en suspens. Pour ton anniversaire, je propose que nous improvisions, qu'en dis-tu ?

Je t'aime,

Siddy

26 septembre 1993

Siddy chérie,

La vie est courte, petite mère. Ne remets pas ton mariage indéfiniment, ou sinon tu n'auras plus rien à quoi te raccrocher.

À propos de mon anniversaire, que nous fêterons à Pecan Grove le 18 octobre à partir de dix-neuf heures : tout sera improvisé.

Affectueusement,

Maman

Le 17 octobre au soir, la veille du jour où elle devait prendre avec Connor l'avion pour la Louisiane, Siddy photographia scrupuleusement tous les vieux clichés et les souvenirs contenus dans l'album. Elle s'attarda particulièrement sur une photo glissée entre les dernières pages, et qu'elle n'avait découverte qu'à son retour à Seattle. On y voyait, à contre-jour, une femme blonde aux yeux noirs assise sur une balancelle et tenant sur ses genoux une petite fille aux cheveux auburn. Toutes deux portaient une très jolie robe d'été. Siddy en prit plusieurs clichés, appréciant mieux à chaque fois cet instant des vies du Sud fixé sur le film. Ensuite, elle photographia le verso, où la main de Vivi avait tracé : « Vivi et Siddy, 1953. Photo prise par Buggy. »

Après avoir épuisé huit pellicules, elle referma l'album et le posa sur la table. Elle dressa de part et d'autre un portrait de Notre-Dame de Guadalupe et un de saint Jude, alluma un cierge devant chacun après avoir éteint les lumières, et dit une courte prière de remerciement à la Sainte Vierge et à ses anges. Tendrement, elle prit l'album des « Divins Secrets des Petites Ya-Ya », l'enveloppa dans une taie d'oreiller en soie puis dans une pochette en plastique, et le déposa dans son sac de voyage, en même temps qu'un petit paquet cadeau.

Pour la quatrième fois depuis qu'elle était montée à bord, Siddy s'assura que l'album était bien dans son sac. Enfin, elle prit une gorgée de Coca *light* et s'installa pour le vol.

« Je suis folle ou quoi ? demanda-t-elle à Connor. Vivi ne semble pas avoir décoléré. Et elle est totalement imprévisible.

— Ta mère ne possède pas toute la Louisiane, répondit Connor.

— Oh, si. Elle est la reine de la Louisiane centrale. Mais elle vieillit. Elle ne vivra pas éternellement. J'ai envie de la voir.

— Qu'attends-tu de cette visite ?

— Oh, juste de cicatriser toutes les blessures, de transcender la douleur. Ce genre de trucs. Et toi ?

— Moi, je veux t'épouser chez toi. »

Siddy s'étrangla avec une cacahuète et but aussitôt une gorgée de Coca.

« Ça, je n'y touche pas pour l'instant, dit-elle.

— En effet, pas question que tu y touches en public. Ça ne se fait pas. »

Tout en survolant la terre teintée de roux et de jaune par l'automne, ils firent d'innombrables parties de gin-rummy où tout était bon à parier, d'un voyage en Toscane à des massages du dos en passant par des plaisirs qu'ils étaient seuls à savoir négocier. Ils jouèrent ainsi jusqu'à un atterrissage forcé à Houston, où le temps se détériora rapidement sur le passage d'un ouragan né quelque part au large des côtes de l'Afrique.

Tous les beaux projets de Siddy – arrivée à Thornton calculée assez largement pour leur laisser le temps de se doucher et de se changer à l'hôtel avant de faire une entrée fracassante chez Vivi en début de soirée – tombèrent à l'eau. Pendant les trois heures où ils furent retenus dans une cafétéria d'aéroport, elle eut tout le loisir de se demander si son retour au pays des dépressions et tempêtes tropicales n'était pas une colossale erreur.

« Après tout, c'est la saison, dit-elle à Connor. Nous n'aurions jamais dû tenter de voyager à cette époque.

— La dernière fois que tu es allée chez toi – ça remonte à… quoi ? deux ans ? –, c'était bien en octobre aussi, non ?

— Si, si. C'était pour le baptême de Lee, ma filleule.

— Et il n'y avait pas eu de cyclone ?

— Non, seulement la kyrielle habituelle de tornades et de typhons.

— Tu sais, fit remarquer Connor pour la mettre à l'épreuve, il est peut-être dit que nous n'arriverons jamais à Thornton. Autant prendre un hôtel ici.

440

— Tu rigoles ? Et louper l'anniversaire de ma mère ? Ah, non, si cet avion ne repart pas bientôt, on loue une voiture et on continue par la route.

— C'est bien ce que je pensais, dit Connor.

— Ah, c'est malin ! »

Comme la visibilité le permettait enfin, le petit avion qui devait les emmener de Houston à Thornton fut autorisé à décoller ; Siddy y vit un signe : Ma mère ne va pas me tuer, pensa-t-elle.

Lorsqu'ils atterrirent, il était près de dix heures du soir. Ils louèrent une voiture et faillirent craquer en apprenant qu'il ne restait plus qu'une Chrysler 5ᵉ Avenue de luxe gris argent, avec intérieur en cuir bordeaux.

En quittant la route n° 1 pour Jefferson Street, Siddy regretta de ne pas fumer.

« L'heure de l'apéritif est passée depuis longtemps, fit-elle observer à Connor. Impossible de savoir dans quel état va être ma mère. Ou mon père, d'ailleurs.

— Tu sauras improviser.

— Oui, dit Siddy en essayant de maîtriser sa nausée. Mais je préférerais quand même arriver avec un rôle écrit. »

En voyant la maison de ses parents, elle ralentit au pas. La longue bâtisse de brique qui se dressait au-dessus du bayou n'était pas celle de ses souvenirs. Les pins semblaient plus grands. Les pacaniers et les azalées avaient vieilli, et le lierre couvrait maintenant presque toute la façade arrière. L'endroit avait pris un air posé, paisible, qui lui manquait autrefois.

En bordure du champ se dressait la maison de bois où habitaient Willetta et Chaney. Siddy lui trouva un je-ne-sais-quoi qui l'aida à poursuivre son chemin vers la grande demeure de son enfance.

« Maintenant que nous sommes arrivés jusqu'ici, dit-elle en avançant toujours au ralenti, autant leur dire un petit bonjour. »

Elle longea le bayou tout doucement et se rangea devant la maison. Aussitôt, elle aperçut ses parents, assis sur une balancelle en bois sous deux vieux pacaniers. Les guirlandes lumineuses enroulées autour du portique éclairaient leurs visages. Vivi avait les cheveux coupés en un carré qui bougeait quand elle tournait la tête ; elle portait un tailleur-pantalon de soie rouille et or, et Shep un Dockers gris pâle et une chemise écossaise bleu et gris. Ces deux dernières années, ils avaient vieilli tous les deux.

Siddy observa sa mère qui gesticulait avec animation. Elle ne reconnut pas la personne occupant le fauteuil de jardin en face de la balancelle ; elle s'en étonna, car, malgré son absence de plus de vingt-cinq ans, elle croyait ne pouvoir rencontrer aucun étranger dans sa ville natale. Il restait peu de voitures, la plupart des invités ayant déjà pris congé.

Ses parents, eux, ne risquaient pas de reconnaître sa voiture de location. Elle respira un bon coup, adressa une prière à la Vierge et à sa bande d'anges louisianais, et appuya sur le klaxon.

« Tiens-moi la main et dis-moi que je ne suis pas folle, murmura-t-elle à Connor.

— Tu n'es pas folle. Et je t'aime. »

En voyant Vivi se lever et se diriger vers la voiture, elle remarqua qu'elle marchait plus lentement qu'auparavant. Elle la trouva un peu tassée aussi, mais d'une robustesse indéniable. Les battements de son cœur s'accéléraient à mesure que sa mère approchait.

Quand Vivi fut à sa hauteur, Siddy baissa sa vitre. « C'est moi, maman », dit-elle d'une voix comme étrangère, et en songeant : Voyons, Siddy tu n'es plus une petite fille de cinq ans – dis-toi que tu en as… onze, au moins !

Lorsque Vivi pencha la tête à l'intérieur de la voiture, elle sentit l'odeur douloureusement familière de sa peau et son haleine chargée de bourbon.

« Siddy ? C'est toi, je ne rêve pas ? »

Soulagée de voir que sa mère n'était que légèrement éméchée, elle répondit :

« Oui, mame, c'est moi. »

Un moment, Vivi ne réagit pas. Siddy crut qu'elle allait tourner les talons et s'éloigner.

Mais elle enfonça ses doigts dans sa bouche et émit l'un de ces longs sifflements dont les Ya-Ya avaient le secret.

« Espèce de folle ! Mais qu'est-ce que tu fais ici ?

— Je suis venue pour ton anniversaire, dit Siddy. J'ai pris le risque.

— Sainte Mère ! s'écria Vivi en se tournant vers Shep et l'autre invité. Vous vous rendez compte ? C'est Siddalee ! Ma fille aînée ! »

Siddy sortit de la voiture et tomba dans les bras de sa mère. « Joyeux anniversaire, maman », murmura-t-elle. Au bout de quelques minutes, Vivi se raidit et s'écarta.

« Je n'en crois pas mes yeux, dit-elle, nerveuse. Tu es complètement cinglée ! Vraiment, je ne croyais pas que tu ferais le voyage ! » Elle contourna la voiture et jeta un coup d'œil sur le siège du passager.

« À qui ai-je l'honneur ?

— Connor McGill, madame Walker », dit-il en esquissant lentement un sourire.

Vivi eut un semblant de hoquet et fit un pas en arrière, ébranlée.

Siddy retenait son souffle.

Vivi se rapprocha de nouveau et s'exclama : « Nom d'un petit bonhomme ! Incroyable ! Qu'est-ce que vous faites assis là, *cher* ? Sortez donc de cette voiture, que je vous voie ! »

Connor déplia ses longues jambes et se mit debout devant elle. Elle parut minuscule à côté de lui. Le voyant si détendu, si disponible, Vivi l'examina de la tête aux pieds, une main sur la poitrine comme pour essayer de maintenir son cœur en place. Siddy s'attendait à tout.

« Oh », fit Vivi. Puis elle répéta : « Oh », d'une petite voix juvénile.

Elle s'enroula les bras autour de la taille – geste que sa fille ne lui avait jamais vu – et resta silencieuse si longtemps que Siddy se demanda si elle souffrait.

Enfin, presque avec brusquerie, elle mit les mains sur ses hanches.

« Siddy, pour l'amour de Dieu, pourquoi ne m'avais-tu pas dit que Connor était le portrait craché de James Stewart dans *M. Smith au Sénat* ? »

Connor rit.

« Eh bien, reprit Vivi en lui tendant la main, j'ai toujours adoré les hommes grands. »

Connor eut alors un geste si surprenant que Siddy faillit en tomber à la renverse. Au lieu de serrer la main de sa mère, il la lui baisa en disant :

« C'est un plaisir de vous rencontrer, madame Walker.

— Oh, répondit-elle. Appelez-moi donc Vivi, sinon je vais me sentir terriblement vieille.

— Mais tu es vieille, chérie, dit Shep, qui s'était approché.

— Oh, tais-toi donc. Ne dévoile pas mes petits secrets. Je te présente Connor McGill. Connor, voici mon premier mari, dit-elle d'un ton rieur et mutin.

— Shep Walker, dit Shep en tendant la main à Connor.

— Enchanté. »

Un moment, Siddy se sentit exclue de ce triangle où sa mère, entourée de deux hommes, s'adonnait à son sport favori : encourager l'éternelle rivalité entre eux. Elle remarqua que son père attendait de Vivi un signe l'autorisant à accueillir sa fille chez lui.

« V's autres avez eu de la chance d'arriver à bon port, dit-il, avec cette fichue tempête...

— À Houston, le vent et la pluie étaient impressionnants, répondit Connor.

— C'est ce qui nous a retardés, ajouta Siddy.

— Ça venait par ici, poursuivit Shep. C'est vraiment une chance que ça se soit éloigné sur le golfe.

— Notre magnifique golfe du Mexique, dit Vivi en passant le bras dans celui de Connor, il en a essuyé, des tempêtes. Vous le connaissez, Connor ?

— Non, mais je peux dire que Siddy m'en a parlé. »

Connor ayant ainsi subtilement refusé de continuer à exclure Siddy, Vivi se tourna vers son mari en disant : « Shep, tu te souviens de Siddy, n'est-ce pas ? C'est celle de nos enfants qui a des relations dans la presse nationale. »

Siddy et son père s'avancèrent l'un vers l'autre au même moment. Shep serra brièvement sa fille sur son cœur et murmura : « Tu m'as manqué, chérie, tu m'as manqué. »

Se sentant scrutée par le regard réprobateur de sa mère, Siddy songea : Reste sur tes gardes, maman est un ouragan ; elle en a la férocité et la beauté. Et on ne sait jamais où elle va frapper.

« C'est très beau chez vous, monsieur Walker, dit Connor.

— Il faudra revenir de jour, répondit Shep, soulagé. Je me suis fait de petites surprises, là, dans ce champ. En plus de mon riz et de mes écrevisses, bien entendu.

— Saperlipopette ! s'écria Vivi. J'ai complètement oublié mes invités. Je deviens tellement gâteuse que

445

j'en perds mes manières ! *Cher*, viens vite voir ! » cria-t-elle à la personne avec qui Siddy et Connor les avaient vus converser en arrivant.

Un petit homme sec d'environ soixante-dix ans s'avança vers la voiture. Nœud papillon écossais et chemise bien coupée, il avait une allure de jockey vieillissant.

« Siddy *bébé*, dit-il en la serrant longuement dans ses bras. Teensy avait raison : tu es ravissante.

— Chick, quel plaisir de te revoir !

— Vous devez être Connor, dit Chick en l'embrassant sur la joue, à l'européenne. Je suis la moitié de Teensy, qui ne parle plus que de vous depuis qu'elle est revenue de Quinault. Bienvenue à Thornton, point de rencontre entre le sud de notre État, épris de péché, et le nord, affamé de rédemption. »

Il mit les mains sur les épaules de Siddy et l'examina :

« Ce petit nez retroussé est magnifique !

— Son nez ? s'étonna Connor.

— Elle s'en est arraché la moitié sur notre plongeoir en faisant son premier saut carpé arrière, expliqua Chick. Je suis content qu'il ait repoussé. »

Dans les bras de Chick, Siddy se sentait comblée. *Le lapin qui fume*, songea-t-elle en repensant à ce dimanche de Pâques où lui et Teensy avaient contribué à recoller sa famille en morceaux.

« Tu es adorable, lui dit-elle en souriant. Mais où est Teensy ? Où sont les Ya-Ya ?

— La Teens avait besoin de son petit somme réparateur, dit Chick, et Necie et Caro l'ont imitée. Je suis le dernier des enthousiastes. Et encore, plus pour longtemps. Il est temps que je lève le camp. On doit en avoir assez de voir ma bobine par ici.

— Jamais, objecta Vivi. Et tu le sais bien.

— Très réussie, ta soirée, lui dit Chick en s'écartant de Siddy pour aller l'embrasser. Encore une fois, joyeux anniversaire, Vivi. Tu ne parais pas tes trente-neuf ans. Il va falloir revoir la définition du mot "intemporel". »

Vivi l'embrassa en riant.

« Bonne nuit, Chick, dit Shep tout en lui passant un bras autour des épaules. Et merci de ton coup de main.

— *Bonsoir*, Siddy, *bonsoir*, Connor, dit Chick en se dirigeant vers une Bentley de collection immaculée. Siddy, ne va pas cafarder auprès de ton amoureux que je ne suis qu'un faux Cajun. Je n'y peux rien si je ne suis entré en majesté que par alliance. »

Comme il s'éloignait, Shep annonça :

« Bon, je vais me coucher. Passé dix heures du soir, je ne suis plus bon à grand-chose ces temps-ci.

— Je suis éberluée que tu aies tenu le coup aussi longtemps, dit Vivi.

— Mon petit doigt m'avait prévenu que nous risquions d'avoir une surprise ce soir, répondit-il avec un clin d'œil quasi imperceptible à l'intention de Siddy. Tu sais bien que les Ya-Ya, ça parle. »

Siddy déposa un baiser sur la joue de son père.

« Bonne nuit, papa. Je t'aime.

— Je t'aime, ma petite fève. Je t'aime très fort. »

Tandis qu'il se dirigeait vers la maison, Siddy perçut des éclats de rire venant de l'arrière.

« Qui est-ce ? Il reste des invités ?

— Notre-Dame de Cœur ! J'ai failli les oublier. C'est ton oncle Pete et les garçons, sur le ponton. Ils jouent à la *bourrée* depuis une éternité.

— À la *bourrée* ? répéta Connor les yeux écarquillés.

447

— Mais oui, bien sûr », dit Vivi en haussant les sourcils.

Elle les conduisit vers le bayou.

« Vous y jouez, Connor ?

— Oh, non, mame. »

Siddy fut très étonnée d'entendre dans sa bouche cette expression qui n'avait encore jamais franchi ses lèvres de Yankee.

« Je ne connais ce jeu que par ce que m'en a dit Siddy, et j'ai toujours eu envie d'en observer une partie.

— Connor est un as au poker, maman, expliqua Siddy. Il organise régulièrement des tables de jeu à New York, à Seattle, ou dans le Maine. Dans tous les théâtres où il travaille, il a un cercle de mordus dans son genre. »

Siddy savait qu'il suffisait d'aimer les cartes pour s'attirer automatiquement la sympathie de Vivi. Peu importait que les intéressés soient menteurs ou escrocs, ou encore républicains. S'ils jouaient correctement, Vivi fermait les yeux.

« Je me demande ce que Siddy a bien pu vous dire sur la *bourrée*, elle qui n'y a jamais joué de sa vie ! s'exclama-t-elle.

— Je lui ai dit que tu étais une vraie championne, maman.

— Il paraît que vous êtes une des meilleures de tout l'État », renchérit Connor.

Vivi s'arrêta un instant et les dévisagea tour à tour. « Vous avez décidé de me faire plaisir, v's autres, hein ? leur lança-t-elle avec un grand sourire reconnaissant. D'accord, je marche. »

Siddy eut les larmes aux yeux en voyant sa mère ravie de leurs petits efforts.

« Je suis très impressionnée que l'élu de ton cœur soit un joueur de cartes, Siddy, poursuivit Vivi.

448

J'attends avec impatience l'occasion de le délester de l'argent qu'il gagne à la sueur de son front. »

Elle les conduisit jusqu'au ponton qui s'avançait au-dessus du bayou et sur lequel on avait installé une table de bridge et deux vieilles lampes reliées par une interminable rallonge à une maisonnette où, enfant, Siddy invitait ses amies à goûter. Installés sur des chaises pliantes, les joueurs – les deux frères de Siddy, son oncle Pete et son cousin, John Henry Abbott – s'étaient mis de côté un plat de victuailles sur un tabouret de camp, entre les lampes. Près d'une glacière, un lecteur de CD portable diffusait Irma Thomas chantant le blues. Au-dessus du bayou, de la mousse espagnole pendait des arbres comme des cheveux de sorcière.

Pas de doute, songea Siddy, je suis de retour au cœur de la Louisiane. Elle aurait voulu pouvoir saisir le tableau tel quel et le déposer sur une scène en disant : Voici d'où je viens. Mais elle était plongée au sein d'une improvisation pleine d'aléas et d'embûches, qui n'était pas du ressort du metteur en scène.

En l'apercevant, les quatre joueurs restèrent bouche bée. Siddy savait ce qu'ils pensaient : Accrochez vos ceintures, il y a moins de cinq cents kilomètres entre Vivi et Siddy. S'ils avaient porté des holsters, on aurait volontiers imaginé leurs mains sur les crosses des pistolets.

Siddy n'ignorait pas les scènes qu'ils avaient dû endurer, eux qui étaient restés au centre de la bataille : Baylor refusant de représenter sa mère dans un procès contre sa sœur ; Vivi envoyant des lettres recommandées à tous les membres de la famille pour les avertir qu'elle reniait sa fille aînée ; Vivi se débarrassant – avec force publicités dans l'univers restreint de Thornton – du notaire attitré des Walker parce qu'il avait osé lui conseiller de réfléchir avant de rayer sa fille de son testament ; Vivi essayant pendant un mois de joindre Arthur Ochs Sulzberger Jr., rédacteur en chef du *New York Times*, pour lui dire sa façon de penser ; Vivi tentant d'obliger la bibliothèque de la paroisse de Garnet à brûler le numéro – ainsi que la microfiche – du *Times* où était paru l'article infamant, résiliant son affiliation quand ils avaient refusé puis se délectant de son subterfuge lorsqu'elle s'était réinscrite sous un faux nom. Pour la faire rire des proportions que tout cela prenait dans la petite ville, Baylor avait tenu Siddy au courant, mais cela n'avait fait que l'attrister davantage.

Maintenant qu'elle les retrouvait tous les quatre, elle comprenait fort bien qu'ils hésitent avant de parler.

Baylor fut le premier à rompre le silence. Il se signa, posa ses cartes sur la table et se dirigea vers elle d'un pas nonchalant. Puis, il la souleva et la fit tourner en l'air comme s'il allait la jeter dans le bayou.

« Allez ! Vas-y ! hurlèrent les trois autres. Il y a trop longtemps qu'elle ne s'est pas mouillée ! Un bon petit baptême dans le bayou lui fera du bien !

— Si jamais tu fais ça… », menaça Siddy, ravie.

Au dernier moment, Baylor interrompit son geste. Il la reposa sur le sol et la prit dans ses bras.

« Qu'est-ce que c'est que ces manières, espèce de cachottière ? Comment as-tu fait pour entrer dans Potinville sans que je l'apprenne ? Je croyais qu'on t'avait confisqué ton passeport.

— Elle est maligne », dit Vivi.

Se tournant vers Little Shep, Siddy lui dit en javanais :

« Savalavut, Shavep !

— Viens me faire un bisou, grande sœur. On a cru qu'on ne te reverrait jamais, répondit-il en levant ses cent kilos de sa chaise pour la prendre dans ses bras. Dieu, mais tu es magnifique ! dit-il en lui caressant les cheveux. Comment fais-tu pour être si belle ?

— La chance ? L'amour ? suggéra Siddy. Ou un petit frère un peu myope ? »

Little Shep rit.

« Non, non, je suis sincère. Par ici, les femmes ne vieillissent pas aussi bien.

— Je te demande pardon ? dit Vivi.

— Mais non, maman, se reprit Little Shep. Je veux parler des femmes de ma génération.

— Tu ferais bien d'arrêter les frais, lui conseilla son oncle Pete.

— Qu'est-ce que tu deviens, Shep ? demanda Siddy.

— Je n'ai pas à me plaindre. Je joue la partie avec les cartes qu'on m'a distribuées. Désolé de ne pas avoir répondu à ta lettre. La vie… Tu sais ce que c'est, hein ?

— Content de te revoir, Siddy, dit Pete en s'approchant d'elle. Ça fait longtemps. Trop longtemps. »

Et il passa un bras protecteur autour des épaules de Vivi.

« Miss Anniversaire, lui dit-il avec tendresse. Comment va ma petite Punaise ? »

En riant, Vivi prit la main de son frère et la posa sur son cœur.

« Je suis peut-être bien en train de vivre le plus bel anniversaire de toute ma vie, dit-elle. À part Lulu, tout le monde est venu.

— Mais où est-elle, au fait ? » demanda Siddy. Sa jeune sœur ne gardait guère le contact, et depuis l'affaire du *New York Times* elle n'avait plus donné de nouvelles.

« Tallulah est à Paris, dit Vivi. Elle a confié son affaire de décoration d'intérieur à son associé et elle est partie en France.

— Plus exactement, elle est partie avec un Français, corrigea Baylor.

— Il vient d'une famille de viticulteurs ; son divorce doit être prononcé incessamment », précisa Vivi.

Se tournant vers Connor, qui assistait en silence à ces retrouvailles, Siddy annonça : « Je vous présente Connor McGill, mon amoureux yankee. Qui est aussi, soit dit en passant, un passionné de cartes. »

Connor poussa un grognement :

« Non, non, protesta-t-il. Elle se trompe. Elle doit confondre avec un autre Yankee : on se ressemble tous. Je suis incapable de faire la différence entre une dame et un deux.

— C'est ça, c'est ça, fit Baylor en lui serrant la main. J'ai entendu parler des gars du Maine. De vraies terreurs. Il est vrai qu'avec vos longues soirées d'hiver... Approchez une chaise, mon vieux, et buvez donc une 'tite *fraide* [1] avec nous. Nous serons ravis de vous nettoyer... je veux dire, de vous introduire dans le coupe-gorge qu'est la *bourrée* de Louisiane. Mon frère et moi, nous avons appris à jouer dans les jupes de notre mère, pendant qu'elle nous sevrait au biberon de lait coupé de whisky.

— Espèce d'idiot, soupira Vivi, qui s'amusait comme une folle. C'était du tabasco, pas du bourbon ! »

Connor demanda en riant :

« Comment fait un étranger quand il a envie d'une bière ?

— Servez-vous, dit Pete. Et il reste des *chevrettes* [2] et des cuisses de grenouille frites.

— Si je dois nager avec les requins du bayou, autant plonger tout de suite », dit Connor en décapsulant une bouteille de bière et en s'approchant une chaise.

Il y eut un éclat de rire général. Connor leur plaisait. Il plaisait à Siddy, qui regardait en souriant son

1. Bière. *(N.d.T.)*
2. Crevettes. *(N.d.T.)*

452

décorateur sorti de Yale laisser parler le bon gars qui sommeillait en lui.

Connor avala une grande gorgée, puis il se leva et posa sa boisson sur la table. Il s'approcha de Siddy, la renversa dans ses bras et, poussé sans doute par l'envoûtement du bayou, lui planta un baiser mouillé sur les lèvres.

Toute la bande poussa des cris, sous le regard d'aigle que leur lançait Vivi. Siddy était ravie.

Vivi revint vers la maison avec sa fille. « Nous avons débarrassé presque tous les restes, mais viens, je vais te préparer une assiette », dit-elle.

Siddy laissa sa mère s'affairer à la cuisine et alla s'asseoir sur la balancelle du jardin, près de laquelle plusieurs tables étaient dressées autour d'un réchaud acadien. *Laissez les bons temps rouler*, se dit-elle. Une étouffée d'écrevisses…

Lorsque sa mère revint de la cuisine, elle se fit la réflexion qu'elle la trouvait moins fébrile.

Vivi marqua un léger temps d'arrêt qui aurait pu passer pour de la timidité, puis poursuivit son chemin.

Elle tendit à Siddy une coupe de champagne et une assiette remplie d'écrevisses, de pommes de terre nouvelles, de maïs en épi et de morceaux de baguette beurrés.

« Merci, maman, dit Siddy, tout à coup consciente qu'elle avait faim.

— C'est ton père qui a tout préparé, précisa Vivi. Je n'ai pas eu à lever le petit doigt. Désolée qu'il en reste si peu, mes invités ont dévoré.

— C'est amplement suffisant.

— Tu vas pouvoir manger sur la balancelle, ou tu veux qu'on aille s'installer à la table ?

— Maman, où que je sois assise, je n'ai pas oublié comment on suce une tête d'écrevisse.

— Il y a des serviettes, si tu veux », dit Vivi en tirant de sa ceinture deux grands carrés de lin rose.

Siddy en glissa une dans le col de son chemisier et déplia l'autre sous son assiette, puis elle se mit à décortiquer ses écrevisses.

« Tu t'assieds avec moi ? proposa-t-elle en tapotant le coussin à côté d'elle.

— Merci de m'offrir une place sur ma propre balancelle », répondit Vivi sur un ton que Siddy trouva énigmatique.

Vivi s'assit, mais pas trop près. Une main derrière le dos, elle regardait droit devant elle. Siddy l'entendait respirer. Pour la première fois, elle se rendit compte que, depuis son arrivée, sa mère n'avait pas allumé une seule cigarette.

De peur d'avoir une parole malheureuse, elle mangea en silence.

« C'est délicieux, lâcha-t-elle enfin.

— Dieu merci, en Louisiane, les hommes savent faire la cuisine, dit Vivi.

— L'assaisonnement n'est pas aussi sophistiqué que celui de ton *étouffée*, ça va sans dire.

— Necie te l'a apportée à bon port ? demanda Vivi.

— J'avais oublié ce qu'était la cuisine.

— Tu as vraiment trouvé ça bon ?

— Bon ? Mais maman, s'il avait goûté l'*étouffée* que tu m'as envoyée par les Ya-Ya, Paul Prudhomme aurait pu pleurer toutes les larmes de son corps, effondré sur sa cocotte. Comparé à toi, ce type n'est qu'un marmiton.

— Merci. Cette recette a fait ma réputation, si tu te rappelles. C'est Geneviève Whitman qui me l'a apprise.

— Merci de m'en avoir envoyé à Quinault, maman.

— La seule chose que j'ai faite de bien, ç'a été de vous nourrir. »

Quelque chose, dans le ton de sa mère, frappa Siddy. Elle est aussi nerveuse que moi, se dit-elle. Elle se tourna vers elle et la rassura : « Tu nous as fait plus de bien que de mal. »

Vivi ne réagit pas. Ni l'une ni l'autre ne sut quoi ajouter.

« Tu as l'air en forme, maman. En pleine forme.

— C'est toi qui as l'air en pleine forme. J'ai l'impression que tu as perdu du poids. »

Siddy sourit. Dans la bouche de sa mère, c'était le compliment suprême.

« Moi, je me suis remplumée, poursuivit-elle. Ce sont les haltères : ça fait grossir. Et le fait d'arrêter de fumer : on mange quelques barres de Mars en plus. »

Siddy rit franchement :

« Toi et tes haltères, tu es absolument étonnante. Je n'arrête pas de me dire que je devrais m'y mettre, mais je ne me décide jamais.

— Tu me trouves trop grosse ? » demanda Vivi.

Siddy ne comptait plus le nombre de fois où sa mère lui avait posé la question. Et pour la première fois, elle crut entendre ce qui se cachait derrière : Est-ce que je prends trop de place ? Faut-il que je me fasse plus petite ?

« Non, maman. Tu n'es pas grosse. Tu prends juste la place qu'il faut. Pas trop, pas trop peu. Juste ce qu'il faut. »

Vivi regardait toujours les champs devant elle, faiblement éclairés par la lune.

« Ton père, dit-elle en retenant ses larmes, ton père a planté plus de sept hectares de tournesols. C'est sa seconde récolte de la saison. Ni coton ni soja, juste des tournesols. Attends de les voir en plein jour. Il prétend que c'est pour attirer le gibier à plumes, mais ça ne

455

trompe personne. Il n'y a pas besoin de sept hectares de tournesols pour attirer quelques petites colombes. Parce que, tu comprends, maintenant, à sa chasse de la fête du Travail, il se contente de prendre des photos. »

Vivi inspira longuement avant de poursuivre. « C'est un Van Gogh que nous avons sous les yeux, Siddy. On croit connaître un homme parce qu'on le supporte depuis près de cinquante ans, et tout d'un coup il fait quelque chose comme ça. Pour la seule beauté. »

Vivi pleura un peu puis renifla un bon coup. Elle se tamponna les paupières du bout des doigts et ajouta : « Plutôt avachies, les valises sous les yeux. »

Elle se tourna vers sa fille, qui vit nettement ses yeux noirs, sa peau laiteuse parsemée de quelques taches de rousseur, son menton vieillissant. Puis, avec une irritabilité exagérée et enfantine, elle se mit à chanter :

« C'est ma fête, je fais ce qui me plaît, ce qui me plaît… », et elle éclata de rire.

Siddy l'imita. Dieu, que c'était bon de pouvoir rire avec sa mère !

« Qu'est-ce qui t'a décidée ? demanda Vivi. Qu'est-ce qui t'a fait monter dans un avion pour venir jusqu'ici ?

— C'est Lawanda. »

Vivi se détourna et resta silencieuse un moment.

« Tu n'as rien pris dans mon album, hein ? Tu n'as rien perdu ? Ce qu'il contient n'a pas de prix. C'est un trésor inestimable.

— Les "Divins Secrets des Petites Ya-Ya" sont là, dans la voiture. Je vais te les chercher.

— Non, ne bouge pas. Ça peut attendre. »

Mais Siddy s'éloignait déjà.

Lorsqu'elle ouvrit la portière, Vivi la vit plisser le front dans la lumière du plafonnier. Belle et tellement concentrée, se dit-elle. Comme quand elle était petite.

Quand Siddy revint vers la balancelle, elle avait caché un petit paquet cadeau dans la poche de sa veste.

Elle tendit l'album à sa mère. « Dans l'avion, je l'ai gardé dans la cabine avec moi. Je ne voulais prendre aucun risque. Tu m'avais bien précisé : "J'exige que tu me le rendes en excellent état". »

Vivi contemplait l'objet qui reposait sur ses genoux. Elle l'effleura des doigts, puis porta les mains à sa bouche.

« Je ne parlais pas de l'album, murmura-t-elle.

— Mais, maman, ton petit mot disait expressément que tu lancerais un contrat sur ma tête si jamais…

— C'était toi que je voulais retrouver en excellent état, murmura Vivi.

— Oh, maman », dit Siddy, et sa voix s'étrangla.

Elle mit la main sur l'épaule de sa mère et sentit son parfum, miraculeux mélange de poire, de violette et de vétiver. Cachée par l'eau de toilette lui parvenait l'odeur naturelle de Vivi, celle de sa peau, des molécules qui composaient son corps. Dans la nuit montait vers elle la toute première odeur qu'elle eût jamais respirée.

Accrochée à un poteau téléphonique au bord de l'allée, une lampe diffusait un éclairage campagnard ancien. Avec la guirlande de Noël, elle illuminait le visage de Vivi. Sur sa peau vieillissante, quasi translucide, Siddy distinguait les rides creusées par les sourires sous lesquels elle avait toujours caché sa peur. Elle y décela son courage, et aussi sa souffrance.

Comme sa mère, elle plongea le regard dans l'obscurité des champs où poussaient des milliers de tournesols et songea : Je ne connaîtrai jamais complètement ma mère, pas plus que mon père ou Connor, ou moi-même. Je me suis trompée. Ce qui compte, ce n'est pas tant de connaître quelqu'un, ni d'apprendre à l'aimer, mais ceci, tout simplement : savoir jusqu'à quel point nous pouvons nous autoriser la tendresse, dans quelle mesure nous savons accueillir et nous-mêmes et les autres dans notre cœur.

Et là, dans le jardin de Pecan Grove, au cœur de la Louisiane qui n'avait pas encore connu les premières gelées de la saison, Siddalee Walker cessa de lutter. Elle dit adieu à son besoin de savoir, de comprendre. Assise à côté de sa mère, elle sentit le pouvoir de leur fragilité commune. Elle rentrait chez elle sans reproches sur les lèvres.

Vivi étendit le bras et prit la main de Siddy dans la sienne. Au même moment, elles baissèrent les yeux et remarquèrent comme leurs deux mains étaient semblables : même couleur de peau, même forme des doigts, mêmes veines abritant le sang ya-ya qui coulait dans leurs corps de femmes.

« Eh bien, dis donc…, soupira Vivi.

— Eh bien, dis donc… », soupira Siddy en écho, comme dans le même souffle.

Sans un mot, elles poussèrent tout doucement la balancelle du pied et s'abandonnèrent à son rythme, mère et fille partageant le même berceau, petites planètes égales brinquebalées dans l'espace.

« J'ai quelque chose pour toi », chuchota Vivi. Plongeant la main dans la poche de son pantalon, elle glissa entre les doigts de Siddy un écrin de velours. Le couvercle s'ouvrit d'un coup sec, dévoilant la bague de diamants qu'elle avait reçue de son père plus de cinquante ans auparavant.

« C'est mon père qui me l'a offerte le jour de mes seize ans. J'ai failli la perdre, mais je l'ai récupérée. »

Telle une prêtresse, elle sortit la bague de l'écrin et la passa au doigt de sa fille. Ses mains douces et parsemées de taches de vieillesse tremblaient. Puis elle leva la main de Siddy et l'embrassa comme on embrasse non pas un amant mais un bébé, aux doigts si potelés, si roses, si mignons.

La paume mouillée par les larmes de Vivi, Siddy lui rendit son baiser et pleura avec elle, doucement, sans bruit.

« Merci, maman, murmura-t-elle. Merci pour tous les divins secrets que tu as partagés avec moi.

— Des secrets ? s'étonna Vivi entre deux sanglots. Oh, chérie, si tu veux parler de mon album, ce n'est rien ! Je ne me souviens même pas de la moitié des cochonneries qu'il y a dedans. Si seulement tu pouvais voir tout ce que je ne t'ai pas envoyé. C'est là que sont les véritables secrets ! »

Ça, c'est ma mère tout craché, songea Siddy.

« Je vais te dire une chose, continua Vivi, qui pleurait toujours, c'est un péché, une honte, qu'ils aient arrêté la ligne Clair Regard.

— C'est sûr, ce serait bien utile pour des péche-resses comme nous, qui avons enfreint la Cinquième Loi de la Beauté et du Style.

— Je vais avoir les yeux sombres et vides et sans éclat…

— … sans pétillance, au milieu d'un visage bouffi, termina Siddy. Les jeunes filles ont déjà suffisamment de handicaps dans la course à l'amour.

— Ça, tu peux le dire, approuva Vivi.

— Bon, murmura Siddy. À moi, maintenant. » Elle plongea la main dans la poche de sa veste et en sortit la petite boîte qu'elle avait prise avec elle dans l'avion. Avant de la glisser dans la main de sa mère, elle y déposa un baiser.

Vivi déchira le papier artisanal vieux rose. Tout doucement, elle en extirpa une minuscule fiole de verre de la taille d'une fleur de digitale. L'objet, très ancien, était recouvert d'un entrelacs d'argent ; son bouchon était incrusté d'une pierre de jade. Vivi le dévissa précautionneusement et huma le flacon.

« Ce n'est pas du parfum qu'il y a dedans, dit-elle. C'est autre chose, n'est-ce pas ?

— Oui, maman, c'est autre chose. »

Vivi inclina la tête en réfléchissant.

« Je donne ma langue au chat.

— Ça s'appelle un lacrymatoire. On y met des larmes. Dans l'ancien temps, c'était l'un des plus beaux cadeaux qu'on puisse faire à quelqu'un. C'était un gage d'amour, qui signifiait que l'on était réuni par un chagrin partagé.

— Oh, Siddy ! s'exclama Vivi. Oh, petite mère !

— Celui-ci date de l'époque victorienne, je crois. Je l'ai trouvé chez un antiquaire de Londres il y a quelques années, alors que je cherchais des accessoires de théâtre.

— Il y a des larmes à toi dedans ? demanda Vivi en le levant à hauteur de ses yeux.

— Oui, mais il reste de la place pour en mettre d'autres. »

Vivi la regarda et lui adressa un clin d'œil. Enfin, quelque chose que Siddy prit pour un clin d'œil. Peut-être essayait-elle plutôt de chasser une larme, car juste après elle maintint la fiole sous son œil droit et secoua la tête.

En la voyant, Siddy se mit à rire.

Vivi lui sourit.

« Pourquoi ris-tu, espèce d'idiote ? J'ai attendu ce cadeau toute ma vie.

— Je sais, dit Siddy, qui maintenant riait et pleurait à la fois. Je sais. »

Alors Vivi se leva de la balancelle, la fiole toujours sous l'œil, et se mit à sauter sur un pied, puis sur l'autre.

Siddy l'imita bientôt, un coup sur la jambe droite, un coup sur la gauche. Vivi, une fiole de larmes dans la main, Siddy, une bague – qui était passée par le mont-de-piété – au doigt, sautillaient en pleurant. En pleurant et en riant, et en poussant de petits cris de joie. On aurait dit une étrange danse rituelle. La danse rituelle mère-fille de la Tribu Presque Perdue mais Toujours Puissante des Divines Ya-Ya. Un rite de passage fait de larmes et de diamants. De diamants et de larmes.

32

Il était plus de une heure du matin lorsque Siddy et Connor prirent leur chambre chez Tante Marie, au bord de la Cane River.

« On se croirait dans un film », murmura Connor pendant qu'ils montaient le perron de la bâtisse de style créole ancien, inspiré de l'Antiquité grecque. Une colonnade soutenait la galerie parfumée de senteurs lourdes, la lueur des lampes à gaz projetait des ombres dansantes sur les murs de brique et les volets. Siddy et Connor avaient l'impression de s'être attardés dans un autre siècle.

Le propriétaire se présenta comme Thomas LeCompte. Il leur fit traverser un jardin intérieur et monter un escalier conduisant aux anciens quartiers des esclaves ; le temps d'arriver à leur appartement, il avait déduit de leur conversation non seulement qu'il connaissait la famille de Siddy, mais qu'ils étaient parents.

« D'ailleurs, dit Thomas en franchissant les portes-fenêtres qui ouvraient sur une galerie surplombant le jardin, ce camélia que vous voyez là-bas, un Lady Hume's Blush, vient de pieds que votre grand-mère maternelle avait donnés à mon père. Je crois me souvenir qu'elle s'appelait Mary Katherine Bowman

Abbott, est-ce exact ? Une horticultrice extraordinaire, votre grand-mère. Tout comme mon père, qui était un toqué de camélias. Quand une fleur tombait, il disait que la plante était décapitée. Il me tuerait s'il voyait comment mon jardinier a taillé le petit bijou de votre grand-mère. »

Siddy et Connor contemplaient le jardin qui s'étendait à leurs pieds, et où des bégonias, des impatiens et les restes des spectaculaires feuilles de caladium poussaient à profusion. Le parfum subtil de l'arbre à orchidées, dont les fleurs blanches luisaient dans l'obscurité, montait jusqu'à eux. Entouré de gigantesques chênes verts aux branches couvertes de mousse espagnole, le jardin s'abritait entre de vieux murs de brique où fleurissaient les dernières roses de montagne. Dans le coin opposé, une fontaine et un bassin étaient encadrés par deux lilas des Indes auxquels l'automne apportait un panache rouge et or. Diverses variétés de camélias, azalées, roses, sauges et jasmins remplissaient l'espace avec tant d'exubérance que le dallage de tomettes rouges disparaissait sous la végétation.

Siddy s'attarda devant le foisonnant buisson de camélias en pleine floraison. « Je ne savais pas que Buggy – c'est ainsi que nous appelions ma grand-mère – jardinait si bien, dit-elle.

— Oh, vous savez, répondit Thomas, ces choses-là, il n'y a que les véritables jardiniers qui peuvent les apprécier. » Puis il fit un signe de croix et marmonna : « Pardonne-moi, papa. »

Connor, qui était un véritable jardinier, remarqua :

« Cette variété de camélia est légendaire, Siddy. Un Lady Hume's Blush de cette taille est comparable à une perle noire. Je ne croyais même pas que cela existait.

— Bon, je vous laisse vous coucher », dit Thomas.

Siddy et Connor le regardèrent redescendre.

« Je n'arrive pas à croire que je suis en Amérique, dit Connor.

— Et pour cause, répliqua Siddy : tu es en Louisiane. Et tu vas passer la nuit dans d'anciennes cases d'esclaves qui semblent sorties tout droit de *Southern Living*. Je me sens un peu coupable, imagine tout ce que ces murs ont vu de souffrance. »

Connor parcourut du regard le séjour décoré d'antiquités, de tapis moelleux et de reproductions de dessins d'Audubon. « Beaucoup de souffrance, oui. Mais de la vie aussi. Des couples faisant l'amour, des naissances… les gens pleuraient, mais ils chantaient aussi. Ces murs ont été témoins de moments de joie autant que de souffrance. »

Quand ils se furent nichés dans l'immense lit à baldaquin, Siddy lui raconta sommairement ses retrouvailles avec sa mère. Mais elle ne se sentait guère bavarde. Ils firent l'amour, en tombant de sommeil, ce fut bref, intense et doux. Ils étaient exténués. Pourtant, Siddy ne s'endormit pas. Connor lui caressa le dos en lui chantant une petite chanson qu'il inventait à mesure, et dans laquelle un petit bulbe poussait sous terre en hiver. Sa voix finit par mourir, et il s'endormit.

Si Dieu est clément envers moi, pensa Siddy, quand j'aurai quatre-vingts ans je partagerai le lit de cet homme.

Au bout de quelques instants, elle se leva en prenant soin de ne pas le réveiller. Toute nue, elle s'avança sur le parquet de cyprès et descendit dans le jardin baigné par la nuit chaude et humide de Louisiane. Elle alla se planter devant le camélia, la perle noire de sa grand-mère, puis s'approcha de la fontaine et plongea les mains dans le bassin. Elle passa ses doigts mouillés sur ses yeux, sur ses lèvres et sur ses seins, inspira, expira, s'offrant mansuétude et pardon. Parfois, se dit-elle, il est possible de retrouver les trésors perdus.

Le lendemain matin, elle se blottit contre Connor et lui suggéra de faire avec lui des choses qu'elle n'avait jamais faites à moins de cent kilomètres de la maison familiale. Ensuite, elle lui murmura quelques paroles décisives, auxquelles il répondit en l'attirant à lui sans un mot. Il l'embrassa sur le front, sur les yeux, le nez, la bouche et enfin sur le bout des doigts.

« Je te demande pardon de toutes mes hésitations stupides, pardon de t'avoir laissé en suspens au-dessus du canyon de la désolation.

— Ah, mon petit pois de senteur, lui dit-il en s'écartant pour pouvoir la regarder dans les yeux. Nous sommes tous suspendus au-dessus du canyon de la désolation. Nous sommes tous les gardiens les uns des autres. »

La profonde bonté qu'elle lut dans ses yeux, la tendresse de sa voix effacèrent ses derniers doutes.

Dès midi, ils étaient à Pecan Grove et buvaient du thé glacé avec Vivi et Shep dans le patio. Willetta, qui était présente, entendit Siddy annoncer qu'elle épouserait Connor McGill dans une semaine jour pour jour, au milieu des tournesols qui s'étendaient devant la maison de ses parents. Moins d'une demi-heure plus tard, trois voitures apparaissaient dans l'allée. Les Ya-Ya étaient au rendez-vous.

La fête pouvait commencer.

33

Le 25 octobre, en début de soirée, au milieu du champ de son père, Siddalee dit oui à Connor McGill.

Vêtue de la robe de mariée de sa mère, devant ses parents, ses frères et leurs familles, sa sœur Lulu, qui était venue de Paris, devant les Ya-Ya, les Ya-Ya Jolis, Willetta et sa famille, son amie May Sorenson (revenue de Turquie au dernier moment), devant les parents de Connor, un de ses grands-parents et ses deux sœurs, devant Wade Coenen, qui avait servi d'escorte à Huey-lene et recoupé la robe afin que le décolleté lui découvre les épaules, devant une foule d'autres amis obligés de tout décommander à la dernière minute pour pouvoir être présents, Siddalee Walker dit à Connor McGill : « Je t'aimerai tendrement, et de mon mieux. »

Caitlin Walker, une des jumelles de Baylor, qui avait sept ans, avait entraîné tous les enfants (et même quelques adultes) à porter un costume de Halloween. Si le cousin de Teensy n'avait pas joué *Amazing Grace* sur un violon acadien, on aurait pu confondre la cérémonie avec un culte païen réunissant un groupe de nantis.

À la réception qui eut lieu ensuite, ce même violo-niste et son orchestre, les Alligator Gris-Gris, jouèrent un mélange de musique cajun et zydeco, entrecoupé de vieux airs des années quarante dont ils avaient dû enrichir leur répertoire pour pouvoir gagner leur vie dans le monde des country clubs de Louisiane. Sous l'immense chêne vert que Baylor avait décoré de milliers de lumières de Noël, Shep Walker supervisait la cuisson d'un *cochon de lait* et régalait les New-Yorkais d'assiettes débordantes de viande rôtie et de *riz salé* [1]. Chaney, le mari de Willetta, servait des crevettes qu'il puisait dans un immense chaudron noir, tandis que, sur les tables délimitant la piste de danse, s'étalaient à profusion baguettes fraîches et salades diverses, ainsi que des dizaines de spécialités louisianaises.

Partout, Necie avait disposé des compositions de tournesols et de zinnias, et Little Shep veillait sur un feu de camp entouré de bottes de paille. Il faisait un temps idéal, où perçait la petite note mordante qui permettait de danser sans se mettre en sueur. La fête était un modèle de décontraction et de bonheur.

En milieu de soirée, quand tout le monde fut rassasié, l'orchestre s'arrêta de jouer et l'accordéoniste annonça une surprise. Sur ce, il s'éclipsa après avoir présenté les quatre Ya-Ya.

Vivi Abbott Walker s'avança vers le micro. Elle leva sa coupe de champagne au ciel, fit un clin d'œil et déclara : « Siddalee chérie, je te dédie cette chanson. »

Elle avala une bonne gorgée du breuvage pétillant et adressa un signe aux trois autres. Accompagnées d'un violon, d'un accordéon et d'une basse, elles se lancèrent. Leurs voix n'étaient pas très bien posées, l'ensemble manquait un peu d'harmonie, mais elles chantèrent quelque chose qui tenait à la fois de la berceuse, de la chanson d'amour et de la bénédiction :

1. Riz sauté avec oignons, poivrons et céleri. *(N.d.T.)*

Les nuits sont longues depuis ton départ,
Je pense à toi du matin au soir,
Mon ami, mon ami,
Comme tu me manques.

Loin de ta voix, du contact de tes doigts,
Réponds, réponds-moi que tu me crois,
Mon ami, quand je te dis
Que tu me manques.

Lorsque retentirent les dernières notes, Siddy s'était faite à l'idée que, sur toutes ses photos de mariage, elle apparaîtrait le visage marbré de traces de mascara. Elle prit avec reconnaissance le mouchoir que vint lui tendre son père.

« Toutes les quatre, elles répétaient encore quand je suis allé me coucher hier soir », lui dit-il.

Siddy le regarda en souriant.

« Merci d'avoir planté ces tournesols, papa.

— Tu sais que c'est ma seconde récolte de l'année ? Je ne sais pas ce qui m'a pris de semer du tournesol si tard dans la saison. Je peux te dire que je me suis fait mettre en boîte pour avoir eu envie de fleurs, moi qui toute ma vie ai privilégié les plantes utiles jusque sous nos fenêtres. Mais, c'était une autre époque. J'avais quatre gosses à nourrir ; il fallait que je vous paie vos voitures et vos études. Maintenant, je n'ai plus les mêmes motivations. Mais, tout de même, je suis content qu'en venant ici toi et Connor ayez donné une raison d'être à ces champs. J'ai l'air moins gâteux. Il faut que je soigne mon image, tu comprends ? »

Siddy essuya doucement les larmes qui roulaient sur les joues de son père.

« Je t'aime, papa.

— Je te souhaite un mariage heureux, ma poupée jolie. Peut-être pourrons-nous enfin commencer à former une famille, si tu vois ce que je veux dire.

— Oui, papa, dit Siddy en prenant son bras. Je vois ce que tu veux dire.

— Vous ne croyez pas qu'il est temps que le père invite sa fille pour une petite valse ? dit Vivi en s'approchant d'eux et en les embrassant l'un après l'autre. Moi, je crois que ce qui manque à la famille américaine, c'est de danser un peu plus, vous n'êtes pas d'accord, v's autres ? »

Siddy regarda ses parents. « Si, maman, acquiesça-t-elle. Et j'irais même jusqu'à dire que c'est digne de figurer sur un programme de campagne présidentielle. »

Comme l'orchestre revenait, Vivi prit le visage de Siddy dans ses mains et l'embrassa de nouveau. Puis elle lui mit la main dans celle de Shep et les poussa doucement vers la piste.

« Allez, secouez-vous, mes chéris ! Et que ça bouge ! »

Et elle partit en quête des Ya-Ya. Bientôt, on les vit toutes les quatre danser ensemble, jupes tournoyantes, yeux brillants.

On partagea le gâteau d'anniversaire – préparé par Willetta et décoré aux couleurs de Halloween par sa fille –, et tout le monde retourna danser. Il se faisait tard, les petits avaient sommeil, mais personne n'avait envie de quitter Pecan Grove, de cesser la fête. On s'attardait, on dansa la valse, le jerk, le two-steps acadien, le mashed-potato, le jitterbug, le fox-trot, le boogie, jusqu'à tomber d'épuisement.

Perchée sur le croissant de la lune de moisson, la Sainte Vierge regardait en souriant ses enfants imparfaits. Les anges qui l'escortaient ce soir-là auraient bien voulu prendre forme humaine, ne serait-ce que quelques minutes. Ils avaient envie de tourner, de virevolter, d'éprouver la sensation, typiquement humaine, de connaître une nuit parfaite dans un monde imparfait. De savourer le goût salé des larmes, comme Siddy, comme Vivi, et quasiment tous les invités de la noce.

Il en est ainsi chaque fois qu'un cordon d'amour relie la terre et le ciel. Ou quand, parfois, vers Halloween, la délimitation entre le ciel et la terre de Louisiane se fait moins nette et que les esprits se rassemblent, venus de partout. Peut-être les âmes du jumeau de Siddy, de Jack et de Geneviève Whitman s'étaient-elles jointes aux festivités ce soir-là. Peut-être des esprits à naître furent-ils invoqués. Car, lorsque, entre deux chansons, les danseurs parlaient, heureux, à bout de souffle, c'était pour se dire que la nuit était enchantée, qu'ils se sentaient sous l'effet d'un charme.

En réponse à cela, la Mère Bénie se contenta de cligner de l'œil en disant : « Ceux qui savent ne parlent pas ; ceux qui parlent ne savent pas. »

Pour Siddalee Walker, le besoin de comprendre avait – pour le moment du moins – cédé la place à l'amour et à l'émerveillement.

REMERCIEMENTS

Je tiens à remercier particulièrement :

Maurine Holbert-Hogaboom, mon mentor, dont l'amour inconditionnel et l'inspiration m'ont appris à quel point une mère – ou une sœur – peut être généreuse, douce et fantasque.

Terry Gibson, phare dont le fanal ne vacille jamais.

Diane Reverand, mon éditrice, qui, d'instinct et avec enthousiasme, a adopté les Ya-Ya alors que le livre n'était encore qu'un *bébé*.

Jane Isay, ange impromptu et tendre qui m'est apparu pour m'aider à affiner et structurer ma pensée.

Donna Lambdin, sœur louisianaise, et Bob Corbett, qui m'a fait connaître le lac Quinault.

Jan Constantine, pour son amitié et ses conseils généreux.

Tom Wells, mon frère, que j'aime.

Et tous ces êtres chers :
Randy Harelson, Nancy Chambers Richards, Willie Mae Lowe, Bobby et Althea DeBlieux, Darrell Jamieson, Jennifer Miller, Lori Mitchell, Brenda

Peterson, Torie Scott, Barbara Bailey, Brenda Bell et Stanley Farrar, Honi Werner, Steve Coenen, Lynne et Bob Dowdy, Linda Buck, Jane et Gene Crews, Janice Shaw, Libby Anderson, Uli Schoettle, Julia Smith, Barbara Fischer, Sherry Prowda, Colleen Byrum, Jan Short, Karen Haig, Mary Colegrove, Myra Goldberg, Bard Richmond, Jay Morris, Jerry Fulks, Lou Maxon, Meaghan Dowling, David Flora, Marshal Trow, la bibliothèque municipale de Bainbridge Island, le Conseil des arts et des lettres de Bainbridge Island ; le village et l'Institut de Seaside, en particulier Nancy Holmes, et Robert et Daryl Davis ; Sally et John Renn, Tom et Barbara Schworer, et aussi Lulu (la Judy Holiday des épagneuls). Et toute ma famille, dont l'amour et le sens de l'humour extravagant m'ont faite telle que je suis. Mais surtout ma mère, qui m'a appris à nager.

Note à l'attention du lecteur

Je remercie Liz Huddle et Burke Walker, qui ont partagé avec moi leur expérience de metteurs en scène et m'ont aidée à façonner le personnage de Siddy Walker.

Je serai éternellement reconnaissante à Adrienne Rich d'avoir écrit son livre capital *Of Woman Born (Né d'une femme)*, source constante d'inspiration et d'énergie tout au long de mon travail. Merci également à Diane Ackerman, dont le talent pour exprimer la beauté du monde m'a éveillée, et à Denise Levertov, dont le poème « L'Annonciation » a le pouvoir, quand la lune est propice, de faire apparaître la Sainte Vierge.

Enfin, je remercie *Weavings* d'avoir publié l'essai de Henry Nouwen : « Le Pardon : autre nom de l'amour dans un monde blessé », et le *Sun*, pour son merveilleux « Sunbeams » (« Rayons de soleil ») dans lequel j'ai puisé les citations de Mary Antin et de H. L. Mencken utilisées en épigraphe.

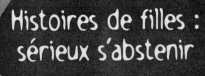

Histoires de filles : sérieux s'abstenir

Les tribulations de Tiffany Trott

Isabel Wolff
n° 10834

Nom : Trott.
Prénom : Tiffany.
Âge : trente-sept ans.
Situation : célibataire.
Caractère : gaie, pétillante, libre.
Allure : séduisante.
Objectif : cherche désespérément partenaire idéal, catégorie mari parfait, tendance fusion absolue.
Motivation : totale.

Impression réalisée sur Presse Offset par

BRODARD & TAUPIN

GROUPE CPI

15772 – La Flèche (Sarthe), le 29-10-2002
Dépôt légal : janvier 2000

POCKET – 12, avenue d'Italie - 75627 Paris cedex 13
Tél. : 01.44.16.05.00

Imprimé en France